中国社会科学院辑刊出版资助
中国人文社会科学期刊AMI入库集刊
主办
中国中外文艺理论学会

# 中外文论

CHINESE JOURNAL OF LITERARY THEORIES

## 2023年

### 第2期

名誉主编 ■ 钱中文 高建平
主 编 ■ 丁国旗 执行主编 ■ 刘方喜 李一帅

中国社会科学出版社

## 图书在版编目（CIP）数据

中外文论. 2023年. 第2期 / 丁国旗主编. -- 北京：中国社会科学出版社，2024.12. -- ISBN 978-7-5227-4564-0

Ⅰ. I0-53

中国国家版本馆 CIP 数据核字第 20246QF317 号

| | |
|---|---|
| 出 版 人 | 赵剑英 |
| 责任编辑 | 郭晓鸿 |
| 特约编辑 | 杜若佳 |
| 责任校对 | 王 龙 |
| 责任印制 | 戴 宽 |

| | |
|---|---|
| 出　　版 | 中国社会科学出版社 |
| 社　　址 | 北京鼓楼西大街甲 158 号 |
| 邮　　编 | 100720 |
| 网　　址 | http://www.csspw.cn |
| 发 行 部 | 010-84083685 |
| 门 市 部 | 010-84029450 |
| 经　　销 | 新华书店及其他书店 |
| 印　　刷 | 北京明恒达印务有限公司 |
| 装　　订 | 廊坊市广阳区广增装订厂 |
| 版　　次 | 2024 年 12 月第 1 版 |
| 印　　次 | 2024 年 12 月第 1 次印刷 |
| 开　　本 | 787×1092　1/16 |
| 印　　张 | 13 |
| 插　　页 | 2 |
| 字　　数 | 282 千字 |
| 定　　价 | 76.00 元 |

凡购买中国社会科学出版社图书，如有质量问题请与本社营销中心联系调换
电话：010-84083683
版权所有　侵权必究

# 编委会

(以姓名字母排序)

曹顺庆　党圣元　丁国旗　高建平　高　楠
胡亚敏　蒋述卓　金元浦　李春青　李西建
刘方喜　陆　扬　钱中文　陶东风　谭好哲
王　宁　王先霈　王岳川　徐　岱　许　明
姚文放　曾繁仁　赵炎秋　周启超　周　宪
朱立元

**本期编辑**：李一帅　柏奕旻

# 目 录

## 专题:马克思主义文艺理论

原则标准、维度标准、具体标准:马克思主义文艺批评
　　标准体系的分析与建构 ………………………………………… 刘永明(3)
论伊格尔顿文学观念的转变(1983/2012)
　　——"后理论"语境中的文学本质问题再讨论 ………………… 李慧文(20)
新技术语境下马克思主义文艺理论中国化的阐释路径 ……………… 李国栋(32)

## 中国文论

中外文论接榫中的文笔论与纯文学
　　——以刘师培的文学理论为中心 ……………………………… 狄霞晨(43)
李世民书论美学思想探析 ……………………………………………… 上官文金(53)

## 批评理论

论儿童文学的成人性 …………………………………………………… 张公善(69)
新媒介文学的文化消费及其审美特性 ………………………………… 周才庶(86)
母题与原型之界域
　　——基于文化人类学视野的考察 ……………………………… 贾　晶(98)
海登·怀特在中国的三种读法 ………………………………………… 郭笑岩(106)

## 文艺美学

齐泽克论死亡驱力与安提戈涅式反抗 ………………………………… 肖炜静(117)
被遮蔽的二重性:重审康德美学的"兴趣"(Interesse)概念 …………… 夏兴才(130)
语言还是艺术:生命政治的两条进路 …………………………………… 郁安楠(142)

## 西方叙事学

罗兰·巴尔特之"真实效果"透视下的历史叙事之真实 ……………… 刘亚楠(155)

从"文学自由"向"政治自由"的三重转化
　　——萨特《什么是文学》的叙述策略 …………………… 陈洪珏(166)
性别的虚构
　　——苏珊·兰瑟酷儿化的叙述声音类别辨析 …………… 于嘉琦(177)
沃纳·索洛斯的种族文学理论探析 ………………………… 狄晨旭(186)

## 附　录

附录一　中国中外文艺理论学会历届会议 ……………………………(197)
附录二　《中外文论》来稿须知及稿件体例 ……………………………(200)

# 专题:马克思主义文艺理论

# 原则标准、维度标准、具体标准：马克思主义文艺批评标准体系的分析与建构

刘永明*

（中国艺术研究院　北京　100012）

**摘要：** 建构艺术批评体系需要批评标准的体系化，但在马克思主义文艺理论话语体系中，"批评标准"是个阐释极为混杂、不具同一性的范畴。人们关于批评标准的任何表述都有管中窥豹的合理性，但使用时往往不具规范性。不仅最高标准、根本标准、基本标准、一般标准、最终标准、首要标准、具体标准、终极标准、判断标准乃至内外部标准、评奖标准等概念在普遍使用；批评原则、标准、方法、价值、维度、话语、形态（类型）、模式（范式）等范畴之间的内涵外延也都错综复杂；美学的历史的观点、政治标准艺术标准、思想标准艺术标准、真善美标准、人性人道主义标准、社会效果论、人民性标准等讨论莫衷一是。通过对马克思主义文艺理论发展史上诸多批评标准具体表述的性质认定，我们架构一个批评标准分析体系，以期让批评标准的不同表述在这个体系上有明确的位置和性质标识，从而促进批评标准理论的发展。

**关键词：** 标准体系；批评标准；批评方法；最高标准；社会效果

当前文艺理论界非常重视文艺批评问题。这引发我们对于批评标准问题的再次审视。批评标准是马克思主义文艺理论的核心话语之一，[①] 也是影响到其他文论体系的马克思主义文艺理论重要范畴之一，比如中国古代文论的批评标准问题。但从文艺理

---

\* 刘永明（1971— ），男，江西永丰人，中国艺术研究院马克思主义文艺理论研究所研究员，主要研究方向为中国马克思主义文艺理论发展史。本文系中国艺术研究院 2020 年基本科研业务费资助学术研究项目"中国马克思主义文艺理论发生学研究"（项目编号：2020-1-20）的阶段性成果。

[①] 在西方文论中，"标准"也是个非常重要的概念或方法，但其意义主要是为了定义文学和文学史，类似丹纳《艺术哲学》中种族、时代、环境"三要素"，艾布拉姆斯《镜与灯》中"艺术批评的诸坐标"的意思。另如韦勒克在《近代文学批评史》（上海译文出版社 2009 年中文修订版）第一卷"前言"中对文学批评的看法："'批评'这一术语我将广泛地用于解释以下几个方面：批评不仅是关于个别作品和作者的评价，'裁决性'批评，实用批评，文学趣味的迹象，而且主要是指迄今为止有关文学的原理和理论，文学的本质、创作、功能、影响，文学与人类其他活动的关系，文学的种类、手段、技巧，文学的起源和历史这些方面的思想。""批评"指的就是文学的内外部研究。虽然也有"批评标准"这样的概念，但和本文所讨论的标准不一样，它主要是内部研究的标准。

论知识谱系看,"批评标准"是个前现代性的话语概念,[1] 因为在现代主义和后现代主义艺术理论"非本质主义""多元论""反同一性""艺术就是理论""批评理论化"等抽象批评观念影响下,批评标准为价值论[2]、理念论所代替或整合,批评标准问题也就逐渐被弱化或者消解。[3] 另外,在对话交往理论和公共空间理论中,批评标准能否成立都是一个问题。这意味着,标准问题有可能仅是个文艺"普及"阶段的问题,即一个前现代性的问题。[4] 同样的道理,在实践中,"批评"这个词也在更多地为"评论"这一中性话语所代替。

即便在经典马克思主义文艺理论范畴,批评标准问题也是在逐渐弱化。新时期之初,以1979年蔡仪主编的《文学概念》和以群主编的《文学的基本原理》(二书都是20世纪60年代初基本完成、新时期初期出版或者再版)为代表的批评标准理论,坚持的仍是20世纪40年代以来的政治标准、艺术标准二元论,强调政治标准的优先性。这显然不符合艺术理论发展的趋势和需要,因此,在20世纪80年代初,围绕马克思主义文艺理论批评标准的问题进行了大规模的讨论和论争[5],逐步恢复了经典马克思主义"美学的历史的"批评标准的最高地位[6],并且在毛泽东文艺批评标准的基础上,衍生出了思想标准和艺术标准这种新的二元标准论以及真善美批评标准论等,1981年王朝闻主编的《美学概论》批评标准论体现了这种转变。到了1985年十四院校《文学理论》编写组著《文学理论基础》(第二版)时,思想性和艺术性标准就成为主要的批评标准被载入教材。但如果说,在20世纪80年代"批评标准"还是一个理论问题的话,那么到了20世纪90年代,由于受到批评理论化和学术民主的广泛影响,批评形态理论突起,批评标准就不再是一个重要问题了。[7]

即便在重视批评标准的其他批评学研究模式中,研究者关于批评的原则、标准、方法、观点、形态或类型、角度或维度等概念或者范畴的使用往往很混乱。这和这些概念或者范畴本身在内涵上的交互重叠、逻辑上的上下归属情况很复杂有关,比如批

---

[1] 这只是一个关于理论代差的比喻性说法,也可以说成,相对于后现代性而言它又是个现代性问题。

[2] 如刘俐俐教授教育部哲学社会科学研究重大课题攻关项目"文艺评论价值体系的理论建设与实践研究"是将批评标准作为价值标准的核心来定位的。

[3] 参见后引张冰文章注。

[4] 林岗《论中国文艺批评标准的正偏结构》(《文艺研究》2020年第10期)说明批评标准在现代批评理论中的发展:"由于现代性的作用,现代批评标准里的正偏对立和对峙总是显得比古代更明显一些,但是这对立和对峙总也不妨碍主流和支流在事实上的共存。"

[5] 参见上海师范学院中文系文艺理论教研室编《文学理论争鸣辑要》(上海文艺出版社1983年版)、中国马列文艺论著研究会、马列文论研究编委会编《马克思、恩格斯文艺批评理论研究》(四川文艺出版社1985年版)。

[6] 参见陈辽《马克思主义文艺思想史稿》(四川文艺出版社1986年版,第245页)、程代熙《谈谈马克思主义文艺批评的标准问题》(《文学理论争鸣辑要》下,上海文艺出版社1983年版,第974页)等。本文沿用国内学界更熟悉与常用的"美学观点与历史观点"的旧译法,也简称为"美学的历史的"观点或标准。

[7] 关于新时期40年文学批评标准变化的讨论,可参见李国华主编《文学批评学(修订本)》(河北大学出版社1999年版)、万娜《从批评标准的变化看中国当代马克思主义文学批评——在"美学观点和史学观点"之间》(张三夕主编《华中学术》第三辑,华中师范大学出版社2011年版)、张冰《关于文学艺术批评标准的讨论》(高建平主编《当代中国文艺理论研究(1949—2019)》,中国社会科学出版社2020年版)等。

评原则、标准和方法就很难区分,其他如从主体、文体、话语角度对批评形态或者类型的归纳也有许多重叠的地方。因此,在许多宽泛讨论文学批评问题的时候,人们并不严格区分这些概念和范畴,容易出现混用、等同的情况,如新时期我国较早出版的文艺批评学专著《文艺批评学》(黄展人主编,1991)中,美学的历史的观点是作为标准、原则、方法同时出现的;其他学者也有"美学的和史学的观点作为批评的最高标准即一种方法论和原则"的说法;① 这种三位一体的观念很常见。当然,也有对其加以区分和规定的,比如将批评的原则视为价值尺度、批评的标准视为具体尺度,即美学的历史的观点(有的还扩展到文化的观点)是批评原则,思想性和艺术性(有的还扩展到真理性)是批评标准,批评标准是依据批评原则而制定的具体尺度等。② 这种区分有其合理性,目前的"马克思主义理论研究和建设工程"重点教材《文学理论》就使用这种区分法,③ 但这种区分法在学界接受程度并不普遍。至于把一些逻辑层次很低的具体批评标准或者维度视为原则性批评标准的情况就更为常见,比如大众化、民族化、现代化等。而一些比较重要的批评标准提法又长期游离于批评标准讨论之外,比如人性人道主义标准或者人学标准、社会效果论等。即使纳入讨论范围(如人民性)的,它们之间到底是什么关系,少有人能说得清楚。这现象说明一个问题,那就是大家对于批评标准作为一个体系的认识还没有建立起来。借用"人诗意地栖居"这样一句时髦的学术话语,那就是有关批评标准的诸多概念或者范畴,还没有"诗意地栖居"在一个体系上。因此,有必要建构一个马克思主义文艺批评标准体系。

为什么要强调体系化?体系化首先是一种方法,具有结构功能,不强调体系化就无法从整体上掌握批评标准。如毛泽东的批评标准构成就非常复杂。陈辽认为,"批评标准"是毛泽东的一大创造,并且首创了"政治第一、艺术第二"的批评标准。④ 以前,我们在毛泽东批评标准问题上所犯的一个主要错误——简单化、狭隘化——就与无法体系化理解和掌握毛泽东的批评标准有关。第一,《在延安文艺座谈会上的讲话》(以下简称《讲话》)中存在着"两个标准""三统一""两个反对"体系性的批评标准论,⑤ 如果不能体系化地理解毛泽东《讲话》中的批评标准,就容易将其简单理解为政治标准第一、艺术标准第二,那么,在这个基础上再将其理解成政治标准唯一,也就很自然了。这和狭隘地理解无产阶级文艺的工农兵方向是一样的。第二,毛泽东《讲话》中还提出了对于过去时代文学艺术作品的批评标准(主要是立场)问题,他说:"无产阶级对于过去时代的文学艺术作品,也必须首先检查它们对待人民的态度如何,

---

① 童庆炳主编:《面向21世纪课程教材:文学理论教程》(第五版),高等教育出版社2015年版。
② 童庆炳主编:《文学理论教学参考书》,高等教育出版社2009年版。这种区分也体现了一种体系性的关系。
③ 《文学理论》编写组:《马克思主义理论研究和建设工程重点教材:文学理论》(第二版),高等教育出版社2020年版,第201—203页。
④ 陈辽:《我国文艺批评标准的前世今生》,《盐城师范学院学报》(人文社会科学版)2015年第3期。
⑤ 丁国旗:《对延安文艺讲话中文艺批评思想的重新认识》,《陕西师范大学学报》(哲学社会科学版)2019年第1期。

在历史上有无进步意义，而分别采取不同态度。"① 毛泽东这一标准的表述继承和发展了列宁每一个民族文化中"都有一些民主主义和社会主义的即使是不发达的文化成分"的思想。第三，《讲话》之前的1938年，毛泽东在《在鲁迅艺术学院的讲话》中还提出过"远大理想、丰富的生活经验、良好的艺术技巧"三个批评标准。② 第四，《讲话》之后的1957年，毛泽东在《关于正确处理人民内部矛盾的问题》第八节"关于百花齐放、百家争鸣、长期共存、互相监督"中论述"百花齐放、百家争鸣"方针时，从广大人民群众的观点，提出了"我们今天辨别香花和毒草"的六条标准，并且说："这是一些政治标准。为了鉴别科学论点的正确或者错误，艺术作品的艺术水准如何，当然还需要一些各自的标准。"③ 毛泽东提出的这些批评标准，它们之间是什么关系？我们还没有完全搞清楚。而过往把毛泽东的批评标准理解成政治标准第一或者唯一，就是因为大家没有把毛泽东批评标准当作一个小体系来把握有很大关系。再比如，近些年出现了批评标准和方法的新提法，由于我们未能体系化地理解新批评标准和方法，或者说我们没有建立一个批评标准体系来接纳新观点，所以只能将其与各种既有批评标准的提法做叠床架屋式的堆积，无法从一个完整体系中理解其合理性和创新之处，无法理解新旧提法之间的结构和功能关系。由此可见，建构一个马克思主义文艺批评标准体系的重要性。

此外，艺术批评学科的发展重点是艺术批评的体系化，但体系化不可能只是各门类批评（比如网络文艺批评、影视批评、媒介批评、通俗文学批评等）的拼盘，它的体系化基础应该是关于批评的性质、功能、原则、标准、方法、文体等基础性体系的建构。没有后者，前者的体系化只能是聚沙成塔。但其中，批评标准的体系化又是批评体系化的基础。因此，艺术批评学科和艺术批评体系化的发展需要批评标准的体系化建构。1994年，唐德胜《努力建立科学的文艺批评体系——文艺批评标准问题讨论会综述》反映了批评标准体系化对于批评体系化重要性的认识已经成为学界共识。④

新时期以来，不少学者关注批评标准体系化的建构。如包忠文、张辉《文艺批评标准的系统性和整体性》（1992）就强调要建立体系性的批评标准，否则无法克服"把文艺'抽象化'的两种偏向。其一，把文艺仅仅视作超然的形式的存在，离开特定的社会历史条件将文艺非意识形态化的倾向；其二，艺术批评中的庸俗社会学倾向"。⑤ 宋建林《文艺批评标准刍议》（1996）则主张以恩格斯1890年《致约瑟夫·布洛赫》

---

① 毛泽东：《在延安文艺座谈会上的讲话》，《毛泽东选集》第3卷，人民出版社1991年版，第868—874页。
② 毛泽东：《在鲁迅艺术学院的讲话》，《毛泽东文艺论集》（增订本），中央文献出版社2002年版，第15页。
③ 毛泽东：《关于正确处理人民内部矛盾的问题》，《建国以来毛泽东文稿》第六册，中央文献出版社1987年版，第348—349页。
④ 需要说明的是，本文主要是建立一个分析各种批评标准说的分析架构。而一个完整的批评标准体系，还需要有批评标准本体论（本质、特征、性质、功能）等组成部分。
⑤ 包忠文、张辉：《文艺批评标准的系统性和整体性》，《艺术百家》1992年第2期。

信中阐明的"总的合力论"作为理论依据来建构"文艺批评标准的系统性"①。

不少学者开始了批评标准体系化的具体建构，但在具体建构路径上有所不同。第一类学者认为美学的历史的最高标准、政治标准艺术标准、真善美标准都不是真正可操作性的批评标准，而是一些批评原则或者批评维度，因此主张在批评维度下另有一个基本标准层面。1984年，冷铨清在《文艺批评基本标准新探》中就在最高标准下面提出"基本标准"这个概念，"将感染力、真实性、典型性、独创性和健康性作为文艺批评的基本标准"②。当然大多数学者并没有离开经典马克思主义文艺批评标准的范畴，而是根据经典作家的具体论述，将美学的历史的批评标准的具体内涵即具体标准加以确定。如李国华的《文学批评学》（修订本）（1999）就是以"基本标准"的范畴来统领马克思主义文艺理论谱系中的各种批评标准；董学文的《马克思主义文论教程》（2015）则坚持"最高标准"的说法，但阐释了其所包括的具体内涵。当然，还有大量的研究者并不局限于挖掘经典作家文本中批评标准的具体所指，而是根据艺术理论的发展，与时俱进地为各种传统批评标准论做出新的阐释。和第一类学者自上而下的体系性建构不同，第二类学者则非常重视自下而上的生长性建构或者以经典批评标准为核心的弥漫式建构。比如丁国旗在《正确认识"美学和历史的"批评标准》中提出将美学的历史的批评标准"作为一般标准的'最高标准'"③，在美学标准和历史标准的绝对不平衡性认识中，将这一标准作为最高追求目标；刘俐俐在《文艺评论价值体系与文学批评标准问题研究》中提出了基础性的"底线性文学批评标准的全域性特质"，"基础性，即一般文学批评标准，有向上发展和提升的可能，以此比照而知道'伟大的'、'优秀的'作品是怎样的"。④ 第三类则是强调高低批评标准搭配。这类批评标准论和巴人、钱谷融的艺术人学思想有很大的联系。钱谷融在《论"文学是人学"》（1957）中提出了人道主义是文艺批评最低标准、人民性是最高标准的批评标准体系论。因此，在新时期批评标准体系建构中，不少批评标准论者提倡人性、人道主义为最低标准、第一标准。如燕世超《人性标准是马克思主义文学批评的根本标准》（2009）。所以说，不论是使用最高标准还是基础标准、基本标准、根本标准、具体标准等，人们已经在体系性视野中审查批评标准问题了。

而面对诸多标准论（前提是各有其合理性），如何建构一个内部通融的马克思主义文艺理论批评标准体系？为此，我们需要先确定一个性质性或工具性框架，那就是我们将目前在马克思主义文艺理论话语体系中具有合理性的批评标准根据其性质分为原则标准、维度标准和具体标准三种。马克思主义文艺理论批评标准体系是由这三种性质的标准论按照一定逻辑关系（层级）构成的。它们的关系是：原则标准下有维度标准，维度标准下有具体标准。将批评标准体系确定为原则标准、维度标准和具体标准

---

① 宋建林：《文艺批评标准刍议》，《北京社会科学》1996年第1期。
② 冷铨清：《文艺批评基本标准新探》，《福建论坛》（文史哲版）1984年第3期。
③ 丁国旗：《正确认识"美学和历史的"批评标准》，《中国社会科学报》2019年3月25日。
④ 刘俐俐：《文艺评论价值体系与文学批评标准问题研究》，《南京社会科学》2016年第12期。

三维，其理论意义就很明显：它可以让关于批评标准的不同表述在这个体系上有明确的位置和性质标识，并充分展示其在理论史上的价值和意义。

## 一 原则标准

原则标准包括具有原则意义或规定性的各种基本标准、首要标准、最终标准（或者称为"终极标准"①）和最低标准。虽然恩格斯提出了"最高标准"，不少论者也视其为批评原则或者总原则，②但正如前面所引证的那样，美学的历史的观点更多的是一种批评维度，既不是批评原则，也不是真正的最高批评标准。不认为"美学和历史的观点"是批评标准的学者很多，比如马莹伯认为它只是一个"方式状语"，是批评方法。③而在马克思主义文艺批评标准史上，能称之为对文艺批评标准做出了原则性规定的是列宁的"民主主义和社会主义"成分论、毛泽东—邓小平的最终社会效果论、巴人—钱谷融等主张的人情人性论（人道主义）最低标准论。

（一）列宁的"民主主义和社会主义"成分论

列宁非常重视马克思主义文艺批评，他的托尔斯泰研究在批评实践上为马克思主义文艺批评创造了典范。虽然列宁对马克思主义文艺批评本身的论述并不多，但还是在文艺批评标准上确立了两个原则，一是党性原则，二是"民主主义和社会主义"成分论。

列宁提出了"党性"原则，但这个原则有个前提，它针对的是"无产阶级的党的事业中写作事业这一部分"，④主要针对的是党员作家；另外，这个原则并不专门针对文艺批评，它还包括理论、创作等方面。虽然"党性"还可以作广义的理解，可以理解成进步、革命的性质，但这对于批评标准的原则性来讲又过于宽泛。因此，党性原则不宜作为一般文艺批评的原则标准。在实践中，这一原则也因为其内涵十分丰富，所以其外延（可应用的范围）也很有限，一旦扩大化或者泛化后就会产生不好的结果。

列宁还提出过"民主主义和社会主义"成分论。1913年，列宁在《关于民族问题的批评意见》中提出了"两种民族文化的理论"："每一个现代民族中，都有两个民族。每一种民族文化中，都有两种民族文化"。⑤列宁指出，每一种民族文化"都有一些民主主义和社会主义的即使是不发达的文化成分，因为每个民族都有被剥削劳动群众，他们的生活条件必然会产生民主主义的和社会主义的意识形态"。⑥列宁以车尔尼雪夫

---

① 王之望：《谈邓小平的文艺批评观》，《理论与现代化》2000年第10期。
② 畅广元主编：《马克思主义文艺理论》，高等教育出版社2000年版，第114页。
③ 马莹伯：《别、车、杜文艺思想论稿》，文化艺术出版社1986年版，第89页。
④ [苏]列宁：《党的组织和党的出版物》，《列宁全集》第2版第12卷，人民出版社1985年版，第93、94页。
⑤ [苏]列宁：《关于民族问题的批评意见》，《列宁全集》第2版第24卷，人民出版社1990年版，第134页。
⑥ [苏]列宁：《关于民族问题的批评意见》，《列宁全集》第2版第24卷，人民出版社1990年版，第125—126页。

斯基和普列汉诺夫为例,指出他们的作品体现着工人阶级和劳动人民的利益和愿望,因而饱含着"民主主义的和社会主义的文化成分"。列宁的"民主主义和社会主义"成分论后来成为人们评价历史上文学艺术的原则性标准,苏联的艺术理论家将它作为"人民性"的本质规定:"列宁所指出的每一个民族文化中存在着的这些民主主义与社会主义的成分,在其本质上,无论它们在文学中表现出了多少,就组成了我们所惯称的人民性。"[①] 人民性后来成为苏联艺术批评的最高标准。这也是1957年钱谷融《论"文学是人学"》中将人民性视为艺术批评最高标准的由来。列宁的"民主主义和社会主义"成分论对毛泽东也产生了很大的影响,他关于文化遗产的论述就曾引用了列宁这一观点。

列宁的这一原则也为我国研究者所重视。畅广元主编的《马克思主义文艺理论》(2000)中将这一原则称为"文化批评",将其与美学的历史的"总原则"并列,认为列宁发展了马克思主义评价作家的原则。[②] 但毫无疑问,无论是文化批评还是文化原则,"文化"同样只是一种维度概念。

（二）毛泽东—邓小平的"政治与艺术"社会效果论

社会效果论也就是实践论。这是中国化马克思主义文艺理论关于文艺批评标准的代表性成果之一。

长期以来,学界把毛泽东关于文艺批评标准的基本论述归纳为"政治标准第一、艺术标准第二",这是一个很大的误解。如何恢复对毛泽东关于批评标准的完整理解,丁国旗和一些前辈学者做了大量的研究工作。[③] 综合其成果,我们可以接受这样一种观点:毛泽东《讲话》"只着重谈一个基本的批评标准问题"的逻辑起点是:"我们是辩证唯物主义的动机和效果的统一论者""社会实践及其效果是检验主观愿望或动机的标准"。这个起点说明了什么问题?那就是无论是动机还是艺术标准,"要看社会效果","看他的行为（主要是作品）在社会大众中产生的效果!"这是毛泽东关于批评标准的原则性论述——"基本的批评标准"。在这个原则下,毛泽东接下来继续论述了具体的维度标准:"以政治标准放在第一位,以艺术标准放在第二位""我们的要求则是政治和艺术的统一,内容和形式的统一,革命的政治内容和尽可能完美的艺术形式的统一""我们既反对政治观点错误的艺术品,也反对只有正确的政治观点而没有艺术力量的所谓'标语口号式'的倾向。我们应该进行文艺问题上的两条战线斗争",接下来再具体批判了八种错误的文艺观念。[④] 由此可见,毛泽东的批评标准是由社会效果原则标准和"两个标准""三统一""两个反对"三个维度标准组成的一个批评标准体系。如果把

---

① [苏]顾尔希坦:《文学的人民性》,戈宝权译,天下出版社1950年版,第22页。
② 畅广元主编:《马克思主义文艺理论》,高等教育出版社2000年版,第448页。
③ 丁国旗:《对延安文艺讲话中文艺批评思想的重新认识》,《陕西师范大学学报》(哲学社会科学版)2019年第1期。
④ 毛泽东:《在延安文艺座谈会上的讲话》,《毛泽东选集》第3卷,人民出版社1991年版,第868—874页。

毛泽东批评标准只理解成"政治标准第一、艺术标准第二",那么到最后发展成"政治标准唯一"也就不足为奇了。但这种错误由毛泽东批评标准论来承担,在学理上就说不过去。

何以确定社会效果论就是原则标准,政治标准就是维度标准?这个同样在《讲话》中有充分反映。毛泽东说:"我们的文艺批评是不要宗派主义的,在团结抗日的大原则下,我们应该容许包含各种各色政治态度的文艺作品的存在。但是我们的批评又是坚持原则立场的,对于一切包含反民族、反科学、反大众和反共的观点的文艺作品必须给以严格的批判和驳斥;因为这些所谓文艺,其动机,其效果,都是破坏团结抗日的。按照艺术标准来说,一切艺术性较高的,是好的,或较好的;艺术性较低的,则是坏的,或较坏的。这种分别,当然也要看社会效果。"[①] 这段话,把原则标准、维度标准和具体标准三个逻辑层次说得很清楚。

新时期,邓小平继承和发展了毛泽东重视社会实践、重视社会效果的批评标准思想。1979年,在全国第四次文代会上,邓小平就明确指出:"对实现四个现代化是有利还是有害,应当成为衡量一切工作的最根本的是非标准","作品的思想成就和艺术成就,应当由人民来评定",他要求文艺工作者必须"认真严肃地考虑自己作品的社会效果"。1980年,邓小平在《目前的形势和任务》的讲话中指出:"任何进步的、革命的文艺工作者都不能不考虑作品的社会影响,不能不考虑人民的利益、国家的利益、党的利益。"[②] 1981年,邓小平根据社会效果评价的思想,在评价根据剧本《苦恋》改编的电影《太阳和人》时指出:"试想一下,《太阳和人》要是公开放映,那会产生什么影响?"1985年,《在中国共产党全国代表会议上的讲话》中,邓小平更为明确地指出:"思想文化教育卫生部门,都要以社会效益为一切活动的唯一准则。"[③] 1992年,在南方谈话中,他又提出了"三个有利于"的根本是非标准,把文艺工作、文艺批评坚持社会效益放在第一位的原则逐渐系统化、具体化了。原则标准之外,在维度标准上,邓小平《在中国文学艺术工作者第四次代表大会上的祝词》不仅提出了以思想标准代替政治标准,而且对"政治"也做了宽泛的解释,以解放文艺生产力。由此可见,邓小平文艺批评标准也是由社会效果论这一原则标准统领,外加两种维度标准(思想标准和艺术标准)和各种具体标准组成的。邓小平是个原则主义者,但善于抓大放小,在批评标准这个问题上更是如此。所以四次文代会后赵丹说"管得太具体,文艺没希望"[④],就是邓小平批评思想的同声应和。

实践、社会效果是中国化马克思主义文艺批评的原则标准,也是一个理论传统,江泽民、胡锦涛都做出了进一步的论述。2014年,习近平也强调,"应该是把社会效益

---

① 毛泽东:《在延安文艺座谈会上的讲话》,《毛泽东选集》第3卷,人民出版社1991年版,第869页。
② 邓小平:《邓小平文选》(第二卷),人民出版社1994年版,第256页。
③ 邓小平:《邓小平文选》(第三卷),人民出版社1993年版,第145页。
④ 赵丹:《管得太具体,文艺没希望》,《人民日报》1980年10月8日。

放在首位",作家艺术要"认真严肃地考虑作品的社会效果",① 就是这一中国化理论传统的继承和发展。

(三)巴人、钱谷融等主张的人情人性论(人道主义)最低标准论

20世纪50年代后期,针对越来越庸俗化、机械化、教条主义的创作倾向和文艺批评现状,文艺理论界出现了一波"修正主义"文论,出现了人情人性论(人道主义)作为原则性的最低标准论。

1957年,巴人在《论人情》中,首先批评当时的艺术创作"政治气味太浓,人情味太少","作品不合情理,就只是唱'教条'"。巴人希望文艺作品"有更多的人情味"并呼唤"魂兮归来,我们文艺作品中的人情!"那什么是人情或者人情味呢?巴人在三个层面给了解释。一是本性层面。巴人认为,"人情是人和人中间共同相通的东西。饮食男女,这是人所共同要求的。花香、鸟语,这是人所共同喜爱的。一要生存,二要温饱,三要发展,这是普通人的共同的希望"。二是由本性层面上升到道义层面。巴人进而认为"人情也就是人道主义","我想如果说,我们当前文艺作品中缺乏人情味,那就是说,缺乏人人所能共同感应的东西,即缺乏出于人类本性的人道主义"。在这两个层面,巴人倡导艺术创作的基础是要有人情味,并提出了人情就是人道主义,是"出于人类本性的人道主义"这样一些观点。在巴人看来,人情人性论和人道主义是没有严格区分的。三是政治层面。巴人深知,如果仅是把对人情、人道主义的理解停留在第一、二层面,那么是有问题的。因此,在《论人情》中巴人为自己可能会被视作"人性论"者做了预设辩护。巴人用人类本性的"自我异化"这个概念来解释阶级性和阶级斗争,用解放全人类、解放人类天性来解释阶级斗争和描述革命目的,从而赋予阶级斗争在人性人道主义上的合理性甚至合法性。他认为,"阶级斗争也就是人性解放的斗争",其"最终目的则为解放全人类,解放人类本性",因此"文艺必须为阶级斗争服务",其目的也"真是要使人在阶级消灭后'自我归化'——即回复到人类本性,并且发展这人类本性而日趋丰富"。自然而然,巴人在这个意义上将人情(人类本性)、人道主义和阶级斗争在逻辑上统一起来了。在这个意义链上,巴人认为写人情是文艺为阶级斗争服务的基础。意义统一起来和关系确立了之后,巴人自然要为写人情进行辩护,反过来抨击那些为了阶级性而贬低写人情的观点是"矫情":"'矫情',往往是失掉立场,也丢掉理想的。"② 巴人后来在回应人们对《论人情》批评的《给〈新港〉编辑部的信》中再次强调:"'通的是人情,达的是无产阶级的道路。'前者是'手段',后者是'目的'。"③ 再次强调了二者之间的关系。从上文可以看出,人情人性是艺术创作和批评的起点。

在巴人发表《论人情》的同时,钱谷融完成了《论"文学是人学"》(完成于1957

---

① 习近平:《在文艺工作座谈会上的讲话》(2014年10月15日),人民出版社2015年版。
② 巴人:《论人情》,《新港》1957年第1期。
③ 巴人:《给〈新港〉编辑部的信》,《新港》1957年第4期。

年 2 月，发表于 5 月），涉及文学的任务、作家的世界观和创作方法、评价文学的标准、各种创作方法的区别、人物的典型性和阶级性五个方面。文中，钱谷融提出了人道主义是作品评价的最低标准，人民性是作品评价的最高标准的体系性观点。他说："假如人民性、爱国主义、现实主义等等概念，并不是在每一篇古典文学作品的评价上都是适用的话，那么，人道主义这一概念，却是永远可以适用于任何一篇古典文学作品上的。人民性应该是我们语言文学作品的最高标准，最高标准并不是任何时候都能适用的；也不是任何人都会运用的。而人道主义精神则是我们评价文学作品的最低标准，最低标准却是任何时候都必须坚持的；而且是任何人都在自觉地或不自觉地运用着的。够不上最低标准，就是不及格；就是坏作品。达到了最低标准，就应该基本上肯定它是一篇好作品；就一定是有其可取之处。至于好到什么程度？可取之处究竟有多大；那就得运用人民性等等的标准去衡量了。"[①] 钱谷融认为，凡是具有人道主义的作品，就可以进入优秀作品的行列，而那些不具备人道主义的颓废派和自然主义的作品，就没必要费功力去检视其中有无人民性了。只有首先是具有人道主义的作品，才能进入好作品的范围，才能进一步根据人民性的程度，来判断其作品好的程度、可取之处有多大。在这里，人道主义是个定性标准即最低原则性标准，人民性实际上是个程度标准，是标示作品好到什么程度的具体批评标准。

从学理上来讲，接受人情人性论、人道主义作为艺术批评的最低标准不存在任何问题。这一标准的界定，在理论上也丰富了马克思主义批评标准的内涵和领域。虽然这一标准观在 20 世纪 50 年代至 20 世纪 70 年代受到批判，但其学术价值和意义在 20 世纪 80 年代得到恢复，逐渐成为中国化马克思主义文艺理论的重要成果之一。但也正如当初批评者所顾虑的那样，在理论和创作批评实践两个方面，人情人性论、人道主义是非常容易走向自然人情人性论、超阶级或隐性阶级性的人道主义错误方向去的。新时期以来的许多创作和批评现象、许多人学批评标准论印证了这点。巴人、钱谷融当年也预见到了这点，因此对无产阶级的人情人性论、人道主义做了大量论证和界定，但遗憾的是，人们并不能熟练掌握这一批评理论工具。

**二　维度标准和具体标准**

所谓维度标准，也就是限定从哪些主要方面、方向来开展文艺批评。不少批评维度包含着一定的具体标准，比如"人民的"批评维度，它自然含有批评的人民立场等要求，但在这里，我们将其理解成从人民这个维度来界定批评标准，主要指的是它的维度或者范围意义。卓今在《中国马克思主义文论的"内部研究"》一文中说："马克思主义文艺批评的总体性（即其世界观、历史观、人学观、美学观、文艺观）"，[②] 说的

---

① 钱谷融：《论"文学是人学"》，《文艺月报》1957 年第 5 期。
② 卓今：《中国马克思主义文论的"内部研究"》，《中国社会科学院研究生院学报》2019 年第 3 期。

也是批评维度问题。我们可以看到从各个角度（维度）提出的批评标准论，如大众化、民族化、时代化、通俗化、社会效益等，所以说，"横看成岭侧成峰"，维度是无限的。因此，我们需要找到最主要的批评维度。也就是说，如何划分主要维度也有个标准问题。所以，我们这里界定的批评维度，指的是那种具有最高或较高概括性的范畴，比如"美学的历史的""政治标准艺术标准""思想标准艺术标准""内容和形式""真善美""历史的、人民的、艺术的、美学的"等维度。

而所谓具体标准，一般是在提出原则标准和维度标准之后，对原则标准和维度标准所设定的具体要求。具体标准往往是为了支撑原则标准和维度标准而展开的论述。鲁迅在《批评家的批评家》（1931）一文中说："我们曾经在文艺批评史上见过没有一定圈子的批评家吗？都有的，或者是美的圈，或者是真实的圈，或者是前进的圈。"①"圈"是批评标准，"美、真实、前进"则是具体标准。

（一）恩格斯的"美学的历史的"维度标准和理想艺术的具体标准

马克思、恩格斯没有提出批评的原则标准，但提出了"美学的历史的"维度标准和这两个维度上理想艺术的具体标准。

美学的和历史的批评观点是别林斯基最早提出来的，时间上比恩格斯早几年，二者之间有无影响关系、是否独立起源还是有共同理论根源，这个问题还需要进一步的研究。②

1846年，恩格斯在《卡尔·格律恩〈从人的观点论歌德〉》一文中除了批判"真正的社会主义"错误的人的观点之外，还提出了"美学的历史的"批评观。恩格斯在文章中指出："我们决不是从道德的、党派的观点来责备歌德，而只是从美学和历史的观点来责备他；我们并不是用道德的、政治的、或'人的'尺度来衡量他。"③ 从字面意义来看，不难理解，恩格斯这里所说的"美学和历史的观点"与所罗列的道德的、党派或者政治的、"人的"尺度等范畴一样，只是一个批评的角度或维度而已。

到了1859年4—5月，马克思和恩格斯在一个月内分别给拉萨尔写信。马克思在信中提到了莎士比亚化和席勒式，恩格斯则在信中先简单谈论"思想内容"之后大谈什么是"美的文学"时，提出了"（德国）戏剧具有的较大的思想深度和意识到的历史内容，同莎士比亚剧作的情节的生动性和丰富性的完美的融合，大概只有在将来才能达到，而且也许根本不是由德国人来达到的。无论如何，我认为这种融合正是戏剧的未来"理想艺术的标准后，在结尾部分指出："我是从美学观点和历史观点，以非常高的、即最高的标

---

① 鲁迅：《批评家的批评家》，《鲁迅全集》第5卷，人民文学出版社1981年版，第428页。
② 关于这个问题的研究，可参见张永清《对恩格斯"美学和历史的观点"及其相关问题的再思考》（《外国文学评论》2016年第4期）。张永清认为：美学观点与历史观点是当时思想界的普遍观点，"历史的与美学的"的首创者是黑格尔；"美学的与历史的"的首创者则是别林斯基。无论是黑格尔对"历史的与美学的观点"的理论阐释还是别林斯基对"美学的与历史的观点"的理论剖析，都远比恩格斯深入和具体。
③ [德]恩格斯：《卡尔·格律恩〈从人的观点论歌德〉》，《马克思恩格斯全集》第1版第4卷，人民出版社2016年版，第257页。

准来衡量您的作品的，而且我必须这样做才能提出一些反对意见，这对您来说正是我推崇这篇作品的最好证明。"① 因此，从逻辑来看，美学观点和历史观点并不具有实在规定性的内涵，它只是提出了一个批评维度，而这个维度所蕴含的具体的"最高"批评标准则是那种高度思想性和艺术性的艺术，即"具有的较大的思想深度和意识到的历史内容，同莎士比亚剧作的情节的生动性和丰富性的完美的融合"的理想艺术。这个具体标准也称为"三融合"标准，它才是"美学的历史的"批评维度上的最高标准。

张永清在《对恩格斯"美学和历史的观点"及其相关问题的再思考》中考证了恩格斯在以上两个文本中用词上的差异。他说：恩格斯在"文本一"与"文本二"中分别使用了 Standpunkte 与 Seite 这两个德文词，前者的本义是"观点"，后者的本义是"……侧、面"。② 这也说明，把"美学和历史的观点"理解成批评维度（方向）也是符合恩格斯文本实际的。

因此，恩格斯的"最高标准"指的是"美学的历史的"批评维度上的"三融合"标准，是具体标准中的最高标准。当然，从马克思、恩格斯一体的角度来认识，真实性、倾向性、"莎士比亚化"和典型论自然也包含在"最高标准"的要求中。

（二）毛泽东提出了原则标准和维度标准，但没有提出完整的具体标准

如前所述，毛泽东的批评标准是由社会效果（实践）原则标准和主要以政治艺术、内容形式两个维度标准组成的一个批评标准体系。这里所说毛泽东并没有像恩格斯那样直接提出批评的具体标准，并不等于没有具体标准。毛泽东关于创作方法、艺术语言等论述中有大量观点是可以视为艺术批评具体标准的，比如典型化、中国作风中国气派、民族形式、喜闻乐见等。而且毛泽东知道，在原则标准和维度标准之下，是需要有批评具体标准的，并且曾对政治维度下的具体标准有论述。1957 年，毛泽东在《关于正确处理人民内部矛盾的问题》中提出执行"百花齐放、百家争鸣"方针和"我们今天辨别香花和毒草"的六条原则标准之后，指出："这是一些政治标准"，"这六条政治标准对于任何科学艺术的活动也都是适用的"，但同时毛泽东又指出，"为了鉴别科学论点的正确或者错误，艺术作品的艺术水准如何，当然还需要一些各自的标准"。③ 也就是说，毛泽东对政治维度下具体的批评标准做了论述，但遗留了艺术维度下具体批评标准的命题。

（三）邓小平发展了马克思主义文艺批评的维度标准，又丰富了具体标准

1979 年，邓小平在《在中国文学艺术工作者第四次代表大会上的祝词》中提出了"作品的思想成就和艺术成就，应当由人民来评定"这一重要论述。这一论述有重大的理论贡献：一是将毛泽东批评标准中的政治维度改成思想维度；二是不再强调思想维

---

① ［德］恩格斯：《致斐·拉萨尔（1859 年 5 月 18 日）》，《马克思恩格斯全集》第 1 版第 29 卷，人民出版社 2016 年版，第 586 页。
② 张永清：《对恩格斯"美学和历史的观点"及其相关问题的再思考》，《外国文学评论》2016 年第 4 期。
③ 毛泽东：《关于正确处理人民内部矛盾的问题》，《建国以来毛泽东文稿》第六册，中央文献出版社 1987 年版，第 348—349 页。

度和艺术维度孰先孰后、孰是第一的问题，这对于社会主义文艺的健康发展具有重要意义。此外，邓小平还对思想维度和艺术维度下的具体标准做了丰富的论述，比如社会主义新人形象、不能容忍那种艺术上软弱无力和毫无新鲜气息的平庸之作、倡导"防止和克服单调刻板、机械划一的公式化概念化倾向"，鼓励"文艺题材和表现手法要日益丰富多彩、敢于创新"，等等，① 丰富了马克思主义文艺批评具体标准的内涵。

王之望在《谈邓小平的文艺批评观》中说："在发展文艺事业和同各种错误倾向的坚决斗争中，邓小平还提出了文艺批评的客观标准问题。这些标准包括终极标准、政治标准和具体标准。"② 所谓"终极标准、政治标准和具体标准"，实质对应的就是原则标准、维度标准和具体标准。由此可见批评标准体系性建构的合理性。

（四）习近平在马克思主义文艺批评维度标准和具体标准上的继承和突破

文艺批评是习近平文艺观中的一个重要内容。习近平在价值理性上非常强调文艺批评的性质和功能，他指出："文艺批评是文艺创作的一面镜子、一剂良药，是引导创作、多出精品、提高审美、引领风尚的重要力量。"在方法理性上，习近平指出："要以马克思主义文艺理论为指导，继承创新中国古代文艺批评理论优秀遗产，批评借鉴现代西方文艺理论，打磨好批评这把'利器'，把好文艺批评的方向盘，运用历史的、人民的、艺术的、美学的观点评判和鉴赏作品。"在这里，习近平提出了"历史的、人民的、艺术的、美学的"等关于批评标准维度的新表述，体现了对马克思主义文艺批评维度标准的继承和突破，尤其是将艺术维度从美学维度中析出并赋予其规定性，更是理论上的一大贡献。不仅于此，习近平还在一系列讲话中，对这四个维度下的具体批评标准有详细的说明。比如对于"人民的"批评维度，习近平不仅继承和强调了社会主义文艺的本质是人民文艺、社会主义文艺的人民主体性等马克思主义文艺理论的基本原则，还对这一维度下的具体要求和标准做了深刻的阐述，他要求"把人民作为文艺表现的主体"，认为"能不能搞出优秀作品，最根本的决定于是否能为人民抒写、为人民抒情、为人民抒怀"，"一切轰动当时、传之后世的文艺作品，反映的都是时代要求和人民心声"，等等。对于其他三个批评维度，习近平也有许多具体标准上的论述。但习近平的批评维度标准并不仅限于此，如果把"历史的、人民的、艺术的、美学的"视为内部维度的话，习近平还提出了两个外部维度标准，一是评价"好的作品"的三个维度标准："一部好的作品，应该是经得起人民评价、专家评价、市场检验的作品，应该是把社会效益放在首位，同时也应该是社会效益和经济效益相统一的作品。"二是提出了评价艺术"精品"的三个维度标准："思想精深、艺术精湛、制作精良。"③ 所以说，习近平在维度标准和具体标准上对马克思主义文艺批评标准理论的发展做出了贡献。

---

① 邓小平：《在中国文学艺术工作者第四次代表大会上的祝词》，《邓小平文选》第二卷，人民出版社1994年版，第207—214页。
② 王之望：《谈邓小平的文艺批评观》，《理论与现代化》2000年第10期。
③ 习近平：《在文艺工作座谈会上的讲话》（2014年10月15日），人民出版社2015年版。

新时期以来（尤其是 20 世纪 80 年代至 20 世纪 90 年代），关于维度标准和具体标准的讨论一度蔚为壮观。根据李国华《文学批评学》①介绍，除了"美学的历史的""政治标准艺术标准""思想标准艺术标准"，还出现了"真善美标准""思想性真实性艺术性标准""审美愉悦标准""艺术效益经济效益社会效益"等许多新的维度标准。有的维度标准下面还有更低层次的维度标准或者具体标准，如"真实""思想""创造""愉悦"的四标准说，"感染力""真实性""典型性""独创性"和"健康性"的五标准说，以及"为人民大众的基本标准""多标准"说，等等。进入 21 世纪后，由于受西方理论尤其是文化研究的影响，批评标准更是出现了"多元并存"的格局。这种多元还主要是批评形态上的丰富多样性。但需要说明的是，后现代主义和资本主义批判语境中的批评理论在社会主义文学批评中的合理性和正当性（合法性）还有待更多的检验。

回头我们再来看一个学术问题：如何理解文艺批评的"最高标准"与"第一位"标准。这是一个 20 世纪 80 年代至 20 世纪 90 年代很让学者困惑的问题。通过以上批评标准体系的分析架构，我们就很容易看出，它们是分属批评标准体系的不同层次：毛泽东的"第一位"标准是维度标准，恩格斯的"最高标准"是具体标准。二者没有可比性。因此，"'美学和历史的观点'高于'政治的'观点吗？"这样的一些理论问题就很好解决。

## 三 其他问题

### （一）"最高标准"

在马克思主义文艺理论批评话语体系中，"最高标准"是个高频关键词。在前文对恩格斯和钱谷融批评"最高标准"的解释中，我们将其理解为描述具体标准时的一个最高程度概念，并不赋予其原则性，不具有性质判定的意义，也就是说，它只说明艺术水平优劣高下之别，并不区分艺术作品性质上的好坏。不少人主张审美原则是文学批评的首要标准，在讨论恩格斯"美学的历史的"观点时也有美学优先还是历史优先的论争，但无论是美学优先还是历史优先，那都是在符合原则标准之后具体标准的使用问题。因为在中文语境中，原则的标准往往指的是最低标准或者基本标准，比如不能政治上反动、不能反人情人性、不能反（无产阶级）人道主义、不能有不好的社会效果等，它界定的是批评对象在性质上的好与坏，是进入艺术批评的最低门槛，即钱谷融所称的及格线。

俗话说，"文无第一，武无第二"，说的就是原则标准和具体标准在性质和程度上的这种区别。原则标准只有最低标准，它是稳定的、普遍的、优先的；在具体标准上我们可以设定最高标准，它可以是相对的、变动的，因为随着人民认识能力的提高，这个"上不封顶"的最高标准是可以变化的。在钱谷融受苏联文论的影响，主张人民性是艺术

---

① 李国华：《文学批评学》，河北教育出版社 1995 年版。

批评最高标准的同时，1957年5月，徐中玉发表《文学的民族意义、全人类意义和人民性的关系》，文章中提出了一个比人民性更高的批评标准——"全人类意义"："文学的民族意义和全人类意义标志着作品具有极高的或最高的思想性与艺术性，但它的基础和具体内容则是人民性，也可以说民族意义和全人类意义就是人民性的极高或最高的表现。"①这和新时代习近平倡导的"人类命运共同体"理论何其相似！

（二）维度标准的先后

不同批评维度有一个先后的问题。普列汉诺夫在《〈二十年文集〉第三版序》（1908）一文中专门讲到文艺批评问题。他说："批评的第一项任务，就是将该文艺作品的思想，从艺术语言译成社会学语言，以便找到可以称之为该文学现象的社会学等价物。"这段话的意思是说文艺批评的第一个任务，就是对作品进行思想内容的分析和批评；接下去他又讲道："忠诚不渝的唯物主义批评的第二个步骤应当是对所分析的作品的审美价值做出评价。"这就是艺术上的评价。程代熙认为，"这个材料说明，就二十世纪来讲（远的如古希腊的柏拉图就不说了），在文艺批评上首先提出'政治标准第一，艺术标准第二'的，倒不是毛泽东同志，而是普列汉诺夫"。②这一判断值得商榷。首先，对批评步骤、批评任务先后排序，和批评维度按重要性先后排序是两回事。一般情况下，在"唯物主义批评"范畴内，历史的维度、思想的维度、政治的维度在前，有其合理性，正如钱谷融讲的那样，"不及格"的作品也就没有后续分析的必要了。其次，根据字面意义来看，将其理解成最早的"思想标准、艺术标准"二维论，比将其理解成最早的"政治标准、艺术标准"二维论会更合适一些。因为将作品内容形式二分、美学思想二分是普列汉诺夫的一个重要美学思想。普列汉诺夫说："分析艺术作品，就是了解它的观念和评价它的形式。批评家应当既评断内容，也评断形式；他应当既是美学家，又是思想家。"③

在当时，普列汉诺夫的批评维度或者步骤顺序论，受到了卢那察尔斯基等的批评。在卢那察尔斯基看来，完成第一步批评是非常容易而且容易流于武断和主观，这是导致当时劣质批评泛滥的重要原因，所以，卢那察尔斯基提出了美学分析应该是批评的主要任务。④这个论断对于我们理解维度标准的先后以及批评的主要任务是很有帮助的：批评维度有先后，但批评的重点工作和主要任务在后，在美学批评。

（三）"批评方法"

"批评方法"也是个高频关键词。对批评方法的理解可以分为两类。一类是形而上的角度，不少人把原则标准、维度标准、具体标准就直接称为批评方法，比如社会历史批评、审美批评等，这具有合理性，因为它们具有方法论的意义；一类是具体的角

---

① 徐中玉：《文学的民族意义、全人类意义和人民性的关系》，《学术月刊》1957年第5期。
② 程代熙：《谈谈马克思主义文艺批评的标准问题》，《文艺界通讯》1982年第4期。
③ ［俄］普列汉诺夫：《普列汉诺夫美学论文集》第1卷，人民出版社1983年版，第259—260页。
④ 程代熙：《谈谈马克思主义文艺批评的标准问题》，《文艺界通讯》1982年第4期。

度或者方法，比如演绎法、归纳法、分析法、文本阅读法（如症候阅读法）、比较法、内部批评、外部批评等。现代主义和后现代主义文艺批评在批评方法方面有许多创造性的贡献，比如语言批评、叙事批评、精神分析批评、神话批评、女性主义批评、文化批评、新历史主义批评等。

批评方法与批评标准问题经常交织在一起，但批评方法在批评学体系中有自己的独立性，更多地和批评话语、形态（类型）、模式（范式）等范畴结合在一起。因此，我们在批评标准范围内讨论批评方法时，要注意结合原则标准、维度标准、具体标准来理解，而不能仅把它理解成一种研究、分析方法。

### （四）"人民之维"

前文在讨论维度标准的时候，我们或隐或显地遗留了一个问题，那就是批评标准的人民维度问题。陆贵山在纪念《在延安文艺座谈会上的讲话》70周年的文章中指出："《讲话》还倡导一个更为重要的文艺批评标准。这个更富于权威性、具有根本意义的文艺批评标准，却长期被忽视了，以致使文艺的政治标准得到了孤立的、片面的、不适度的强调。《讲话》指出：'对于过去时代的文学艺术作品……必须首先检查它们对待人民的态度如何，在历史上有无进步意义，而分别采取不同的态度。'这是一个极其重要的思想原则，不但适用于过去，而且适用于现在和将来，适用于一切时空和历史条件下的全部创作和作品。"[①] 确实，我们在讨论马克思、恩格斯、列宁、毛泽东及其他批评维度标准时，并没有单独将人民维度作为维度标准之一进行说明，这是因为，首先，人民维度是马克思主义批评标准有史以来就确立、存在着的一个永恒的维度标准。马克思曾说："人民历来就是作家'够资格'和'不够资格'的唯一判断者。"[②] 列宁在与蔡特金谈话中说："艺术属于人民。它必须深深地扎根于广大劳动群众中间。它必须为群众所了解和热爱。它必须从群众的感情、思想和愿望方面把他们团结起来并使他们得到提高。它必须唤醒群众中的艺术家并使之发展。"[③] 毛泽东说：批评"必须首先检查它们对待人民的态度如何"。邓小平说："作品的思想成就和艺术成就，应当由人民来评定。"习近平说："把人民作为文艺审美的鉴赏家和评判者"，还说"一部好的作品，应该是经得起人民评价、专家评价、市场检验的作品"。[④] 所以说，我们无法把人民这个维度归在特定某个批评标准下，而是将其视为马克思主义批评维度的"元维度"。其次，和艺术的人民主体论一样，人民维度批评标准的内涵也非常复杂，有艺术评价主体上的，也有艺术表现主体上的，甚至有艺术创作主体上的各种要求，其复杂性需要进一步的研究。再次，虽然人民维度是元维度，但在一百多年马克思主义文

---

① 陆贵山：《人民文学的旗帜 世界文论的经典》，《文艺报》2012年5月21日。
② 马克思：《第六届莱茵省议会的辩论（第一篇论文）》，《马克思恩格斯全集》第1卷，人民出版社1960年版，第90页。
③ 中国社会科学院文学研究所文艺理论研究室编：《列宁论文学与艺术》，人民文学出版社1983年版，第444页。
④ 习近平：《在文艺工作座谈会上的讲话》（2014年10月15日），人民出版社2015年版。

艺批评发展史上，这一维度标准与党性、阶级性、民族国家乃至国际主义等维度标准交织在一起，彼此之间存在着各种张力与矛盾关系，人民维度也一度弱化或者消失，其发展历史的复杂性也需要进一步的研究。

（五）批评标准的同一性和多样性

批评标准的同一性和多样性论是新时期以来批评标准论的一个主要标签。对应原则标准、维度标准、具体标准，我们可以看出，批评标准的同一性主要体现在原则标准上，多样性主要体现在维度标准和具体标准上。比如，我们为什么将毛泽东的"政治标准（第一）"作为维度标准，而把社会效果（实践）论作为原则标准，就在于，"文艺批评标准的同一性"要求批评标准是"统一的""普遍的"，显然，"政治标准（第一）"不具有这种统一性和普遍性，但它作为维度标准在特定的历史阶段又具有它的历史合理性，我们从批评标准的多样性上应该肯定其价值和意义。因此说，通过体系性的批评标准分析框架，我们能够更好地理解马克思主义文艺理论话语体系中的各种批评标准论。

当前理论界非常重视批评问题。批评问题被重视的根本原因，与批评理论的超前发展和批评实践的落后有很大的关系。作为理论来讲，批评标准已然是个"前现代性"的问题，这造成了批评标准理论的消解。[①] 但从实践来讲，文艺批评仍面临着世俗化、商业化、个人化、自由化等非历史、非美学、非人民等"前现代性"问题的困扰。此外，现时代的批评生态环境发生了很大变化，批评理论和批评标准如何发展已是一个全新的命题。比如，在网络化、媒体化时代，公共场域的进一步扩大，批评标准对批评的公共属性具有特殊意义。郄智毅从张江的公共阐释理论出发，在《文学批评"普遍的历史前提"与批评的公共性》一文中指出，批评标准本身就是公共领域的产物，批评标准是文学批评公共性阐释的起点。[②] 因此，呼应本文开头的疑惑，在对话交往理论和公共空间理论中，公共阐释理论无疑为马克思主义批评标准理论的发展提供了一个新的理论场域。所以，在马克思主义指导下，结合新的文艺形态、文艺类型、文艺观念和文艺实践，继续在不同理论路径和场域讨论体系性批评标准问题，仍具有现实合理性和紧迫性，具有历史和现实、理论和实践、创作和批评等多重意义。

---

① 张冰对此有个详细但值得讨论的解释："20世纪90年代之后，随着整个文艺界学术语境的转变，文艺批评的标准问题逐渐淡出了我们的视野。这种淡出除了我们以上所提及的理论自身的逻辑困境的原因之外，可能还基于如下原因，随着学界对'文化大革命'时代话语反思的深入，标准问题本身也成为一种政治话语的表征而被抛弃，学者们由对文艺被政治阉割的心有余悸化成了对一些在当时所形成问题的不加辨析的否定和质疑，标准问题被认为是一种极端政治语境下的产物，这似乎否定了它作为一个真问题的存在的可能；在整个80年代，学界引入了西方很多的理论，结构主义、新批评、精神分析、格式塔心理学、接受美学等，对这些新理论新名词的关注和追逐很容易使人们认为类似于标准问题这样的命题是已经过时了，无须再浪费笔墨；再有，从当下的流行观念来看，多元化已经成为主流，从学界到一般的大众意识，都是主张价值多元，而标准仿佛暗含着整齐划一，即追求的是一元，时代的价值取向和标准问题似乎存在着逻辑上的冲突，在这种情况下再提标准问题好像不合时宜。"[张冰：《关于文学艺术批评标准的讨论》，高建平主编《当代中国文艺理论研究（1949—2009）》，中国社会科学出版社2011年版，第122页。]

② 郄智毅：《文学批评"普遍的历史前提"与批评的公共性》，《求是学刊》2018年第3期。

# 论伊格尔顿文学观念的转变(1983/2012)
## ——"后理论"语境中的文学本质问题再讨论

李慧文[*]

(江西师范大学当代形态文艺学研究中心,江西南昌 330022)

**摘要**：文学是什么？这一基本问题在中外文艺理论话语中始终没有得到有效的回答，而"后理论"语境使得这一问题变得更加复杂。在1983年的《文学原理引论》一书中，伊格尔顿提出了"文学是什么？"的问题，随后他得出结论：文学是无法定义的，根本不存在"文学"这种东西，同时也宣告文学和文学理论的死亡。在2012年的《文学事件》一书中，伊格尔顿重提文学本质问题，并借助维特根斯坦的"家族相似"理论重新定义文学。伊格尔顿在文学本质问题上的态度转变，折射出当代文学理论的危机。这是伊格尔顿在"后理论"危机中作出的新思考，也是旨在挽救文学和文学理论的新尝试。"文学"这一概念，承担着人类物种价值"蓄水池"的功能，满足着人类表达、沟通、认识世界以及净化和审美体验等特殊需求，同时也可以指导文学实践，对种种文学纷争作出裁决。在当代，文学建制的存在仍然是合理的和必要的。

**关键词**：特里·伊格尔顿；后理论；文学本质；文学建制

文学是什么？换言之，文学的本质是什么？这是文学理论研究的基本问题。但在中外文论话语中，这个问题都没有得到有效回答，甚至被有意回避了。中国古代关于文学本质的论述大多语焉不详，如曹丕对文章（文学）属性的阐明："盖文章，经国之大业，不朽之盛事。"[①]虽气象宏大，却无具体所指。又说"文以气为主"，但"气"的范畴过于抽象。西方文艺界对文学本质的探索同样没有得出令人满意的答案。诗人庞德看重内容，认为文学是充注了"意义"的语言[②]，理论家韦勒克则注重形式，认为有一种"文学语言"存在。无数学者曾就这一问题展开探索，但几乎全部铩羽而归。最后，睿智的理查德·罗蒂提议："不痒的地方就别去挠它。"[③] 在当下的"后理论"语境

---

[*] 李慧文(1990— )，湖南新宁人，博士，江西师范大学文学院讲师，硕士生导师，本文受江西省高校人文社会科学重点研究基地2021年招标项目"'布拉格学派'的马克思主义美学研究"（项目编号：JD21026）资助。

① 曹丕：《典论·论文》，王友怀等主编《昭明文选注析》，三秦出版社2000年版，第751页。
② [美]埃兹拉·庞德：《阅读ABC》，陈东飚译，译林出版社2014年版，第14页。
③ Terry Eagleton, *The Event of literature*, New Haven and London: Yale University Press, 2012, p.134. 参照中译本[英]特里·伊格尔顿《文学事件》，阴志科译，河南大学出版社2015年版。

中，文学本质问题，乃至文学理论本身被打上了已经过时①的标签，文学是什么？似乎已不再引起人们的兴趣。

## 一 问题的提出及文学的四种定义

伊格尔顿在 1983 年的《文学原理引论》(Literary Theory: An Introduction) 中提到：假如真有"文学理论"这种东西的话，那首先得有一种叫"文学"的东西。因此，文学理论研究的第一个问题是：文学是什么？——为什么莎士比亚的剧本、弥尔顿的诗歌、塞万提斯的小说、培根的散文，乃至博叙埃的悼词和塞维尼夫人的书信都被称为文学？是什么使这些特殊的文本成为文学？

对普通读者来说，这是一个不言自明的问题，当他拿起一本小说或诗集时，他很清楚那是文学作品，而当他面对一份洗衣机使用说明书时，他也很清楚那不是文学作品。不过，如伊格尔顿所言，普通读者大多和年轻的实习医生一样，能辨认胰腺却不知道它的功能。人们能轻易辨别文学和非文学文本，却无法阐明依据。人们惊叹于文学作品的超时空、跨种族性，惊叹于同一部文学作品可以被不同时代和国度的读者喜爱——正如马克思所言，荷马史诗穿越千年仍然可以给我们以艺术享受，而且就某一方面说还是一种规范和高不可及的范本②——但无法说清使文学作品永垂不朽的东西究竟是什么。

《文学原理引论》这本反响巨大的著作乍看上去是介绍 20 世纪西方各文学理论流派的，但实际上从头到尾都在与"文学是什么？"这个命题纠缠。伊格尔顿总结了欧美 17 世纪以来的几种主要文学定义。

(一) 虚构性或想象性。这种定义认为文学的本质在于它所书写的对象不是真人真事。对于一个英国理论家来说，这种定义有其道理，因为英语中的"小说"和"虚构"是同一个词 fiction，据雷蒙·威廉斯考证，该词最早出现在 14 世纪，词源是法文 fiction 和拉丁文 fictionem③。但伊格尔顿推翻了这种定义，他认为文学不等于虚构。一方面，虚构的不一定是文学，如笑话、梦境等；另一方面，文学作品也可以是非虚构的，如传记、书信、哲学著作、格言和悼词等。事实上，在 16、17 世纪的英国，小说一词既用于虚构也用于真人真事——虚构和真实的边界是模糊的，虚构往往包含着真实的行动——在 2012 年的《文学事件》(The Event of Literature) 一书中，伊格尔顿补充了一个绝妙的例证：当你假装打喷嚏的时候，你必须真的打一个喷嚏。④ 虚构的文学作

---

① Terry Eagleton, *The Event of literature*, New Haven and London: Yale University Press, 2012, p. iv.
② [德] 马克思：《导言〈政治经济学批判〉》，《马克思恩格斯全集》(第 46 卷上)，人民出版社 1979 年版，第 49 页。
③ 参见 Raymond Williams, *Keywords: A Vocabulary of Culture and Society*, London: Fontana Paperbacks, 1983, p. 134。
④ Terry Eagleton, *The Event of literature*, New Haven and London: Yale University Press, 2012, p. 119.

品中往往包含着深刻的真实，这也是为什么18世纪的某位主教一边将《格列佛游记》扔入火中，一边愤然高呼这本小说中所讲的东西他一个字也不信。

（二）语言性。这种定义肇始于俄国形式主义和英美新批评。韦勒克认为，是"文学语言"把文学文本和非文学文本区分开来。文学语言的特征，按照雅各布森的说法是：有组织地破坏普通语言，系统地背离日常话语。伊格尔顿举例道：假如一个人在公交车站喃喃自语："啊！你这尚未被夺走贞洁的安静的新娘"，旁人马上就能意识到他是一位诗人；但假如他说："你不知道出租车司机罢工了吗？"旁人也能立即明白他在陈述一个事实。[①] 按照这种定义，文学语言不同于日常语言，它的特点是展示其自身的物质存在形式，即语言的表达方式。从而，文学的本质被简化为技巧的组合，形式学派由此发展出"技巧说"，它包括声音、意象、节奏、句法、音步、韵脚和叙述技巧等，这些技巧的使用打破了人们的日常语言惯习，使读者和听众把注意力转向文本的语言形式，这就是什克洛夫斯基所谓的"陌生化"（Defamiliarization）或穆卡若夫斯基所谓的"前景化"（Foregrounding）。"陌生化"的原理恰如"一旦空气突然变得稀薄或者混浊，我们就不得不留意我们的呼吸"。[②] 在形式主义的启发下，结构主义进一步把文学文本拆解为一系列角色功能和叙事单位的组合。但问题是，文本的形式和内容是不可分割的，连韦勒克也承认，作者对文本形式的选择和编排本身就是一种内容，而内容也必须依托于一定的形式。伊格尔顿指出，形式主义者把内容仅仅看作形式的动因，颠倒了二者的关系，《堂吉诃德》《动物农场》等文学作品的思想性远大于其形式上的价值。因此这种定义也不成立。

（三）非实用性。文学的非实用性是指它与科学和日常用语等实用性文体不同，它是无目的、非功利的，它不是用来传达某个事实，或服务于某种明确的功能性目的，文学的目的和价值就在于它自身。文学文本与科学论文、说明书、告示、传单等非文学文本的根本区别在于，它是"为艺术"的。文学既非宗教、心理学、社会学的奴仆，也不是传达思想、反映社会现实的工具或者某种先验真理的化身，文学有其自身的特殊规律、结构和方法，它本身就是一个"物质性的事实"。[③] 伊格尔顿举例称，当诗人说他的爱情就像一朵红玫瑰时，人们不会在意他的话是否属实，甚至不会在意他是否有一个恋人。[④] 然而，按照这种方法，文学仍然很难被定义，因为"非实用性"是就读者的目的和态度而言的，诗歌、剧本、小说等文本在通常意义上是"非实用"的，但其中也可能包含着史学或其他学科的价值。某些有着明确实用性目的的历史、哲学、政论文本，同时也被看作文学作品。此外，人们通常也会带着审美或消遣的目的去阅读小说、剧本和诗歌。因此很难说它们是完全非实用的。反过来说，也不是所有的非

---

① Terry Eagleton, *Literary Theory: An Introduction*, Oxford: Blackwell, 2008, p. 2. 参照中译本［英］特雷·伊格尔顿《二十世纪西方文学理论》，伍晓明译，陕西师范大学出版社1987年版；及［英］特里·伊格尔顿《文学原理引论》，刘峰译，文化艺术出版社1987年版。

② Terry Eagleton, *Literary Theory: An Introduction*, Oxford: Blackwell, 2008, p. 4.

③ Terry Eagleton, *Literary Theory: An Introduction*, Oxford: Blackwell, 2008, pp. 2-3.

④ Terry Eagleton, *Literary Theory: An Introduction*, Oxford: Blackwell, 2008, pp. 6-7.

实用文本都是文学,如笑话、谜语、梦境的记录等。

(四)纯文学。这种文学观念认为,文学专指文笔优美或人们评价较高的文字书写。但它同样使文学定义失去客观标准,因为不同时代的人对于"文笔优美"和文学价值的评判并不一致,《包法利夫人》《洛丽塔》《嚎叫》等作品的接受史可以说明这一点。不同主体对同一时代、流派的文学评价都有可能不同,遑论对待具体的作家和作品。伊格尔顿指出,尽管不同的人认为他们在评价同一部作品,但事实并非如此,当代的荷马已非中世纪的荷马,当代的莎士比亚也不再是伊丽莎白时代的莎士比亚,不同的时代都在根据自己的目的(purposes)建构着不同的荷马和莎士比亚。此外,文学评价内部也存在着矛盾,人们有时把那些文笔风格自成一派的作品看作文学,有时那些文笔洗练的作品,如法律条文、说明书等却不被看作文学。在 18 世纪的西方,"文学"往往取决于特定阶级的价值标准和趣味,街头小调、通俗传奇甚至戏剧都不被视为文学作品。伊格尔顿说:"如果我们的历史发生一次足够深远的变革……莎士比亚的作品不会比今天的街头涂鸦更有价值。"[1] 艾弗·阿姆斯特朗·瑞恰兹(Ivor Armstrong Richards)曾在剑桥大学做过一次著名的实验:他把一组隐去标题和作者的诗交给学生评价,结果公认的伟大诗人遭到贬低,籍籍无名的诗人却获得褒奖。这说明,人们对文学作品的评价不可避免地受到偏见、信仰和意识形态的干扰。据此,伊格尔顿认为:"根本就不存在'纯'文学价值评定和解释这么回事。"[2]

最后,伊格尔顿宣告了文学定义的失败,他借用约翰·M. 埃利斯的说法,文学这个概念就像"杂草":"杂草不是哪一种特定的植物,而是出于某种原因,园丁不愿意它周围出现的任何一种植物。"[3] 即是说,杂草也好文学也好,它指向的是对象与人的某种关系,而不是对象的本体论意义。在对英美新批评、现象学、阐释学、接受理论、结构主义、符号学、精神分析、政治批评等流派的文学观念进行了一番追索后,伊格尔顿宣称:"就像无法指出所有游戏的共同唯一特征一样,从各种各样被称为'文学'的文本中将它们恒定的共同特征分离出来,是非常困难的。"[4] 因此"根本就不存在所谓的文学'本质'这种东西"。[5] 伊格尔顿遗憾地指出,文学研究的对象既不是本体论也不是方法论的问题,而是一个策略性的问题:我们不是要先问对象是什么或者我们如何去研究它,而是我们的道德要去追问为什么我们要去研究它。

## 二 家族相似:文学本质新论

《文学原理引论》一书显示了伊格尔顿的矛盾和分裂,他似乎一开始预设了"文

---

[1] Terry Eagleton, *Literary Theory: An Introduction*, Oxford: Blackwell, 2008, p.10.
[2] Terry Eagleton, *Literary Theory: An Introduction*, Oxford: Blackwell, 2008, p.13.
[3] Terry Eagleton, *Literary Theory: An Introduction*, Oxford: Blackwell, 2008, p.8.
[4] Terry Eagleton, *Literary Theory: An Introduction*, Oxford: Blackwell, 2008, p.8.
[5] Terry Eagleton, *Literary Theory: An Introduction*, Oxford: Blackwell, 2008, p.8.

学"的存在，并肯定了文学理论的合法性，但经过一番求索后，却得出了相反的结论。这在西方理论界不足为怪，因为自 19 世纪以来就流行着一种说法：不存在"人"，只存在具体的个人。据一位德·梅斯特伯爵称，他只见过法国人、德国人、俄国人，但从来没见过"人"。莱泽克·科拉科夫斯基（Leszek Kolakowski）则戏称，梅斯特伯爵其实也没见过法国人、德国人或俄国人，他只见过杜邦先生、穆勒先生和伊万诺夫先生。① 正是受这种反本质主义哲学观的影响，康拉德·费德勒（Konrad Fiedler）写道："不存在艺术（Art），只存在艺术作品（arts）。"②

文学的特征是模糊的，文学的边界也不是一成不变的。因此，"文学是什么？"这个问题根本没法回答，但它像街头的弹珠骗局一样让人着迷，文学理论家们个个踌躇满志，相信自己会成为幸运儿，打败唯名论拔得头筹。伊格尔顿也被这个谜题吸引，为此倾注了数十年的光阴。最终，他被这个难题反噬，游离于实在论（Realism）和唯名论（Nominalism）之间，发表了一些自相矛盾的观点。1983 年，伊格尔顿避开英国文学批评传统及 20 世纪西方文论的种种陷阱，但没有沿着"杂草论"的思路走下去，而是抓住"修辞"大做文章（虽然他的结论是政治）——这是俄国形式主义和英美新批评，乃至结构主义早就走过的死胡同。

和很多其他理论家一样，伊格尔顿最后不得不自欺欺人地把问题掩盖起来，他在《文学原理引论》一书的结尾宣称，关于文学理论所能做的最有益的事，莫过于承认文学是一种幻觉。因而，文学理论也是一种幻觉。③ 他补充道，文学不过是社会意识形态的分支，没有任何可以把它同哲学、语言学、心理学、文化或社会的思想充分区别开来的单一性特征。伊格尔顿顺便宣告了文学和文学理论的死亡："这本书与其说是一个引论，毋宁说是一个讣告，我们最后埋葬了我们想挖掘出来的那个东西。"④ 什么是文学？伊格尔顿回答道："最好的办法是把'文学'看作一个名称，人们出于不同的原因，不时地把某些特定的写作纳入米歇尔·福柯称之为'话语实践'（discursive practices）的一整个领域。"⑤ 如果非得研究点什么的话，研究对象应该是这个话语实践领域，而不是那个含混不清的文学。

伊格尔顿指出，研究话语实践和研究长颈鹿特性的动物学有所不同，因为它除了研究话语的构成和组织，还要研究它的形式和方法在特定的环境和读者中所产生的效果，而这正是文学批评最古老的形式——修辞学（Rhetoric）所做过的工作。修辞学并不关心它的研究对象是说话还是写作，是诗还是哲学，是小说还是正史，它关注的是

---

① ［波兰］莱泽克·科拉科夫斯基：《经受无穷拷问的现代性》，李志江译，黑龙江大学出版社 2013 年版，第 52 页。
② 参见［匈］阿格妮丝·赫勒、费伦茨·费赫尔《美学的必要性与不可改革性》，《美学的重建——布达佩斯学派论文集》，傅其林译，黑龙江大学出版社 2014 年版，第 14 页。
③ Terry Eagleton, *Literary Theory: An Introduction*, Oxford: Blackwell, 2008, p. 178.
④ Terry Eagleton, *Literary Theory: An Introduction*, Oxford: Blackwell, 2008, p. 178.
⑤ Terry Eagleton, *Literary Theory: An Introduction*, Oxford: Blackwell, 2008, p. 178.

这些话语实践的实施形式和它产生的效果。伊格尔顿绕了一圈又回到了亚里士多德。

对于伊格尔顿的拥趸来说，《文学原理引论》出版之后，"文学是什么？"这个问题已经终结，但书中得出的结论似乎并没有使伊格尔顿心安。于是，在将近30年后的《文学事件》中，伊格尔顿又重提这个问题，他推翻此前的结论，"复活"了文学和文学理论。为了说明文学的本质，他创造了"长颈鹿性"（Giraffeness）和"鳄鱼性"（Crocodilicity）等词语。他认为，"长颈鹿性"和"鳄鱼性"就是那些长脖子的或长着鳞片、在泥巴里晒太阳的野兽的本质。既然有"长颈鹿性"和"鳄鱼性"，那么也一定有"文学性"（Literariness），它决定了哪些文本能成为文学作品——托尼·本尼特也怀疑文学中隐含着某种永恒的特质："虽然文学的范畴是历史地可变的，但它的一些要素，例如虚构性或诗性对人类文化而言却具有普遍性。"[①]

伊格尔顿意识到，解决文学本质问题，不必非得在"唯名论"和"实在论"之间作出选择。唯名论认为，作为共相的本质事实上并不存在，它是从个别事物中派生出来的，是我们强加给世界的。而实在论则坚称，本质先于个别事物且内在于事物之中，它是一种"使个别事物如其所是"的东西。本质，从柏拉图到黑格尔都被理解为先验的理念或精神。1983年，伊格尔顿沿着"实在论"的方向走去，最后却掉进了"唯名论"的陷阱。

在《文学事件》中，伊格尔顿找到了第三条道路，他借用维特根斯坦的家族相似（Family Resemblances）理论来定义文学。所谓家族相似，即在一个家族中，男女老幼因分享着某些基因而在生理或性格上相似，但这种相似性是松散的，并非所有的成员都拥有家族的所有特征，有的成员只具有其中一个特征，有的成员则具有多个特征，他们同时也可能拥有一些不属于这个家族的特征。哥哥和妹妹之间可能没有任何相似之处，但这并不妨碍他们共享着家族相似性。文学也是如此，文本因分享了文学的家族属性而具有文学特征，但不是所有的文学作品都拥有所有的这些属性。

伊格尔顿把文学的家族相似性归纳为虚构性、道德性、语言性、非实用性以及规范性。他认为，一篇特定的作品越多地结合了这些属性，就越有可能被看作文学。他把虚构性、道德性和语言性置于核心地位，称："谈论文学作品的价值，就是在以某种方式谈论它的语言、道德观和虚构的可信度等。"[②] 文学的这些属性不是互相孤立的，而是以特定的方式彼此牵连。人们把一部作品看作文学，可能因为它是虚构的并且在遣词造句上别出心裁，即便它的道德观很肤浅；也可能称赞一部非虚构的文学作品，因为它文笔优美，并且显示出一种非功用的目的；一些带着较强功用目的的文字，也有可能因为辞藻华丽而被看作文学作品……

伊格尔顿对这五种属性进行了补充说明。

（一）虚构性。文学虚构与真实之间既有区别又界限模糊。如前所述，虚构本身就

---

① Terry Eagleton, *The Event of literature*, New Haven and London: Yale University Press, 2012, p.16.
② Terry Eagleton, *The Event of literature*, New Haven and London: Yale University Press, 2012, p.25.

是一种真实的行动。例如，在电影拍摄中演员 A 按照剧本打了演员 B 一记耳光，而 A 恰好对 B 怀着私愤，那么这一记"虚构"的耳光同时也是货真价实的。文学虚构和现实生活存在着交互作用，有时会渗透到现实生活之中。比如，我们会根据现实世界的逻辑去推论福尔摩斯的世界里也存在着一颗冥王星（虽然冥王星那时还没被发现），但我们没办法确定奥菲莉亚有几颗牙齿，或者福尔摩斯的后背上是否有一颗痣。又比如，每年的 9 月 1 日伦敦国王十字车站都会准时播报一趟从 9¾ 站台开往霍格沃茨的列车。据说，科学家正是受凡尔纳科幻小说的启发才发明了潜水艇，而那些热闹的传统节日大部分来源于神话传说。因此，"正方形的圆"也可以是一种客体……

（二）道德性。文学的道德性体现在作者总是或明或暗地向读者传递某种道德观，读者也总会自觉不自觉地对一部文学作品作道德上的评判。在"上帝已死"的后宗教时代，文学被赋予了更多的道德义务。有些人把文学中的道德观等同于积极正面的品行，有些人把它等同于想象力或"共情""移情"。如雪莱和艾略特等人认为，道德是关乎想象力的问题，它本质上是一种审美能力，正是通过这种巫术般的能力，人可以与他者的内在生命同情共感甚至消解自我，达到"知鱼之乐"。但在伊格尔顿看来，道德更多的是一种价值判断——变态杀人狂并非不能觉察受害者的恐惧和痛苦，而是不在乎。艺术作品中的道德并不等同于现实生活中的道德，艺术作品的道德典范意义在于，它具有一种不受外部强制的神秘自律，它是自由的。并不是只有文学具有道德属性，哲学、法律、社会公约等也有。也不是所有的文学作品都具有道德性——伊格尔顿认为，就历史价值而言，莱布尼茨的数学研究也称得上是文学，而罗兰·巴特、海明威等人还有意要刮去小说中的"道德毒素"。

（三）语言性。形式主义深刻影响了 20 世纪的文学理论，它在创作实践中也得到回应。诗人艾略特认为，诗歌的内容并不重要，诗歌的意义就像肉包子打狗，目的在于分散读者的注意力，这样，诗才能更好地通过读者的感官，以不知不觉的方式对他产生影响，从而"抓住读者的大脑皮层、神经系统和消化系统"。[1] 艾略特指出，两次世界大战使欧洲人不再相信"进步"和"理性"的说教，诗人必须发明能够"与神经直接交流"的感性语言，使用那些能够触碰人的内心深处的恐惧和欲望的词语，以及那些能渗透到人的深层的原始本能中去的神秘形象。不过，如前所述，诗歌的语言形式和内容是无法截然分开的，当代文学理论家们也认为，没有任何语义性、句法性或其他语言现象是文学所独有的。

（四）非实用性。文学作品一般不具有罚单或说明书那种直接、明确的实用目的，它不承担交流信息的功能——用埃利斯的话来说，当人们把一段文字当成文学看待时，就不再关心它是否真实，人们甚至会有意以"该文本与其发生的直接语境没有明确的联系"[2] 的态度来对待它。不过，这种纯文学不是一开始就有，所有的文字最初都为着

---

[1] Terry Eagleton, *The Event of literature*, New Haven and London: Yale University Press, 2012, p. 35.
[2] John M. Ellis, *The Theory of Literary Criticism*, Berkeley University of California Press, 1974, p. 44.

一定的目的——据雷蒙·威廉斯考证，直到18世纪晚期，西方语境中的文学才从宗教和其他领域独立出来。虽然文学在当代已经摆脱了绝大部分社会功能，常常被看作自律的艺术品，但仍然不能说所有的文学作品都是非实用的。

（五）规范性。文学的规范性和文学建制（literary institution）紧密相关。彼得·拉马克（Peter Lamarque）和斯坦·豪戈姆·奥尔森（Stein Haugom Olsen）把文学建制看作关于文学的意义、价值和本质等问题的最高裁决法庭，但问题是现实生活中并不存在这种机构。不过伊格尔顿认为，这并不妨碍它作为观念存在于文化之中。最早的文学专指诗歌，其他文体如戏曲、小说、散文、影视作品等后来才被看作文学，这说明文学建制确实存在，最早的摄像《火车进站》不被纳入文学建制的原因就在于它不具备文学的规范性，其他文学体裁亦是如此。

借助于家族相似理论，伊格尔顿把文学定义为五种属性的组合，其中任何一种属性都不足以单独定义文学，但它们一起构成了文学的范畴。这种新的定义方法打破了传统文学理论用某个单一属性来定义文学的范式，使得文学的"本质"变成多维度的，也使文学的概念更具包容性和灵活性，它可以合理地解释为什么不同体裁、风格、趣味、用途和道德水平的文本都可以被称为文学作品。

## 三 后理论语境中的文学本质问题

《文学事件》解决了文学定义的难题。当然，文学的家族属性很可能不止伊格尔顿所列举的五种——例如，按照中国文论传统，我们至少还可以列出神韵、风骨等。但尽管它可能不完整，却具有开创意义。它使文学的概念有了张力，虽然它不如以往的文学定义那样精确，但就如维特根斯坦所言，某人的一张不清晰的照片仍然是他的照片，或如伊格尔顿所说，没有精确边界的田野仍然是田野，在描述地球到太阳的距离时，如果不够精确，只要指出它大概在哪里，人们还是很好理解。

在经历了20世纪文论的风起云涌之后，我们与其去追问伊格尔顿究竟是一个本质主义者还是反本质主义者，不如去思考这个问题：为什么要重提文学本质这一话题？——这或许和近几十年的文学理论发展态势有关。赖大仁先生指出，在后现代主义文化思潮尤其是"反本质主义"论争的影响下，当代文论界关于文学本质的讨论已经发生了巨大的变化，有的理论家回避文学本质论的问题，只对其做某种知识化处理；有的则改变策略，寻求文学本体论的突破。当代文论总体呈现出反宏大叙事、反系统化的倾向。[①]用伊格尔顿的话来说，文学理论的"黄金时代"已经消失，伴随"理论终结"的呼声，我们迈入了后理论时代。

伊格尔顿在文学本质问题上的态度转变，折射出当代文学理论的危机。20世纪中

---

① 赖大仁：《反本质主义语境下的文学本质论探索》，《中州学刊》2016年第8期。

后期理论界的反本质主义和去中心化，使得真理、永恒、客观性、科学探索、历史进步等遭到质疑，宏大的、系统化的理论和概念纷纷宣告破产。利奥塔的后现代宣言预示着作为建制的文学必遭屠戮的命运——这是一个崇尚异质、差异和多元的时代，它被冠以"传媒社会"、"奇观社会"（society of the spectacle）、"消费社会"，或"控制消费的官僚政治社会"① 和"后工业社会"等各种新颖的名称。哈贝马斯设想的那种建立在沟通基础上的共识，并不被后现代主义者接纳，因为它破坏了"各种语言游戏规则之间的异质多相性"。② 在后现代主义的推动下，各种"后"理论应运而生，它们呈现为一股强大的解构力量，使得人类文化和社会的现代性大厦摇摇欲坠。这让有志于捍卫现代性的哲学家们痛心疾首——哈贝马斯把后现代主义直斥为人类远古时代就已存在的无政府主义。③

伊格尔顿曾是后理论队伍中的有力一员，不过他也是批判后现代主义最激烈的学者，他讥讽道，后现代主义所攻击的目标其实早已土崩瓦解，它对个人的意志自由、不容更改的社会规范，以及这个世界有坚实基础这一信仰的质疑，有如现代人写信给报社"怒气冲天地批评骑马纵横的匈奴人或是已经占领了伦敦周围各郡正在抢掠的迦太基人"。④

伊格尔顿的文学观念深受雷蒙·威廉斯的影响，而《文学原理引论》则显示出一种深层的自相矛盾和犹豫不决。威廉斯通过对文学概念的考古发现，一直到16、17世纪，它在西方语境中指的都是读写能力或博学广闻⑤，"文士"（A man of much literature）就是博览群书的人，强调创造性和想象性的文学概念于18世纪晚期伴随早期工业资本主义而诞生。此后，文学与艺术一起逐渐取代宗教，成为对抗日趋乏味与功利化的社会秩序，保存人文价值的飞地。伊格尔顿也指出，现代意义的文学概念兴起于浪漫主义时期开始之后，文学一词的现代意义直到19世纪才真正开始流行。⑥ 在《马克思主义与文学》一书中，威廉斯详细考察了文学一词的含义从"学识"到"趣味"和"感受力"，再到"创造性"或"想象性"，直至"传统"和"民族文学"的嬗变过程。他告诫读者："把'文学'视作一个概念是有困难的。在普通的用法中，'文学'一词顶多是一种特定的描述。"⑦ 威廉斯的文学反本质主义观如乌云一般笼罩在伊格尔

---

① Jean-François Lyotard, *The Postmodern Condition*: *A Report on knowledge*, trans., Geoff Bennington and Brian Massumi, Minneapolis: University of Minnesota Press, 1984, p. Ⅶ. （bureaucratic society of controlled consumption, 岛子译为"有计划性衰竭的官僚政治社会"）

② ［法］让-弗朗索瓦·利奥塔：《后现代状况：关于知识的报告》，岛子译，湖南美术出版社1996年版，第30页。

③ 参见［德］于尔根·哈贝马斯《现代性的哲学话语》，曹卫东译，译林出版社2011年版，第4—5页。

④ ［英］特里·伊格尔顿：《理论之后》，商正译，商务印书馆2009年版，第19页。

⑤ Raymond Williams, *Keywords*: *A Vocabulary of Culture and Society*, London: Fontana Paperbacks, 1983, p. 184.

⑥ Terry Eagleton, *Literary Theory*: *An Introduction*, Oxford: Blackwell, 2008, p. 16.

⑦ Raymond Williams, *Marxism and Literature*, Oxford: Oxford University Press, 1977, p. 45.

顿的脑海——在矛盾和犹豫中，伊格尔顿把整个文学建制连根拔起，宣告了文学和文学理论的死亡。

威廉斯策划了文学研究向文化研究的转型，《关键词》在阐述"文化"一词时诫勉读者，不要企图去找那个"科学"的规定，反而正是词义的变化与重叠才使它显得格外有意义。国内的文学"关系主义"受此启发，南帆先生指出："对于一些重要的概念，我甚至愿意进一步想象——它们在思想文化史上的意义与其说在于'词义'，不如说在于汇聚各种关系的功能。"[①] 以陶东风先生为代表的"泛文学"论则认为，在当代"文学与非文学、艺术与非艺术、审美与非审美的界限不断模糊"，正是在对社会生活和各社会学科的全面渗透中，文学才完成了它的"统治"。[②]"关系主义"和"泛文学"论的冲击力不亚于反本质主义，这类文学观念暗示着文学概念在当代已经失去了它的特殊性和自足性。

"后"理论的冲击也让一些人感到了幻灭和虚无，就像哈贝马斯不满于后现代主义制造的混乱，伊格尔顿也开始反思"后"理论。好在他当年关于文学和文学理论已死的咒语并没有立即生效，文学建制仍然健在，尽管"后"理论的板斧还在不断挥向日薄西山的文学理论。不过，反本质主义的影响也是显而易见的，它使文学理论进入迷失状态。

## 四 "文学"的合理性与必要性

理解《文学事件》这本著作的一个关键术语是"策略"（strategies），它主要指文学文本在处理形式和内容时所采取的一种平衡手段，也有"操演"的意味——它同时适用于作者和读者。伊格尔顿用策略一词说明了文学存在的客观性，从而也说明了文学理论的合理性和必要性。他指出，家族相似的模型不仅适用于文学，也适用于文学理论本身："在众多的文学理论之间，或许不存在单一的某种共同特征，但有一个特殊的概念可以用来说明很多文学理论……这就是把文学作品看作一个'策略'的那种想法。"[③]

伊格尔顿把文学看作人类其他实践的一种替代物，它不仅是一种作用于世界的方式，同时也是对不能实现的愿景的一种补偿。他引用了詹姆逊的观点：文学文本是对自己创设出来的语境的回应。柯林伍德也认为，每一个命题都可以被理解为针对某个问题的答案："所有这些问题都包含着一个前提预设。"[④] 或许，我们可以把文学理解为人类的一种自我解惑的方式，虽然它并不总是能提供正确的答案。也正是在这个意义

---

① 南帆：《先锋的多重影像》，现代出版社 2017 年版，第 46 页。
② 陶东风：《文学的祛魅》，《文艺争鸣》2006 年第 1 期。
③ Terry Eagleton, *The Event of literature*, New Haven and London: Yale University Press, 2012, p. 169.
④ Terry Eagleton, *The Event of literature*, New Haven and London: Yale University Press, 2012, p. 176.

上，可以把文学看作"事件"(event)。

定义文学是困难的，如桑原武夫所说："回答'文学是什么'这个问题，与回答'枞树是什么'或者'片麻岩是什么'不可能相同。"① 因为文学不是像枞树或岩石一样的自然物质，而是"人类所曾经创造、现在也在创造着、将来恐怕也还要继续创造的产物"。② 他指出，文学是"人工的产品"，拥有着它自身的历史，因场所、时间、侧重点的不同，人们对"文学是什么？"的回答也不尽相同，所谓的"永恒的文学"是不存在的，它只是一种表达方式而已。不同的人对"文学是什么？"的理解除了与他的个性、所处的环境有关之外，还与制约着个人行为的传统、教育、政治、经济、文化等各种社会条件有关。

然而，把文学定义为人与作品的关系也有问题，因为它偷换了视角，把"文学"与人的主观意识捆绑在一起，这意味着从本体论层面将文学抹杀，否定了文学自身的特质。归根结底，追问"文学是什么？"是要从文学这个对象中找到某些特质，而不是去探究读者的观念、趣味、知识积累、道德水平等主体性因素。

伊格尔顿认为，文学不是像昆虫存在那样存在着，"文学"的价值评判随着历史而发生变化。这些价值评判指向的不仅仅是个人的趣味，也与社会意识形态密切相关，它是"特定的社会阶层赖以对其他阶层行使或维持权力的种种假想"。③ 文学之所以难以定义，是因为它受制于社会、时代尤其是政治和意识形态。文学理论也一样："从佩希·比希·雪莱到诺尔曼·N. 霍兰德，文学理论从来都是同政治信仰与意识形态价值密不可分地捆绑在一起的。文学理论与其说是一种知识探索的对象，毋宁说是看待我们所处的历史时代的一种视角。"④ 因为任何与人的意义、价值、语言、感觉、经验有关的理论都不可避免地涉及个人与社会性质、权力、性的关系问题，以及对历史的解释、对当下的看法和对未来的憧憬等更深广的信念。伊格尔顿用罗兰·巴特的话"文学是教出来的"(Literature is what gets taught)⑤ 终结了这一问题。

伊格尔顿强调，"文学"不是天然的，它是人类社会历史实践的产物，是一种特殊的人类文化形态，它的内涵总是随着社会历史的发展而收缩或扩张。我们判定一个文本为文学，很多时候是依据传统、惯习和我们所受的教育——虽然那种打破传统和惯习的先锋作品也经常会出现。人们把握"文学是什么？"的方法无疑是查尔斯·阿尔提耶里式的："当我们明确地知道在面对一个被称之为文学作品的文本时该怎么做的时候，我们就知道了什么是文学作品。"⑥

---

① [日] 桑原武夫：《文学序说》，孙歌译，生活·读书·新知三联书店1991年版，第7页。
② [日] 桑原武夫：《文学序说》，孙歌译，生活·读书·新知三联书店1991年版，第7页。
③ Terry Eagleton, *Literary Theory: An Introduction*, Oxford: Blackwell, 2008, p. 14.
④ Terry Eagleton, *Literary Theory: An Introduction*, Oxford: Blackwell, 2008, p. 170.
⑤ Terry Eagleton, *Literary Theory: An Introduction*, Oxford: Blackwell, 2008, p. 173.
⑥ Simon Clarke, *The Foundations of Structuralism: A Critique of Lévi-Strauss and the Structuralist Movement*, Brighton: The Harvester Press, 1981, p. 8.

但这些都不是抹杀文学和文学理论的理由,文学建制的存在本身就证明了它的合理性和必要性。不过,在文学反本质主义盛行的当下,文学和文学理论都面临严重的危机。从某种意义上说,回答"文学是什么?"并不是当务之急,承认文学和文学建制才是。"事件"和"策略"两个术语表明,文学是一种自我维持的循环结构,伊格尔顿认为,解释学批判是为了更好地解答问题而重构问题,因为不是所有问题的尾巴上都挂着一个答案——当俄狄浦斯解开了斯芬克斯之谜时,神兽也随之消灭了。又如列维-斯特劳斯所言,在神话思维中,一旦不能有新的问题被提出来,灾难便会接踵而来。[1]

伊格尔顿的这次反转也可以看作一个"事件"或一种"策略",是一次恢复文学建制、拯救文学理论危机的尝试。在伊格尔顿之后,"文学是什么?"仍将是充满争议的,但这个问题是以承认文学和文学建制为前提的。文学的形态千变万化,不具有把一枚硬币握在手中那样的坚实性,而更像一杯混合饮料,永远有新的味道呈现——在不同时代会有不同的味道被添加进文学"配方"或剔除在外。就像蒋孔阳先生所说,文学本质上是一种社会现象,它并非天然就有,而只能在社会中产生,也只能在社会中存在。[2]

但无论如何,"文学"实实在在地存在于我们的文化之中,它是历史实践中产生的种种趣味和规范的集合,这些趣味和规范因时代、民族环境差异而不同,它随着历史和社会文化的发展而扩张或收缩,但这种扩张或收缩不是漫无目的,而是有着一定的范围和大致的轮廓,它承担着黑格尔所说的那种人类物种价值的"蓄水池"功能,满足着人类表达、沟通、认识世界以及净化和审美体验等特殊需求,同时也指导文学实践,对种种文学纷争作出裁决。因此,文学建制的存在是合理的和必要的。

伊格尔顿说,后理论时代是和贫乏、朴素的前理论时代有着天壤之别的新时代,我们的时代因坐享阿尔都塞和德里达们带来的福泽,而使我们的精神和生活变得更加丰富,因而在某种程度上也是超越了"黄金时代"的新的时代[3],它不会也不应该是一个虚无、幻灭的时代。

---

[1] Edmund Leach, *Lévi-Strauss*, London: Fontana Press, 1970, p. 82.
[2] 蒋孔阳:《蒋孔阳全集1》,上海人民出版社2014年版,第1页。
[3] 参见 [英] 特里·伊格尔顿《理论之后》,商正译,商务印书馆2009年版,第4页。

# 新技术语境下马克思主义文艺理论中国化的阐释路径

李国栋[*]

（西南大学文学院　重庆　400715）

**摘要**：随着高科技的迅速发展，新的文艺现象和问题纷纷涌现，马克思主义文艺理论的中国化也呈现出新的阐释路径。首先是对马克思主义文艺理论的守正创新，立足唯物史观的科学世界观与方法论，围绕艺术生产的理论，坚持从"现实的人"出发作出文艺批评；其次是推动马克思主义文艺理论与科技理论的融合创新，从科技生产力和人文主义的角度来透视和引导新技术的发展；再次是吸纳借鉴后马克思主义理论资源探讨文艺与技术的关系，发掘"后马克思主义文论"的合理性蕴含，从而推动马克思主义文艺理论的"当代性"建构。

**关键词**：马克思主义；文艺理论；新技术；中国化；后马克思主义

当今，随着高科技的迅速发展，电子传媒、有声阅读、微信文学、短视频、网络直播、机器写作、交互式写作、人工智能写作等新文艺现象不断涌现，为文艺理论界提出了新的挑战，也为马克思主义文艺理论在新时代语境下的应用、发展和中国化提出了挑战。马克思主义文艺理论的中国化一般划分为以下三个基本阶段：第一个阶段是"引进、传播和初步接受"阶段（1919—1949年），即从五四运动算起到新中国成立时期，这一阶段也被称为新民主主义时期；第二个阶段是"'苏联模式'文艺理论的移植与全面接受"阶段（1949—1978年），这一阶段又被视为"政治化"时期，其突出特点是"文艺为政治服务"；第三个阶段是"在多元对话中走向综合创新"阶段（1978年至今），即改革开放以来的这段时期。[①] 有学者认为，21世纪之后（2000年至今）的马克思主义文艺理论体现出了新的特征，可以视作"交往对话型"阶段，具有跨古今、跨国别、跨学科的对话特征。[②] 但这一阶段的学术特征也受到一些质疑，有学者指出：

---

[*] 李国栋（1992—　），山东潍坊人，博士，西南大学文学院讲师，硕士生导师。本文为教育部人文社会科学研究项目"后人类视域下赛博格的主体性问题研究"（项目编号：23YJCZH100）的阶段性成果。

① 杨杰、段超：《新时期以来马克思主义文艺理论中国化的进程与建构》，《山东社会科学》2020年第7期。
② 季水河：《论新中国70年马克思主义文艺理论研究话语模式的转换》，《中国人民大学学报》2019年第6期。

"认真观察就会发现,'交往对话型'名义下的诸种理论之间似乎既疏于'交往',也缺少'对话',呈现出一种个人化、零散化的研究格局,因此也就不难理解,为何学界对这一时期马克思主义文论的研判缺乏共识。此前的马克思主义文论研究,要么有一个共同的圆心(政治),要么有一个共同的判断(过度政治化),而新世纪之后,对马克思主义文论的现实功能、学术理想、学科体系,都缺乏明确共识,没有形成整体问题意识,因而无法产生合力推进学科整体格局的更新发展。"[①] 其实在 21 世纪,中国马克思主义文艺理论之所以整体问题意识不明显,文论话语多元而乏共识、多产而不实际,经常流于空泛的话语自我衍射,是因为对马克思主义文艺理论的问题语境和前沿话题缺乏集中性的探索。而当前,新技术现象与文艺的关系作为一个显要的文艺理论问题,可以作为 21 世纪马克思主义文艺理论中国化的问题契机,为实现"交往对话型"的学科建构和理论建构提供一个导向。本文即针对新技术语境下的文艺境遇,指出马克思主义文艺理论中国化的三条阐释路径。

## 一 经典马克思主义文艺理论的守正创新

马克思、恩格斯创立了具有划时代贡献的马克思主义文艺理论。在他们的政治、哲学、经济学、历史学著作和大量书写笔记中,有着相当多有关文艺方面的论述,这些论述极为丰富和深刻。这些基本原理科学地总结了文艺发展规律,创立了一个较为成熟的理论体系,具有跨时代的科学品质。因此即便在当今新技术语境下,也要坚持马克思主义经典文艺理论这一阐释原点。只有在深入地理解了马克思主义文艺理论的基础上,才能在新语境下阐释为有中国特色的马克思主义文艺理论,做到创造性地阐释、应用和延伸。

马克思主义文艺理论首先立足唯物史观的科学世界观与方法论,这要求我们对当今文艺现象的透视首先要立足客观世界的变化,要从生产力和生产方式的角度来看待当今文艺现象的基本特点和问题。在《〈政治经济学批判〉导言》中,马克思对唯物史观的基本原理作出了经典表述:"人们在自己生活的社会生产中发生一定的、必然的、不以他们的意志为转移的关系,即同他们的物质生产力的一定发展阶段相适合的生产关系。这些生产关系的总和构成社会的经济结构,即有法律的和政治的上层建筑树立其上并有一定的社会意识形式与之相适应的现实基础。物质生活的生产方式制约着整个社会生活、政治生活和精神生活的过程。不是人们的意识决定人们的存在,相反,是人们的社会存在决定人们的意识……随着经济基础的变更,全部庞大的上层建筑也或慢或快地发生变革。在考察这些变革时,必须时刻把下面两者区别开来:一种是生产的经济条件方面所发生的物质的、可以用自然科学的精确性指明的变革,一种是人

---

[①] 中国艺术研究院马克思主义文艺理论研究所课题组:《2019 年度中国马克思主义文艺理论学科发展研究报告》,《文艺理论与批评》2020 年第 2 期。

们借以意识到这个冲突并力求把它克服的那些法律的、政治的、宗教的、艺术的或哲学的，简言之，意识形态的形式。我们判断一个人不能以他对自己的看法为根据，同样，我们判断这样一个变革时代也不能以它的意识为根据；相反，这个意识必须从物质生活的矛盾中，从社会生产力和生产关系之间的现存冲突中去解释。"① 这说明，对文学艺术在内的各种社会意识形式的认识，必须回归到社会存在的问题上，对当下来说就是当今文艺生产力与生产方式的变革上。只有基于这一唯物史观立场，我们才能深入理解当今文艺何以呈现出如此新颖的面孔和如此剧烈的变化，才能理解高科技语境下和市场经济下文艺活动的发展规律及相关问题。

马克思的艺术生产理论对于分析当今新技术语境下的文艺问题具有很强的适用性。在《〈政治经济学批判〉导言》中，马克思首次明确了"艺术生产"的概念，并且以唯物史观的角度对其作出了诠释："就某些艺术形式，例如史诗来说，甚至谁都承认：当艺术生产一旦作为艺术生产出现，它们就再不能以那种在世界史上划时代的、古典的形式创造出来；因此，在艺术本身的领域内，某些有重大意义的艺术形式只有在艺术发展的不发达阶段上才是可能的。如果说在艺术本身的领域内部的不同艺术种类的关系中有这种情形，那么，在整个艺术领域同社会一般发展关系上有这种情形，就不足为奇了。"② 这与刘勰的"文变染乎世情，兴废系乎时序"以及王国维的"一代有一代之文学"意涵相近，都指艺术形式与社会历史之变化的关系。从历史上看，文学形式的变迁与社会生产力和物质水平的变化有着直接的联系。像荷马史诗、古希腊神话、楚辞、唐诗、宋词、元曲、明清小说等文学形式，都是时代的产物，深受物质媒介发展的制约。文艺与媒介是一种共生的关系，文艺的特性由媒介属性所确立，而当今的新技术发展在很大程度上就是媒介的发展，文艺的表现形式、文体规范因此得以重塑。③ 例如当今的"超文本小说""网络接龙小说""多媒体文本""互动小说""游戏文学""短信文学""微博体"等根据媒介形式所命名的文体，就是一种基于新媒介的艺术生产，受到当今社会经济发展状况与科技文明程度的制约与规定。

马克思主义文艺理论的核心精神是以"现实的人"为出发点，这对于当今文艺现象的"非人化"提供了重要的反思向度。所谓的"人"既然是"现实的人"，就不能是"抽象的人"，也不能仅仅是"像人"而又"不是人"的隐喻存在，如人工智能、机器人、虚拟人、动物。从现实的人出发，还是从抽象的人出发，一般被看作是否为马克思主义文艺理论的一个标志。④ 马克思、恩格斯认为："我们的出发点是从事实际活动的人，而且从他们的现实生活过程中还可以描绘出这一生活过程在意识形态上的反射

---

① [德] 卡尔·马克思：《〈政治经济学批判〉导言》，中共中央马克思恩格斯列宁斯大林著作编译局编译《马克思恩格斯选集》（第2卷），人民出版社2012年版，第2—3页。
② [德] 卡尔·马克思：《〈政治经济学批判〉导言》，中共中央马克思恩格斯列宁斯大林著作编译局编译《马克思恩格斯选集》（第2卷），人民出版社2012年版，第710页。
③ 李国栋：《媒介演变与古今文体观念之嬗变》，《红岩》2021年第2期。
④ 《文学理论》编写组：《文学理论》，高等教育出版社、人民出版社2009年版，第24页。

和反响的发展。"① 马克思在这里所说的人是在一定社会关系中有血有肉的人，是具有群体性和典型性的生活中的人。以"现实的人"为出发点，文艺活动才具有审美意义，才能真正反映历史，带来审美价值，推动社会进步。不以"人"为中心是当今技术文论的一大问题，例如哈拉维的《赛博格宣言》就以"赛博格"作为一个隐喻，认为赛博格打破了人与动物、人—动物（有机体）与机器、有形之物与无形之物之间的边界。② 然而这种肆意的边界解构疏忽了边界的重要的意义，造成了赛博格的隐喻失范，使克隆人、机器人、仿生人都被贴上了"赛博格"的标签。这种忽略物质客观性的观点，似乎与黑格尔相似："概念最初只是主观的，无需借助于外在的物质或材料，按照它自身的活动，就可以向前进展以客观化其自身。"③ 从这个角度来看，哈拉维对"赛博格"的阐释与发明便带有一种过于主观和强制的意味，使"赛博格"在其理论影响力下不断地被泛化和征用，造成了"赛博格"的概念混乱、对象不明确等问题。④ 因此，当今就出现了"AI主体""机器主体""赛博格主体"等"非人"却被称为"主体"的情况，而这种"主体"却并非以"现实的人"为出发点，而是以类比的主体代替真实的主体，对其主体性价值和审美意义的宣扬也多为哗众取宠之声，值得我们加以警惕和审视。

## 二 马克思主义文艺理论与科技理论的融合互释

面对新技术日新月异的发展所带来的文艺问题的变化，我们也需要对马克思主义科技理论的基本观念有系统的认识和把握。这也是马克思主义文艺理论中国化一直较少关注的跨学科问题。马克思主义科技理论是马克思、恩格斯对科学技术之本质、特征、发展规律和社会功能的深入阐述，中国化的马克思主义科技理论则是根据我国国情对马克思主义科技理论的进一步发展，据此阐述了一系列有关科技发展的重大问题、观念，它与文艺理论在当今所遇到的技术性问题有着内在的契合性，值得我们对其加以融合和互释。

要实现马克思主义文艺理论与科技理论的融合及互释，就需要从整体性的角度来看待科学技术所包含的物质文化和精神文化两种内涵。马克思指出了科学的基本属性，即科学是"社会发展的一般精神成果"⑤。科学技术是精神文化的重要组成，决定了社会文化发展的样态和水平。作为生产力，科学技术推动着经济、政治文化、社会制度

---

① ［德］卡尔·马克思、弗里德里希·恩格斯：《德意志意识形态》（节选），中共中央马克思恩格斯列宁斯大林著作编译局编译《马克思恩格斯选集》（第1卷），人民出版社2012年版，第152页。
② Donna J. Haraway, *Manifestly Haraway*, Minneapolis: University of Minnesota Press, 2016, pp. 10-13.
③ ［德］黑格尔：《小逻辑》，贺麟译，商务印书馆1980年版，第378页。
④ 李国栋：《"赛博格"概念考辨》，《文艺理论研究》2021年第5期。
⑤ ［德］卡尔·马克思：《资本论》（第一册），中共中央马克思恩格斯列宁斯大林著作编译局编译《马克思恩格斯全集》（第49卷），人民出版社1982年版，第115页。

与文学艺术的发展，改变着人们的生活方式、行为方式和价值观念。虽然马克思、恩格斯憎恨资本主义制度，但是仍然肯定其相较于其他制度的进步性、优越性，因为正是科技为资本主义社会带来了前所未有的物质与文化上的繁荣，推动了整个人类的进步。马克思、恩格斯在《共产党宣言》中说："资产阶级在它的不到一百年的阶级统治中所创造的生产力，比过去一切世代创造的全部生产力还要多，还要大。自然力的征服、机器的采用，化工在工业和农业中的应用，轮船的行驶，铁路的通行，电报的使用，整个整个大陆的开垦，河川的通航，仿佛用法术从地下呼唤出来的大量人口——过去哪一个世纪料想到在社会劳动里蕴藏有这样的生产力呢？"① 在精神文化的向度上，科技发展史可以为文艺的发展找到历史动因。所以，精神文明与物质文明呈现出同步的特点。詹姆逊也说："科学和技术发明是与艺术建构同步的。"② 虽然具体来看，科学与技术的相伴发展有时也有相悖的情况，但总体来看，二者的相向而行是符合历史发展规律的。

马克思主义科技观认为，科学技术既是生产力的结果，其自身也是重要的生产力，这对于文艺生产来说有着重要的启示，即文艺生产同时也需要科技生产力的支撑，后者的提升同样也能提升前者。恩格斯将科学视为生产力的成果，他在《自然辩证法》中说："如果说，在中世纪的黑夜之后，科学以意想不到的力量一下子重新兴起并且以神奇的速度发展起来，那么，我们要再次把这个奇迹归功于生产。"③ 马克思则在《机器、自然力和科学的应用》中指出，机器大大提高了生产效率，科学的发展是资产阶级的需要，二者相伴发展。这说明，坚持发展科技是当今社会提高生产力的重要原则。"科学技术是生产力"的观点也不断被中国化，从毛泽东"向科学进军"的号召，到邓小平"科学技术是第一生产力"，到江泽民"科学技术是先进生产力的集中体现和主要标志"，到胡锦涛"以人为本"的科技思想，再到习近平总书记对新科技革命的重视，处处体现了发展科技、提高生产力的重要性和迫切性。因此，面对当今的新技术，我们要看到其对文艺生产活动的重要推动作用。从历史上看，印刷科技促进了小说、新闻文体的广泛传播，摄影技术、电影技术带来了以视频为媒介形式的新艺术形式，电脑科技促成了网络小说、电子文本、音视频前所未有的大量生产与全球化传播，而当今的新技术革命带来了人工智能写作机器、高级写作辅助软件、自动化音乐编程器、智能影音制作软件、新数字存储介质……这些高科技所带来的新媒介、新文艺形式必将使文艺生产的效率得到极大的提升，从而促进我国文艺在当代的大发展、大繁荣。

马克思主义的科技观始终落实到人的发展和解放，中国化的马克思主义科学发展观也始终坚持以人为本、造福于民，这与马克思主义文艺观的根本目的是相同的，二

---

① ［德］卡尔·马克思、弗里德里希·恩格斯：《共产党宣言》，中共中央马克思恩格斯列宁斯大林著作编译局编译《马克思恩格斯选集》（第1卷），人民出版社2012年版，第405页。

② ［美］弗雷德里克·詹姆逊：《单子生产论》，王逢振主编《詹姆逊文集 第1卷 新马克思主义》，陈永国、胡亚敏等译，中国人民大学出版社2004年版，第250页。

③ ［德］弗里德里希·恩格斯：《自然辩证法》，中共中央马克思恩格斯列宁斯大林著作编译局编译《马克思恩格斯选集》（第3卷），人民出版社2012年版，第865页。

者可以在技术、美学和思想上实现汇流。因此在看待新技术时，不仅要看到其工具属性，同时也要看到其价值属性。这就要求我们要以人文主义的价值观引导科技的发展，使科技与文艺在促进人的全面发展上起到相辅相成的作用。在当今的后人类社会，一系列新技术正在挑战人类的伦理关系、政治秩序与社会规范，像克隆技术、仿生技术、基因编辑技术、赛博格技术、生物杂交技术等新技术，均可能给人类社会带来负面效应。单靠科学技术并不能解决社会发展和人的自由全面发展的诸多问题。王志伟指出："后人类主义作为一种技术人类学对构成其理论基础和核心的两个本质上为一体两面的问题即'技术究竟是什么？'和'人究竟是谁？'仍缺乏真正深入的追问和领会。"① 福山也指出："当前生物技术带来的最显著的威胁在于，它有可能改变人性并因此将我们领进历史的'后人类'阶段。我会证明，这是重要的，因为人性的保留是一个有深远意义的概念，为我们作为物种的经验提供了稳定的延续性。它与宗教一起，界定了我们最基本的价值观。人性形成并限制了各种可能的政治体制，因此，一种强大到可以重塑当前体制的科技将会为自由民主及政治特性带来可能的恶性后果。"② 如此，后人类主义就需要重新回到"人"的问题上，在马克思主义科技观和文艺观的引导下来认识现代技术的本质及其价值导向。乔治·奥威尔曾在《一九八四》一书中预言了机器写作代替人类写作的情形，这一情形深刻地反映出脱离以人为本的文学技术如何使人走向异化。在小说所描绘的社会中，"土地由马拉犁耕种，而书籍却用机器写作"③，小说里的"小说司"（隶属"真理部"）里全是"小说写作器"在写作；流行歌曲的歌词是由名叫"写诗器"④的机器装置编写出来的，歌曲是由名叫"谱曲器"⑤的特殊机器机械制造出来的。然而这种机器写作完全是在制造低劣的、刺激性的、废话式的文字，其目的只是实现"老大哥"的愚民统治、精神控制。文艺活动作为一种适应人的审美需求而产生的精神活动，如果不从"现实的人"出发，那么就可能出现像《一九八四》里的那种反乌托邦的精神倒退的现象。

## 三 后马克思主义文艺理论的补充阐释

进入新时代，马克思主义自身已经有了丰富的发展，尤其是西方马克思主义对马克思主义的阐释与反思已经蔚为大观。陈寅恪先生曾说："一时代之学术，必有其新材料与新问题。取用此材料，以研求问题，则为此时代学术之新潮流。治学之士，得

---

① 王志伟：《后人类主义技术观及其形而上学基础——一种马克思主义的批判视角》，《自然辩证法研究》2019年第8期。
② [美]弗朗西斯·福山：《我们的后人类未来：生物技术革命的后果》，黄立志译，广西师范大学出版社2017年版，第10—11页。
③ [英]乔治·奥威尔：《一九八四》，董乐山译，上海译文出版社2009年版，第223页。
④ [英]乔治·奥威尔：《一九八四》，董乐山译，上海译文出版社2009年版，第161页。
⑤ [英]乔治·奥威尔：《一九八四》，董乐山译，上海译文出版社2009年版，第50页。

预于此潮流者,谓之预流(借用佛教初果之名)。其未得预者,谓之未入流。此古今学术史之通义,非彼闭门造车之徒,所能同喻者也。"[1] 借鉴后马克思主义资源来探讨文艺与技术的关系,思考新技术语境下的文艺问题,是马克思主义理论中国化融入新时代潮流、走向创新的重要途径之一。

学界对"后马克思主义"的认识存在着不少歧义,大致分为两种看法:第一种是以辛德斯、希斯特、拉克劳和墨菲为代表的狭义的"后马克思主义"。有学者认为,这种"后马克思主义"是"反马克思主义"或者"非马克思主义"的,它与经典马克思主义相对立,其意图是对马克思主义基本概念、范畴和原理的解构。[2] 第二种则是把接受马克思主义理论的基本立场,并将其加以发展、补充和修改的观点统称为广义的"后马克思主义",这就包括了阿尔都塞、德里达、福柯、鲍德里亚、利奥塔、哈拉维、斯皮瓦克等人的理论。本文的"后马克思主义"主要是根据第二种观念提出的,因为"后"这个词语本身的指向性是宽泛的,而不具有特殊的"反""非"或其他词义。而且采用"后",一般是采用描述性的方法,通过谱系性的追踪来探讨问题,从而形成一个定义的"效果",而不是直接冒险去下一个定义。[3] 所以,将其局限于某个或某几个理论家的特定描述,可能会使这一词语本身所具有思想张力受到贬损,也忽略了这一词语对不确定性的强调。正如贝克所说:"'后'是茫然无措的代号,自陷于流俗时髦。'后'指向一种难以名状的超越之物。在内容上,'后'保留了同我们熟悉的事物的联系,既为它命名,同时又加以否定。冠上'后'的'过去'(Vergangenheit plus post):这就是我们借以面对四分五裂的现实的基本处方。"[4] 换言之,"后"是一个急中生智的命名,它所指向的是一个时间阶段的划分,而非意味着一种绝对的离弃。

对后马克思主义文艺理论的借鉴其实可以称为"后马克思主义文艺理论中国化",它与"马克思主义文艺理论中国化"这一提法相似,但在当前学界鲜有提及。一方面是"后马克思主义"这一概念含混不清,有时在狭义的层面上将之视为马克思主义的对立面,因此在我国不可能会有"中国化"的前景,只能成为被批判和被贬斥的对象;另一方面是"后马克思主义"被收编为"马克思主义",一些信仰马克思主义的理论家的文艺理论也被直接称为"马克思主义文论"。冯宪光主编的《新编马克思主义文论》就认为:"马克思主义文论是根据马克思主义的根本思想建构起来的文学理论,主要包括两大部分。首先是马克思主义奠基人马克思和恩格斯有关文学艺术的论述,这是马克思主义文论奠基性的基础理论。这是源头。而在马克思逝世以后的一百多年间,马克思主义的信仰者不断回到马克思,根据不同时代形势,不同国家、民族境遇,不同

---

[1] 陈寅恪:《金明馆丛稿二编》,生活·读书·新知三联书店2001年版,第266页。
[2] 李世涛:《后马克思主义:一种似是而非的马克思主义》,《马克思主义研究》2009年第10期。
[3] 李应志:《全球化与帝国主义的危机控制——斯皮瓦克的后马克思主义文化批评》,人民出版社2014年版,第38页。
[4] [德] 乌尔里希·贝克:《风险社会:新的现代性之路》,张文杰、何博闻译,译林出版社2018年版,第1页。

文化和文学实际，阐释马克思思想，建构起来的文学理论，则是浩浩荡荡的马克思主义文论多元流向的潮流。本教材的思路是把源和流结合起来，完整地论述马克思主义文论从伟大源头走向宏阔潮流的基本文学理论思想。"① 这样一来，就有了"狭义的马克思主义文论"和"广义的马克思主义文论"两种理解，前者只包括马克思恩格斯的文论，而后者则将所有信仰马克思、恩格斯文论的理论家也包括了进去。这些人物包括毛泽东、列宁、普列汉诺夫、威廉斯、阿尔都塞、伊格尔顿、列斐伏尔、马尔库塞、赫勒、卢卡奇、戈德曼、马歇雷、阿多诺、哈贝马斯、詹姆逊、本雅明等。但是，后来的理论家势必对之前的理论有所发展、延伸，也势必有或多或少的扬弃，将其称为"马克思主义文论"难免过于笼统；因此，"后马克思主义文论"或许是一个较好的替代名称，能够将经典马克思主义与后来理论家的理论区别开来。

实际上，"后马克思主义文论"本身就标示着它为马克思主义文论发展的一个阶段，"后"是一个必然的状态，任何事物的发展都不可能只是完完全全地承袭，都不可能"踏入同一条河流"，而是在不断变化的"当代性"中产生新的样态。狄其骢说得好："经典形态发展为当代形态，不是一事物发展为另一事物，虽然当代形态发展越来越丰富，越来越远离经典形态，越来越有自己的风貌，但同时又是越来越近地向经典形态返回，越来越把经典形态的基本精神表现出来，发扬光大，作新的发挥。经典形态与当代形态的关系，用我们今天常用的话来说，就是坚持与发展的关系，只有坚持马克思主义，才能发展马克思主义；只有发展马克思主义，才能更好地坚持马克思主义；只有正确处理好坚持和发展的关系、经典形态与当代形态的关系，马克思主义文艺理论体系的建设才能成功，才不至于迷失方向。"② 要发展马克思主义文论，就需要辩证地看待其时代性与发展性，处理好经典形态与当代形态的关系，才能对新问题、新方法和新经验作出正确的判断。伊格尔顿也指出，应正确看待马克思主义的时代性，用与时俱进的态度来把握马克思主义的要义："马克思主义应该仅仅适用于一个临时性的历史阶段，所以那些将全部身心都奉献给马克思主义事业的人恰恰没有抓住马克思主义的实质。"③ 当今，全球资本主义在新技术语境下涌现出了许多新的问题，如信息论、控制论、赛博格、人工智能、经济全球化、文化殖民，异质性对抗、身份冲突等问题纷纷涌现，这些问题均在文艺现象或作品中有所反映，如构建世界文学新形态，处理好文艺作品的后殖民文化冲突，引导文艺作品媒介形式更新，使文艺作品反映正确的技术价值观，等等。这就需要我们与时俱进地理解马克思主义文艺理论的一系列范畴、概念和原理，通过对这些新问题的讨论建构马克思主义文艺理论的当代形态。

---

① 冯宪光主编：《新编马克思主义文论·前言》，中国人民大学出版社2011年版，第2页。
② 狄其骢：《马克思主义文艺理论建设的当代形态》，《高校理论战线》1992年第6期。
③ [英] 特里·伊格尔顿：《马克思为什么是对的》，李杨、任文科、郑义译，新星出版社2014年版，第6页。

**结　语**

马克思曾说:"问题就是公开的、无畏的、左右一切个人的时代声音。问题就是时代的口号,是它表现自己精神状态的最实际的呼声。"[①] 所以在学术研究时,要紧紧地把握住最具时代性的问题,要有对现实问题的敏锐感知和自觉意识。中国马克思主义文艺理论研究已经取得了丰硕的成果,在现实主义、典型性、艺术生产、悲剧问题、异化、人的解放、文艺与政治之关系等诸多问题上已经有了较深的研究。但在 21 世纪,随着新技术革命的巨大冲击,马克思主义文艺理论要面对新技术所带来的文艺形式变革和诸多前所未见的新文艺现象。面对这些挑战,我们既要坚持马克思主义文艺理论的基本原理,立足唯物史观的科学世界观与方法论,灵活地运用经典艺术生产理论,坚持从"现实的人"出发,对文艺现象作出合理分析;也要注重马克思主义文艺理论与科技理论的融合,深入理解马克思主义科技理论,认识到科技生产力的当下状况与人文价值,引导当下新技术对文艺活动的介入;还要吸纳借鉴后马克思主义理论资源,正视"后马克思主义文论"之于"马克思主义文论"的合理性蕴含,从而推动马克思主义文艺理论的"当代性"建构。面对新技术问题,相信马克思主义文艺理论会有科学的回答和创造性的解释,在中国语境下继续延续其生机与光彩,把中国特色社会主义文艺理论推向新的高度。

---

① [德] 卡尔·马克思:《集权问题》,中共中央马克思恩格斯列宁斯大林著作编译局编译《马克思恩格斯全集》(第 40 卷),人民出版社 1982 年版,第 289—290 页。

# 中国文论

# 中外文论接榫中的文笔论与纯文学
## ——以刘师培的文学理论为中心

狄霞晨[*]

(上海社会科学院文学研究所　上海　200235)

**摘要**：清代的汉宋之争激化了骈散之争。阮元以文笔论来为骈文争正统，但无法消解"文笔"与"骈散"之间的理论空隙。在西学东渐的背景下，西方的纯文学观念强势进入晚清中国，而中国学人在面对这一新理论的时候往往倾向于从传统文论中去寻找资源。现代意义上的纯文学强调超功利和美，与六朝文学中的某些观念存在相似之处。而刘师培援引阮元文笔论来确立骈文的"正宗"地位，抨击桐城派及其他流派的文学观念；同时有意识地添加了来自西方的"美"的理念，与当时方兴未艾的纯文学观念形成了某种程度的对接。然而，西方的纯杂文学观与中国传统文论中的文笔说、骈散观并不是一回事。偶词俪语的骈文在形式上固然是美的，但骈文也同样可以用作应用文，而现代意义上的纯文学应该是"无用"的。这是传统与西方对接中的一个理论误区。尽管如此，这种错误本身也是有趣的，它给传统的骈散之争带来了新的阐释空间。刘师培在这一中西文论的现代对接之中也起到了关键的作用。

**关键词**：文笔；骈散；纯文学；刘师培；阮元

## 一　纯文学视野下的文笔与骈散

中国文学之中素有骈散之分。骈文和散文的区别主要是形式上的，一般认为用韵比偶的是骈文，无韵单行的是散文；纯文学与杂文学的区分则是西方的标准，纯文学是超功利、无用的、审美的，与之相对的是杂文学。当人们用西方的标准来认定中国文学中的"纯文学"的时候，难免会出现困难。骈文是一种美文，在其诞生之初是以审美、无用为特色的，但自唐宋古文运动之后，骈文一衰再衰，其主要使用范围缩小到了政府文书的应用文体之中，而应用文是"有用"的，按照现代纯文学的观点来看，

---

[*] 狄霞晨（1986— ），江苏溧阳人，上海社会科学院文学研究所副研究员，复旦大学文学博士。

应用文是不算作"文学"的。然而，中国古代的某些应用文与纯文学也是有关联的，中国文学中文学性强的应用文也很常见。骈文、散文与纯文学、杂文学之间并不是简单的对应关系。然而在晚清民国时期的中国文论中，文笔、骈散和"纯杂"却经常被视为近义词，被不断地比较、比附。

(一) 自西而东的"纯文学"

现在一般将英语中的"belles-lettres"译作"纯文学"，而"belles-lettres"本是一个法语词语，意为美好的作品。《大英百科全书》将它解释为："像诗歌或传奇小说那样有美感及创造力的文学，而不是缺乏想象力的作品及旨在准确的学术研究。"① 明治维新之后的日本文坛紧跟西洋，西方的纯文学理念也进入日本，19世纪末20世纪初的日本文坛出现了美文的热潮。"belles-lettres"一词在明治时期经由日本人译介为"华文""美文""美术"等词语，也逐渐进入了赴日中国学人的视野。

"纯文学"一词，也是自西方借道日本传入中国。朱自清认为："'纯文学'、'杂文学'是日本的名词，大约从 De Quincey 的'力的文学'与'知的文学'而来，前者的作用在'感'，后者的作用在'教'。"② 这里的 De Quincey 指托马斯·德·昆西 (Thomas De Quincey, 1785-1859)，是英国浪漫派的批评家，美国文学批评家韦勒克称其"追踪情感主义说的趋向"。③ 在他之前，英国浪漫派诗人华兹华斯和柯勒律治曾把诗歌与科学一分为二；德·昆西是这两位诗人的好友，他提出了著名的"Literature of Knowledge"与"Literature of Power"的二分法，当代译者杨自伍将其译为"与人知识的文学"和"与人力量的文学"④，也就是朱自清所说的"力的文学"和"知的文学"。1931年出版的《新文艺辞典》中，编者引用 De Quincey 语云："知的文学是志在哲学，科学，及其他知识之传输。力的文学才是纯文学，志在使读者之想象和感情中发生动力。"⑤ 由此可见，德·昆西所指的力量是指情感冲击，与强调辞藻的修辞之美是两个概念。但它们和历史上其他的思想奇怪地掺和在了一起⑥，在英国如此，在日本和中国也是如此。

这样看来，"belles-lettres"及日本的译词"美术""美文"强调的是"美"，但并不是特指强调辞藻的修辞之美；而德·昆西的"力的文学"及其对应的"纯文学"强调的则是情感。这两种概念在今天看来并不矛盾，但在晚清的时代语境下，经过日本的转译，却变得复杂起来。近代中国语境中的"纯文学"，较早出现于王国维的《论哲学家与美术家之天职》(1905)，他以戏曲、小说等有"纯粹美术上之目的者"为"纯文学"⑦，

---

① Chisholm, Hugh, ed., *Encyclopædia Britannica*, 11th ed., London: Cambridge University Press, 1911: 699.
② 朱自清：《朱自清古典文学论文集》，上海古籍出版社1981年版，第541页。
③ [美]雷纳·韦勒克：《近代文学批评史》第三卷，杨自伍译，上海译文出版社1997年版，第134页。
④ [美]雷纳·韦勒克：《近代文学批评史》第三卷，杨自伍译，上海译文出版社1997年版，第134页。
⑤ 邱文渡、邬孟晖：《新文艺辞典》，光华书局1931年版，第161—162页。
⑥ [美]雷纳·韦勒克：《近代文学批评史》第三卷，杨自伍译，上海译文出版社1997年版，第137页。
⑦ 王国维：《论哲学家与美术家之天职》，周锡山编《王国维集》，中国社会科学出版社2008年版，第183页。

强调超功利,重视文学的独立价值。这又是"纯文学"的另一种维度了。纯文学观念在晚清与中国传统的文笔论及骈散观直接对话,一方面使得这些古老的文学观念重新焕发了生机;另一方面也使得纯文学观念更加本土化,变得广为人知。

(二) 文笔论与纯文学

"文笔论"是中国六朝时流行的学说,以有韵无韵区分文、笔;纯文学、杂文学是西方的文学观念,两者本来并没有关系。然而,晚清以来文笔论却一再受到关注,并被现代学人阐释为一种近似于纯文学与杂文学的中国学说。

我们不妨先来读一读这些以纯、杂文学来解释"文笔"的言论。1929年,茅盾说:"把应用文及学术文与文艺文分开得明明白白,实是那个时代普遍的事实。当时称文艺文为'文',应用文及学术文为'笔'。"①"那个时代"指的是六朝,茅盾把"文""笔"分别对应"文艺文"与"应用文及学术文",可以说是纯、杂文学之分的另一种表达。1935年,谭正璧在《中国文学史大纲》中指出:"'文'指纯文学,'笔'指杂文学,一即狭义的文学,一即广义的文学。"② 也是同样的意思。在用纯、杂文学观念来阐释"文笔"方面,郭绍虞用功最深。1930年以来,他先后发表了三篇以文笔说为主题的论文;在1978年发表的《文笔说考辨》中更是认定文章中的文笔以有韵无韵划分;文学中的文笔相当于纯文学与杂文学。③ 郭绍虞为文笔与"纯杂"之间的关系加上了权威的认定,影响深远。美籍文学理论家刘若愚的解释也很直接:"就狭义而言,'文'相当于'纯文学'(belles-lettres),'笔'可翻译为'平直无饰之作'(plain writing)。"④ 在他看来,"文笔"之"文"在狭义上相当于西方的纯文学,"笔"虽然不直接对应"杂文学",但至少不属于"纯文学"。古典文学学者钱志熙在解释文笔说的出现时,也是从纯杂文学的视角来切入的:"六朝是纯文学迅速发展的时期,……六朝的杂文学也是发达的,……面对这种复杂的现象,六朝的文论家开始思考纯文学和杂文学、乃至文学与非文学的界限问题,于是出现了文笔之说。"⑤ 这种以今思古的方式在20世纪的文学评论中比比皆是,西方纯文学观念对中国古典文学研究的影响可见一斑。

文笔与"纯杂"之间的关系是否真如以上学者所言,可以直接对应呢?周兴陆在《"文笔论"之重释与近现代纯杂文学论》一文中已经对此做出了很好的梳理与反思,指出文笔、骈散与"纯杂"的概念因阮元、刘师培、郭绍虞等学人的阐释变得相近,但它们在本质上是有差异的。⑥

对于文笔的区分标准一般有两种认识,一是以刘勰的有韵无韵来区分文笔;二是以

---

① 雁冰:《中国文学不能健全发展之原因》,《文学周报》1929年第4期。
② 谭正璧编:《中国文学史大纲》,光明书局1940年版,第2页。
③ 郭绍虞:《照隅室古典文学论集》(上),上海古籍出版社2009年版,第335页。
④ [美]刘若愚:《中国的文学理论》,田守真、饶曙光译,四川人民出版社1987年版,第13页。
⑤ 钱志熙:《旧学之殿军、新学之开山:刘师培〈中古文学史〉》,《文史知识》1999年第3期。
⑥ 周兴陆:《"文笔论"之重释与近现代纯杂文学论》,《文学评论》2015年第5期。按,本文的写作曾得到周兴陆教授的多次指导,在此致谢。

萧绎的情采说来区分，以有情采的为"文"，以应用或记述的为"笔"。① 萧绎的情采说之所以会被后世诸多批评家重视，也是因为其中提到的"文"的标准"绮縠纷披，宫徵靡曼，唇吻遒会，情灵摇荡"② 比起形式上的有韵无韵来，是一种接近于纯文学的审美的标准。此外，萧绎谓"至如不便为诗如阎纂，善为章奏如伯松，若此之流，泛谓之笔"。③ 按照这种说法，散体的著述与骈体的章奏都是"笔"，不是"文"。而"章奏"又是一种应用文体，以应用文为"笔"，非应用性的美文为"文"，恰好可以与纯文学观念中的超功利标准相合。如果按照有韵无韵的标准来解释文笔，那么文笔与"纯杂"之间的关系并不算密切；如果按照萧绎的情采说来解释文笔，文笔与"纯杂"之间的关系则要密切许多，也就不难理解郭绍虞等人的推论了。

六朝的"文笔"之"文"，按照朱自清的解释，"以有韵的诗赋为主，加上些典故用得好，比喻用得妙的文章"。④ 这样的"文"，强调文采藻韵，在形式上是美的，与纯文学在审美的标准上也是具有共通性的；但六朝人对"文笔"之"文"并没有统一的认识，对于应用性骈体是否属于"文"尚有争议，因此并不能把"文笔"之"文"等同于纯文学。

（三）骈文与纯文学

文笔与骈散之间是有关联的，但并不能直接画等号。文笔的本质区别在于是否押韵；而骈散的本质区别在于是否对偶，无韵的骈文也是常见的。然而到了阮元的笔下，六朝文笔之分被拿来作为骈散之分的证据，也是一种曲解了。朱自清、周兴陆等学者已经先后注意到了其中的问题。

不过，阮元重释《文选·序》与文笔说的目的并非重现六朝人的文学理念，而是在清代骈散之争的背景下为自己的文论张目。同样的，刘师培借阮元的理论进一步发挥，标举骈文正宗论，也是一种"旧瓶装新酒"的举措。他继续把文笔说作为支撑其理论的依据，并把文笔的标准扩展到可诵不可诵——"偶文"与"韵语"都可以统一在"可诵"之下——也是对阮元理论漏洞的一种修补。⑤

---

① 郭绍虞：《照隅室古典文学论集》（上），上海古籍出版社 2009 年版，第 77 页。
② 梁元帝：《金楼子》，中华书局 1985 年版，第 75 页。
③ 梁元帝：《金楼子》，中华书局 1985 年版，第 75 页。
④ 朱自清：《朱自清古典文学论文集》，上海古籍出版社 1981 年版，第 3 页。
⑤ 刘师培视骈文为文体正宗，继承了阮元的文论，但刘师培在阮元的理论之外，更添了"美"的标准。阮元的思路主要是从历史的角度为骈文争正宗，并没有着力于从骈文本身"美"的角度来对其做本质上的分析。他的言论最多只能证明以偶文韵语为形式的骈体文在历史上曾经是文学的正宗，但并没有说明为什么现在需要这样的文体，这种文体本身的好处在哪里。因此姚鼐就曾加以反驳，指出既然骈文能够称为美文，那么比骈文更讲究形式的八股文应该更尊贵了。换一个角度来看，姚鼐也将形式作为衡量"美"的一个标准。可见，如果要追求形式之美的话，骈文还不算极致，八股文才是顶点。在阮元和姚鼐的时代，这样的话不见得有什么贬义，因为八股文依然是官方考试的标准文体；然而到了刘师培的时代则不一样了，八股已经被驱逐出了文学的舞台；要为骈文恢复"正宗"的地位，不仅不能与八股文挂钩，还要努力撇清与八股文的关系。因此在刘师培以骈文为文体正宗的论述中，他都小心翼翼地避开了骈文与八股的关系，甚至援引焦循之说提出了八股与曲剧为近亲的论点。阮元没有完成的挑战，现在由刘师培接了过来。他为骈文增加了两个新的"武器"："国粹"与"美术"。其中"美术"的提出与西方纯文学观念的输入密切相关。

文学的定义是在随着时代的发展不断变化的，骈文的定义也在不断发生着变化；而作为一种新兴的文学概念，纯文学的定义却是相对固定的。如果不从历史的语境中来理解这个问题，那么探讨骈文与纯文学之间的异同也是没有可比性而言的。辞赋作为骈体的先声，在诞生之初是以非功利、抒情性为特色的，也讲求形式与音韵上的美。唐宋古文运动之后，散体成为主流文体。而骈体被视为"衰世之音"，一衰再衰，一方面退缩到了应用型的政府公文之中，主要用于"朝廷的诏、制及各种公私酬对文字"[①]之中；另一方面又逐渐散文化。在欧阳修的主导下，骈体多用虚字和长句，语气逐渐接近于自然。后人群起而效仿，于是"散文化的骈文竟成了定体了"[②]。而且正如唐宋"古文"运动的名称所示，唐宋以后文章的主流是"古文"，散体只是其形式。骈文在形式的意义上是"古文"的对立面；但其实古文与骈文根本的差异并不在形式，而在思想。古文重视思想，而骈文则强调形式。骈散之争之所以在清末被重提，与纯文学观念的接受相关。正如奚彤云所指出的那样：连"骈文"这一名称，也是在民国文学研究学科化之后才被确定为俪体的通名的。[③] 由此可见，自六朝至明清，骈文本身无论是在内容上，还是在形式上，都发生了明显的变化。骈文与纯文学之间的关系也不是简单的一个"异"或"同"就能描述的。

　　骈文与纯文学之间的确是有共通性的。骈文的主要特色是无用，也有应用性骈文，但并非主流。六朝时期的许多骈体的确具有纯文学的非功利、审美、抒情、虚构的特性；但随着骈文的衰落，宋明以后趋向散体的骈文与应用性的"四六"已经逐渐远离了纯文学的标准。清代中期的学人尚未接触到纯文学观念，阮元所针对的主要是桐城派"古文"。他以偶文韵语的形式来强调骈文与散文的区别，不注重功能性的划分，也在情理之中；一定程度上在纯文学观念的影响下，刘师培有意地选择了六朝骈体传统作为"正宗"，回避了宋明以后的应用型"四六"，其实也是对西方纯文学观念的一种回应。刘师培不以无韵单行的作品（与骈文相对的散文）为"文"（文学之"文"），将其视为偶文韵语的对立面，这种理解与纯文学理念也是有差异的。偶文韵语的骈文可能是纯文学，无韵单行的散文也有可能是纯文学，纯、杂文学并不以形式上的"韵""偶"来区分。但是在"有用"与"无用"这个层面上，清代文选家所复兴的骈文多是"无用"的；而桐城派"古文"则是要求文以载道的，是"有用"的。如果把超功利作为纯文学的根本特征的话，清代的骈文可能比散文（"古文"）更接近纯文学。然而，尽管刘师培所欣赏的六朝骈文大多以无用为特色，但他自己所作的骈文大多是有用的碑铭颂赞；后来转向以骈文与外国文体相竞争的思路，其实是赋予了骈文以"有用"的功能。

---

[①] 奚彤云：《中国古代骈文批评史稿》，华东师范大学出版社2006年版，第63页。
[②] 朱自清：《朱自清古典文学论文集》，上海古籍出版社1981年版，第726页。
[③] 奚彤云：《中国古代骈文批评史稿》，华东师范大学出版社2006年版，第123页。

## 二 刘师培的"纯文学"理论及其中西渊源

刘师培的文论中并未直接提出纯、杂文学的概念，但他其实已经敏锐地觉察到了西方文学中纯、杂文学之分。最为后人所称道的，主要可以分为两个部分：一是区分"美术"与"实学"，提出文学应该是审美的、虚构的，与西方纯文学观念相合；二是其在北大的讲义《中国中古文学史》被视作符合纯文学观念的文学史。①

刘师培文论中有关于"美术"与"实学"的论述，主要见于《中国美术学变迁论》（《国粹学报》1907.6.30—7.29）及《论美术与征实之学不同》（《国粹学报》1907.9.27）。这两篇文章作于同一时期，内容也可互相印证，可视作一个整体来阅读。刘师培引述"希腊巨儒""真、善、美"的三分法，认为文学应该以"美"为标准，"实学"以"真"为标准。文学与音乐、图画、书法等一样属于"美术"，以"饰观""性灵"为主，不求"征实"；文学的语言要"工"，则要依赖于"表象"，即象征。他列举运用寓言、虚饰、形容、夸张等修辞而名垂后世的文学作品，指出虚构是文学的特性。在这里，刘师培对于文学的看法明显受到西方美学的影响，同时也运用了不少中国文论中的资源来相印证。试分述之。

（一）"真、善、美"三分法下的"美术"与"实学"。刘师培靠"美"与"真"来区分"美术"（包括文学、音乐、书法、图画等）与"征实之学"（包括科学、学术等）。以"美"和"真"来区分"美术"和"实学"，这一观念应受到明治思潮的影响。刘师培虽然并未注明这一观念来源于何处，但由于他首次明确地提出"美术"与"实学"的区别是在1907年赴日之后才发表的《论美术与征实之学不同》中，而同期的黄人、周作人的文章中都出现了类似含义的"美术"一词，其主要来源是日本人太田善男的《文学概论》。太田善男的《文学概论》1906年在日本出版，引入的是19世纪英国文学中维多利亚时代批评家的思想观念，也受到唯美主义思想的影响。此书对中国学人的影响力很大，黄人、周作人、朱希祖都曾引用其中的观点或概念，而刘师培文中这些核心观点出现的时间相对较早。太田善男还引用了纽门所说的"科学以事物为对手，文学以思想为对手"，把文学与科学区分开来。这也可能为刘师培"实学"与"美术"之分提供了灵感。②

（二）"表象"。"表象"一词本是章太炎借自姊崎正治的宗教学著作。姊崎正治用"表象主义"来翻译 symbolism（现在通常译为"象征主义"）；章太炎认为言语是对事

---

① 刘师培的《中国中古文学史》是一部承前启后的力著。鲁迅对其极为欣赏，并多有借鉴；文学史家蒋鉴璋对其也有很高的评价。此书之所以能够为时人所称道，一方面是因为其吸收了传统文章学的精华，另一方面又是一部比较符合纯文学观念的文学史。

② 不过，刘师培对太田善男《文学概论》的吸收也是有选择的。例如，太田氏强调美是由感情所支配的，并且要求文学在发挥审美功能的同时兼尽教化功能。尽管刘师培所主张的"性灵"也含有"感情"之意，但刘氏并不将感情视作文学之美的第一要义。发挥文学的教化功能也并不在刘师培以文学为"美术"时期的论述范围内。

物的一种"表象",修辞越多,离开事物的实质越远,文章的病质就越多。刘师培虽然也承认这一点,却针锋相对地说:"然尽删表象之词,则去文存质,而其文必不工。"①他对"表象"的理解近似于王充《论衡·艺增》中之"增"。"艺增"即六经中的"夸张",尽管王充不喜夸张,但他也肯定六经中有夸张的修辞存在。刘师培借"表象"来表达古代文论中"增"及"夸饰"之意。他所谓的"工",就是工整、工丽的意思。文要"工",就必须有"表象",有修辞。

(三)"性灵"。"性灵"即性情,兼指思想与感情。刘师培指出"美术"与"实学"的不同在于:"美术以性灵为主,而实学则以考核为凭。"②"考核"即"考据",已无须多作解释;"性灵"则大有来历。刘师培以"性灵"论文学("美术"),是建立在袁枚与孙星衍、焦循的讨论的基础上的。③ 他在《论近世文学之变迁》中批评"近儒立'考据'之名,然后以注疏为文",结果就是"文无性灵"。④ 他引用袁枚的考据与著作(文章)之分,与章太炎所驳斥的"学说在开人之思想,文辞在动人之感情"(《文学论略》)形成了一种回应。文辞学说不同论是当时在欧日影响下形成的颇为流行的看法,如果能结合袁枚与孙星衍之间的这场论争来理解,可以发现,刘师培其实是在借用中国固有文论资源中的"考据"与"著作"之分来对接西方文论中的纯文学与杂文学之分,而演化成了"美术"与"实学"之分。在大力提倡形式之美的刘师培看来,"性灵"之美是值得提倡的,而且文学的"性灵"之美与形式之美也是可以统一的。

刘师培的"纯文学"观念强调文学的审美性、虚构性,对文学抒情的特征也有所涉及,但并未从功利性的角度来对其作相关论述。尽管他已经指出了"美术学"与"实用学"的区别,有了以审美和实用来区分学术的意识,但并未将碑铭等应用性文章从"文"("文学"之"文")中排除出来,这是与现代纯文学理念的不同之处。他的"纯文学"观念的形成虽然是在西方美学的影响下促成的,选择吸收了日本人太田善男《文学概论》中的真、善、美理念以突出文学的审美特性,借用了姊崎正治的"表象"

---

① 刘师培:《论美术与征实之学不同》,《仪征刘申叔遗书》(第十一册),万仕国辑校,广陵书社2014年版,第4893页。
② 刘师培:《论美术与征实之学不同》,《仪征刘申叔遗书》(第十一册),万仕国辑校,广陵书社2014年版,第4893页。
③ 袁枚继承了公安派"三袁"的"独抒性灵,不拘格套"之说。袁枚作为文坛元老,与当时的汉学新秀孙星衍曾就"考据"与"著作"(主要指文学)展开讨论,经学家焦循也参与了进来。孙星衍指出袁枚把考据和著作分开,以"抄撮故实为考据,抒写性灵为著作",以古文为道,以考据为器。袁枚对考据颇有异词,认为考据会伤害文章;而孙星衍为考据作辩护,他认为古人重考据甚于著作,且两者不分。焦循也参与了这场论争,他对袁枚的著作与考据之分感到不满,并认为这种分法毫无根据。他反对以"考据"污蔑经学,认为辞章之学本来是经学之皮毛。经学也是有性灵的,以前汉代董、贾、崔、蔡等人以经学为辞章,这样的辞章有根柢无枝叶。晋宋以来,才开始有不本于经的骈俪文学。有性灵的辞章必然出于经学,所以袁枚以抒写性灵者为著作(文)是可笑的。具体可阅焦循的《与孙渊如观察论考据著作书》及孙星衍的《答袁简斋前辈书》,均收入郭绍虞主编的《中国历代文论选》(第三册)(上海古籍出版社1979年版)。
④ 刘师培:《论近世文学之变迁》,《仪征刘申叔遗书》(第十一册),万仕国辑校,广陵书社2014年版,第4928页。

概念来强调文学的修辞；同时，他也立足阮元的文笔论及骈散观，借用了袁枚文论中的"性灵"说。中西合璧的理论来源使刘师培的"纯文学"观念丰富而特别，成为时人关注的重要文论。

### 三 刘师培与纯文学观念的现代确立

在中西文论的对接中，刘师培并不是第一个尝试者，也不是最后一个。刘师培的文论不是传统的骈文正宗论，也不是西方的纯文学观念，而是介于两者之间的一种文论。正是因为有这样的特殊性，在现代中国纯文学观念的确立过程中，他的文论成了一种宝贵的资源：新文化人在批判中吸收了其中有益的成分，对纯文学的认识也愈加清晰。现代纯文学观念的确立并非一朝一夕之功。不辩则不明，国人对"纯文学"的认识，也是在不断的辩论、排除之中逐渐明确起来的。

要确认何为纯文学，首先要明确纯文学与杂文学的标准。晚清民国先后出现了"美"的讨论热潮、"文学之文"与"应用之文"之分，这些学术思辨促进了中国学人对纯文学理解的深入，也促使纯文学观念在中国生根。

晚清审美与载道的论争其实已经反映了中国学人在西方纯杂文学观之分下的思考。"载道"在新文学运动中几乎成为一个贬义词，作为载道之代表的桐城文在 20 世纪 20 年代后的"中国文学史"著作中往往没有其位置；[①] 相形之下，"美"则成为文艺界的热词。这多少与纯文学最初以"美术"的译名出现有关。人们形成共识：文学应该是"美"的。然而，各人对"美"的理解是不同的，各人都倾向于从自己的立场上、自己的资源中去阐释美。王国维理解的"美"是来自康德、叔本华哲学，是超功利的，也是最接近西方纯文学的一种理解；章太炎理解的"美"是要"立诚"，"美"文应该是文质相宜，骈散兼容的；胡适理解的"美"是要明白有力；[②] 刘师培理解的"美"主要是偶文韵语的形式美；鲁迅理解的美是要"使观听之人，为之兴感怡悦"；[③] 周作人理解的"美"则又是一种接近于小品文风格的美。正是因为标准不一，所以带来很多的误解和问题。

对纯、杂文学的区分也以不同的形式出现。"文学之文"（又称"文学文""美术文""美文""美文学"等）与"应用之文"（又称"应用文""实用文""实用文学"等）之分就是其中比较著名的一种。刘师培早在 1905 年就已经把学术分为实用学与美术学两种，已经有了以实用和审美来区分学术的意思。[④] 不过，他虽然用"美"来作为文学的标准，但并未将应用文从文学中区分出去。这是因为，在他看来以偶文韵语的

---

① 周兴陆：《20 世纪中国古代文学研究史·总论卷》，东方出版中心 2006 年版，第 55 页。
② 胡适：《什么是文学——答钱玄同》，《胡适全集》第一卷，安徽教育出版社 2003 年版，第 208 页。
③ 令飞：《摩罗诗力说》，《河南》1908 年第 2—3 期。
④ 刘师培：《古学出于史官论》，《仪征刘申叔遗书》（第十册），万仕国辑校，广陵书社 2014 年版，第 4488 页。

形式出现的应用文也是美的,这样的文章也是文学。谢无量是刘师培的亲密学侣,两人在文学趣味及文论倾向上也多有共识。谢无量也指出了美文与实用文之分,他心中的美文同样要符合比对、用韵的要求,以骈文和诗为主。①

陈独秀、胡适、童行白等人都参与到了这场论争之中,尤以陈独秀的"文学之文"与"应用之文"之分及之后的两度调整出名。刘师培尽管没有直接参与其中,但其他的观点和思路也在一定程度上出现在了这场论争之中。例如,常乃德(时为北京高等师范预科学生)的意见明显基于刘师培的理论。常乃德认为"文"应该专指美术文,中国骈文是世界上最优美的文学,要改革文学应该提倡以文言作美术文,以白话作实用文。② 这些观点几乎全部在刘师培的文论中出现过,③ 因此也可以视作对其文论的一种延伸。面对常乃德的质疑,陈独秀提出了新的区分标准:"应用之文,以理为主;文学之文,以情为主。"④ 在他看来,骈文用典,束缚性情,所以应当摒弃。这实际上是放弃了"美"的标准,以"感情"为新标准来重新区分"文学之文"与"应用之文"。⑤

在中国纯文学史的建构过程中,黄侃、陈钟凡、郭绍虞都是不可忽视的人物。黄侃和陈钟凡都是刘师培的及门弟子,吸收了刘师培文论的精华。黄侃认为可以把文分为广义与狭义,广义即章太炎的以文字为文;狭义即阮元所说的以文饰为文。⑥ 骆鸿凯、郭绍虞、胡怀琛、谭正璧、刘麟生等人都接受了这种区分,广义与狭义的文学之分也逐渐成为共识。在胡怀琛的《中国文学史略》中,更是把广义文学与狭义文学分别对应杂文学和纯文学。⑦ 陈钟凡在20世纪20年代初发表了《中国文学演进之趋势》,按照莫尔顿(R. G. Moulton)的文学进化学说分析中国文学,被认为是"中国文学走向纯文学研究的一个重要信号"。⑧

刘师培文论也是郭绍虞在中国文学批评史建构中的重要资源;郭氏倾向于用纯文

---

① 谢无量:《实用美文指南》,中华书局1917年版,第5—6页。按,谢无量的"美文"与"实用文"之分看似与陈独秀的"文学之文"与"应用之文"之分大同小异,但两人由于对骈文的态度有本质差异,两者的区分标准也是有很大不同的。谢无量是骈文的拥护者;而陈独秀却把骈文视为革命的对象。以"美感"和"伎俩"来区分"文学之文"与"应用之文",明显有抬高"文学之文",贬低"应用之文"的倾向。然而这一标准并不能将骈文排除在"文学之文"外。
② 常乃德:《通信》,《新青年》1916年第4期,通信栏。
③ 刘师培虽未提出过以文言来作美术文,以白话作实用文的观点,但他有白话、文言共存的设想。
④ 陈独秀:《答书》,《新青年》1916年第4期,通信栏。
⑤ 方孝岳提出反对意见,认为中国文学本来以"知见"为主,中国文学中的情感多不是平民的情感,与欧洲文学中的情感多表达"国民之精神"不同。他主张改良文学还是应该以"美观"为主,不羼入"知见"(即陈独秀的"理")的标准。(方孝岳:《我之改良文学观》,《新青年》1917年第2期)陈独秀也吸收了方孝岳的意见,在后来答沈藻墀的信中认为,"诗、词、小说、戏(无韵者)、曲(有韵者,传奇亦在此内)五种"属于文学之文,文章属于应用之文。骈体文学本来包含诗词,却被陈独秀的文学之文、应用之文划分开来,诗、词、赋被划入文学之文,而碑、诔、铭、箴、颂、论、奏、说等却被划入应用之文。这种尴尬反映了中国文论在面对西方现代文论冲击时的真实状态。
⑥ 黄侃:《文心雕龙札记》,中华书局2014年版,第9—10页。
⑦ 胡怀琛:《中国文学史略》,梁溪图书馆1926年版,第1页。
⑧ 陈广宏:《中国文学史之成立》,上海古籍出版社2016年版,第257页。

学观念来解读文笔、骈散，尽管在学理上是有问题的，但这种探索本身也是有价值的。郭绍虞以近代的纯杂文学论解释传统的文笔，纯杂文学观是他中国文学批评史建构的立论基石。① 郭氏纯文学观的建构多与阮元、刘师培的文笔论、骈文正宗论密切相关。郭绍虞在阮、刘文论的基础上，把中国六朝的文笔之分与西方的纯、杂文学观念相对接，并把骈散与"纯杂"相连。② 文笔与骈散本不是一回事，阮元、刘师培借文笔说来宣扬骈文正宗论，把文笔与骈散联系在一起。而郭绍虞又继承了这一理路，把文笔、骈散和"纯杂"联系在了一起。郭绍虞的这种研究思路影响深远，郭英德等人在《中国古典文学研究史》中以纯文学、泛文学来解释中国古典文学的发展，可以视作郭绍虞以纯杂文学观来梳理中国文学批评史的一种延续和发展。

　　文笔之辨、骈散之争之所以会成为近代学人论争的焦点，背后的压力来自外部——西方纯文学观念。然而，中国学人并不想完全顺从于外部的压力，更想立足自己的资源。刘师培就是其中的一个典型，他已经注意到了西方的纯文学观念，也有意识地与其对接，但他并不愿意一味地唯"西"，而是从中国古代找依据，于是就出现了他带有中西交融特色的文论。郭绍虞、罗根泽等人也是如此。六朝文学在清末民初受到重视，也与纯文学观念的东传有关。在审美、虚构、超功利和主情这些纯文学的标准中，刘师培注意到了前两点，而对后两点关注较少。然而由于对"美"的标准并不统一，刘师培所注重的偶文韵语的形式之美又主要依附于文言文上，在白话文运动的冲击下，这种"美"的标准也变得摇摇欲坠了。即使是这样，刘师培在现代纯文学观念的建立之中依然起到了承前启后的关键性作用。他为中西文学观念的沟通发掘了宝贵的六朝资源，并且率先提出以审美和虚构来作为文学的标准。他也率先指出了"美术学"与"实用学"之间的差异，为后人"美文"与"应用文"的区分提供了思想资源。通过对刘师培文论与纯文学观念的对照研究，能够更加清晰地看到中国现代纯文学观念生成的复杂进程。

---

① 周兴陆：《"文笔论"之重释与近现代纯杂文学论》，《文学评论》2015年第5期。
② 参见郭绍虞《文学观念与其含义之变迁》(1927)、《所谓传统的文学观》(1928)、《文笔与诗笔》(1930)、《文笔说考辨》(1978)及《中国文学批评史》。他的观点曾遭到钱锺书、朱自清等人的质疑，但郭氏并不为所动。

# 李世民书论美学思想探析

上官文金[*]

（四川师范大学文学院　四川成都　610068）

**摘要**：李世民内有"文治"，外有"武功"，其书法造诣与书论思想是唐代"尚法"精神的开端。立足书论代表作《指意》《笔法诀》《书论》和《王羲之论传》，挖掘其中"阴阳交合，自然笔态"的书法工具论，"形神统一，神采为上"的形神关系论，"神气冲和，动意驱指"的创作主体论，"虚静放手，渐悟得真"的审美工夫论，以及"同于自然，忘乎所以"的审美境界论。

**关键词**：李世民；道家；书论；美学

李世民（599—649）是唐朝第二位皇帝，素有"煌煌太宗业，树立甚宏达"的美誉。唐太宗少年从军，战功赫赫，内有"文治"，外有"武功"，开创"贞观之治"，他既是政治家、军事家，同时也是诗人、书法家。张玄素对李世民的统治形象有过评价："陛下诚能谨择群臣而分任以事，高拱穆清而考其成败，以施刑赏，何忧不治！"[①] 其中，"高拱穆清"可谓切中了李世民施政理想的关键，当国家政治在君王的统治下，安定太平，河清海晏，此时便可以垂衣拱手，无为而治，如此悠闲、闲适的状态确为一种政治审美境界。李唐政权的建立，直至太宗玄武之变上位，虽说是处在隋王朝的奢靡荒诞，民不聊生与兄弟争权之间，应运而生；但溯源历史，可见其每一关键之处都有道教力量的介入。从李氏王朝追认道教始祖老子李耳，到重用诸如成玄英、李淳风等道士，李世民重视道家思想，不言而喻。可以说，道家思想对李世民的影响绝不仅仅体现在施政治国上，也对其书法创作及理论中审美观念的形成嵌入了深刻影响。

据《宣和书谱》，李世民有《艺韫帖》《温泉铭》《枇杷帖》《怀让帖》《两度帖》《江叔帖》《草书屏风帖》《晋祠铭》等多篇书法作品，其中《晋祠铭》被誉为天下第一行书碑，另有《笔法诀》《指意》《书论》《王羲之论传》四篇书法论文存世。

---

[*] 上官文金（1997—　），江西萍乡人，内蒙古民族文化艺术研究院助理研究员，四川师范大学文学院美学专业硕士研究生，本文为内蒙古自治区 2023 年哲学社会科学规划青年项目"额济纳汉简的审美特征研究"（项目编号：2023NDB178）的阶段性研究成果。

① 司马光编撰：《资治通鉴》，中华书局 2009 年版，第 7972 页。

李世民酷爱书法，《太平广记》曾记载：唐太宗贞观十四年，自真草书屏风，以示群臣。笔力遒劲，为一时之绝。尝谓朝臣曰："吾临古人之书，殊不学其形势，惟在骨力，及得骨力，而形势自生耳。""尝召三品以上，赐宴于玄武门。帝操笔作飞白书，众臣乘酒，就太宗手中厢竞。散骑常侍刘洎登御床引手，然后得之。其不得者，咸称洎登床，罪当死，请付法。"太宗笑曰："昔闻婕妤辞辇，今见常侍登床。"[①] 可以说，李世民的翰墨之情异于常人。李世民主张"崇王"，独爱有家族式道教信仰的王羲之的书风。除却自身的创作外，太宗即位后还设立"弘文馆"，置"书学博士"，任欧阳询、虞世南为执教，可见其对书法教化的重视。再有，李世民撰写的《指意》《笔法诀》等文中提及"神气冲和为妙""轻虚""思与神会，同乎自然，不知所以然而然矣""收视反听，绝虑凝神，心正气和，则契于玄妙"等思想，可见其思想与道家、道教理论有深厚的渊源。凡书法创作，书法教育与书法理论与李世民本人对道家思想的接受以及当时道教之盛行有密切联系。可以说，道家、道教思想对李世民的影响绝不仅仅体现在施政治国上，也对其书法创作及书法理论中审美观念的形成嵌入了深刻影响。本文以《指意》为切入口，兼论《笔法诀》《书论》《王羲之论传》的相关内容，并对照李世民的书法作品，挖掘李世民书法和书论中的美学思想。

## 一 "阴阳交合，自然笔态"的书法工具论

毛笔是书法创作的重要工具，李世民《指意》一文开头便谈及对毛笔的独到见解："以心为筋骨，心若不坚，则字无劲健也；以副毛为皮肤，副若不圆，则字无温润也。"[②] 此二句，尤其关注"笔"在书写时的特殊功用，从细节着眼，将"形神关系"之"形"具体到汉字书写的媒介之中，落脚在笔之毛心和笔之毛副的形态结构。这里的笔之毛心实际上就是指毛笔的"主毫"，而笔之毛副即是"副毫"，可谓直指汉字书写的工具论。

李世民并不是纯粹地谈论书法工具的不同及其产生的书写效果，如狼毫之笔适宜书写楷书，羊豪之笔适宜书写行书等。而是以普遍意义的工具观点，来谈"毛笔"作为书写工具时作用于书写者之心与书写之字的链接功用，具体落脚在"毛笔"的形体结构关系。任何一支毛笔都是由笔锋和笔副构成，笔锋居中，笔副环绕；笔锋出头，笔副侧后。李世民着眼书写工具的实际特征，认为笔锋必须以"坚硬"的状态书写，而笔副则需要"圆顺"。何为"坚硬"？坚，强也。毛笔之坚，意在说明有力，在书写时与纸张的相交中力会反向，有回弹之感，这便是有力之坚。何为"圆顺"？即指毛笔的副毫应当柔软，以致在字的笔画之形式上呈现外观的圆满感。从目前日本正仓院所藏唐代缠纸笔（见图1）来看，当时使用的毛笔仍然是"有心笔"，或称"硬心笔""鸡

---

① 冯梦龙评纂：《太平广记钞》第3册卷48至卷61，孙大鹏点校，崇文书局2019年版，第711—712页。
② 上海书画出版社、华东师范大学古籍整理研究室选编校点：《历代书法论文选》，上海书画出版社2014年版，第120—121页。

距笔",白居易曾作诗描述:"足之健兮有鸡足,毛之劲兮有兔毛。"① 这类笔的特点是笔芯用鹿毫,硬质;外面要包缠麻纸,或绢帛包缠笔柱。可以说,从毛笔制作工艺的角度看,李世民的工具论是基于当时毛笔的自然形态来论述的。

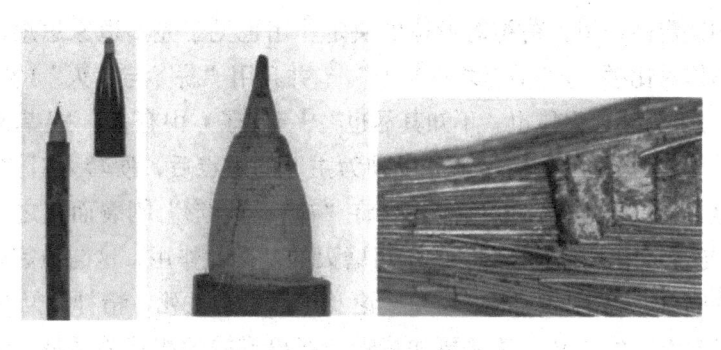

**图1 日本正仓院藏唐代缠纸笔**

此外,在以"主副"关系看待毛笔形态结构的视角中,也可见李世民对道家思想的接纳,特别是其阴阳二分,又寓于统一的理念。对毛笔的形态结构还有"笔尖,笔腹,笔肚,笔根"等的看法,而李世民却恰恰将毛笔形态一分为二,即毛笔的形态结构本身已在体现道家思想中阴阳二分之理念。值得注意的是,李世民还提到:"所资心副相参用,神气冲和为妙。"② 将二者相统一,书法的结字是以"主毫""副毫"相互配合而表现其神韵的,这不正是"有无相生"的美学思想吗?

再者,李世民还将目光放在了对毛笔自然形态功用的体认上,将"笔"的运转与"字"的结字规律相对应起来,可为其进行一一对应。

| 阳 | 笔心 | 主毫 | 字之筋骨 |
| 阴 | 笔副 | 副毫 | 字之皮肤 |

这种工具论与书写过程中,中锋与侧锋的结合使用是一致的,中锋用笔讲究的就是笔芯发力,如若笔芯不为硬质,抑或是书写者不以有力之态势进行,便无法运笔自如。也就是说,李世民的自然主义工具论并不停留在对毛笔的朴素体认上,还有意识地将"笔"与"字"相勾连,这也是他书法美学思想所呈现的"笔—字"关系,是其整个书法创作结构关系的初始,为之后破除"手"的压制而奠基。

## 二 "形神统一,神采为上"的形神关系论

李世民在《指意》一文中揭示了汉字书写过程中"形神"关系的具体结构在于

---

① 《白居易集》,喻岳衡点校,岳麓书社1992年版,第359页。
② 上海书画出版社、华东师范大学古籍整理研究室选编校点:《历代书法论文选》,上海书画出版社2014年版,第121页。

"心""笔""手"的消解与融合。李世民对于汉字书法如何表现意趣，尤其关注书写者的"神采"。他在开篇便说道："夫字以神为精魄，神若不和，则字无态度也。"① 在"字"与"神"的结构关系中，他暂时略过了"手""笔"的凭借功用而强调"神"在书写艺术中的决定性作用。精神对形体的决定作用也见于先秦道家思想，如庄子曾明确把精神和形体对比举出，"劳君之神与形"。② 并且用"薪"与"火"的喻证来看待形神关系，"指穷于为薪，火传也，不知其尽也"。③《文子》中有言："心者形之主也，神者心之宝也。"④ 李世民在首句提出"以神为主"的观点后，便转入对"形"的辨析，诸如手腕、笔锋的具体运作。可见他并未将"神"与"形"割裂而视之，反而是在对"形"的辨析与否定中肯定了"形"的不可磨灭的基础性作用。这与道家思想中的"形神统一"极为吻合。葛洪的《太平经》曾论及"形者乃主死，精神者乃主生"。⑤ 形体与精神自有各自对人的意义。这便更加清晰地指出形神的相互关系是不可分割的。可见，李世民在书法艺术中的精神决定论有丰富的道家理论渊源。

如果说，创作主体的精神与书写之字的关系是李世民书法"形神论"的第一层含义，那么他将"笔之形"与"手之形"的区分，则是其"形神论"的深刻建构。李世民将"手""笔""气"进行了重要性区分。"今比重明轻，用指腕，不如锋芒，用锋芒不如冲和之气。"⑥ 李世民也将"手"和"笔"作为外在形式来看待，给"手""笔""冲和之气"做了轻重关系的排列，并对"手腕"的使用做了否定。"形体"本是事物的载体，是事物基本的使用层，但又会束缚艺术家的创作。书法艺术中的"指腕"也是如此，本是精进之技，但必须舍弃。庄子在《大宗师》中说："堕肢体，黜聪明，离形去知，同于大通，此谓坐忘。"⑦ 再次强调了对外在之形体的否定，可见，对形体的弃决是通往艺术精神的必由之路。在李世民看来，以"指腕"为具体呈现的"手"是艺术表达的形式之害。而以"笔锋"为具体呈现的"笔"虽也在"不如"之否定行列，但以前文的工具论思想看之，"笔"是缓和"指腕"之形与"人心"之神的媒介，是处在整体否定意义中的肯定。这种对"指腕"的全面批判在这篇书法论文的题目中亦可得到印证，所谓"指意"，说的便是驱动手指需要的意念，强调的是心之意，即创作主体的精神。

此外，李世民还引用了与王羲之同时代的书法家虞安吉的观点，"虞安吉云：夫未解书意者，一点一画皆求象本，乃转自取拙，岂是书邪？纵放类本，体样夺真，可图

---

① 上海书画出版社、华东师范大学古籍整理研究室选编校点：《历代书法论文选》，上海书画出版社2014年版，第120页。
② 《庄子今注今译》下册，陈鼓应注译，商务印书馆2016年版，第728页。
③ 《庄子今注今译》上册，陈鼓应注译，商务印书馆2016年版，第124页。
④ 《文子·九守》，李定生、徐慧君校释《文子校释》，上海古籍出版社2004年版，第112页。
⑤ 王明编：《太平经合校》，中华书局1960年版，第727页。
⑥ 上海书画出版社、华东师范大学古籍整理研究室选编校点：《历代书法论文选》，上海书画出版社2014年版，第121页。
⑦ 《庄子今注今译》上册，陈鼓应注译，商务印书馆2016年版，第242页。

其字形，未可称解笔意，此乃类乎效颦未入西施之室也。"① 在这里可见他对书法创作时书写者临摹字形的否定。在"笔意"和"形似"的矛盾中，李世民并不看重字之形，而在乎字之形背后的意蕴。在李世民的《晋祠铭》作品中可见他对王羲之笔法的传承，但并非照搬照抄式的"复刻"，而是求其神似的"临摹"，可将其与王羲之的《兰亭序》作笔法上的对照。在《晋祠铭》中的"之"（见图 2）字与《兰亭序》中的"之"（见图 3）字都对重复书写的字做了变化的处理，以规避相同的写法，使得书写变化万千。

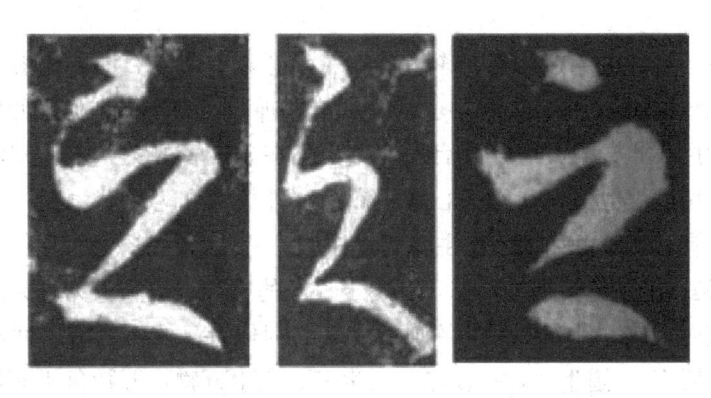

图 2 《晋祠铭》局部"之"字

图 3 《兰亭序》局部"之"字

正如《淮南子》中把"君形者"定为绘画表现力之首要一样，这种对神韵、意蕴的推崇也在后代绘画家顾恺之的绘画实践中得到延续，人的形体再精美也与"妙"无关，唯有在人的眼睛处传神才可得其妙处。顾恺之在绘画中尤其强调"传神"，这与李世民在此否定临摹之形似，而肯定书写之意蕴的美学观点相一致。李世民书论中的形神论既有继承传统道家形神观念中对创作主体精神的推崇，又有"笔之形的肯定，手之形的否定"的双重思辨，其中蕴藉的是对"笔"作为形神中介的认可。

总的来看，李世民书论中的"形神论"具有三组矛盾：其一，是创作主体的神采

---

① 上海书画出版社、华东师范大学古籍整理研究室选编校点：《历代书法论文选》，上海书画出版社 2014 年版，第 121 页。

与书法作品之字形的矛盾；其二，是创作主体的心神与书写创作的凭借（指腕和笔锋）的矛盾，呈现在"手—笔—心"的结构关系中，并在肯定前者的基础上不断辩证否定，进行螺旋式上升；其三，是书写意蕴与临摹字形的矛盾。而在三组矛盾之中，李世民都给予了创作主体精神肯定的推崇，可谓"神采为上"。

### 三 "神气冲和，动意驱指"的创作主体论

创作主体的精神决定性已然是李世民在《指意》中反复声明的内容，但值得注意的是，李世民还强调："神，心之用也。"[①]"心""神"何为本体，何为使用的本体论思辨并不是李世民在此文的关键，其启发性意义还在于二者的关系上。亦可见在论述完毛笔的工具使用后，他提到"所资心副相参用，神气冲和为妙"，此番"神"与"气"的融合形成了具有新质意味的创作主体观。

"神气"是一个主体精神的形态，有别于一般的精神。道家认为先天之气，是无形无象的，周流而自成。具有先天性的自然之气与创作者身体之气有"冲和"的交互关系，正如老子所言："道生一，一生二，二生三，三生万物，万物负阴而抱阳，冲气以为和。"[②] 可见，冲和之气乃是由先天之气衍生而来，是阴阳二气杂糅相混而成，是生命之元气。然而，在李世民的《指意》中却提到的是"神气"。与李世民同时代的名医孙思邈在其《存神养气铭》中也曾对"气、神"的结合有过思考："气为神母，神为气子，神气若具，长生不死。"[③]

气是由道衍生出的极细微的物质，充斥于天地之间，主宰着生命诞生、生长和消亡，气聚合则生，气离散则死。而这种极细微的物质在运动和转化的过程中存在着无形和有形两种形态，并且，其中最精微的部分化作为人，即所谓的"烦气为虫，精气为人"。[④] 而对个人的发展来看，既有作为天资聪慧的元神，还有作为后天认识的识神。"盖心者，君之位也，以无为而临之，则其所以动者，元神之性耳。"[⑤] 无欲无念，无私无执是元神的应有状态，而人可以通过"识神"来不断精进自我，但也终究会受到"识神"的阻挠，也就是老子所说的"为学日益，为道日损"。[⑥] 李世民正是明晰了"神"的二元性，才特别强调对"神"的改造。相较于西方大陆理性派"认识论"中确立人具有天赋观念的"智慧种子"，而进行演绎推理的认识观，滋养在中国美学沃土的李世民显然更有前瞻性。他在提出"神气"之前，给出了前置要求，即"夫心合于气，

---

① 上海书画出版社、华东师范大学古籍整理研究室选编校点：《历代书法论文选》，上海书画出版社 2014 年版，第 121 页。
② 《老子今注今译》，陈鼓应注译，商务印书馆 2016 年版，第 233 页。
③ 孙思邈：《药王全书》，华夏出版社 1995 年版，第 844 页。
④ 刘安：《淮南子》，许慎注，陈广忠校点，上海古籍出版社 2016 年版，第 152 页。
⑤ 张伯端：《青华秘文》卷五，《道藏》第 4 册，文物出版社、上海书店、天津古籍出版社 1988 年版，第 364 页。
⑥ 《老子今注今译》，陈鼓应注译，商务印书馆 2016 年版，第 250 页。

气合于心"。① 心居于核心地位，是意念的中枢，书法创作须得意在笔先，而接受道家美学思想的李世民则更强调心要与气的相合，在这个基础上，"神"作为心的使用效果，将凝结内在之心意与外界天地之生气的化合，达到稳定的状态。李世民在其《笔法决》中也曾定义"冲和"一词，"其道同鲁庙之器，虚则攲，满则覆，中则正。正者，冲和之谓也"。② 可以说，"神气冲和"是具有新质意味的创作主体，在书法实践中以富有生命力量的冲和之神气彰显。李世民的《晋祠铭》（见图4）以行书入碑，从整体章法来看，虚实相生，而且遵循了"笔断意连"的书写风格，可以说书写之"气息"充盈其间，正是他所言的"神气冲和"，书写的生命力随着不曾停止的线条运转，一气呵成。

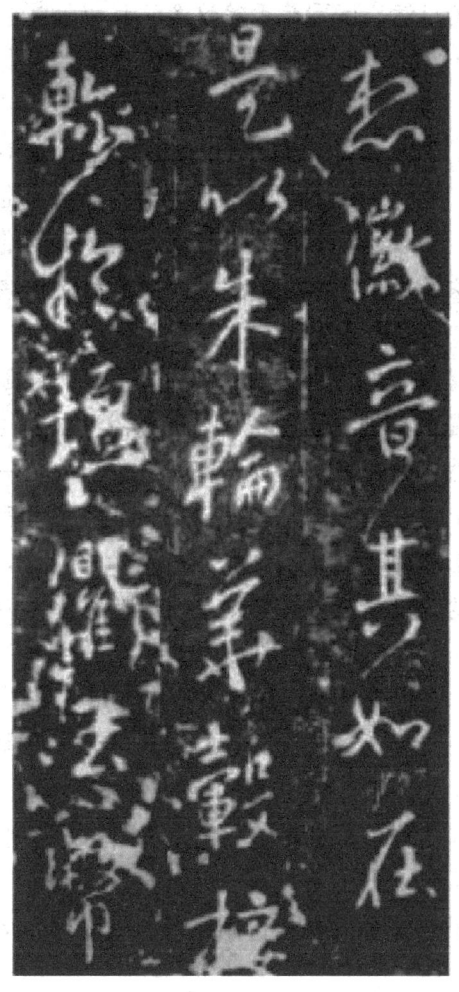

**图4 《晋祠铭》局部**

----

① 上海书画出版社、华东师范大学古籍整理研究室选编校点：《历代书法论文选》，上海书画出版社2014年版，第121页。

② 上海书画出版社、华东师范大学古籍整理研究室选编校点：《历代书法论文选》，上海书画出版社2014年版，第118页。

气是一切艺术创作的本源，因此，书写者的"精神"必须与"气"相符合。在李世民看来，书法创作的主体须得经历两层叠加，其一是"气"与"神"的融合，是以发挥由先天之气而产生的"元神"，而非作用于后天认识的"识神"，方能转化为"神气"；其二是"心"与"神"的融合，以意念驱动精神，施加在笔锋与指腕来完成书法创作，方为"指意"之本的彰显。

### 四 "虚静放手，渐悟得真"的审美工夫论

除却以朴素、真实的自然态度看待毛笔这个工具以外，李世民还就如何在书写实践中进入艺术表达提出了两点工夫，即虚静与领悟。

李世民在论及"神"与"心"的关系时，顺势提出对"心"的要求："心必静而已矣。"[1] 书写时应该心静，诚然，荀子在劝导学习时也说："蟹六跪而二螯，非蛇鳝之穴无可寄托者，用心躁也。"[2] 对浮躁的规避既是学习的要求，也是艺术创作中应然的审美工夫。然而这种"静"并非物理空间上的安静，也不仅仅指精神空间上的平静。如若平静的情绪是汉字书法的审美工夫，那颜真卿以激昂之情绪挥洒的《祭侄文稿》便成一纸荒谬了。李世民在论及"手腕"和"笔锋"此二者时，也要求"轻虚"和"沉静"。可见，此心静乃是虚静。老子提出求道修养的六字真言——"致虚极，守静笃"。[3] 虚静的要求并不是简单地在物理空间上远离俗世之人与物，而是令其不阻挠内心。书法创作也不是必然要处在无人的物理空间，考验的是一个人能否于喧闹之中自处宁静的精神境地。如果说，内心的无利无欲是李世民"虚静"审美工夫的第一层精神要义，那么对于作为形体的"手腕"和作为媒介的"笔锋"，李世民也将"虚静"之义落地于其中。手和笔的轻虚与沉静，实则是要以有力化无力，以柔克刚的方式进行运笔，"掌虚则运用便易"。[4] 李世民的飞白书便可见其"虚"的书写之美，在《晋祠铭》的碑额中以飞白书写"贞观廿年正月廿六日"九字（见图5），丝丝露白，欲断还连，如同枯笔所写，恰有虚实相济之美。这与老子"贵柔守雌"的观念一致，"知其雄，守其雌，为天下谿。为天下谿，常德不离，复归于婴儿"。[5] 运笔时，在"心—神—手—笔—字"的创作过程结构中，李世民是以"虚静"作为审美心胸来控制指腕和笔锋的运作，已融汇天地之气的心神——神气——须得向内凝聚专一，不为外界的欲念所干扰。以虚静之精神驱动手腕，再到笔锋，是以虚劲运转，暗藏骨力，以无力

---

[1] 上海书画出版社、华东师范大学古籍整理研究室选编校点：《历代书法论文选》，上海书画出版社2014年版，第121页。

[2] 《荀子》，方达评注，商务印书馆2016年版，第5页。

[3] 《老子今注今译》，陈鼓应注译，商务印书馆2016年版，第134页。

[4] 上海书画出版社、华东师范大学古籍整理研究室选编校点：《历代书法论文选》，上海书画出版社2014年版，第118页。

[5] 《老子今注今译》，陈鼓应注译，商务印书馆2016年版，第183页。

推有力，方才是运笔之道。正如他在《笔法诀》开篇提出的那样："夫欲书之时，当收视反听，绝虑凝神，心正气和，则契于玄妙。"①"绝虑凝神"同样也是提倡"虚静"的审美心胸，唯其如此才能体道、悟道。

**图 5　《晋祠铭》碑额**

可以说，李世民眼中的运笔是动静相生的状态，以持静、守柔为审美工夫，却在书写成字中表现骨力，他在《论书》中曾直言："今吾临古人之书，殊不学其形势，惟在求其骨力，而形势自生耳。"② 可见其仍有对骨力的审美追求。

此外，李世民还在《指意》中蕴藉了"不言之教"的自我化育方式，亦是一种审美工夫。"及其悟也，心动而手均，圆者中规，方者中矩，粗而能锐，细而能壮，长者不为有余，短者不为不足。"③"悟"是具有中国特色的审美思维方式，从老子说"道可道，非常道，名可名，非常名"④ 开始，便启发人们思考"只可意会不可言传"的需要

---

① 上海书画出版社、华东师范大学古籍整理研究室选编校点：《历代书法论文选》，上海书画出版社2014年版，第117页。
② 上海书画出版社、华东师范大学古籍整理研究室选编校点：《历代书法论文选》，上海书画出版社2014年版，第120页。
③ 上海书画出版社、华东师范大学古籍整理研究室选编校点：《历代书法论文选》，上海书画出版社2014年版，第121页。
④ 《老子今注今译》，陈鼓应注译，商务印书馆2016年版，第73页。

人们领悟的领域。庄子更是发挥这一思想，提出"筌者所以在鱼，得鱼而忘筌；蹄者所以在兔，得兔而忘蹄；言者所以在意，得意而忘言。"① 语言反倒成为思维的束缚和枷锁。在道家经典中也常谈及直觉悟性思维，如"真常之道，悟者自得，得悟道者，常清静矣"。② 再如成玄英曾说："上机之士，智慧聪达，一闻至道，而悟万法皆空，所以勤苦修学，遂悟疑念"；"中士智暗，照理不明，虽复闻道，未能妙悟，若情归道，即时得空，心才涉世尘，即滞于有境，与夺不定，故云存亡"。③ 成玄英以"上、中"两个等级划分，来强调"悟"对于得道的关键作用。李世民对书法之"悟"同样重视，并对"悟道"的状态加以描述，可见，领悟是书法之技的融会贯通，了然于胸后的自然混成的转入点。李世民的"悟"是基于不断的反复练习，以至于能够体察字之"无筋、无骨、钝慢而肉多和干枯而露骨"，才渐入领悟，是"渐悟"而非禅宗所言"顿悟"——佛教禅师见桃花悟道。草圣张旭见公主与担夫互相争路，进而悟得笔法之意；后又见公孙氏舞剑，悟得笔法之神。再有，黄庭坚长年观看群丁荡桨、拨棹，才在书法上稍微觉悟。诸如此种书法悟道实际上只是展现了最终领悟的关键，并非教导后世者顿悟书道。书法修行，乃是循序渐进，由浅入深的渐进之路，以李世民的书论观点观之，唯有将前者"手"之形体抛却，"笔"之媒介正视，"字"之临摹废弃，笔随心动，神与字游，反复练习，方能抵达"心动手均"般的心手合一状态，才能将不同的笔画书写成真实、自然状态。特别是李世民提及的"长者不为有余，短者不为不足"④的审美标准，可见他以"有度"为界限，这不正是庄子所说"缘督以为经"的"不过头"的标准吗？也唯有以"虚静"和"领悟"两种审美工夫方能达成。

## 五 "同于自然，忘乎所以"的审美境界论

书法作为一门艺术，在浸染人心的过程中，最终会以"审美境界"的方式实现其美育功能。任何艺术从技法的琢磨，到创作的体验，最终都会归于审美境界。庄子描述过一位真正的画师，其"真"正在于其最终抵达了绘画创作的审美境界。

"宋元君将画图，众史皆至，受揖而立，舐笔和墨，在外者半。有一史后至者，儃儃然不趋，受揖不立，因之舍。公使人视之，则解衣槃礴臝。君曰：'可矣，是真画者也。'"⑤

在宋元君看来，一切就位，恭恭敬敬地准备作画的画工反而并不是真正的画家。实际上，宋元君眼中的"真"首先是通过这种逆向思维来判断画工技艺之真（高超），其次是在这种反向思考中为我们打开了寻美的路径，即着眼一种无拘无束，无所羁绊

---

① 《庄子今注今译》下册，陈鼓应注译，商务印书馆2016年版，第832—833页。
② 《道藏》第23册，文物出版社、上海书店、天津古籍出版社1988年版，第744页。
③ 《道藏》第13册，文物出版社、上海书店、天津古籍出版社1988年版，第454页。
④ 上海书画出版社、华东师范大学古籍整理研究室选编校点：《历代书法论文选》，上海书画出版社2014年版，第121页。
⑤ 《庄子今注今译》下册，陈鼓应注译，商务印书馆2016年版，第630页。

的生存状态。而这种人的存在状态就表现了一种不为外界事物所束缚的自由而美的境界。书法艺术同样如此，李世民也强调了这一点，他在《指意》结尾处说道："思与神会，同乎自然，不知所以然而然矣。"① 书写者在下笔时的思绪要与主体的精神相融合，即要达成聚精会神，用心专一的状态，这也就是虚静的外在表现状态。刘勰在论及审美创造时，曾说道："思理为妙，神与物游。"② 艺术家的创作想法要与事物的形象密切联系，但刘氏关注的是审美意象的构造，而李世民则侧重主体精神状态的升格。

李世民意欲达到的审美境界以精神的完满为先导，更期待"同乎自然"。从《指意》一文看，此处之自然，是书写者的精神状态与自然合一，达到返璞归真，体合自然的自由之境。如果说，书写完成的精神状态之自由是以其体验过程为积淀，那么自然也无法忽视对书法作品的品评。如若书写之字只是随意涂鸦，没有做到前文说的"圆者中规，方者中矩，粗而能锐，细而能壮"③，那美感只会被消解，更无法谈及境界的生成。也就是说，这种精神境界的达成须得以书法创作的结果之美为第二前提。从自然视域看书法之字，李世民在《笔法诀》中有具体谈道："为竖必努，贵战而雄。为戈必润，贵迟疑而右顾。"④ 在他的审美世界中，每一笔画都需具有生命活力，而非死物。中国汉字源于象形，以自然为师，描摹自然生命之状态，而书法领域更是如此，一笔一画尽显生机意趣。李世民的《艺韫帖》（见图6）和《枇杷帖》（见图7）是其代表作，其结字关注开合、伸缩、大小、长短、宽窄、奇正、疏密等变化，而非将汉字的结构固定化以致显得死寂。

《指意》一文以"不知所以然而然"一句收尾，道出了审美活动的极致体验。庖丁在完成解牛后，也有"提刀而立，为之四顾，为之踌躇满志"⑤ 的悠然体验。李世民揭示了这一书法创作的审美体验，在这一瞬间，人的感性认识处在"无思之思"中，好像有所思考但实际并无思考，此为物我两忘，更是以"静观"之审美态度而收获的"无我之境"。诚如苏轼在倚靠桌几，欣赏自然之时的敬畏心态一般——"当时是，若有思而无所思，以受万物之备，惭愧！惭愧！"⑥

归根结底，书法创作的审美境界是对人的审美教育，书法以其独特的字形艺术和创作规律，在其体验性过程中给予体验者绵长的审美空间，在美的熏陶和感染下，每一个习字者都可以进入"忘乎所以"的境界，这是与自然同一的状态。道家以"延年益寿"和"修道成仙"作为人的存在目标，既着眼于人的外在生理状态，又关注人的

---

① 上海书画出版社、华东师范大学古籍整理研究室选编校点：《历代书法论文选》，上海书画出版社2014年版，第121页。
② 刘勰：《文心雕龙》，王云熙、周锋译注，上海古籍出版社2016年版，第273页。
③ 上海书画出版社、华东师范大学古籍整理研究室选编校点：《历代书法论文选》，上海书画出版社2014年版，第121页。
④ 上海书画出版社、华东师范大学古籍整理研究室选编校点：《历代书法论文选》，上海书画出版社2014年版，第118页。
⑤ 《庄子今注今译》上册，陈鼓应注译，商务印书馆2016年版，第116—117页。
⑥ 《苏轼文集》上，顾之川校点，岳麓书社2000年版，第246页。

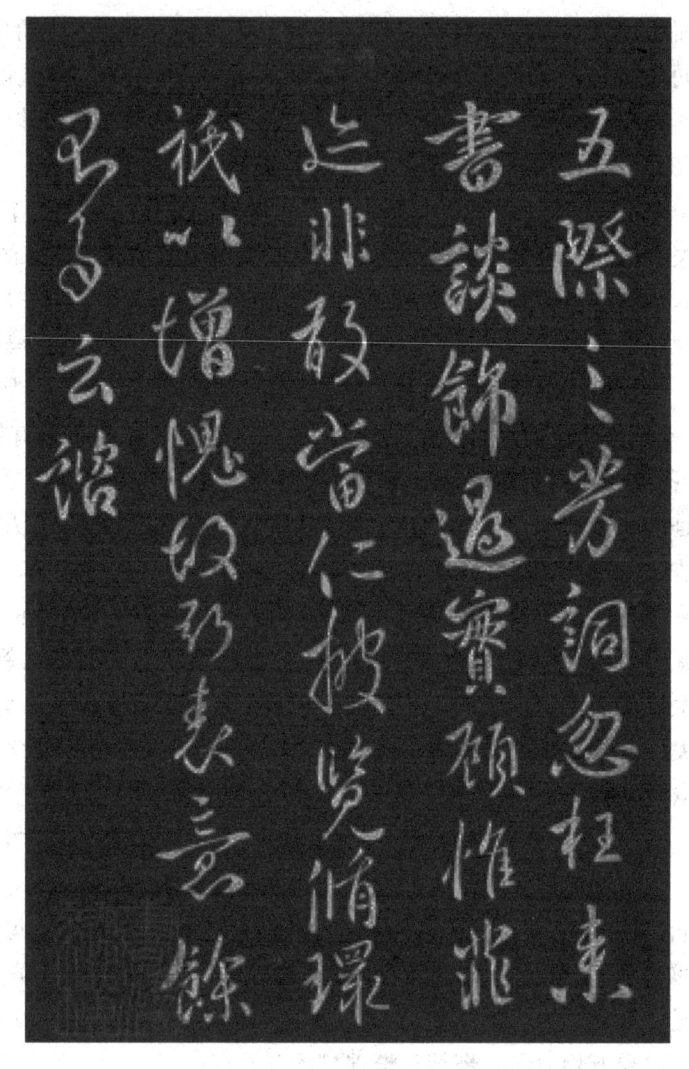

图 6 《艺韫帖》局部

本质存在状态。从"像神仙一样活着"开始，道家便一早把目光放在人的现世的生存状态之中，这与寻美的最终结果是一致的，都是让人进入身心自由的境界。可以说，道家之仙境不在天宫与海外，而在人心之自成境界；书法之审美境界可谓醉翁之意不在酒，而在人的生存境界的确证。

书法艺术是一门抽象的线条艺术，其审美意象的根底在线条。长久以来，学界对书法艺术中形式与内容的界定争论不休，实际上，书法艺术更应该看作一门类似于音乐的符号艺术。可以说，书法是让观者看之无内容而纯形式的艺术，其内容隐退在形式的背后。一个时代的审美风尚，一个地域的审美特征，一个书家的审美修养都汇聚成书法的"文化因"，最终以线条为主的符号形式表现为"艺术果"。因而，我们看待书法艺术的形式与内容，不能从对立的逻辑关系来看待，而应从因果关系来看待。可见，对书法美学思想的考察需要还原到其人、其文的文化背景进行考察，李世民的书论建构在"气—神""神气—心""心—手—笔—字"的多重结构关系中，蕴含丰富的道家美学思想："阴阳交合，自然笔态"的书法工具论，"形神统一，神采为上"的形神关系论，"神气冲和，动意驱指"的创作主体论，"虚静放手，渐悟得真"的审美工夫论，以及"同于自然，忘乎所以"的审美境界论。可以说，对富含美学思想的书论进行研究时，需要我们从本体论、形式论、主体论、风格论等多重角度看待，并以其人其思想的渊源为背景视之，方可领略其深义。

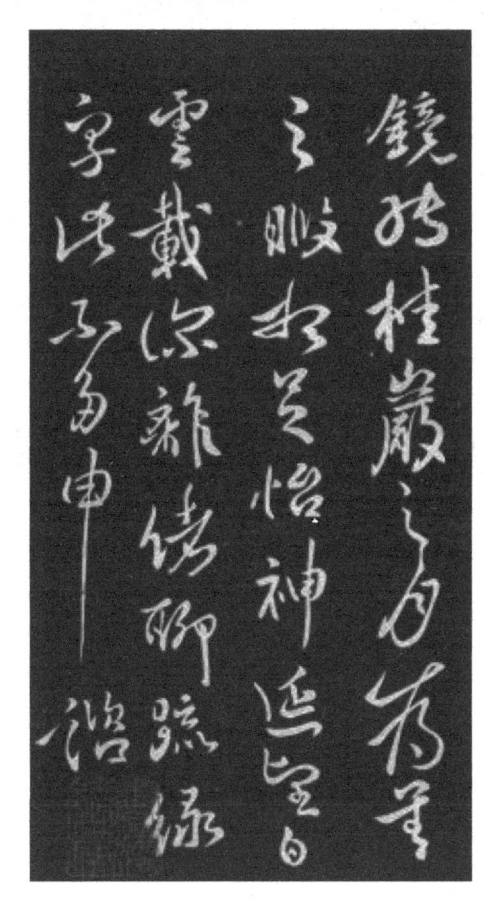

**图 7 《枇杷帖》局部**

# 批评理论

# 论儿童文学的成人性

张公善*

(安徽师范大学文学院　安徽芜湖　241000)

**摘要**：儿童文学是儿童性与成人性统一的文学。长期以来，儿童文学的儿童性备受重视，而成人性却不被认可。对儿童文学成人性的强调，是对儿童性的全面捍卫。儿童文学的成人性与成人文学的成人性的不同之处在于，它始终在儿童性的统领之下。认可儿童文学中的成人性元素，有助于救弊儿童文学中的儿童中心主义，让儿童文学理直气壮地走向成人；认可儿童文学的成人性还有助于让儿童文学更加成熟，并有望与成人文学并驾齐驱。

**关键词**：儿童文学；成人文学；儿童性；成人性；儿童中心主义

探讨儿童文学的成人性，有些不得人心。顾名思义，儿童文学便是与儿童有关的文学。儿童文学的本体性必然是儿童性无疑。凭什么来谈儿童文学的成人性呢？儿童文学的成人性的合法性何在？对儿童文学成人性的强调，是对儿童文学儿童性的全面捍卫。当前（也许一直是）儿童文学最大的尴尬之处莫过于：这种目前几乎全部由成人作者创作的文学样式，却被公众想当然地认为是提供给儿童阅读的。这种局面着实令人沮丧。儿童文学只要是文学，就理应向所有读者开放。男女老少，都可以阅读儿童文学。不仅如此，儿童创作的儿童文学也不应该被忽视乃至被否定。[①] 本文就是想以成人性作为切入点，来探讨当下的一些保守的儿童文学观念。该观念主要有两种：一是儿童文学是成人写给儿童看的文学；二是儿童文学永远以儿童为本位，即聚焦儿童之为儿童的特性。[②]

---

\* 张公善（1971—　），浙江大学文学博士，安徽师范大学文学院副教授，主要研究方向：生活诗学、儿童文学，著有《生活诗学》《儿童文学教育》等。

① ［英］马修·格伦比、金伯利·雷诺兹：《儿童文学研究必备手册》，孙张静等译，华东师范大学出版社2019年版，第28页。格伦比、雷诺兹在《儿童文学研究必备手册》一书中已经注意到网络时代儿童创作的儿童文学的存在，并指出"儿童创作的儿童文学这一课题正变得成熟，可用于学术研究"。

② ［英］彼得·亨特：《批评、理论与儿童文学》，韩雨苇译，华东师范大学出版社2019年版，第248页。目前几乎所有的儿童文学研究者都遵从一个似乎约定俗成的界定：儿童文学是成人写给儿童看的文学，不包括儿童自己写的文学。儿童文学研究领域的儿童本位思想，聚焦的是儿童与成人之间的差异性而非相似性。在儿童文学批评领域，亨特主张的"儿童主义"文学批评可谓儿童本位论的典型体现。

我们首先来界定一对概念：儿童性与成人性。儿童性即儿童之为儿童的特性，但并非儿童所独有。儿童性只是在儿童身上最为典型。可以说，儿童性即童真性。同样的，成人性即成人之为成人的特性，也并非成人所独有，但更为集中地体现在成人身上。成人性的核心是责任。以上是就人而言何谓儿童性与成人性。就儿童文学而言，其儿童性要求作品从内容到形式都应适合儿童身份。这一点从儿童文学的诞生之时就备受重视。相对而言，儿童文学的成人性一直未被学界正式提出。儿童文学界长期忽视成人性的主要原因，窃以为是二元对立思维所造成，即将儿童与成人对立起来。因此一说起儿童文学，便下意识地觉得与成人无关，与成人文学无关。

中外儿童文学史都有一个共同特征：儿童文学诞生之前，成人主导儿童读物，儿童读物成了道德训诫的工具；儿童文学诞生之后，成人依然主导儿童文学，依然以教育为名，竭力阻挡一切不利于儿童健康成长的东西。如果说儿童文学诞生之前的儿童读物重视成人性，但往往以牺牲儿童性为代价，那么儿童文学诞生之后的儿童文学则重视儿童性，又往往以牺牲成人性为代价。温室中的花草禁不起风雨，而在自然风雨中成长起来的花草则更加顽强。有鉴于此，我们倡导儿童文学的成人性，以期平衡儿童文学界过于倾斜的儿童性。由此，儿童文学实际上就变成一种儿童性、成人性、文学性三者之间形成互动的文学。这也就是朱自强提出的儿童文学得以成立的如下公式所蕴含的内容：儿童文学＝儿童×成人×文学。[①] 用诺德曼的话来说，儿童文学"聚焦于把儿童文学的特异性视为两个不同社会群体——成人和儿童——之间的交易媒介"。[②] 不过，朱自强和诺德曼并没有充分认可儿童文学的成人性元素。[③]

当我们探讨儿童文学的成人性时，其成人性究竟意味着什么呢？此时成人性有双重含义：一是与普遍的人（human）密切相关，即儿童不仅是儿童，也是人，所以儿童和成人一样分享一些共同的人性；二是与长大的人即成人（adult）密切相关，即儿童必然要长成大人。那么何为成人呢？目前联合国《儿童权利宣言》把18岁作为分界线。未满18周岁者皆为儿童，已满18周岁者即是成人。以特定岁数来区分儿童和成人有一刀切之嫌，考虑到普适性，有一个硬性年龄规定也的确有必要。在此，我想提一个软性的补充条件，即认为成人是拥有自主意识并能对自己的言行负有责任意识的人。很显然，这一成人特性，正是儿童文学希望赋予儿童的东西。儿童并非静态的生命状态，儿童必然要向成人发展。我们提倡儿童文学的成人性，就是要强调儿童的这一发展性。

众所周知，"儿童文学"诞生于"儿童的被发现"后。此时，儿童文学的目标读者

---

[①] 朱自强：《儿童文学概论》，华东师范大学出版社2021年版，第25页。
[②] [加] 佩里·诺德曼：《隐藏的成人：定义儿童文学》，徐文丽译，中国社会科学出版社2014年版，第127页。
[③] 朱自强：《儿童文学概论》，华东师范大学出版社2021年版，第28页；[加] 佩里·诺德曼：《隐藏的成人：定义儿童文学》，徐文丽译，中国社会科学出版社2014年版，第135页。朱自强的"儿童文学就是儿童本位的文学"已是学界共识。诺德曼也认为作为一种文学体裁，儿童文学"明显缺乏使之'成人化'，因而被认为不适合儿童读者的那些特质"。

往往就是儿童。儿童文学成了成人专门写给儿童看的文学。那么在儿童文学诞生之前,是否存在儿童文学呢? 这个问题听起来似乎有逻辑错误。但实际上并非没有道理。因为现在被认为属于儿童文学的作品,不少是在儿童文学诞生之前就出现了。其中有的作品是儿童主动占领的成人文学作品,如《格列佛游记》《鲁滨孙漂流记》《天路历程》等;还有的是成人认为适合儿童阅读的作品,如古希腊神话、《伊索寓言》等。朱自强先生坚持认为,古代的一些作品之所以被认为是儿童文学,那是站在今人立场而言的,是以今人儿童文学观念为标准的结果。[①] 这种说法还是让人有些困惑,一方面认为儿童文学诞生于现代,另一方面勉强认可古代一些作品可以作为儿童文学。我们知道,现代社会诞生的一些观念其实在古代就有不少相关论述,比如生态美学的思想就可以在《老子》中窥见端倪。儿童文学也当如是观。儿童文学诞生于现代,但在古代也存在,只不过当时人没有这个意识。我们或许可以将儿童文学诞生之前的儿童文学称作"潜在的儿童文学"。一言以蔽之,认为儿童文学诞生于古代没有道理,但否定古代存在儿童文学也没有道理。儿童被发现于现代,而儿童自古有之,儿童文学亦然。作为一种观念的儿童文学诞生于现代儿童被发现后,而作为一种文学形态的儿童文学则古已有之。

现在我们再来审视儿童文学诞生前后儿童的不同存在方式。儿童文学诞生之前,儿童并非作为一种特殊的生命存在,而只是"小大人"。儿童文学诞生之后,儿童的特殊性才备受重视,儿童的本己需求(而非成人需求)才被重视,儿童此时就是"小孩子"。可问题是儿童的本己需求并非仅仅与儿童当下天性有关。"儿童不是缩小的成人,却是成人的萌芽。"[②] 正如小树要长大,儿童也要长大。成长理应包含在儿童的本己性之中。长不大的彼得·潘,只能发生于童话之中,也只能是大人想挽留童年的一厢情愿。儿童不仅仅是"当下的小孩子",更是"未来的大人"。我们反对视儿童为"小大人",因为这种观念无视儿童之为儿童的天性;我们也反对仅仅视儿童为"小孩子",因为这种观念无视儿童长大成人的生命需求。一句话,儿童首先是"小孩子",其次是"未来的大人"。儿童是"小孩子",所以儿童文学必须具备儿童性;儿童又是"未来的大人",因此儿童文学又必须具备一种有别于成人文学的成人性。

接下来,我们分别从儿童和成人视角来谈谈儿童文学的成人性,然后再探讨一下儿童文学的成人性与儿童性的关系。

## 一 儿童文学的成人性:儿童视角

从儿童视角审视儿童文学的成人性,旨在聚焦儿童的未来。此时,儿童文学可谓儿童走向成人的人生导师。我曾将儿童文学之于儿童的意义定性为"生活启蒙",也就

---

[①] 朱自强:《中国儿童文学研究的三种方法》,《中国文学批评》2022年第2期。
[②] 朱鼎元:《儿童文学概论》,王泉根编《民国时期的儿童文学研究》,希望出版社2020年版,第85页。

是要强调儿童文学的成人性。①儿童文学让儿童享受无忧无虑的童年的同时，也让他们明白，童年很快消逝，必须直面成长的困境，顺应并适应成人世界的风风雨雨。好的儿童文学肯定有助于儿童在童年立志成为一个文明的人，一个有益于社会的人，乃至一个大写的人。

首先，儿童文学的成人性表现在它让儿童成为一个文明人。此处所谓的"人"，即拥有普遍人性的人。人不同于动物，就在于人性中除了兽性，还具备人性和神性。人是兽—人—神的统一体。性恶论（荀子）与性善论（孟子）自古以来就论争不休。其实，人性中天然具有善和恶的成分。梭罗说得好："善恶之间，从无一瞬休战。……自知身体之内的兽性在一天天地消失，而神性一天天地生长的人是有福的，当人和劣等的兽性结合时，便只有羞辱。"②既然人性中有恶的成分，那么儿童身上也必然潜在地具备某种恶的力量。戈尔丁的小说《蝇王》便是聚焦人性恶的经典之作。故事背景设置在想象中的第三次世界大战。一群6—12岁的儿童因为飞机失事被困于一座荒岛。从一开始的和睦相处到后来的相互残杀，戈尔丁揭示了人性中恶的力量的残酷性，读来惊心动魄。《蝇王》惊世骇俗之处在于，它是通过儿童来揭露人性恶的。

儿童身上的人性恶其实早已受到人类关注。在儿童文学发展史上，对儿童的态度有一个从"儿童生而有罪"观念到"儿童天真无邪"观念的转变。儿童生而有罪的观念在清教徒那里最为明显。他们认为孩子的灵魂要么被救赎，要么下地狱。清教徒编了许多致力于将孩子从地狱中拯救出来的作品。杰奈威1671年出版的《儿童的标记：皈依天主、神圣楷模及数名孩子欣然赴死的事迹》可做代表。同时代的另一本诗文训诫书，曲尔《儿童的明镜》也很有名。此外，还有班扬专门为儿童写的《写给男孩和女孩的书》（1686）。这些书都旨在道德训诫，以拯救儿童。③儿童天真无邪的观念源于洛克1693年出版的《教育漫话》。在此书中，洛克提出一种"白板论"，即认为儿童出生之时犹如一张白纸，需要后天的教育来填补。由此，洛克提倡用一种更加温和的方式来教育儿童。他说："给孩子们一些简单有趣适合他们的图书……在这些书中，他们会发现，乐趣会让他们更加愿意读，也能对他们付出的努力有所回报……"④正是在洛克等人的影响下，儿童的无邪天性开始受到人们的重视。此后给儿童读的书中的"乐趣"也逐渐增多。1743年英国出版家纽伯瑞出版的《美丽小书》是一个标志性事件，被认为是现代儿童文学诞生的标志。在《美丽小书》的扉页上即题有"寓教于乐"的字样。⑤洛克《教育漫话》出版69年后，即1762年法国哲学家卢梭出版了后来被誉为第一部儿童小说的《爱弥儿》。从此，儿童作为儿童的独特性以及儿童作为"高贵的野

---

① 张公善编著：《生活启蒙：国际安徒生奖获奖作家导读》，安徽师范大学出版社2015年版，第13页。
② [美] 亨利·梭罗：《瓦尔登湖》，徐迟译，吉林人民出版社1997年版，第206—207页。
③ [英] 约翰·洛威·汤森：《英语儿童文学史纲》，王林译，湖南少年儿童出版社2020年版，第5—12页。
④ [英] 约翰·洛威·汤森：《英语儿童文学史纲》，王林译，湖南少年儿童出版社2020年版，第13页。
⑤ [英] 约翰·洛威·汤森：《英语儿童文学史纲》，王林译，湖南少年儿童出版社2020年版，第17页。

蛮人"的观念深入人心。可是，恶并没有离开儿童。儿童世界的恶依然存在。

对"孩子与恶"做过专题研究的日本心理学家河合隼雄一再提醒我们："单纯地排斥恶，会招来更大的恶。"① 恶对孩子而言，很可能是个性的显现。恶可以成为"自立的契机"，因此，河合隼雄认为让孩子体验恶是有意义的。他说："在孩提时代有机会体验一下深度的根源恶，知道有多么吓人，才会下一个坚定的决心：我再也不敢了。"② 当然他不是旨在让孩子去主动行恶，而是当孩子作恶时大人所应持有的态度。大人要竭力通过爱去拥抱孩子，而不是一味斥责乃至打骂。"面对恶，如果大人的忍耐力更强一些，孩子就会活得更加生气勃勃，能够跟大人们一起品尝情感丰富的人生。"③ 河合隼雄还说："充分认识到自己作为一个人的限度，认识到这一点，对于孩子建立健康的关系是很有用的。"④ 让儿童成为一个人，就是要让儿童去做一个文明人，让他们充分认识到做一个人可能的限度。笔者认为，让儿童体验恶所划定的人性限度的最安全有效的方式，便是让他们阅读那些呈现儿童角色恶行的儿童文学作品。

其次，儿童文学的成人性表现在它可以协助儿童逐渐认识成人世界的丰富复杂性。许许多多的儿童文学竭力想保护儿童，不让他们看到成人世界的本来面目，这是一种得不偿失的做法。诺德曼的合作者雷默说得好："想要阻止孩子们不接触成人世界的知识和疑问，以此来保持他们的童真，完全是一种错误的做法。"⑤ 当今世界对于儿童教育工作者的最大尴尬之处莫过于此：一方面他们竭尽全力维护儿童成长环境的纯粹性；另一方面网络又无时无刻不在暴露着成人世界的复杂与残酷。与其遮遮掩掩，不如引导儿童在其儿童时期带着一种积极的价值观去初步认识成人世界，这将有助于他们顺利进入并适应长大后的成人世界。虽然儿童文学的主角绝大多数是儿童，但儿童不是孤立存在，他们的身边是大人，是社会，是国家，乃至整个世界。我们可以用"生活世界"来统称儿童所身处其中的世界。这个世界目前主要由成人所掌控。儿童作为未来的成年人，在当下几乎没有发言权。成人世界自有其游戏规则，它与儿童世界的游戏规则截然不同。总体而言，成人世界的游戏规则充满功利性和残酷性，乃至阴暗面。儿童要想成为这个生他养他的成人社会的一员，"他们必须了解这个社会的价值标准——接受社会的挑选，成为他们应该成为的那类人，才能成功地生存下去"。⑥ 郑振铎当年为叶圣陶童话集《稻草人》写的序言中，就力倡儿童文学要直面世界的残酷性，他说："把成人的悲哀显示给儿童，可以说是应该的。他们需要知道人间社会的现状，正如需要知道地理和博物的知识一样，我们不必也不能有意地加以防阻。"⑦

---

① ［日］河合隼雄：《孩子与恶》，李静译，东方出版中心2016年版，第34页。
② ［日］河合隼雄：《孩子与恶》，李静译，东方出版中心2016年版，第36页。
③ ［日］河合隼雄：《孩子与恶》，李静译，东方出版中心2016年版，第142页。
④ ［日］河合隼雄：《孩子与恶》，李静译，东方出版中心2016年版，第37页。
⑤ ［加］佩里·诺德曼、梅维丝·雷默：《儿童文学的乐趣》，陈中美译，少年儿童出版社2008年版，第12页。
⑥ ［加］佩里·诺德曼、梅维丝·雷默：《儿童文学的乐趣》，陈中美译，少年儿童出版社2008年版，第150页。
⑦ 王泉根：《民国时期的儿童文学研究·序言》，《民国时期的儿童文学研究》，希望出版社2020年版，第39页。

将成人性作为儿童文学的一个维度，我们就可以名正言顺地谈论儿童文学对世界残酷性以及阴暗面的揭示，也可以更加开放地接纳儿童文学中出现的成人生活所特有的一些内容，诸如血腥暴力、爱情乃至性等。在中国儿童文学发展史上，至少有两次大的论争与儿童文学中的社会阴暗面描写相关。一次是在新中国成立前夕的 1949 年上半年，中国儿童读物作者联谊会（1947 年 4 月 20 日正式成立）组织了一次关于"儿童读物应否描写阴暗面问题"的笔谈会。陈伯吹在总结此次笔谈会时将论战的参与者分成两派：一派是文艺写作者，他们坚持文艺必须揭示社会阴暗面；另一派是教育工作者，他们认为描写阴暗面的儿童读物害多益少。陈伯吹总结指出："儿童读物应该描写阴暗面，应该从阴暗写到光明。但描写阴暗面应该有个限度，这限度的条件是至少要顾及儿童的年龄（也应该顾到性别），理解的程度，心理的卫生。"[1] 这次论争并没有触及儿童文学成人性问题，认为应该描写阴暗面乃是艺术本身的使命，而如何描写阴暗面则完全立足儿童的当下性。20 世纪 80 年代，儿童文学评论界再次触及儿童文学中的社会复杂性问题。当时，针对丁阿虎的《祭蛇》（1983）和常新港《独船》（1984）等少年小说，评论界也产生较大分歧。周晓、曾镇南等人持认可态度，认为这些小说反映了生活的深广多样，有着深邃的人生内容。樊发稼、官锡诚等人则持批评观点，乃至否认这些作品的"儿童文学"身份。他们认为这些作品"成人化倾向十分强烈"，理应刊登在成人文学刊物上。在这次论争中，王泉根所写的《为"成人化"一辩》一文可谓中国儿童文学理论批评史上最早触及儿童文学成人性的文章。王泉根从少年时期的儿童特点出发，认为少年文学应该"机智而巧妙地把儿童化与适度的成人化因素结合起来"。[2] 很显然，王泉根看到了少年时期的过渡性特点，即少年是童年与成年之间的中介。少年期作为过渡时期可能会同时具备童年和成年的某些特征，由此，少年文学理应具备一些成人性元素。不过，王泉根并没有完全接纳所有类型的儿童文学中的成人性。

成人世界除了存在阴暗面和残酷性，爱情常被认为是其专属领域。在中国，儿童"早恋"一直是让学校、家庭头疼的事情。儿童文学界，更是视之为禁区。儿童文学研究领域，对儿童文学中的爱情专题研究几乎一片空白。在世界范围之内，儿童文学中的爱情描写已经越来越被更多的人接纳。不过，那些早期描写儿童之间爱恋的儿童文学，出版时往往都受到争议。我们到底在怕什么？欲望。东西文化传统都有一种根深蒂固的对肉体欲望的轻视乃至敌视态度。古希腊的柏拉图担心文艺作品（诗歌）会刺激人的低等级欲望，因而将诗人作为危险人物赶出理想国。中国宋代理学也提出"存天理，灭人欲"的口号。然而谁能否认欲望也有美好的一面呢？没有欲望，何谈文明的发展呢？欲望是生命力的一大表征。墨西哥诗人帕斯说得好："最初的、原始的火就是性欲，它升起爱欲的红色火焰，后者又升起另一个摇曳不定的蓝色火焰并为之助燃：

---

[1] 方卫平：《中国儿童文学理论发展史》，少年儿童出版社 2007 年版，第 285 页。
[2] 方卫平：《中国儿童文学理论发展史》，少年儿童出版社 2007 年版，第 377 页。

爱情的火焰。爱欲与爱情：生命的双重火焰。"① 不同于动物只有性本能，人是拥有另外的双重火焰（爱欲和爱情）提供能量的高级动物。既然儿童是人，既然爱情是人性之需，那儿童之间为什么就不能存在爱情呢？异性相吸，是天性，也是人性。如果我们将爱情视作异性之间相互爱慕之情，那么在儿童世界也自然存在这种情愫。只不过，儿童的爱情与成人的爱情有着本质的不同，那就是儿童之间的爱情更多的是一种精神之恋，而成人之间的爱情则必然走向肉体之欲。说白了，我们真正担心的是儿童之间的爱情会从精神之恋滑向肉体之欲。如果我们因为存在这种坏的可能性，而杜绝儿童之间的纯真情怀，也可能让儿童生活少了许多生机活力。非常有讽刺意味的是，家长、教师们都允许孩子们沉浸于童话之中，中学教育也热衷于《红楼梦》的整本书阅读，可就是不能允许现实中的孩子越雷池一步。殊不知，对人类各种情感的体验对于儿童的健康成长大有裨益。正如童话中的爱情曾经影响了无数儿童，让他们内心充满美好情感的向往并长大成人，儿童文学的其他体裁中的爱情，如果处理得当，也会在儿童的内心播下健康的爱情观念。更有甚者，儿童还可以通过爱情感受到许多为人处世的大道理。阿扎尔说：

> 对于爱情，儿童们懂得些什么呢？什么都不懂，和彼得•潘一样。然而在它的形式下，他们所感受到的却是一系列最高贵的情感；为了爱做出的牺牲，没有任何强权能压迫的早已建立起的和谐，对完美的追求，对理想力量的寻找。而这些正是这个世界的最有力的保护者。②

童年经验对于一个人的未来举足轻重。"童年的印象会持续很久，并储存起来逐渐成为成人的一部分。"③ 儿童们通过爱情所感受到的上述这些维系这个世界良性发展的大道理，将对他们的未来，对这个世界的未来，都具有不可低估的意义。

儿童文学的成人性最终目标便是让儿童逐渐成为一个成熟的个体。如果说让儿童了解成人世界的阴暗和残缺，以及成人生活的方方面面，是儿童社会化必不可少的训练，那么让儿童成为一个独立个体则是儿童主体化的必然结果。而一个已经社会化和主体化的人就是一个大人了。儿童文学对于儿童主体性的培育，笔者在《生活启蒙》一书中已有具体阐述，在此不再赘述。④ 总的来说，儿童文学旨在让儿童最终成为自己，同时让儿童也意识到他人也是一个独立的个体。《西拉斯与黑马》《了不起的 M. C. 希金斯》《弗兰琪的故事》《安妮日记》等儿童文学作品中的主人公，虽然在作品末尾

---

① ［墨西哥］奥克塔维奥•帕斯：《双重火焰——爱与欲•序言》，《双重火焰——爱与欲》，蒋显璟等译，东方出版社1998年版。
② ［法］保罗•阿扎尔：《书，儿童与成人》，梅思繁译，湖南少年儿童出版社2014年版，第208页。
③ ［加］史密斯：《欢欣岁月》，梅思繁译，湖南少年儿童出版社2014年版，第8页。
④ 张公善：《生活启蒙：国际安徒生奖获奖作家导读》，安徽师范大学出版社2015年版，第18页。

都还没有年满 18 岁，但他们在精神上其实都已长大成人。

## 二 儿童文学的成人性：成人视角

如果说儿童视角的儿童文学成人性强调的是让儿童未来成为一个什么样的人，那么成人视角的儿童文学成人性则强调，在儿童身边的成人应该成为一个什么样的大人。实际上此处所论即是儿童文学之于成人的意义。长期以来，儿童文学之于成人的意义不被公众重视，一些保守的观念难辞其责，尤其是"儿童文学是成人写给儿童看的文学"这种观念，很容易导致一个后果：成人不把儿童文学当回事，乃至不看儿童文学。这既对儿童文学不公，也对成人不利。实际上，儿童文学不仅仅是教育儿童的文学，也应该是教育成人的文学，或者是成人借以自我教育的文学。

目前而言，儿童文学的作者绝大多数仍是成人作者。"成年作者比儿童接受者更有经验，词汇量更大，认知水平也更高。作者在对儿童言说的同时，也禁不住在向成人共同读者言说。"这意味着，在成人创作的儿童文学中，成人也会有意无意越过儿童读者，向成人共同读者分享经验。近年来同时对儿童与成人言说的儿童文学越来越多，这些文本被称作"交叉文本"。[①] 笔者曾从读者视角将儿童文学之于成人的意义界定为"重建生活"，具体而言，儿童文学可以为成人提供一种审美出游方式，提供教育宝典，以及重建生活的智慧，等等。[②] 此处，我们再从儿童文学中的成人角色来探讨儿童文学之于成人的意义。成人是儿童的未来。因此儿童文学中的主要成人角色往往担当儿童的榜样或是启蒙者。从成人与儿童的关系着眼，儿童文学中的成人（尤其是具备榜样力量的成人）理应是一个充满童心的大人，一个呵护身边儿童健康成长的大人，一个有担当有使命的大人。成人视角的儿童文学的成人性，首先意味着让成人拥有一颗童真之心。这是儿童文学对于成人的最大馈赠。相较于成人文学，成人在儿童文学那里更能获得童心。这不仅是因为其中的儿童角色的天真无邪，更是源于其中的成人角色往往是儿童化的成人。虽然儿童文学作品中的成人角色千差万别，但总有些成人依然童心烂漫，和身边的儿童一起分享着生活的无限乐趣。

成人拥有童心，意味着成人不断从现实回归童年，进而在现实生活中注入一些儿童性（诗性、非功利性）。虽然不再是童年之人，但葆有一份童真之心。在此意义上，儿童文学也是引领成人皈依童真的文学。成人也要向儿童学习，而不仅仅是高高在上的权威。在儿童文学史上，成人与儿童之间的关系在作品中的呈现方式的变化很能说明问题。

---

① ［瑞典］玛丽亚·尼古拉耶娃：《儿童文学的美学研究》，何卫青译，中国少年儿童出版社 2021 年版，第 288 页。
② 张公善：《生活启蒙：国际安徒生奖获奖作家导读》，安徽师范大学出版社 2015 年版，第 23 页。

随着"儿童的被发现",世界开始一分为二:一是儿童世界,一是成人世界。现代儿童文学的两大特征便是强调儿童的身份特征以及儿童对成人世界权威的反抗。[①]"童年应是一个自主的、不受任何人(成年人)权威约束的世界。"[②] 在此阶段,儿童文学作品中的主角清一色是儿童,成人永远是次要角色,而且往往是被反抗的角色。这一状况一直到 1970 年前后才有了根本性的变化。何以如此呢?1968 年的西方学生运动使得儿童文学的政治色彩变浓。由此,儿童文学在 20 世纪 70 年代出现了新的自主要求。既然社会政治问题都会涉及儿童,儿童文学就有必要将其置入其中。试图保护儿童远离政治,也就剥夺了儿童某些最基本的权利。因此,"对儿童来说只要他们还未属于另一个不同的'来世',而是属于当今世界依然是成人世界的'现世'时,他们就应当获得独立和自由发展的机会。新的自主需求倾向于儿童和成人之间的权利平等原则,强调的是相似性而不是差异性"。[③] 20 世纪 70 年代出现的儿童政治文学被认为是后现代儿童文学的开端,在此儿童与成人共享着同一个世界。成人世界向儿童开放,也可谓儿童文学成人性的体现。儿童走向成人世界,是否也意味着成人转而向儿童学习的契机呢?是否意味着儿童与成人之间由相互对立走向相互学习呢?遗憾的是,儿童文学的这种成人化倾向被有些论者视为"儿童文学的终结"。[④] 然而,如果立足成人性的维度,我们便可以认为儿童走向成人世界是儿童文学自诞生以来的一次重新出发,是走向更成熟的儿童文学的标志性事件。

上述对欧美儿童文学中成人与儿童关系的扫描所透露出来的倾向,即儿童主人公介入成人世界,成人不再高高在上而往往也是被教育者,同时成人生活成为儿童文学一道风景线,等等,这些在中国儿童文学发展史中也同样表现出来。中国儿童文学公认诞生于五四时期。其在诞生之初就形成了两种潮流:一是以周作人为代表,强调儿童文学的趣味性游戏性;二是以郑振铎等人为代表,强调儿童文学的教育性,以及有助于改造民族精神的工具性。前者可谓纯粹的儿童中心主义,后者虽然始终以儿童为本位,但强势渗透着成人的各种观念。近百年中国儿童文学发展史显示,后一潮流一直占据主导地位。在这种视儿童文学乃教育儿童的文学观念的主导下,儿童文学作品中的儿童与成人之间的关系比较单一:要么有一个次要的大人角色,关键时候出现以担当身边儿童角色的启蒙老师;要么没有成人角色,但隐含作者往往承担着教育儿童的使命。儿童永远是儿童文学中的主角,但永远是被教育者。孙幼军的童话可以作为

---

① [意]艾格勒·贝奇、[法]多米尼克·朱利亚主编:《西方儿童史下卷:自 18 世纪迄今》,卞晓平、申华明译,商务印书馆 2016 年版,第 473 页。
② [意]艾格勒·贝奇、[法]多米尼克·朱利亚主编:《西方儿童史下卷:自 18 世纪迄今》,卞晓平、申华明译,商务印书馆 2016 年版,第 491 页。
③ [意]艾格勒·贝奇、[法]多米尼克·朱利亚主编:《西方儿童史下卷:自 18 世纪迄今》,卞晓平、申华明译,商务印书馆 2016 年版,第 493 页。
④ [意]艾格勒·贝奇、[法]多米尼克·朱利亚主编:《西方儿童史下卷:自 18 世纪迄今》,卞晓平、申华明译,商务印书馆 2016 年版,第 473 页。

典型。这种状态一直持续到 20 世纪 90 年代才得以根本性扭转。其中曹文轩《草房子》(1997) 可以作为儿童文学转型的标志之作。在《草房子》中，不仅成人角色形象鲜明，而且触及爱情题材，更有甚者，儿童人物在一定程度上也影响或教育了其中的成人角色。试想一下，秦大奶奶和桑乔的转变，与他们身边的孩子密不可分。在书中，大人和孩子都在追求体面的生活，但大人往往死要面子活受罪，而小孩子则更加本真，敢爱敢恨。

儿童的世界从来不缺少成人。成人也理应成为儿童文学的主要人物，而不仅仅充当儿童人物的配角。杰出乃至伟大的儿童文学作品中，儿童与成人平等相处，良性互动。成人唯有放下架子，将自己视作儿童一样的人类成员，并且还能以儿童为镜，反思自己的生活，儿童文学才有望真正走向成人世界。这将意味着儿童文学实际上是儿童与成人共同成长的文学。成长将不仅仅属于儿童，也属于成人。对儿童而言，成长意味着社会化和主体化。而对于成人而言，成长则意味着改变自我，走向更加和谐的新生活。

儿童文学的成人性，就成人而言还意味着让成人成为一名呵护身边儿童的人。此时成人拥有双重角色，既是一位拥有童心的人，又是一位拥有责任心的人。拥有童心的成人就会自动站在儿童立场去呵护儿童，而拥有责任心的成人又会放眼儿童未来，以一种更为开放和温柔的心态去对待身边的儿童。这样的成人才能谈得上是儿童真正的良师益友，而不是古板的一味灌输大道理的高高在上者。

长期以来，儿童文学作为成人教育儿童的载体而存在。儿童文学的教育功能往往又被落实到作品中的成人角色或成人化的动物身上，更有甚者，会以一句句教训（有时候呈现为一句句哲理）。这些成人角色可谓儿童的生活启蒙者。《小王子》中的狐狸可谓典型。狐狸是小王子的人生导师，他告诫小王子：爱的真谛是要对驯养的对象负责任，真正重要的东西是眼睛看不见的，要用心去体会，等等。狐狸和小王子朝夕相处的时候，不失时机地将这些大道理传达给小王子，可谓言传身教，因而丝毫没有灌输的意味。儿童文学中作为启蒙者的成人，更多的是作为故事的讲述者或者作为儿童事件的旁观者（评点者）出现的。即便作品中没有成人，作者本人便往往充当一个隐含的成人教育者角色，其在讲述的同时，也在不动声色地向作品中的儿童乃至作品外的儿童读者，传达生活大道。如果儿童文学作品中那些成人角色或叙述者说的一些睿智话语能够被儿童读者铭记在心，就很可能会走进其日常生活，乃至影响其未来生活。总的来说，成人作为启蒙者（教育者），最佳的启蒙方式是春风化雨，是言传身教，是简洁有力。

儿童文学中还有些不太被注意的成人角色，他们往往只是儿童人物的伴随者或者偶尔出现的配角。他们没有多少富有哲理的话语，他们最可贵的东西就是以孩子的立场与孩子相处。他们只会用行动表示对孩子的爱意，只会用行动来呵护孩子的身心健康。在此可以举几个例子。艾斯的《在森林里》是备受松居直推崇的一本绘本。绘本通篇都是小男孩在森林里与想象的动物们做游戏,直到结尾小男孩的父亲才开始出现。他是来喊小男孩回家的。当他意识到孩子在想象中和动物们说话。他并没有拆穿这个幻想世界,相反却加以保护。他对孩子说:"我们该回家了。也许它们会一直等着你,下次再来一起玩。"松居直认为能说出这样的话的,才称得上是真正的大人,因为这句话使森林里愉快的幻想世界完整地保留在小男孩的心里。[①] 笔者也曾从这位父亲那里受到过启发,在儿子小时候和他一起享受圣诞老人的故事,并在每一个圣诞节,都会暗暗扮演圣诞老人,在孩子熟睡时将礼物送到他的床前。拉伊森的《我是跑马场的老板》是一部充满温情的儿童小说。弱智男孩虽然被拾荒老人欺骗,花了几元钱"买"得跑马场,但他身边的大人都没有揭穿其虚假的老板身份。真正的老板也没有强行驱逐小男孩,而是花数倍的钱又"买"回了跑马场。此外,在巴西作家德瓦斯康塞洛斯的传记小说《我亲爱的甜橙树》中也有一个善于用行动呵护小男孩泽泽的成人角色——老葡。当泽泽打算自杀来向他道别时,老葡不仅用温和的话语抚慰泽泽,更重要的是找借口邀请泽泽周六陪他一起去钓鱼,而且在当天暗中"监视"泽泽,以免他做傻事。

  儿童身心健康成长是儿童教育的核心,而其中最为重要的便是生命安全教育。可以说生命安全是儿童教育的一条红线。凡是危及儿童生命安全的事情都必须被制止。儿童文学中的成人角色也应该担当生命安全教育的重任。戴恩·鲍尔的儿童小说《出事的那一天》是生命教育的经典作品。不过,其中的成人角色是作为反面人物出现的。任性冲动的汤尼来找乔,邀请他一起骑车去攀岩。温和谨慎的乔觉得有危险,但碍于情面不好拒绝,就希望父亲能够阻止他们出行。没想到乔的父亲竟然答应了,还"天真"地让乔发誓以人格保证一定要注意安全。结果半路上汤尼不顾危险下河游泳,溺水而亡。乔的父亲在这件事中是负有责任的。他只想着让孩子们累一天回来就安稳了,却没有充分意识到路途中的不安全因素。他让小孩子以人格起誓本身就是一种幼稚行为。对于小孩子来说,他们尚无能力保护自己,这样的誓言也形同虚设,毫无意义。奇斯洛夫斯基的系列短片《十诫》的第一集中也有一个幼稚的父亲。天寒地冻,小男孩巴伯向父亲请求去池塘滑冰。身为数学家的父亲凡事通过运算来做决定。他在电脑上计算了一通,认为池塘的冰的厚度足以滑冰,于是答应了孩子的请求。最终巴伯在冰薄的地方踩碎了冰溺水而亡。上述两位监管不力的父亲告诫我们:小孩子可以幼稚,大人却绝对不能在关键时刻言行幼稚,否则可能招致灾难。

  儿童文学的成人性,就成人而言,还意味着作品的理想成人角色是一个有担当有使命的大人,是一个可以召唤儿童将来也要成为的那种大人。这样的大人也可谓儿童文学之于儿童的终极使命。唯有成人能成就自己,才能为身边的儿童作出表率。在现实生活中也是如此。一个家庭中,父母如果不务正业游手好闲,很可能对孩子产生不良影响。相反,如果父母都能兢兢业业,那么自然会对孩子产生耳濡目染的正面作用。

---

[①] [日]松居直:《打开绘本之眼》,林静译,南海出版公司2013年版,第28页。

一个很好的例子就是日本作家黑柳彻子。她之所以能写出《窗边的小豆豆》这样温暖人心的作品，与她童年的家人以及巴学园里结识的小林校长密不可分。在这本书中，我们能够读到黑柳彻子是多么喜欢小林校长的所作所为，以至于她竟然和校长拉钩，约定长大后一定要到巴学园来当老师。在书的后记中，黑柳彻子还爆了一个料，直到其满20岁，母亲才告诉她转学巴学园的真正原因，那就是她被先前的学校退学。1984年黑柳彻子被联合国儿童基金会任命为"亲善大使"，可谓实至名归。她虽然没有成为巴学园的老师，但和小林校长一样，成了一个温暖了无数人的大人。

成人希望儿童成为什么样的人，首先自己就应该成为什么样的人，至少是表现出追求成为这样的人。儿童文学的成人性，无论从儿童视角还是从成人视角，最终目标都一样，即让儿童和大人都成为有使命有担当的人。

## 三  儿童文学成人性与儿童性的关系

儿童文学既然是文学，就应该适用于所有人，当然包括成人；儿童文学既然是儿童文学，就必然与儿童密切相关，尤其适合儿童。儿童文学的读者既可以是成人也可以是儿童。从双重视角而言，儿童文学可被界定为关注儿童健康成长，同时又能引领成人回归童心的文学。儿童文学不仅仅关注阅读者的当下生活，更放眼其未来成为什么样的人。就儿童读者而言，儿童文学呵护其当下健康成长，而且有助于其未来成为一个大人。就成人读者来说，儿童文学可以在当下唤醒童年让其回归童心，同时也有助于其成为更好的大人。

儿童文学与成人文学的区别就在于其各自前面的定语的限制。"儿童文学"中的"儿童"以及"成人文学"中的"成人"，都不能仅仅理解成对读者的限制，而应该被视作作品聚焦的群体。儿童文学聚焦儿童生活，成人文学聚焦成人生活。正如儿童生活离不开成人，成人生活也往往离不开儿童。对于同时拥有儿童和成人角色的文学作品，成人文学和儿童文学的侧重点是不同的。儿童文学儿童性至上，成人文学则以成人性为主导。分开而言，即便拥有儿童人物，成人文学也不必迁就于儿童读者。沈从文《萧萧》中的萧萧和小丈夫同时成长。这部小说虽然有小孩子的角色，却不是儿童文学。方方的《风景》，虽然视角是一个死去的婴儿视角，但也不是儿童文学。儿童文学始终要把儿童性放在第一位，始终要把儿童的成长作为核心。

在世界儿童文学史上，儿童文学的禁地不断被开垦。现在我们完全可以说，成人文学中出现的任何现象（诸如性、吸毒、同性恋、暴力等），都可以在优秀的儿童文学作品中发现其踪迹。不过，儿童文学中的成人因素，有别于其在成人文学中的表现。通过研读国际安徒生获奖作家的作品以及其他世界著名的儿童文学作品，我们概括出三个区别：一是儿童视角中的成人生活，因为受制于儿童的知识储备和生活经验，往往表现出幼稚可笑乃至有趣好玩的面貌；二是成人视角（成人主人公的视角或成人作者的视角）的成人生活，则较为全面地呈现出现实生活的本来面目，暴露出其阴暗复杂乃至残酷的一面，但由于要顾及儿童读者，所以不会过度渲染，只会表现得简洁、客观，往往都是点到为止一笔带过；三是从作品的总体艺术形式而言，儿童文学中的成人性的呈现方式必然是被过滤的、被刻意施以温柔之光的，乃至打上童趣的印记。接下来，我们选取儿童文学中的几个最典型的成人性元素，看看其是如何表现出来的。

血腥暴力常常被认为不适合儿童文学，但从民间童话到现代儿童小说，它们从未缺席。无视血腥暴力，不利于真实再现现实，而过于血腥暴力，又不利于儿童成长。我们来看第一部文人整理的民间童话集《佩罗童话》是如何表现血腥暴力的。佩罗的暴力叙事的最大特征便是缩短其过程，三言两语完结。《穿靴子的猫》中猫爷施妙计让妖魔变成了小耗子。佩罗写道："猫爷一见耗子，说时迟那时快，扑上去一爪子按住，一口就吞了下去。"① 《小红帽》的结尾写小红帽和躺在床上假装成外婆的大灰狼的对话很能营造一种心理紧张感。从手臂写到牙齿。大灰狼终于原形毕露。佩罗写道："'外婆，你的牙齿好长啊！''牙齿长就是要吃你呀！'大灰狼说着，就扑向小红帽，将她吃掉了。"② 《林中睡美人》中的那位太后是食人魔，她在被膳食总管一再欺骗后决定报复。她下令将大量癞蛤蟆和蝮蛇、水蛇等各种毒蛇放到一个大桶里，然后准备将王后和她的孩子以及膳食总管夫妇和女仆通通扔进大桶。幸好国王驾到。太后见状气急败坏。作者写道："就一头扎进大桶里，片刻间就被她下令放桶里的那些毒物给吞食了。"③ 《蓝胡子》是这样写蓝胡子之死的："两名骑手紧追不舍，未待他踏上楼前台阶，两把长剑就刺穿了他的胸膛，蓝胡子当场毙命。"④ 《小拇指》中食人妖误杀其七个女儿的场景也是简得不能再简："喊里咯嚓，把七个女儿全宰了。"⑤ 以上笔者列举了《佩罗童话》中最血腥暴力的场景。如果我们回想一下成人文学（比如余华《文城》、莫言《檀香刑》）中的暴力血腥场景，佩罗上述血腥场景就显得小巫见大巫了。

再来看看一部现代儿童小说中的暴力描写。《草房子》曾经因为其中桑乔对桑桑的打骂而招致批评。⑥ 小说中的确不止一次写桑乔打骂桑桑。我们来看最厉害的一次。那是在桑桑撕掉他的那些充满荣誉感的笔记本的奖章页之后。作者写道："桑乔把桑桑关在屋里，抽断了两根树枝，直抽得桑桑尖厉地喊叫。后来，桑乔又用脚踢他，直将他一脚踢到床肚里。桑桑龟缩在黑暗的角落里哭着，但越哭声音越小——他已经没有力气哭了，也哭不出声来了。"⑦ 这段暴打场景的描写确有些感染力，但是否过了头，以

---

① ［法］夏尔·佩罗：《佩罗童话》，李玉民译，北京理工大学出版社 2020 年版，第 7 页。
② ［法］夏尔·佩罗：《佩罗童话》，李玉民译，北京理工大学出版社 2020 年版，第 18 页。
③ ［法］夏尔·佩罗：《佩罗童话》，李玉民译，北京理工大学出版社 2020 年版，第 36 页。
④ ［法］夏尔·佩罗：《佩罗童话》，李玉民译，北京理工大学出版社 2020 年版，第 46 页。
⑤ ［法］夏尔·佩罗：《佩罗童话》，李玉民译，北京理工大学出版社 2020 年版，第 77 页。
⑥ 《新京报》2018 年 7 月 28 日刊载了一篇质疑《草房子》的文章，标题就有一种敌视的态度：《为什么我不希望我的孩子读曹文轩？》。该批评者依据自己孩子读此书时因为桑乔打骂桑桑而产生怨恨桑乔的阅读感受，想到了以后自己的女儿还要被学校强制阅读《草房子》，竟然感到"脊背发凉"。
⑦ 曹文轩：《草房子》，天天出版社 2011 年版，第 263 页。

至于不能给儿童阅读呢？很显然不是。这段描写并没有带来恐怖感。用来打人的是树枝而不是棍棒。用脚踢也没有过度描写踢得多暴力，只是"一脚踢到床肚里"。这是典型的童话式的暴力写法。从桑乔的形象塑造来说，这段描写非常有必要，既表现他的内心是如何在乎荣誉感，又有助于表现其随后的转变。可以说，桑桑生病促使桑乔看清了自己的"嘴脸"。平时对孩子不管不问，一出现问题，一发生有损于自己面子的事情，就对孩子拳打脚踢。这不就是中国式家长的典型作风吗？

除了血腥暴力，儿童文学中最受争议的便是爱情与性。就世界儿童文学整体而言，很多经典作品涉及儿童之间的相互爱恋之情。拿荣获国际安徒生奖的作家的作品来说，耳熟能详的就有佩特森《通往特雷比西亚的桥》、篱根《保守秘密》、汉弥尔顿《了不起的 M. C. 希金斯》、钱伯斯《少年盟约》、格里佩《约瑟芬娜》三部曲等。如果说爱情之于成人是一种很严肃的情感事业，关系着将来的小家庭的建构，那么，儿童之间的爱恋更多的是一种游戏，可谓童年"过家家"游戏在现实中的延伸，因而更具审美性，更具有精神爱恋的维度。儿童文学书写男孩女孩之间的爱恋，会过滤掉成人爱情中的肉欲成分，而更多地专注于儿童彼此交往所带来的精神享受和思想升华。在此，《通往特雷比西亚的桥》可做注脚。该小说不仅写了五年级小男生杰西与新转学来的女孩莱斯莉之间的相互爱慕的纯真之情，还写了杰西与音乐老师埃德蒙兹小姐之间的相互好感的忘年之情。作者这样写小男孩对埃德蒙兹小姐的爱：

> 埃德蒙兹小姐是他心中的小秘密。他喜欢埃德蒙兹小姐。不是艾丽和布兰在电话里嘀嘀咕咕的那种傻兮兮的情啊爱啊的，他的情感是真实深切，让他无法说出口，甚至都不能多想。埃德蒙兹小姐有一头乌黑飘逸的长发，还有一双深蓝色的眼睛。她弹起吉他来就像一个职业吉他手。她的嗓音柔和荡漾，听得杰西心中泛起涟漪。老天，她实在是太美好！对了，她喜欢他。[1]

这段叙述，从小男孩的视角告诉读者，杰西与埃德蒙兹小姐彼此喜欢。最主要是透露出杰西将他对埃德蒙兹小姐的爱与他的姐姐（艾丽和布兰）的谈情说爱区别开来。他爱的是美。他是被埃德蒙兹小姐的美好形象打动。同样的，小女孩莱斯莉在他心中的形象也是极其美好。莱斯莉对他而言是一个与众不同的存在，她鹤立鸡群，充满幻想，有丰富的知识，又有勇气。他们在小树林共同建造了一个神秘的国度：特雷比西亚王国。他们就是特雷比西亚的国王和王后。从学校到双方家庭，大家都知道杰西和莱斯莉之间非同寻常的友谊。杰西的父母甚至对他们的交往也发起愁来，不知如何是好。可是杰西自己呢，他从不担心。作者写道："长这么大以来，他还是第一回每天早晨起来都对这一天充满了期待。莱斯莉不仅仅是他的朋友，还是另一个他自己，更有

---

[1] ［美］凯瑟琳·佩特森：《通往特雷比西亚的桥》，陈静抒译，新蕾出版社 2014 年版，第 13—14 页。

趣的一个自己——是他通往特雷比西亚和所有外界的通道。"他深深知道,"特雷比西亚是他们的秘密,这是一件好事",因为每次当他朝那树林走去,"他的身体里就涌动起一股暖流",当他站到那片神秘的土地,"他就觉得自己仿佛变得高大、强壮、聪明了起来"。[1] 每每他们置身特雷比西亚王国,他们就仿佛在演戏,在幻想的世界里尽情遨游。小说重点描述这份情谊给双方带来的影响和改变,自始至终都没有写二人之间的任何亲热行为。

纯洁而美好的爱恋会让人更加热爱生活。对杰西如此,对莱斯莉亦然。小说中对莱斯莉一家的描述充满了不少空白。莱斯莉曾对杰西说父母是因为太迷恋成功和金钱才从城市中心搬来农场居住。实际情况可能并非如此简单。这些都可能是莱斯莉父母对女儿说的托词。真正的原因可能是因为莱斯莉。就像当初黑柳彻子被退学后,其母亲找借口让她转学一样。我们可以从小说中窥见蛛丝马迹。莱斯莉父母并没有像杰西父母那样对他们之间的交往表现出担忧,相反却很放心。莱斯莉父亲比尔在女儿不幸遇难后对杰西说的话更能说明问题。小说写道:"'她爱你。你知道的。'从比尔的声音里杰西听出来他哭了,'有一次她告诉我要不是因为你……'他的声音变得支离破碎。'谢谢你。'过了一会儿,他说,'谢谢你,你是她这么好的朋友。'"[2] 虽然我们不能从莱斯莉父亲的话语中断定莱斯莉是一个问题女孩,但足以肯定的是,莱斯莉在与杰西交往之后,变得更加积极起来。这就是比尔要感谢杰西的最大原因。

《通往特雷比西亚的桥》这个经典作品透露出儿童文学中的儿童之间爱恋的书写之道:尽量过滤肉欲成分,进而专注于书写这种爱恋的精神特质,以及它给男女主人公带来的美好变化。然而爱情与性又密切相关。儿童文学中的青春文学(或少年文学)就时常出现"性"的描写。这主要是因为性是身体发育阶段的儿童的一个重要话题。儿童文学中的"性"描写,如果处理得当,不但有利于人物形象塑造,还可以给儿童读者以健康的"性教育"。我们以钱伯斯《少年盟约》为例,来看看青春文学是如何描写"性"的。

《少年盟约》写的是16岁男孩亨利与18岁男孩巴瑞之间的同性爱恋,既涉及同性恋题材,也涉及性描写,可谓禁忌多多。然而这却是一部备受全世界青少年喜爱的成长小说。小说中亨利提起他以前结交的几位男朋友,都或多或少带有性的内容。比如9岁时结交的哈维。他们俩那时在夜里经常讲一个黄色笑话。说的是一个小男孩怎样一步步得寸进尺,和一个小女孩睡到一起的。这个黄色笑话算得上是此书中最色情的文字,却是从9岁的男孩口中说出来的。他们很可能是道听途说(一般是从身边的大人那里听来的)。对于没有性经验的他们来说,虽然明知道是"最肮脏的笑话",但乐此不疲,反复研究,试着照笑话演练。可见,他们并不深知笑话中的性的内涵,只是觉得好玩有趣,把它当作游戏来打发时间。无独有偶,《我亲爱的甜橙树》中5岁男孩泽

---

[1] [美]凯瑟琳·佩特森:《通往特雷比西亚的桥》,陈静抒译,新蕾出版社2014年版,第53页。
[2] [美]凯瑟琳·佩特森:《通往特雷比西亚的桥》,陈静抒译,新蕾出版社2014年版,第135页。

泽因为唱一首从大人那里学来的带有色情意味的歌曲而被父亲毒打。泽泽好心好意想给父亲唱一首歌，来安慰父亲，因为他没有找到工作很难过。于是他轻声唱道："我想要一个裸体女郎，光溜溜身体的裸体女郎……"[1] 父亲本来就很沮丧，一听到泽泽对着自己唱黄色歌曲，就打了他一耳光。父亲警告性地对泽泽说"唱啊，继续唱"。泽泽不明就里，就继续唱，于是就一而再，再而三地挨耳光。很显然，泽泽是冤枉的。他并不知道所唱歌曲中的性意味，只是照大人唱的那样唱而已。上述两例可以作为儿童文学中小孩子眼中的"性"描写个案。这些性的内容，对于小孩子来说，他们只是觉得好玩或者好奇，并没有成人所想象的那样可怕。

总的来说，儿童文学中的性描写在青春文学中出现频率较高，而罕见于聚焦童年时期的儿童文学。儿童文学中的性描写和前述血腥暴力描写异曲同工，都不会铺开来写。这样做的目的都是不至于对儿童读者造成恐怖或引诱的效果。这些都是儿童文学成人性迁就于儿童性的体现。

## 结　语

虽然儿童文学创作者和研究者都竭力想维护儿童文学的纯粹的儿童性。但是随着社会的发展尤其是互联网的发展，随着儿童文学自身的不断变革，我们又不得不面临一个新的时代的到来。这个时代也就是卢肯斯、史密斯等人所谓的"儿童文学越来越趋同于成人文学"的时代。[2] 在此意义上，我们提出儿童文学的"成人性"，可谓正当其时。

我们强调儿童文学的成人性，并非否定儿童文学的儿童性，而是对儿童性的拓展，即将儿童性从当下本己性扩展至未来发展性。儿童文学的成人性永远都是在儿童性统领之下的成人性。儿童文学的成人性可谓发展的儿童性。儿童文学中的成人性绝非新生事物，它一直伴随儿童文学的发展，只不过传统儿童文学的观念一味彰显儿童性，而盲视或抵制成人性。与其视而不见，不如将成人性郑重地提出来，不如聚焦成人性对于儿童成长的意义。

认可儿童文学中的成人性元素，有助于我们救弊儿童文学中的儿童中心主义，让儿童文学理直气壮地走向成人。坚持儿童本位论，并不意味走向儿童中心主义。儿童本位并不否认成人性，因为儿童和成人都是人，都分享有普遍的人性，因为儿童必然要长大成人。

认可儿童文学的成人性还有助于让儿童文学更加成熟。众所周知，儿童文学有两个老大难问题：一是过于强调成人视角的居高临下的教育性；二是过于强调儿童视角

---

[1] ［巴西］若泽·毛罗·德瓦斯康塞洛斯：《我亲爱的甜橙树》，蔚玲译，天天出版社2010年版，第189页。
[2] ［美］丽贝卡·J. 卢肯斯、史密斯、辛西娅·米勒·考甫尔：《儿童文学经典手册》，李娜译，商务印书馆2019年版，第42页。

以期保护儿童，实际上可能低估了儿童能力的幼稚性。前者让儿童文学弥漫着说教气息，面目可憎；后者让儿童文学变得浅薄可笑。儿童文学的成人性可谓一举两得，它既能以儿童视角适当涵纳成人世界，使得儿童文学变得不那么幼稚，变得丰富多彩，又能以成人视角善待儿童生活，使得儿童文学的教育性变得更加智慧更加灵活。由此，儿童文学将不再是大众眼里的小儿科，而将以更加独立的成熟姿态呈现在我们面前。儿童文学有望与成人文学并驾齐驱。我们将真正迎来儿童文学和成人文学相互借鉴相互促进的良性互动时代。儿童文学将成为最有挑战性的文学类别，在某种意义上也是最具难度的文学类别，因为它兼备儿童性与成人性，是真正意义上男女老少都应该阅读的文学。

# 新媒介文学的文化消费及其审美特性

周才庶[*]

(南开大学新闻传播学院　天津　300071)

**摘要**：以报纸副刊、文艺小报、文学杂志、书籍等出版形式存在的文学已经体现出文学消费的市场本能。随着媒介融合程度的加深，新媒介文学消费产生了边际扩张，表现为两个方面：其一，消费的文本形态多样化，文字的阅读消费扩大为传统小说、影视文学、网络文学等多种形态的使用消费；其二，消费的对象扩大化，文学作品的消费发展为对作者、现象的消费。新媒介文学消费在审美特性上显示出寻求审美快感、情感满足、群体认同三种倾向，新媒介文学产生视觉优先的倾向，普遍性的视觉反应方式跨越了感官分工与艺术分化，其文学消费体现出艺术具世性和审美多元性。

**关键词**：新媒介文学；文学消费；卢卡奇；审美体验

文学正在接受各种数字媒介文艺的影响与挑战，短视频、微电影、竖屏短剧等文艺类型不断创新，人工智能写作持续迭代生成，文学阅读和接受方式日益拓宽。关于数字媒介环境下文学的存在方式、文论话语、理论建设取得了颇多创新成果，这些议题首先要面对的便是文学的现实处境。新媒介文学是媒介融合语境下文学的基本形态，文学在数字技术推动下拓宽了自身的存在方式，而不是终结了自身的存在价值。新媒介文学以文字语言、影像语言、网络语言为载体，打破了以书写文字为本的传统文学形式，形成了文字、图像和影像相互关联的文学形态。新媒介文学包括以书写印刷文字为基础的小说、以网络语言为基础的网络小说、以影像语言为基础的影视作品等类型，整合了它们的艺术表现和文化功能。文学新图景之下，传统文学的阅读模式演化为当下文学的消费模式。新媒介文学的文化消费从传统文学作品的阅读拓展为多种文学样态的消费，从作品的消费扩大为对作者和现象的消费。文学消费固已有之，新媒介文学消费实现了边际扩张，并在审美知觉、情感、认同等维度显示出值得关注的审美特性。

---

[*] 周才庶（1985— ），浙江温州人，博士，南开大学新闻与传播学院副教授，硕士生导师。本文为国家社会科学基金项目"新媒介文学的审美经验研究"（项目编号：19FZWB061）的成果之一。

## 一 文学消费的市场本能

文学消费是文学生产关系中一个关键环节,马克思认为消费"本身就是生产活动的一个内在要素。但是生产活动是实现的起点,因而也是实现的起支配作用的要素,是整个过程借以重新进行的行为"。[①] 在媒介深度融合的时代,文学消费的边际扩张,消费更明显地制约着生产的主题、内容和范围。文学消费是围绕文学作品产生的阅读、接受和使用过程,既包括对文学作品的消费,也包括对文学行为的消费。文学消费在市场环境下运行,受到市场机制的调配。很多时候人们将文学的审美性与市场的消费性对立起来,前者是纯粹高洁的,后者是趋利市侩的,在这二元对立的价值取向中试图将市场逻辑驱逐出文学的领地,从而保卫文学清净的精神家园。事实上,消费主义早就潜在于文学场域之中,文学消费具有市场本能。

18世纪,西方现代文学观念出现之时,文学在生产、分配和消费方面就发生了重大变化,文学体现出市场特征。玛莎·伍德曼西介绍了这种情况:"18世纪的欧洲,兴起的中产阶级令人瞩目地扩大了对于阅读物的需求。为满足这种正在增长的需求,各种新机构出现了:新的文学形式如小说、评论、期刊,有助于分配流通的图书馆,以及职业作家。这一发展的结果之一是,以笔谋生具有了现实可行性。"[②] 文学消费需求扩大后,各种新的文学机构大量出现,作家通过写作获得报酬,而作家的写作又不断满足新兴中产阶级的阅读趣味。文学在市场调配中发展和演变。雷蒙德·威廉斯指出,至少在19世纪之前,文学意味着印刷作品,它在"文学副刊""文学摊位"这样的语境中存在。其中戏剧是一例外,戏剧写出来不是供人阅读,而是供人表演的。19世纪,文学的主导含义是小说和诗歌的"想象性写作"。文学在实践中是一种选择性的范畴,是被文学批评建立的公认的标准。[③] 文学的消费在扩大,文学的定义也在扩大,广播、电影、复兴的口头创作等写作的现代形式丰富了文学内涵。大规模的工业化生产过程满足消费者的需要,同时还创造消费者的需要。资本主义者标榜自己成功地扩大了消费,扩张了庞大的消费信用系统。威廉斯认为,"消费者"成为一个非常重要的问题,首先它表达了对于经济活动的看法;其次它具象为个人形象,有消费需要的个人在市场得到满足。[④]

20世纪初,中国现代文学机制逐步建立,新小说文体蓬勃发展,刊载小说的刊物、出版小说的书局涌现。在晚清激荡的政治思潮下,梁启超在理论上提升小说的社会功

---

[①] 中共中央马克思恩格斯列宁斯大林著作编译局编译:《马克思恩格斯全集》第30卷,人民出版社1995年版,第35页。

[②] Martha Woodmansee, *The Author, Art, and the Market*, New York: Columbia University Press, 1994, p.22.

[③] Raymond Williams, *Writing in Society*, London: Verso, 1985, pp.193-194.

[④] [英]雷蒙德·威廉斯:《漫长的革命》,倪伟译,上海人民出版社2012年版,第314页。

能,将之视为"文学之最上乘",促进小说界革命。新小说的盛行有其复杂的政治、文化和社会原因,包括政治变革的宣传需要、市民价值观念的初步形成,以及现代教育孕育了新小说的作者和读者。此时,新小说的市场化倾向已经非常明显。陈平原指出:"明清两代,作为物化形态的小说当然也进入商品流通领域,但作家并未直接介入,商品意识形态在绝大部分作家的创作中基本上不起作用;而清末民初,由于新小说市场的建立以及作家的专业化,商品意识迅速介入小说家的创作过程,并直接影响了这一时期小说思潮的演变。"[1] 首先,报纸和杂志在市场化环境下创办和运行。1902—1917年,中国涌现了《新小说》《绣像小说》《新新小说》《月月小说》《小说世界》等几十种以"小说"命名的杂志。编辑多为作家,如《新小说》的编辑是梁启超,《小说丛报》的编辑是徐枕亚,《小说大观》的编辑是包天笑,等等。出版地多集中在现代文化商业中心——上海,在这个文化地理空间中,小说刊物运作更具有市场化特征。其次,小说出版市场非常活跃。清末民初随着通俗小说的发展,小说印数大幅增长。1902—1910年,商务印书馆共出版图书865种2042册,其中文学类占220种639册;1911—1920年商务印书馆出版图书2657种7087册,其中文学类占626种1755册。在商务印书馆出版的书籍中,有四分之一是文学史,其中绝大部分为小说。[2] 此时文学出版空前繁荣,小说是其中的主体。报纸副刊、文艺小报、文学杂志、书籍等现代出版形式促进了现代小说的繁荣,它们在市场环境下发行出版。此时,诗歌、散文的文学类型在文学市场中相对冷清,代之以小说的兴盛。小说受到广大读者欢迎,发行量大、消费情况良好,出版商有利可图,小说家往往能得到稿酬,小说写作也成为谋生的一种方式。此时,严肃小说的数量和影响远不及通俗小说,小说市场的消费促进小说的通俗化。这是市场的选择。20世纪初中国现代社会转型中所产生现代意义上的文学,与文学市场有千丝万缕的联系,体现出文学消费的市场本能。

文学消费具有市场本能,作为现代机制出现的文学伴随市场化倾向。文学阅读并非单一的审美接受问题,阅读趣味和选择成为文学消费的重要前提;文学消费处在市场化运作的产业链中,影响文学文本的生成和作家的生存状况。法国学者罗贝尔·埃斯卡皮在《文学社会学》提出:"写作,在今天是一种经济体制范围内的职业,或者至少是一种有利可图的活动,而经济体制对创作的影响是不能否认的。在理解作品的时候,下面一点也是要考虑的:书籍是一种工业品,由商品部门分配,因此,受到供求法则的支配。总而言之,必须看到文学无可争辩地是图书出版业的'生产'部门,而阅读则是图书出版业的'消费'部门。"[3] 他从文学社会学角度展开研究,把作家视为一种职业、文学作品视为一种交流方式,把读者当作文学商品的消费者,认为文学的审美接受问题应扩大为经济社会结构中的文学消费问题。现代文学机制产生之初,读

---

[1] 陈平原:《20世纪中国小说史》,第1卷,北京大学出版社1989年版,第65页。
[2] 陈平原:《20世纪中国小说史》,第1卷,北京大学出版社1989年版,第75页。
[3] [法] 罗贝尔·埃斯卡皮:《文学社会学》,于沛选编,浙江人民出版社1987年版,第2页。

者的阅读对报纸、杂志、书籍的刊出起到导向作用,书商和出版商根据文学消费状况进行文学活动。新媒介文学消费的市场本能进一步膨胀。传统文学、影视文学、网络文学等多种文学形态实现了文学消费的边际扩张,此时,除了文学消费的主体——读者,更有书商、出版商、网站运营者、影视生产者、资本拥有者各色人等涌入这个巨大的名利场中。

## 二　新媒介文学消费的边际扩张

以报纸副刊、文艺小报、期刊、单行本为主体的纸质媒介,以广播、电影为主体的视听媒介在中国近现代文学中已经产生广泛作用。随着媒介融合程度的加深,新媒介文学消费产生了边际扩张。从当下文学消费的现实来看,传统文学的阅读或囿于文学的学科体制之内自成孤高的精神象征,或凭借报纸、刊物的文学板块等传统文学机构坚守高雅的文化姿态。与此对应的是,影视文学、网络文学等文学形态轰轰烈烈地演绎着消费的神话,获取文化市场中可观的经济收益和名利效应。新媒介文学消费的边际扩张表现为两个方面:其一,是消费的文本形态多样化,文字的阅读消费扩大为传统小说、影视文学、网络文学等多种形态的使用消费;其二,是消费的对象扩大化,文学作品的消费发展为对作者、现象的消费。

新媒介文学消费的文本形态多样化,包括对传统小说、网络小说、电影、电视剧、网络剧的文学消费,其中尤其值得关注的是,小说文本到影像文本的转换进程中文学元素的保留、转换与遗失。2023 年由北京大学影视戏剧研究中心与浙江大学国际影视发展研究院合作推出《中国影视蓝皮书》之"2022 年度中国十大影响力电视剧",分别是:《人世间》《县委大院》《风吹半夏》《开端》《梦华录》《风起陇西》《天下长河》《幸福到万家》《警察荣誉》《苍兰诀》[①],其中半数以上改编自小说或杂剧等文学作品。2020 年《中国影视蓝皮书》公布的"2019 年度中国十大影响力影视剧"榜单[②],十部影片中《少年的你》《流浪地球》《撞死了一只羊》三部改编自小说,十部电视剧中《都挺好》《长安十二时辰》《小欢喜》《庆余年》《陈情令》五部改编自小说,改编所占比例颇高。近十年热播电视剧《琅琊榜》《盗墓笔记》《花千骨》《何以笙箫默》《校花的贴身高手》《芈月传》均改编自网络小说,它们在年度电视剧的总份额中占据半壁江山。网络小说的阅读本身具有很明显的消费逻辑,付费阅读的方式、作家对读者的趣味迎合、文学网站对于点击率的追求、小说版权的售卖,都在确证一种由消费意识形态所主导的文学形态。网络文学文本与影视文本,两者具有趋同的大众性和商业性。

与此不同的是,传统文学文本与影视文本两者有更多的异质性。读者对传统小说

---

① 《〈中国影视蓝皮书 2023〉发布》,潮新闻客户端,2023 年 6 月 13 日,https://baijiahao.baidu.com/s?id=1768574799042013757&wfr=spider&for=pc。

② 《〈中国影视蓝皮书〉发布 2019 年中国电影、电视剧年度十大影响力榜单》,《文艺报》2020 年 1 月 15 日。

的阅读更多地沿袭了古典式的"静穆"体验，当传统小说转变为影视作品之时，失却小说中一些宏阔、深刻和抽象的人文探索。即便如此，传统小说的影视化转换依然拥有巨大的市场，显示出新媒介文学消费的巨大潜力。2015年，当代小说《红高粱》《平凡的世界》被改编成电视剧播放。同年刘慈欣的科幻小说《三体》获得第73届雨果奖最佳长篇故事奖。读者对《三体》小说的消费基于文学的传统阅读方式，即通过文字媒介的阅读获得文学的感知，构筑想象的科幻世界，进入沉浸式的阅读体验。传统的文学阅读方式促使《三体》在读者之中积累了巨大的声誉。随着小说《三体》消费热度的上升，电影版的《三体》随之改编、拍摄与上映。《三体》作为文学文本到作为影视文本的消费，文本媒介形态发生了变化，受众的消费体验不尽相同。文学消费并不是消除文字阅读的功能和作用，而是使得文学阅读进入消费的逻辑体系与运作模式之中。文学阅读可以保留传统的体验方式，同时又具有了更多扩张的可能性。传统小说和网络小说转换为电视剧，从文字媒介的阅读到影像媒介的观看，文学消费在消费的范围、效果和社会影像方面实现了扩张。

新媒介文学消费的对象多样化，包括对作者的消费、影视作品中表演者的消费以及文艺现象的消费，由文学消费扩张为文化消费。2015年，诗人余秀华掀起了一股诗歌热潮。2014年9月，《诗刊》推出余秀华的诗歌《在打谷场上赶鸡》、随笔《摇摇晃晃的人间》等作品。2014年11月，《诗刊》将余秀华的诗和随笔搬到了《诗刊》的网络公众号上，冠之以《摇摇晃晃的人间——一位脑瘫患者的诗》。随着《诗刊》在杂志、博客和微信平台推出余秀华的诗歌，她的诗被疯狂转发。《穿过大半个中国去睡你》广泛散播且被编成网络歌曲。伴随奇异和惊颤，余秀华作为一个诗人形象开始呈现。伴随"脑瘫""农妇""诗人""中国艾米莉·狄金森"这些标签，余秀华从乡土大地上横空出世、在艰难的生存境遇中涅槃重生，她走入北京大学、中国人民大学朗诵诗歌、出席读者见面会，接受《南方周末》《凤凰网》的采访。相较于她的诗集《月光落在左手上》，人们更愿意去注视她摇摇晃晃的身体；相较于她自以为豪的诗歌《我养的狗，叫小巫》，读者更愿意去谈论诗人笔下"穿过大半个中国"。读者消费的是"余秀华"这个摇晃的形象，而不是纯粹美好的诗歌；读者消费的是"睡你"的文字刺激，而不是"小巫"摇着尾巴的忠诚。激起看客围观兴趣的不只是诗歌中野蛮草莽或风情万种的气息，更是余秀华特殊的身体和身份。余秀华从农妇到诗人的华丽转身，是诗歌对于具有文学才华的个体救赎，还是读者对于承载奇异形象的个体消费？报刊发掘一位诗人，新媒体平台迅速传播诗作，造就了一场文化消费奇观。对于诗人及其行为的关注并未结束，这种关注往往脱离了诗歌本身。2021年余秀华在微博上反击咒骂她的粉丝，起因在于她给著名歌手李健写了《我喜欢你，李健》《远方的你》《我们何以爱这荒唐人世》《我要拄着拐杖去和你相爱》等诗歌，由此遭到歌手粉丝的辱骂。"我喜欢你。我喜欢这人间所有的美好/傍晚，一只喜鹊落上阳台/阳光里，它腹部炫目的白/我想送给你/我想送给你满天星宿。而这些也是你/送给我的。"不可否认，《我喜你,李健》这首诗仍然具备现代诗歌的语言张力与意象美感。攻击者关注的是余秀华给李健写情诗这一事件,而并不是诗歌的表达。2022年传媒场域关于这位诗人的流量则被"二婚""家暴"等话题挤占,无关诗歌与文学。在新媒介文学场域中,借助新媒介平台的广泛传播,受众对于创作者、表演者、现象的消费已经扩大升级,现象级的事件和舆情层出不穷。读者消费的往往不是文本本身,而是外在于文本的作者或现象。对于作者或现象的消费,往往源自看客们对于特殊现象的猎奇心态和围观心理,而居于这些现象中心的文学文本反而在一定程度上被忽视了,文学消费泛化为社会文化消费。

新媒介文学边际扩张包括两个维度,消费的文本形态多样化与消费的对象扩大化。前者受到市场和经济的驱动,文学文本、影像文本相互协作,步入产业化发展阶段。后者受到传媒和舆论的影响,不同事件伴随了相应的情绪释放与话语狂欢,文学消费同时也是一种信息消费、娱乐消费。"读者是消费者,他跟其他各种消费者一样,与其说进行判断,倒不如说受着趣味的摆布;即使事后有能力由果溯因地对自己的趣味加以理性的、头头是道的说明。"① 文学的消费者从精英的知识分子下延至普通的大众群体,在这个社会文化结构中,阅读行为首先是一种消遣而不是一种研究,消遣性阅读不断扩张并确证世俗化的审美经验。新媒介文学消费体现出世俗化的审美趣味,并从个体内在的阅读体验发展为群体外在的消费行动。在这个过程中,文学的审美特性反而退至消费的边缘,这是需要警惕的。马克思指出了生产与消费的辩证关系:"生产为消费创造作为外在对象的材料;消费为生产创造作为内在对象,作为目的的需要。没有生产就没有消费;没有消费就没有生产。这在经济学中以多种多样的形式表现出来。"② 产品在消费中完成,消费创造出新的生产需要。文化生产及其消费得到西方马克思主义的广泛关注,法兰克福学派进行了反思和批判。霍克海默认为,现代社会中美感获得独立的地位,变得纯粹起来。"纯粹的美感是独立主体的个人反应,是不受流行的社会标准制约的个体所作的判断。"③ 非功利的愉悦对象可以不考虑社会价值、社会目的,在审美判断中表现自己。霍克海默在康德意义上重申美的自律。康德思考的是艺术品如何引起人们的情感一致性,艺术所要求的隐藏在个体中的能力是什么,个体情感如何产生出共同判断。康德引入"共通美感"来回答这个问题,并认为每个人的审美判断都充满他自己所具有的人性。霍克海默在这一思维路径上保持了对于大众文化的批判态度,他指出:"个体和社会的对立、个体存在和社会存在的对立曾给艺术的娱乐以某种严肃性,但这种对立已经过时。"④ 现在的娱乐是"大众化兴奋剂"。

---

① [法]罗贝尔·埃斯卡皮:《文学社会学》,于沛选编,浙江人民出版社1987年版,第86页。
② [德]马克思:《〈政治经济学批判〉序言、导言》,中共中央马克思恩格斯列宁斯大林著作编译局译,人民出版社1971年版,第16页。
③ [德]霍克海默:《霍克海默集》,渠东等译,上海远东出版社1997年版,第212页。
④ [德]霍克海默:《霍克海默集》,渠东等译,上海远东出版社1997年版,第227页。

"大众性不再与艺术生产的具体内容和真理性有任何联系。"大众性"不再由受过教育的人负责定夺,而是由娱乐工业负责定夺"。① 同为法兰克福学派的成员弗洛姆指出:"大多数人已尝到物质上充分满足的滋味,并已发现,消费者的天堂并没有给予它所允诺的快乐。"② 在他们看来,在大众中流行的文学消费是现代社会机制的结果,文化生产与消费既不能实现审美的自律,又不能带来所许诺的快乐。

英国文化研究学派的看法相对积极,不过仍然强调文化和意识形态的抵抗。斯图亚特·霍尔对现代传媒、文学艺术、文化身份等问题进行了考察,致力于大众文化研究。在《媒介与社会》一文中,他指出:"大众传播媒介在社会中特别是年轻人中起到关键作用,包括电影、电视节目、流行歌曲。"③ 文化领域有其自身的特殊性和独立性,不能仅通过社会政治或经济实践去解读文化抵抗的内容、形式及其特定群体。西方大众传媒文化凸显阶级、种族、性别等矛盾,20世纪60年代以来的传媒理论、文化研究多有强调这方面的矛盾,并呼吁文化的抵抗和斗争。当代中国传媒文化更多地偏向于审美与产业、经济效益与社会效益的制衡,而并不集中于性别、种族的问题。新媒介文学消费的边际扩张仍然带给我们关于文学审美的思考。文化研究学者迈克·费瑟斯通从三个视角来审视消费:"1. 商品的扩张、消费的增长,带来个人的自由,或增加了意识形态的操控能力。2. 消费文化中人们对商品的满足程度,来自于它们获取商品的社会结构。消费者对商品的消费表现出不同的社会地位、社会差距,为了建立社会联系或社会区别,以不同的方式消费商品。3. 消费时的情感快乐、梦想和欲望。"④ 文化消费中关于意识形态的操控、阶级的区隔,即费瑟斯通所谓的前两个视角,西方马克思主义者做出了卓有成效的探索,而文化消费时的情感快乐与审美体验则需要更多的辨析。新媒介文学消费不可避免地切入文化产业与传媒生产的经济版图,回归到文学的审美特性能更好地理解文化消费的边际拓展。

## 三 新媒介文学消费的审美体验

卢卡奇指出审美的发生与巫术相关,早期人类为了产生巫术效果而对现实进行模仿,审美范畴在巫术模仿中自发形成。卢卡奇和马克思一样,认为美产生于劳动,但他同时也指出,美并非劳动的目的,而是一种没有事先设定和预料的"副产品"。"美产生于劳动,同时是一种非料想到的'副产品'。"⑤ "审美的形成经历了复杂而曲折的道路。"对于现实的反映"不再是单纯为某种直接实践的目的而模仿现实的现象,而是

---

① [德]霍克海默:《霍克海默集》,渠东等译,上海远东出版社1997年版,第227页。
② 陈学明等编:《痛苦中的安乐——马尔库塞、弗洛姆论消费主义》,云南人民出版社1998年版,第152页。
③ Catherine Hall and Bill Schwarz, *The popular arts Stuart Hall and Paddy Whannel*, Durham and London: Duke University Press, 2018, p.21.
④ [英]迈克·费瑟斯通:《消费文化与后现代主义》,刘精明译,译林出版社2000年版,第18页。
⑤ [匈]卢卡奇:《审美特性》上册,徐恒醇译,社会科学文献出版社2015年版,第241页。

对其映象按照全新的原则加以组合,这个原则是要使观众唤起一定的思想、信念、情感和激情"。① 卢卡奇从审美的发生与形成来讲审美意图,指出一些原来没有审美意图的过程被当作审美来看待,说明审美意图已经扎根于人的情感生活中了。卢卡奇从哲学上揭示审美起源所经历的道路,在这个过程中产生了感官的分工与艺术的分化。

在劳动中人认识世界有两个决定性的重要因素:运动想象和感官分工。卢卡奇认为人类通过劳动发展起来感官的分工,知觉能力精细化,视觉与听觉属于高级感官。"高级感官即视觉和听觉,其普遍性远远超出了劳动的范围。在人们相互交往中所发展起来的人的认识,进一步促进了感官的分工,进一步形成了视觉和听觉的这种带趋向的普遍性。"② 感官分工之后,产生艺术分化,舞蹈、表演、歌唱、语言、文字等促进各种艺术门类的产生。舞蹈和表演艺术,不断失去在艺术起源时所占有的中心地位。在关于世界的创造方面,舞蹈不断被其他艺术超越,并退出了由开始时所占据的人类审美活动的中心地位。"随着语言艺术的发展,通过人的声调和表情的直接表演不断退居后台。对于抒情诗和叙事诗,表演实际上已经失去任何直接的意义,即使戏剧也会和表演相分离,通过单纯对剧本的阅读逐渐变为主要的了。"③ 在一定历史时期一般由一种艺术门类起到主导作用,社会历史的变迁可以导致一定门类的衰亡或促使新的门类的形成。新的关系、交替产生新的审美原则,特定艺术门类连续性与非连续性的辩证法则在审美领域中形成独特的面貌。粗略地说,19世纪是小说的世纪,20世纪是电影的世纪,21世纪是视频的世纪,这是一个从文字、图像到影像的进程,也即视觉这一"高级感官"愈加占据优势的进程。

新媒介文学消费中产生了视觉优先倾向,新媒介文学消费的中心是图像消费,这里呈现出新的审美特点。关于媒介与文学所形成的新型消费关系引起了国内学者的关注。赵勇对21世纪前十年文学进行抽样分析,考察网络文学、青春文学、底层写作等三方面内容,认为21世纪初期文学的基本走向是媒介化、市场化、商品化和产业化,它们联手推动着文学生产与消费的转型。④ 胡友峰指出媒介文学视域中文学生产与消费的互动关系,表现为图像生产与全媒体出版、生产的媒介化与消费的同步化、生产者偶像化与消费者粉丝化、生产市场化与消费娱乐化这四种特点。⑤ 文学消费具有市场本能,尤其是新媒介视域下文学消费与电子出版、影像传播、粉丝号召等市场行为有了更紧密的联系。新媒介文学的生产与消费中,市场逻辑重构审美特性与审美话语。新媒介文学消费显示出三个突出的审美特性。第一,凸显审美快感。感官快适成为文学消费的重要维度,由此消解纯粹美感与生命崇高。第二,寻求情感满足。感动的情感

---

① [匈]卢卡奇:《审美特性》上册,徐恒醇译,社会科学文献出版社2015年版,第241页。
② [匈]卢卡奇:《审美特性》上册,徐恒醇译,社会科学文献出版社2015年版,第259页。
③ [匈]卢卡奇:《审美特性》上册,徐恒醇译,社会科学文献出版社2015年版,第287页。
④ 赵勇:《文学生产与消费活动的转型之旅——新世纪文学十年抽样分析》,《贵州社会科学》2010年第1期。
⑤ 胡友峰:《电子媒介时代文学的"消费"问题》,《文艺理论研究》2016年第5期。

体验是文学消费的重要驱动力,由此置换感化的道德倾向。第三,消费主体的审美体验趋向一种群体认同。

首先,新媒介文学消费的审美快感进一步被强化。传统的文学阅读也产生阅读快感和感官愉悦,新媒介文学的图像消费进一步刺激感官愉悦尤其是视觉观看。康德从鉴赏判断的四个契机来分析美,第一契机就是"通过不带任何利害的愉悦或不悦而对一个对象或一个表象方式作评判的能力。一个这样的愉悦的对象就叫作美"。[①]他认为有快适、善、美三种不同的愉悦方式,而只有在美的鉴赏中产生的愉悦才是无利害的、自由的愉悦。其中"快适就是那种在感觉中使感官感到喜欢的东西"。[②]快适在任何时候都是与其对象上的某种利害结合着,且刺激人的感官。它使各种感官感到快乐、满足,主要追求愉快的感官效果,而非理性意志、判断力反思,其效果主要是感官印象中的快意。康德并不认为快适可以上升到美的层面。面对新媒介文学的现实境况,我们尝试扩大审美的版图,并把文艺作品鉴赏中所产生的快感称为审美快感。莫言小说《红高粱》是按传统书写方式创作的小说,而这部作品被改编成电影、电视剧,其影视文本的消费可以视作新媒介文学消费。小说《红高粱》格局宏阔、景象瑰丽,也不乏极具煽动力的描写。当小说被改编成电影时,导演张艺谋通过艳丽的画面直接刺激观众的眼球,激荡着爱与反抗的原始力量。隐没在小说文字叙述中的欲望与抱负被图像的视觉表达激发出来,产生感官愉悦。小说的文字表述产生间接的感官快感,当这些文学因子进入影视文本,画面、声音和文字的立体化表达特质将这些文字因子扩大,推向视觉的极致,产生更具感官快感的消费效果。

其次,新媒介文学消费注重审美情感,在感官愉悦与审美快感之外,消费者的情感维度被调动起来。新媒介文学消费包括对文学文本的阅读与影像文本的观看,消费主体在消遣式观摩中实现情感共鸣。普通消费者对文学文本并不展开抽象的逻辑判断或实证的社会分析,他们基于自身情感偏好去消费一个文学文本。就传统文学文本而言,作家秉持相对纯粹的文学理想、书写厚重的故事、挖掘人性的纵深维度,其浓烈的艺术情怀扎根在语言文字的叙述中。但是,普通消费者往往将复杂的文本阐释、深层的隐喻解码交给专业读者,作家多维的文学隐喻和表达技巧在文学消费中被削减成单一维度,消费者主要凸显了情感尺度的需求。消费者对于文本的形式特征或者话语迷宫可能并不敏感,对于作品的道德教化或社会批判可能并不关心,他们往往会被故事情节、人物性格等显在文学因素打动。就网络文学文本而言,网络作家的文学理想迥异于传统作家,崇高的文学抱负时常散落为现世的经济期待。网络作家的写作本身具有很强的商业性和功利性,他们以铺张的情节、通俗的表达、媚俗的情感来获取更多消费者的青睐和文学创作的收入。网络作家的创作更直接地迎合文学消费的审美特性,与文学消费产生了诸多一致的价值取向。读者对于网络文学文本的消费背弃了有

---

① [德]康德:《判断力批判》,邓晓芒译,人民出版社2002年版,第45页。
② [德]康德:《判断力批判》,邓晓芒译,人民出版社2002年版,第40页。

难度的阅读方式，而在网络文本充满悬念的叙事中获得情感皈依。

再次，新媒介文学消费期待一种群体认同。文学消费是一种社会性活动。在传统的文学阅读中，个体单独完成文本阅读，继而与他者的阅读产生关联。网络媒介提供了即时有效的沟通平台，读者与作者、读者之间可以快速留言、对话。影像文本则开拓了在一个共享空间内共读的鉴赏方式。消费主体对于文学文本的阅读并不停留于个体的感官刺激和情感满足，在新媒介环境下，他们有着强烈的沟通意识，将阅读感受以多种形式发布于网络平台。于是，个体的阅读行为不断聚拢，他们对于文学文本展开评论、交换意见、表达喜好，反向促进文学生产。消费主体的审美体验从内在于自身的存在方式延展为社会化的存在方式，其审美体验需要获得一种群体认同。新媒介文学消费凸显的是大众化的阅读和接受方式。知识精英的阅读体验往往彰显个体独树一帜的识见和智慧，它越是奇异、独特和深邃，越能获得存在价值，它甚至不需要一般大众的理解。但是，普通大众的阅读体验时常是情绪化、趋同化的，当他们缺乏自我确证的信心和实力之时，他们通过群体性认可来获取存在合理性。

印刷术的发明让文字普及，掌握文字不再是一种特权。影像技术的发明让图像盛行，观看图像甚至已经不是一种技能。有的学者认为，图像的兴起，意味着"文字时代开始落幕"[1]，这不是说文字和阅读会消亡，而是不再占据主导。"文字从前是主导社会的力量，现在不再如此，今后，阅读和写作不再是获取知识、传播知识的主要途径。"[2] 新媒介文学的形成，让文字、图像、影像拥有了共存领地。传统文学在新的媒介情境和生活形态中会起到什么作用，寄身于新媒介文学中的文字会体现哪些独特价值，这是新媒介文论需要探索的问题。在新媒介文学消费的审美体验中，我们已经看到了视觉和知觉的普遍性，及其所形成的知觉能力。回到卢卡奇所讨论的劳动起源、感官分工与艺术分化，在这个过程中视觉和听觉的普遍性使我们能够感受那些不能直接看到或听到的现象。视觉或听觉趋向普遍性的反映方式，同时具有一种内在的激发特征。利用人在视觉和听觉中形成的知觉能力，"对于经多种中介的、处于很远的对象性或表现形式，不仅可以为视觉和听觉所统觉，而且可以在其感性直接性中自发地作出说明和评价"。[3] 那么诸种被分化的艺术可以形成一种具世性。卢卡奇指出，审美内容由于内涵和外延的丰富性，必然形成凝练的形式、扩大的适应范围、深化的现实反映。各种艺术关联的综合始终是美学一个实际、中心的问题。新媒介文学本质上是在数字媒介推进下，不同艺术门类及特征在文学上呈现出相互联系、作用和补充的面貌。许多人认为，审美体验侧重于美和愉悦之类的特定审美价值，政治体验局限于权力和正义之类的问题，经济体验则关注金钱、财产、劳动力等方面。美学家韦尔施指出，审美体验超越了传统的审美领域，超越了上述局限，"审美体验可以发现世界，形成新

---

[1] 陈嘉映：《走出唯一真理观》，上海文艺出版社2020年版，第329页。
[2] 陈嘉映：《走出唯一真理观》，上海文艺出版社2020年版，第331页。
[3] [匈]卢卡奇：《审美特性》上册，徐恒醇译，社会科学文献出版社2015年版，第260页。

的世界观,认识世界的未知的面向"。"审美体验属于一系列不同的感知模式。审美体验原则上是多元的审美,而不是单一的审美。""审美体验是一个多元化的流派,审美能力在于能够走向多元化。"[①] 新媒介文学消费的审美体验在审美快感、审美情感和群体认同三维维度具有新的特点,并在多种文学形态的融合中体现出艺术具世性、审美多元性。

## 结　语

先秦典籍《文子·道德篇》有言:"故上学以神听,中学以心听,下学以耳听。以耳听者,学在皮肤;以心听者,学在肌肉;以神听者,学在骨髓。"[②] 钱锺书在《谈艺录》中引述了《文子》的这一段话,指出:"文子曰'耳'者,举闻根以概其他六识,即知觉是,亦即'养神'之'神',神之第一义也。谈艺者所谓'神韵'、'诗成有神'、'神来之笔',皆指上学之'神',即神之第二义。"[③] 以耳听者、以心听者、以神听者,可类比为文学鉴赏的品位和层次。在新媒介文学多层次的复合审美结构中,"以耳听者"俯拾皆是,"以心听者""以神听者"去之远矣。"以耳听者"是以听觉概括了视觉、触觉等其他身体知觉,在中国文论传统中以耳听之的学问尚为表面之学,最终是要探索心灵的升华和心神的开悟。现世文化的演变已经僭越了知识分子的精神传统。

文学消费的边际扩张产生了辩证作用:一方面,消费群体的阅读喜好和审美趣味造就文学消费景象,现代读者的审美趣味成为文学现象产生和消亡的重要尺度,其阅读喜好直接影响了作家的创作和出版社的选择;另一方面,读者的阅读喜好和审美趣味为资本和权力所利用,它成为资本流动的风向标,哪一种类型和风格的文学作品产生消费热潮,市场资本就会批量地复制这种类型和风格的文学作品。我们陷入了文学市场表面富裕的陷阱之中,在其背后滋长着作品流通的空洞以及文学关系的空虚。面对诸多为了市场利益而同质化的作品,我们不得不承受摇摆不断、动荡不息的文化循环。文学消费的市场本能一旦被激发出来,便成为文化运作中有利可图的事件。资本运作者所关心的,并不是哪一部作品触动了读者内心最敏感的神经、最温暖的情怀,而是这部作品销售了多少万册、产生了多少商业利润。在世俗化消费空间中,许多畅销作品只是昙花一现,绽放霎时的惊艳。它们被大众趣味所拣选,在资本循环中被生产。资本运作者乐于将畅销文学作品转换成为影视作品,文学作品的长度被重新设置,作品的段落被重新截断,以适应影视作品的长度和画面组合。作品的内容却在这种转换中成为一种文化循环,通过传媒系统,它们被强制性地赋予了新的组合规则。文学

---

① [德] 沃尔夫冈·韦尔施:《审美的世界体验》,余承法译,高建平主编《外国美学》第32辑,江苏凤凰教育出版社2021年版。
② 王利器:《文子疏义》,中华书局2000年版,第218页。
③ 钱锺书:《谈艺录》,生活·读书·新知三联书店2001年版,第133页。

的静穆理想与崇高理念被虚拟地膜拜和祭奠,却在真实的文学市场中屈从于文化消费的现实使命。

新媒介文学消费体现了新型审美经验,它对于感官快感的追求、审美情感的重视以及群体认可的期待,都在一定程度上强化了世俗化审美经验。电影美学先驱巴拉兹指出:"我们所需要的是启发性、鼓舞性和创造性的鉴赏而不是消极的欣赏(即只欣赏已经发现的价值);我们需要的是从理论上来理解影片,和这样一种美学,它并不是从已有的艺术作品中去得出结论,而是在推理的基础上要求或期望某种艺术作品。我们需要的观众是负责的和有能耐的美学家。"① 基于人文反思、逻辑推理、社会批判的文学鉴赏被推至边缘,偏重于感官快感、情感沉溺、资本收益的文学消费占据中心。在这个过程中,消费者得到暂时的身心放逐,却未达到个体生存意志的全面解放。新媒介文学消费下膨胀的市场本能难免纵容浮夸的文学事件,而仅以商品利润和经济效益去丈量精神尺度是不够的。我们一方面对于新媒介文学的世俗性抱有警惕;另一方面祛除偏见,尽量发掘媒介融合态势下文学消费的审美特性。新媒介文学消费所表现出的艺术具世性与审美多元性是具有美学意义的。

---

① [匈]贝拉·巴拉兹:《电影美学》,何力译,中国电影出版社1978年版,第6页。

# 母题与原型之界域
## ——基于文化人类学视野的考察

贾 晶[*]

(深圳大学人文学院 广东深圳 518000)

**摘要**：母题与原型有密切的贯通性，它们都包含着原始思维的影响，同时，母题与原型也具有异质性。在考察母题与原型的相通性时，侧重强调在原始思维的影响下，母题与原型内蕴的文化逻辑。在考察母题与原型的异质性时，重点说明两者作为意象的异质性、作为叙事单位的异质性与作为叙事动力的异质性。两者对反对成，在差异中混融与共生。

**关键词**：母题；原型；贯通性；异质性

首先，母题的概念错综复杂，我们将对母题的多种概念进行梳理。其次，我们来分析母题与原型的贯通性与异质性。一方面，从母题与原型的相通性这个视角切入，从中发掘出母题与原型包蕴着原始思维的影响。原始的图腾和仪式影响着人类感受自我与世界的关系的方式，这种面对世界的原始思维和看法会影响神话叙事的表达，从而建构出由图腾和仪式影响之下的神话原型。在文学研究中，文学母题的叙事与神话原型的叙事有相当的重合的部分，比如泥土造人、射日等。从而，我们发掘出文学母题与原始思维之间有着密切的关系，可以通过母题研究，打通认知文化逻辑的通道。另一方面，母题与原型有着强烈的异质性，分别为作为意象的异质性、作为叙事单位的异质性、作为叙事动力的异质性。两者"在对反对成的界域划分中"，[①] 混融共生。在原始思维的场域中，生成与对话、融合与互文；在异质的叙事中，又有着明确的差异与界限。最终形成一种界域，一种"差异存在的叠加态和共同体"。[②]

## 一 "母题"概念综述

母题最早由狄德罗提出，在其主编的《百科全书》中，"表示乐曲中反复出现的一

---

[*] 贾晶（1997— ），山西朔州人，深圳大学人文学院比较文学与世界文学专业博士研究生。
① 刘洪一：《边界的始基性与边界辩证法》，《中国社会科学报》2023 年 1 月 6 日。
② 刘洪一编：《界的叙事：〈两界书〉的多重阅读》，生活·读书·新知三联书店 2022 年版，第 8 页。

组音符。"① 1922 年，胡适在《歌谣的比较的研究法的一个例》中介绍了母题（motif）。从歌谣研究、戏剧研究，到中国古典小说研究，母题研究在 20 世纪的发展经历了几个阶段。在比较文学的学科范围内，母题研究被纳入比较文学主题学当中，孟昭毅先生和王立先生在比较文学主题学研究中成果卓著。21 世纪，国内外学者们对母题概念的多元性进行了梳理。整体上将母题分为三种：作为叙事单位的母题、作为叙事动力的母题和作为普遍性概念的母题。

关于母题的概念，错综复杂。我们整理出国内外学者们的多重界定。首先，母题是最小的叙事单位；其次，母题是一种叙事动力；最后，母题是一种普遍性概念。近十多年来，有学者对母题的概念进行了梳理。论者辨析母题与原型的相通性和异质性，所以采用与原型有关联性的母题概念进行分析。在考察母题与原型的相通性时，侧重强调在神话叙事当中作为叙事动力的母题，比如泥土造人、射日等，它们都受到了原始思维的影响。在考察母题与原型的异质性时，强调说明作为叙事单位的母题与作为集体无意识的原型之间的差异。作为叙事单位的母题是组成情节结构的一小部分，而整个情节结构所阐发的文化思维来源于先民的原始型构，是一种原型。我们先来了解母题错综复杂的概念。

2010 年，刘惠卿在《母题何为——文学母题和母题研究法溯源》中界定和梳理了国际学者们对母题作出的概念，"其一，认为母题是作品主题的一部分，即作品意旨的意思。……其二，将母题界定为一种背景、一个广泛的概念，具有中性的特性。……其三，认为母题是一个故事中最小的成分，由于该成分有独特的文化蕴涵量，从而能够在传统中长久持续"。② 第一种概念沿袭了托马舍夫斯基的观点，即最小的叙事单位，"作品不能再分解的部分的主题称作母题"。第二种概念是指叙事动力，即生存境遇，比如"二母争子"。第三种概念是指美国民俗学家斯蒂·汤普森在《世界民间故事分类学》中提出的观点，其对母题作出的界定：一是故事中的角色，比如众神；二是涉及情节的某种背景，比如习俗；三是单一的事件，比如"蛇妖抢劫公主"。事实上，三种概念的界定中有所交叉，比如生存境遇与某个单一的事件，都被包含在叙事动力当中。

接着，刘惠卿分析了中国学者对母题的界定，"其一，把母题理解成意象或指一个主题、人物、故事情节乃至字句样式等。……其二，认为母题是文学作品反复予以表现的人类的基本行为、精神现象以及关于世界的普遍性概念。……其三，把母题解释为叙事作品中最小的情节单元、叙述的最小单位"。③ 第一种概念把母题与意象等同，比如月亮、落叶等；第二种概念将母题看作哲学性的普遍概念，比如爱、时间等；第三种概念即叙事动力、形势，比如"二母争子"、寻父等。

2022 年，汪正龙在《文学母题：含义分化与本土应用》中从两方面对母题概念进

---

① 汪正龙：《文学母题：含义分化与本土应用》，《学术研究》2022 年第 10 期。
② 刘惠卿：《母题何为——文学母题和母题研究法溯源》，《湛江师范学院学报》2010 年第 1 期。
③ 刘惠卿：《母题何为——文学母题和母题研究法溯源》，《湛江师范学院学报》2010 年第 1 期。

行了梳理和分析，其一是作为叙事单位与叙事动力的母题；其二是作为题材、主题或原型的母题。在作为叙事单位和叙事动力的母题梳理中，关于叙事单位，汪正龙梳理了维谢洛夫斯基、什克洛夫斯基、托马舍夫斯基对母题的界定，他们都认为母题是作品中不可分解的部分，是组成情节的基本构件。关于叙事动力，汪正龙指出俄国民间故事研究者普罗普关于"功能项"的研究。在作为题材、主题或原型的母题梳理中，汪正龙尤其梳理了母题与原型之间的关系。其指出"荣格经常把神话与母题并列，视之为人类艺术创作的源泉"。① 神话原型与文学母题之间有着密切的关联，同时，两者又有着明显的异质性。

我们发现，在空间的对话和时间的流变中，国内外学者关于母题的界定主要分为叙事单位、叙事动力和普遍性概念。其中，作为叙事动力的母题是一种形势（situation）、一种境遇，与神话原型、民间故事、原始歌谣之间有着密切的联系。

在比较文学与世界文学专业的母题研究中，比较文学学者在不同的教材中也界定了母题的含义，将其放入比较文学主题学范围内进行研究。与上述学者的界定大同小异，首先是作为叙事动力的母题；其次是作为普遍性概念的母题。曹顺庆先生在《比较文学》一书中这样界定母题，其引用了哈利·列文的话："如果说主题是与人物相联系的，那么，母题则是情节的片段。有关罗密欧与朱丽叶的故事是一个主题，而有关皮剌摩斯与提斯柏的故事则是另一个主题，但二者都有一个共同的母题，即在墓穴里的幽会。"即母题是一种叙事单位。再者，曹顺庆等引用了韦斯坦因的看法，"母题与形势（situations）有关……形势是个人的观点、感情或者行为方式的组合……我们可以把母题和形势的固定搭配叫做'程式'（formulae）"。② 即母题是一种叙事动力。杨乃乔先生在《比较文学概论》中对母题的定义是："一是如托马舍夫斯基所说，是指'叙事句'的最小基本单位。如'蛇妖抢劫公主'，就是一个母题。……二是维谢洛夫斯基所说的，它是我们思考问题、解决问题所使用的最小的意义单元，如'生死'、'战争'、'嫉妒'、'骄傲'、'季节'、'秋天'等等。"③ 前者是一种叙事动力，后者是一种普遍性概念。

论者主要从母题与原型的贯通性与异质性出发，梳理出母题与原型的相通性与不同性。从相通性看，由原始的仪式、图腾到神话的叙事，在神话原型形成的同时，母题也诞生了，它们都内蕴着原始思维。同时，当代小说中依旧存在着对母题和原型的重述，在不同世界观的指导下呈现出不同的主题，我们可以发现原始思维贯通于当代的文化逻辑和伦理当中，形成一种活的隐喻和文化。从母题与原型的异质性看，原型存在于集体无意识当中，而母题更多呈现在文字的叙事当中，是作为构成情节的独立的叙事单位存在的，其并没有实际的意涵。

---

① 汪正龙：《文学母题：含义分化与本土应用》，《学术研究》2022年第10期。
② 曹顺庆、徐行言主编：《比较文学》，重庆大学出版社2016年版，第124页。
③ 杨乃乔主编：《比较文学概论》（第四版），北京大学出版社2014年版，第254页。

## 二 母题与神话原型的相通性

从传统来看,我们研究母题的时候,集中于母题与作品主旨之间的关系,偏向于文本内部研究。为了打通母题与文化逻辑联结的通道,论者尝试来探讨图腾、仪式、神话原型与母题之间密切的相关性,它们都受到了原始思维的影响。

原始的图腾和仪式影响着人类感受人与世界的关系的方式,进而,这种面对世界的原始思维与看法会影响神话叙事的表达,从而建构出由图腾和仪式影响之下的神话原型。在文学研究中,文学母题的叙事与神话原型的叙事有相当的重合的部分,比如泥土造人、射日等。从而,我们发掘出文学母题与原始思维之间有着密切的关系,可以通过母题研究,打通认知文化逻辑的通道。

在《原始思维》中,列维—布留尔将原始思维的内核总结为"互渗律":

> ……这些关系全都以不同形式和不同程度包含着那个作为集体表象之一部分的人和物之间的"互渗"。所以,由于没有更好的术语,我把这个为"原始"思维所持有的支配这些表象的关联和前关联的原则叫做"互渗律"。
>
> ……
>
> 在原始人的思维的集体表象中,客体、存在物、现象能够以我们不可思议的方式同时是它们自身,又是其他什么东西。它们也以差不多不可思议的方式发出和接受那些在它们之外被感觉的、继续留在它们里面的神秘的力量、能力、性质、作用。[1]

邓晓芒在分析法国人类学家列维—布留尔的《原始思维》中析出了"从最低级的状态的原始思维进化到我们今天的逻辑思维有五个阶段。第一,前表象非人格化阶段;第二,人格化的万物有灵阶段;第三,神话阶段;第四,概念和经验认识形成的智力阶段;第五,逻辑思维形成和不断发展的阶段。"[2] 神话叙事是原始思维发展的一个阶段,其在叙事建构中与原初的图腾、仪式、类别有着密切的相关性。在神话的叙事中,我们分析出了其最小的形势,即叙事动力。其不仅成为神话的原型,同时成为文学母题的一部分。这些原型与母题内蕴的文化心理能够被追溯到原始时期,且其具备的意义会辐射入当代。"……我们最熟悉的那些概念,则差不多永远保持着符合于原逻辑思维中的集体表象的那种东西的某些痕迹。比如说,假定我们在分析灵魂、生命、死亡、社会、秩序、父权、美德概念或者其他概念(母题),假如分析得很充分,无疑会发现

---

[1] [法] 列维—布留尔:《原始思维》,丁由译,商务印书馆 2017 年版,第 78—79 页。
[2] 邓晓芒:《从隐喻看逻辑推理的起源——列维—布留尔〈原始思维〉的启示》,《四川大学学报》(哲学社会科学版) 2022 年第 3 期。

这种概念包含着若干取决于尚未完全消失的互渗律的关系。"① 在今天，原始思维的模式依然存在，与我们的逻辑矛盾律在一定程度上共生，其"所指的不仅仅是'原始民族'中的现象，而是一切时代（包括现代）具有诗性才华的人所共同具有的思维特性"。② 母题与原型都深深地受到了原始思维的影响。

彭兆荣在《仪式谱系：戏剧文学与人类学》中指出了神话原型与母题密切的相通性。他指出，文学叙事总会不停地出现酒神原型，而酒神祭仪母题与酒神原型的内蕴有着密切的关系。借用荣格对"原型"之"原"的阐释，"Archaic 这个词的意思是原始的、根本的……但事实上，我们已将我们的主题扩大了，因为并不只有原始人的心灵运行程序才能称为古代的。今天的文明人也同样有这种特性。而且，这些特性的出现也不仅仅是间歇性的'返祖现象'。相反，每个文明人，不管他的思想的进展如何，在他心灵深处仍然保持着古代人的特性"。③ 彭兆荣说明了原始的神话原型包蕴的意义在当代依旧被延续着，从酒神祭仪母题的当代再现说明人类心理结构的特征。心理学家弗莱继承了原型理论，认为原型是一种典型的或重复出现的意象。所以，原始仪式与文学母题的重复出现说明了两者在思维意义上具有贯通性。正如彭兆荣所说，仪式是一种文化的贮存器，其具有实践性的特征；文学母题具有形象化的特征，它们的内蕴意义是一致的。比如生死母题都来自人类早期对于自然律动的"互渗"和理解。

人类对生命的体认与自然的节律以及演绎规律有着密切的关系，"在原型研究领域里，生命母题（'生—死—再生'、'生—半死—死亡'、'生—替死'替罪羊'等）是一个体现原型价值的具体单位叙事。所谓原型，其实指'元生类型'或'原始类型'的本来意义，即是对具有明确文化倾向的主题的类型化演绎和表述。而母题（motif）正是原型的具体化"。④ 自然规律、物种繁衍与人类的生命动态有着深深的关联，从而仪式与图腾的运行与自然（天地）有着贯通性，延伸至神话原型与母题的演变中，形成一种绵密的通约性。

王立在《20世纪小说母题研究述略》中同样指出了神话原型与母题之间的贯通关系。"民俗学、神话学、文化人类学研究的深入，是对民国学者论著的延伸拓展，也使小说母题研究继往开来。较早的是程蔷《中国识宝传说研究》、萧兵《中国文化的精英——太阳英雄神话比较研究》等。伴随丁乃通《中国民间故事类型索引》、弗雷泽《金枝》、汤普森《世界民间故事分类学》、阿兰·邓蒂斯《世界民俗学》等译介，许多论作均带有小说母题同民俗神话、文化人类学结合的特点。文化丛的理念也随之移植到主题学

---

① [法]列维—布留尔：《原始思维》，丁由译，商务印书馆2017年版，第516页。
② 邓晓芒：《从隐喻看逻辑推理的起源——列维—布留尔〈原始思维〉的启示》，《四川大学学报》（哲学社会科学版）2022年第3期。
③ 转引自彭兆荣《仪式谱系：戏剧文学与人类学》，叶舒宪编选《神话——原型批评》，陕西师范大学出版社2011年版，第44页。
④ 彭兆荣：《仪式谱系：戏剧文学与人类学》，叶舒宪编选《神话——原型批评》，陕西师范大学出版社2011年版，第45—46页。

领域中，像徐华龙对鬼文化，刘文英、傅正谷、卓松盛等人对梦文化，董乃斌、程蔷对民俗与唐代文学，王立对复仇文学等探讨，皆属此类。突出特征有：往往突破了文学题材、主题、母题的范围，以神话或文化原型为主，将其延伸到后者之中，探究文学主题的原始心态、神话思维、民族文化之根，已再不限于小说史、文学史的疆域；由俗入雅、雅俗贯通。"[1] 我们看到，文学的研究进行了一种跨界，文学与文化、人类学进行了贯通。从文学母题的研究中，我们看到了母题研究跳出了文本内部研究的范畴，与原型的内蕴进行了衔接，进而我们发掘出其共有的对原始思维的体现与表达，同时，看到了原始思维与民族文化之根的关系，对当代的文化寻根具有启示意义。

### 三 母题与神话原型的异质性

作为意象的异质性。母题作为意象存在时不具有意涵；原型作为意象存在时联结着先民的类比逻辑。汤普森认为，一个母题是一个故事中的最小元素。母题是最小的叙事单位，将母题综合建构时可以形成情节，进而情节整合成为类型或者模式。而原型是在"集体无意识"的基础上被提出的，表现形式有人格面具、阿尼玛、阿尼姆斯崇拜、太一礼仪等。比如中国上古时期太一礼仪的人类学观、时空混同的神话宇宙观，这种观念存在于人们的集体无意识当中，其是通过几百年的仪式的流传、口头叙事的流传浸润于先民的意识当中的。如果将这种观念和意识用文字的具体形式呈现与表达时，会形成有意义的意象或者指称，其会与母题发生混淆。比如原型性意象——悲秋。从原型的视角来谈悲秋，强调的是先民将自然规律与文化生活结合起来的拟人化类比逻辑，即"史前人类神话思维的拟人化类比逻辑在秋天的景象与生命的衰老和死亡之间建立了牢固的象征联系"。[2] 但是，悲秋作为意象性母题被运用时，并不强调其拥有的原始内涵，它只是作为叙事单位而存在的。

作为叙事单位的异质性。作为叙事单位的母题是组成情节结构的一小部分，而整个情节结构所阐发的文化思维来源于先民的原始型构，是一种原型。比如酒神祭仪是作为叙事单位的母题，酒神是作为叙事单位的原型，前者指在整个情节结构中最小的部分，后者指情节结构背后的引导思维。原型本身来源于一种前在的思维，而母题的诞生时间比原型晚，它是从故事中析出的最小的叙事单位。原型是一种认知、感受，其被置入神话原型时，转化得相对具体，成为有形的叙事。母题是一种具体的叙事单位，其存在于故事、歌谣、小说等文本当中。原型是人类的生物学祖先在经历了很多相似的经验之后，留下的典型的心理痕迹，是与生俱来的，先天地存在于我们的头脑中。

作为叙事动力的异质性。作为叙事动力的母题存在于具体的情境当中，作为叙事

---

[1] 王立：《20世纪小说母题研究述略》，《求索》2002年第1期。
[2] 叶舒宪：《中国神话哲学》，陕西人民出版社2005年版，第85页。

动力的原型存在于集体无意识当中。比如英雄战胜了巨人是在具体情境当中的母题，而英雄战胜巨人背后的意识形态核心是原型。母题是不具有意涵的，原型具有意涵和内蕴。我们以叶舒宪先生在《英雄与太阳》中整理的，英国学者拉格莱（Lord Raglan）归纳出的英雄神话惯用的母题模式22项为例，来理解英雄史诗的母题结构：

(1) 英雄的母亲是一位王族血统的处女，
(2) 他的父亲是国王，并且
(3) 通常是英雄的母亲的近亲，但是
(4) 英雄的受孕是不寻常的，而且
(5) 他也被认为是某一个神的儿子。
(6) 当他降生之际，父亲或外祖父企图杀掉他，不过，
(7) 他被神秘地带走了。
(8) 在一个遥远的异国为义父义母收养，
(9) 我们对这个孩子的童年一无所知。
(10) 成年后他回到或来到他未来的王国，
(11) 在战胜了某一国王或者一个巨人，一条龙，或一只野兽以后，
(12) 他同一位公主结了婚，这位公主常常就是前任国王之女。然后
(13) 他成为国王，
(14) 他平安无事地统治了一段时间，并
(15) 制定了法律。但
(16) 后来他失去了众神和他的臣民的支持，
(17) 他被从王位上和王城中赶了出来。以后，
(18) 他神秘地死去，
(19) 通常在某一山顶上。
(20) 他的孩子，如果有的话，未能继承他。
(21) 他的尸体没有被埋葬，但是
(22) 他却有一个或多个圣墓。①

"英雄的受孕""英雄的降生""英雄被追杀""英雄被收养""英雄的回归""英雄战胜巨人""英雄的统治""英雄被驱逐""英雄的死去"——我们看到了整个情节结构中由多个作为叙事动力的母题的存在。而英雄一生背后的内驱力是由一种循环原型影响的。先民认知自我的存在时会以太阳的运行为基准。在中国古典神话当中，"太一礼仪"背后的原型逻辑即是根据太阳的运行而进行的。"太阳的朝出夕落是人类祖先借以

---

① 叶舒宪：《英雄与太阳》，陕西人民出版社2005年版，第7—8页。

建立时间意识和空间意识的最重要的基型,也是引发出阴与阳、光明与黑暗、生命与死亡等各种对立的哲学价值观念的原始基型。"[1] 根据太阳的运行逻辑,古人将东方模式与春天认同,在空间意义上有生命诞生的原型。弗莱指出,与黎明和春天相对应的神话,常常是叙述神或英雄的诞生、苏醒、复活,或表现神或英雄战胜黑暗势力、冬天、死亡的神话。古人将南方模式与夏天认同,代表着正午、盛夏和暖阳。在神话的原型影响下以英雄的回归与统治为例,呈现一种鼎盛状态的基型。古人将西方模式同秋天认同,"太阳在一年之中生命力衰退的时间可以认同于它在一日之中生命力衰退的时间,即日落时分;预示死亡来临的秋天又同太阳死去的空间方位西方有着象征性的联系"。[2] 在悲剧叙述程式当中,英雄被驱逐代表着落幕和走向死亡的历程。古人将北方模式与冬天认同,代表着夜晚、死亡、终结、寒冷。同时,也是黎明的前夕,在神话原型当中预示着英雄的死亡是复活的前奏。所以,作为叙事动力的母题是情节结构的一部分,而作为叙事动力的原型是由一种原始思维的内驱力指引着叙事的前行和生成。

### 结 语

母题与原型有着相通性与异质性。在相通性上,母题与原型都受到了原始思维的影响。在异质性上,分别是作为意象的异质性、作为叙事单位的异质性和作为叙事动力的异质性。两者混融共生,在原始思维的场域中,对话与互文;在异质的叙事中,也有着明确的差异。

---

[1] 叶舒宪:《中国神话哲学》,陕西人民出版社2005年版,第9页。
[2] 叶舒宪:《中国神话哲学》,陕西人民出版社2005年版,第86页。

# 海登·怀特在中国的三种读法

郭笑岩*

(西南大学文学院　重庆北碚　400715)

**摘要**：20世纪80年代以来，美国理论家海登·怀特进入中国学者视野，引起广泛关注，主要体现为三种读法。以新历史主义为中心的读法将怀特与作为学派的"新历史主义"混为一谈，是对怀特理论谱系的"误读"。以后现代主义为中心的读法对怀特进行多重指控，是对怀特历史观的"误读"。对怀特的"误读"与中国文艺理论受到西方学术传统的对立思维影响有关。以概念为中心的读法较为客观全面，清晰地描摹了怀特的思想肖像。怀特早期和晚期思想尚有较大研究空间，对正确认识文史关系有重大意义。

**关键词**：海登·怀特；新历史主义；误读；文史关系

20世纪80年代以来，美国思想史家、历史学家、文学批评家海登·怀特（Hayden White）持续受到中国学者的高度关注。海登·怀特以其代表作《元史学：十九世纪欧洲的历史想像》《形式的内容：叙事话语与历史再现》《话语的转义——文化批评文集》穿梭于文史学科之间，推动了文史学科核心概念发展与研究范式转变，具有极强的影响力。1985年，"海登·怀特"译名在史学家伊格尔斯《最近十年的欧洲史学》的译文中首次出现。[①] 1987年，杨周翰在《历史叙述中的虚构：不同的解释》一文中首次提及怀特的历史叙述思想。[②] 从此，怀特进入中国学者的视野，并逐渐被译介，研究成果也较为丰富。

中国的怀特研究历经近四十年的发展，形成了三种读法：第一种读法将怀特视为新历史主义者和新历史主义文学批评的代表，但"新历史主义"概念的含混特征使研究者难以对怀特形成清晰的认识；第二种读法将怀特视为后现代主义理论家，研究者

---

\* 郭笑岩（1998— ），吉林省吉林市人，西南大学文学院硕士研究生。

① [美]乔治·伊格尔斯：《最近十年的欧洲史学》（一），周俊文译，《北京师院学报》（社会科学版）1985年第4期。

② Yang Zhouhan, "*Fictionality in Historical Narrative: Different Interpretations*", Paper Presented at the Second Sino-American Comparative Literature Symposium, Bloomington: Princeton University and Indiana University, 1987.

固守二元对立思维,对怀特思想的理解较为简单,评价也较为负面;第三种读法以概念为中心,梳理怀特著作中涉及的关键概念范畴,并追溯怀特与其他思想家的学脉渊源。在怀特研究者的努力下,中国学界对怀特思想的认识更全面,怀特的主要观点也被中国学界广泛接受,"历史的叙述性质"逐渐成为学术研究中不言自明的共识。怀特到底是不是新历史主义者和后现代主义者?中国学界为什么这样认为?这样的认识对中国的文学理论和创作实践产生了什么样的影响?我们到底应该如何读怀特?只有重新审视怀特在中国的"理论旅行"才能解答这些问题。

## 一 以新历史主义为中心的"误读"

从译介情况来看,怀特首先就是被当作新历史主义者引进中国的。1988年,王逢振的《今日西方文学批评理论》出版,收录了作者对怀特的访谈,怀特在访谈中表达了对新历史主义的看法。1990年,北京大学研究生刊物《学志》刊登了怀特的《评新历史主义》一文。一年后,这篇文章也收录在王逢振、盛宁、李自修编的《最新西方文论选》中。这篇文章不仅是新历史主义在中国的最早译介,也是怀特作品最早的中译文。1993年,张京媛主编的《新历史主义与文学批评》收录了14篇关于新历史主义的论文,其中怀特的文章就有4篇。同年,中国社会科学院外国文学研究所、《世界文论》编辑委员会编的《文艺学和新历史主义》出版,收录了5篇新历史主义批评家的文章,怀特却不在其中。在这之后的相当一段时间内,国内少有怀特和其他新历史主义者著作的译介,这两部论文集成为中国学者了解怀特和其他新历史主义者的主要资料,对新历史主义的引用也大都出自以上两部著作。2003年以后,怀特的其他著作才陆续被翻译。[①]

国内学者也纷纷将怀特归入新历史主义者之列。盛宁认为怀特是"新历史主义文化批评"的重要代表,认为福柯、德里达对格林布拉特和怀特产生了重要影响。[②] 盛宁在此处对格林布拉特和怀特的讨论暗含一处疑点:福柯的思想对格林布拉特、怀特和其他新历史主义者产生了直接影响,而没有证据表明怀特的历史诗学对新历史主义有影响。王岳川将怀特看作新历史主义文学批评的"主将",从方法论层面分析怀特及新历史主义理论,并分析了怀特的"元历史"理论体系,认为新历史主义使"文本的历

---

[①] 2003年,陈永国、张万娟翻译的《后现代历史叙事学》出版,收录了怀特为中国读者挑选的13篇文章。2004年,陈新翻译的《元史学:十九世纪欧洲的历史想像》出版。2005年,董立河翻译的《形式的内容:叙事话语与历史再现》出版。2007年,彭刚翻译的《邂逅:后现代主义之后的历史哲学》出版,收录了1篇对怀特的访谈。2011年,董立河翻译的《话语的转义——文化批评文集》出版。2016年,彭刚主编的《后现代史学理论读本》收录了怀特的4篇论文,并首次翻译了怀特的论战文章《答阿瑟·马维克》。2019年,马丽莉、马云、孙晶姝翻译的《叙事的虚构性:有关历史、文学和理论的论文(1957—2007)》出版,选录了由罗伯特·多兰编选的1957—2007年怀特零散发表的23篇论文,更完整地呈现了怀特思想的来龙去脉。

[②] 盛宁:《历史·文本·意识形态——新历史主义的文化批评和文学批评刍议》,《北京大学学报》(哲学社会科学版)1993年第5期。

史性"和"历史的文本性"成为文学批评的主要范畴,并拓展讨论了文学的内部研究和外部研究问题。[1] 王岳川名为分析怀特,实则着眼于新历史主义整体,更多的是借助怀特来阐述对新历史主义的个人理解,并且没有区别新历史主义与文化唯物主义,使得本就含混的新历史主义流派更加难以分辨。

上述译介和研究产生了以下"误读"。第一,怀特被中国学者视为新历史主义的理论先导。怀特和新历史主义确有共同的思想来源,但未见直接证据证明怀特对新历史主义者产生了影响。第二,怀特不仅属于新历史主义学派,还是新历史主义的"主将"。然而怀特的新历史主义面相似乎只存在于国内学者的建构,在外国学术专著和文学专业教材中,"新历史主义"一节常常只见格林布拉特而不见怀特。哈罗德·阿兰姆·威瑟(Harold Aram Veeser)主编的《新历史主义》是张京媛主编的《新历史主义与文学批评》参考的底本,其中只收录了怀特的《评新历史主义》一文;而1994年出版的《新历史主义读本》中甚至连一篇怀特的文章都没有了,怀特的名字在全书中只出现过一次。[2] 显然,以论文集是否收录作为标准不足以判断其流派归属。试想,如果詹姆逊等的《电影的魔幻现实主义》一书收录了怀特《书写史学与影视史学》一文,那么怀特是否也可以算是影视学者呢?实际上,怀特并不满意新历史主义者的批评实践和历史观,他认为"新历史主义不是理论的,不是方法论的,而是直觉的、印象主义的、细读式的。不仅新历史主义不是一种理论,而且任何历史都不是理论"。[3]

怀特与新历史主义的结合似乎是一场理论谱系的错位。错位的成因有二。第一,国内对新历史主义理论批评家的著作译介不充分。怀特和新历史主义一同进入中国学者视野,然而直到10年之后,怀特的主要著作才被引进国内,而通常认为的新历史主义代表人物格林布拉特的代表作更是在近几年才被引进。第二,《新历史主义与文学批评》的选文标准与新历史主义理论主张都比较模糊。选文多与"新历史主义"相关,但是这些文章对新历史主义的态度大多是持怀疑和反对态度的。只有提出"新历史主义"的格林布拉特高扬这一旗帜,然而他的文章在这本文集中仅有1篇。相比之下,《文艺学和新历史主义》的选文更为集中,范围框定在以文艺复兴、莎士比亚研究为主要领域的格林布拉特、多利莫尔等批评家。由此可以区分出"新历史主义"的广狭二义:狭义的"新历史主义"作为一种学术流派,主要指格林布拉特、蒙特罗斯等钻研文艺复兴、莎士比亚评论及英国浪漫主义诗歌的学者,这一内涵较为稳定。广义的"新历史主义"作为一种思潮,包含一切重审历史观念的思想。《诺顿理论批评选》还将阿甘本、柄谷行人、周蕾等理论家归为新历史主义者。这种定义范围过大,内容笼统,其主张难以聚焦成一种成型的理论,范围的"泛化"带来的是意义的不稳定,这

---

[1] 王岳川:《海登·怀特的新历史主义理论》,《天津社会科学》1997年第3期。
[2] Harold Aram Veeser, ed., *The New Historicism*, New York: Routledge, 1989, pp. 293-302; Harold Aram Veeser, ed., *The New Historicism Reader*, New York: Routledge, 1994, p. 11.
[3] 王逢振:《今日西方文学批评理论——十四位著名批评家访谈录》,漓江出版社1988年版,第78页。

也可以解释为何在后现代文学批评理论中女性主义、后殖民主义持续发展,而新历史主义却在 20 世纪 90 年代迅速走向没落。

虽然怀特与狭义的"新历史主义者"都主张消除二元对立和"内容""形式"的严格界限,主张重审历史与文本的关系,但怀特与"新历史主义者"的差异远大于其共性。第一,新历史主义者重视"外部研究",即作品生成、流通的社会历史环境,而怀特所做的工作属于文学批评的"内部研究",主要借用形式主义和结构主义的方法分析历史文本;第二,新历史主义者讨论作家与作品和时代的社会文化网络之间的复杂关系,而怀特更看重文本的结构与写作的过程;第三,新历史主义可以作为一种文学批评范式,而怀特的理论并不是为批评实践提供指导,而是为了从根本上改变知识界对历史的基本观念;第四,也是最重要的一点,新历史主义者依然将"历史"作为一种可靠的文学批评要素纳入研究之中,把历史化为一种"符码",而怀特则从根本上对"历史"知识的合理性提出了挑战,认为历史的"诗性"力量在人类认识中占有优先地位。

## 二 以后现代主义为中心的"误读"

怀特被引进中国时,适逢"后学"勃兴。虽然怀特更多运用传统的文学批评方法,但由于其思想和后现代文论同时被引入中国,他也被中国学者用"后学"的有色眼镜审视。李幼蒸在《对后现代主义历史哲学的分析批评》一文中明确将怀特归为后现代主义理论家之列。[①] 1999 年,《史学理论研究》刊登了陈新的《论 20 世纪西方历史叙述研究的两个阶段》,这是史学界第一篇提及怀特的研究论文。陈新认为 20 世纪西方历史叙述研究经历了"认识论阶段"和"本体论阶段",前者由分析的历史哲学家主导,后者由后现代历史哲学家主导并仍在继续,怀特即后现代历史哲学家主导本体论历史叙述研究的代表人物。[②]《史学理论研究》在下一期刊登了邵立新的《理论还是魔术:评海登·怀特的〈玄史学〉》,该文以"魔术"为喻,猛烈抨击怀特的思想,并斥之为"玄学"。[③] 邵立新保持了和国外学界相一致的对怀特的强烈批评态度,然而彼时以邵立新为代表的相当一部分中国学者其实并没有对怀特思想形成系统的了解。

21 世纪以来,国内学者对怀特的敌意一直没有消除。彭刚认为怀特是西方历史哲学叙事主义方向的代表人物。他指出,怀特把传统历史学家所拒斥的形式因素和历史著作中的伦理与审美取向带入了历史哲学的核心地带。怀特与实证主义截然对立,分别把历史学同化于文学和科学,实际上二者都是对历史学科自律性的威胁。[④] 韩震和刘

---

① 李幼蒸《对后现代主义历史哲学的分析批评》是中国哲学界最早论及怀特的文章。该文"历史现实和史学再现"一节就专门从历史实在论角度评述怀特的历史哲学。怀特对罗兰·巴特推崇备至,李幼蒸也曾译介多部巴特著作,然而此文在已有的怀特文献综述中鲜有提及。
② 陈新:《论 20 世纪西方历史叙述研究的两个阶段》,《史学理论研究》1999 年第 2 期。
③ 邵立新:《理论还是魔术:评海登·怀特的〈玄史学〉》,《史学理论研究》1999 年第 4 期。
④ 彭刚:《叙事、虚构与历史:海登·怀特与当代西方历史哲学的转型》,《历史研究》2006 年第 3 期。

翔认为"历史文本作为一种言辞结构"有其理论背景,但它消解事实与虚构、形式与内容、史学与文学区分的行为会导致相对主义和虚无主义。[1] 于沛则认为,以马克思主义唯物史观为思想指导的怀特研究将怀特放入后现代主义阵营之中,同时他认为以怀特为代表的后现代历史思潮彻底消解了传统,"理性主义史学的理论、原则和方法,统统都不存在了"[2]。"唯心主义""消除历史与文学的边界""对历史发展持悲观的反讽态度""否定历史真实""相对主义和虚无主义"是中国学界对怀特的主要指控。

实际上,怀特表明自己早期写下《元史学》之后的相当一部分时间是一位结构主义者,反讽也并不是对历史上一切认识和价值的破坏。[3] 在怀特看来,反讽是对待文献、确定历史撰述的一种批判性手段。怀特的研究并不否认历史的实在性,而是对历史的解释模式进行分析,反讽也不是史学研究的最终目的,而且"对于作为一个整体的历史学事业也没有必要采取一种反讽的观点;并且,人们对历史思维有益于生活的信心和信念,其依据是可以相信的"。[4] 历史的反讽模式不是一种历史终结论,而是让历史学家"反思历史意识的这种分裂状态",并且努力思考"生活在一种按反讽模式解释和情节化的历史中,他怎么才能陷入一种不绝望的情形中"。[5]

怀特的历史观具有一种存在主义的面向,他相信人类的实践具有自我实现的价值,而认识历史学中的反讽观点正是为了超越它。历史叙事本身有多种意识形态和结构方式,"每一种观点都在某种诗性的或道德的意识层次上有其自身存在的很好的理由"[6],如果反讽只是诸多历史再现模式中的一种,是人类建构的产物,那么它亦可以被实践的力量超越。盛宁也认为怀特并不是要把"历史"理解成贬义的向壁虚构,而是要把历史从神秘的黑洞中拖出来,认识到历史概念自身的变化过程及其外部的制约因素。"从这样一个角度去看历史,'历史'就不再是赋予世界的一个连贯的故事形式,而是一个又一个不断更新着的认识层面,它将不断激发我们对于世界作新的思考。"[7]

怀特在中国产生上述"误读",主要是由于唯科学主义、实证主义在西方历史研究中盛行,而形式主义、旧历史主义和新批评在西方文学研究中盛行;长此以往,形成了真实与虚构、历史与文学、内容与形式三种对立思维,而后现代主义正是对西方思想传统的巨大冲击。中国学界在接受西方文论时,也沿袭了其固有的思维模式,因而难以避免"误读"。

---

[1] 韩震、刘翔:《历史文本作为一种言辞结构:海登·怀特历史叙述理论之管窥》,《社会科学战线》2009年第5期。
[2] 于沛:《后现代主义历史观和历史虚无主义》,《历史研究》2015年第3期。
[3] 怀特在《元史学》的中译本前言中写道:"《元史学》是西方人文科学中那个'结构主义'时代的著作,要是在今天,我就不会这么写了。"
[4] [美]海登·怀特:《元史学:十九世纪欧洲的历史想像》,陈新译,译林出版社2004年版,第514页。
[5] [美]海登·怀特:《元史学:十九世纪欧洲的历史想像》,陈新译,译林出版社2004年版,第516—517页。
[6] [美]海登·怀特:《元史学:十九世纪欧洲的历史想像》,陈新译,译林出版社2004年版,第594页。
[7] 盛宁:《历史·文本·意识形态——新历史主义的文化批评和文学批评刍议》,《北京大学学报》(哲学社会科学版)1993年第5期。

首先是真实与虚构的对立。"历史"的含义经历了漫长的演变过程，在西方，"历史"一词最早指询问的结果和知识的记录，后来则表示"对过去事件本身的叙述和对过去的记载"。在15世纪，"历史"的含义缩小为"对过去真实事件的记录"，代表"真实"的"历史"（history）与代表"想象""虚构"的"小说"（fiction）形成对立。15世纪后，"历史"指"关于过去的有系统的知识"，且"历史的进步与发展具有总体的一般法则"①，寻求历史发展规律成为历史研究的任务，也树立了历史解释世界和改造世界的权威性，任何动摇"历史"权威的行动都被视作颠覆人类进程的表现。

其次是历史与文学的对立。在启蒙思潮的影响下，自然科学研究取得重大进展，实证主义方法深刻影响了近代西方的人文社会科学。19世纪以兰克为代表的史学家推动了历史研究职业化的进程，职业史学家也倾向于采用自然科学方法进行历史研究，并吸收了自然科学的实证主义研究方法和客观性原则，使科学主义的历史研究方法占据主导地位。由此，人们对"历史"的普遍认识有以下三点：第一，历史具有真实性，相对于虚构和想象而言，过去发生的事件是真实存在的；第二，历史具有规律性，历史发展的进程并不是不可认识的，而是可以被人类掌握和利用的；第三，历史具有进步性，人的理性可以认识和利用历史发展规律，深化对自然、对社会的认识，让人类文明更加先进，从而摆脱落后、野蛮、蒙昧的状态。知识界过度强调科学至上，暴露了科学主义历史认识的局限性。首先，过度强调自然科学外部的"客观真实"，拒斥社会科学的"主观真实"，将人的主观能动性排除在历史真实之外。其次，视自然科学研究方法为检验历史知识的唯一标准，拒斥人文社会科学的研究方法。最后，过度夸大理性在历史认识中的作用，忽视了对理性的约束，导致极权主义、两次世界大战等一系列恶劣后果。

最后是内容与形式的对立。19世纪之前，修辞学是一门包括言语和写作等各方面内容的科学，文学也包括在内。它认可所有语言学的比喻性、转义本质，视言语为一般话语的基础，不同的使用方法可以被详细说明，文学和其他应用文体没有明确界限，且都是可以被教授的，文学和修辞学实际上是同一活动的不同类型。西方理性主义传统一直以来都"抑制"（suppression）作为"形式"的修辞学的合法地位，这一传统在19世纪中期占据主导地位，最终导致内容与形式的对立。柏拉图认为诡辩派的修辞术是用相似性掩盖事物间的实质差异，达到迷惑人心的效果。在柏拉图看来，正确的修辞学方法是将作家的天才与学问的结合，运用科学方法探寻事物的本质："若是一个人不知真理，只是在人们的意见上捕风捉影，他所做出来的文章就显得可笑，而且不成艺术了。"②康德认为，修辞学背后的比喻思维（或图像思维）可以作为"理解"的基础，但不能作为"理性"的基础，因为它具有非概念、非理智的性质。演讲者和诗人

---

① ［英］雷蒙·威廉斯：《关键词：文化与社会的词汇》，刘建基译，生活·读书·新知三联书店2005年版，第204—205页。

② ［古希腊］柏拉图：《柏拉图文艺对话集》，朱光潜译，人民文学出版社1963年版，第146页。

的不同在于后者通过文字游戏"给知性提供了养料,并通过想象力给知性概念赋予了生命",而前者只是在玩弄文字游戏,凭借言语手段而不是逻辑理性煽动听众的情感,因而对于知性的认识毫无帮助,"前者(演讲者)所完成的少于他所许诺的,后者所完成的则多于他所许诺的"。①

19世纪早期,文学的唯美化导致了文学艺术的神秘化,文学被提高为一种不可教授的"天赋",字面意义所负载的内容和比喻意义所负载的形式产生严格对立。字面意义和比喻意义对立的背后是真实与虚构、历史与文学、功利与非功利、逻辑与情感、科学与玄学、公共与私人、男性与女性、普通人与天才的分化,既是19世纪社会对修辞学进行压制的体现,又是导致人文学科走向科学决定论的幕后推手。

在话语理论兴起的当代社会,应该正视话语中的比喻意义对人文学科的建构作用。怀特毕生的学术目标就是消解对立,恢复修辞学作为表达、写作、阅读的科学的地位。怀特的一部论文集叫作《形式的内容》,旨在强调修辞学、比喻等语言形式不仅是科学的,还可以作为一种"内容"被接受和研究。然而既往学术研究中形成的对立思维不仅阻碍了研究者对怀特的全面理解,也遮蔽了其思想脉络中有别于理性主义的另一条主线。

### 三 以概念为中心的"正读"

上述两种读法之所以为"误读",一是因为囫囵吞枣,对概念的界定不够清晰;二是过于注重研究的共时性,忽略了历时性的把握。以概念为中心的读法有效规避了理论"误读"的问题。

以概念为中心描摹怀特思想谱系的研究方法颇见成效。徐贲在《海登·怀特的历史喻说理论》一文中考察了怀特与维柯、皮亚杰的思想渊源,并就"喻说"这一概念展开讨论。盛宁认为福柯、德里达对格林布拉特和怀特产生了重要影响。赵志义在《历史话语的文学性:兼评海登·怀特的历史诗学》一文中指出怀特吸收了弗莱的理论,将诗性结构转化为历史叙事结构,对历史话语中"文学性"的研究拓宽了文学理论中"文学性"讨论的适用范围,实现了文学学科边界的扩容。杨杰的博士学位论文《海登·怀特的历史书写理论与文学观念》以怀特的历史书写理论为核心分析其历史渊源,梳理文艺理论与外国文学批评史,将怀特与文学批评传统进行融合并定位。翟恒兴的《走向历史诗学:海登·怀特的故事解释与话语转义理论研究》将史学和哲学层面的分析引入文学理论,追寻怀特对弗莱、克罗齐、斯蒂芬·佩珀、卡尔·曼海姆的继承和应用,分析怀特"历史诗学"的跨学科特征,认为怀特为文学和史学提供了现代性转换的范式。杨梓露的《文学与历史的跨界:海登·怀特的转义诗学研究》② 以修

---

① [德]康德:《判断力批判》,邓晓芒译,人民出版社2002年版,第167页。
② 杨梓露:《文学与历史的跨界:海登·怀特的转义诗学研究》,博士学位论文,华东师范大学,2017年。

辞学为基点，探讨了怀特的转义诗学与维柯、康德、克罗齐、巴特、福柯的内在关联，并以"时间性"为中心讨论了怀特对胡塞尔和海德格尔的"时间性"观念的改造。顾晓伟在《重塑海登·怀特——一个实用主义历史哲学的视角》一文中指出学界普遍关注怀特与欧陆思想家的亲缘而忽略了其美国本土思想资源，并以实用主义哲学的视角补足了这一空白。

以概念为中心的研究方法具有以下几大优势。第一，从理论上看，概念研究围绕对象集中，问题意识明确。第二，从实践情况看，概念研究的成果丰富，能够梳理关键问题发展的历史脉络，解决概念泛化的问题，对建立完整的理论体系起到了巨大作用。第三，概念研究具有跨学科性，有助于打破学科壁垒，互相借鉴研究成果。自塔塔尔凯维奇《西方美学六大观念史》问世以来，西方陆续产生了许多以关键词、关键问题和范畴为研究对象的著作。影响较大的有艾布拉姆斯《文学术语词典》、雷蒙·威廉斯《关键词：文化与社会的词汇》、托尼·本尼特《新关键词》、安德鲁·本尼特《关键词：文学、批评与理论导论》、乔纳森·卡勒《文学理论导论》等。中国学界在关键词和范畴史研究领域也取得了丰硕成果，如王振复《中国美学范畴史》、朱立元《西方美学范畴史》、赵一凡《西方文论关键词》、汪民安《文化研究关键词》、南帆《二十世纪中国文学批评99个词》、洪子诚和孟繁华主编《当代文学关键词》等。这些聚焦于关键概念、问题、范畴的研究充分体现了问题意识，能够使研究者对某一具体问题快速形成认识，具有现实指导意义。

以概念为中心的读法将怀特的思想肖像描摹得越来越清晰。怀特曾执教于加州大学圣克鲁兹分校，负责意识史（History of Consciousness）博士生研究项目。意识史是一种综合各种学科（诗学、哲学等）、针对不同话题（种族、经济、社会等）的研究，可以说意识史的研究对象就是人文科学意识发展的历史，因此必然跨出传统的学科领域来吸纳理论资源。在文学学科中，怀特借用了雅各布森的形式主义文论、弗莱的原型批评、阿尔都塞和托多洛夫的结构主义文论、罗兰·巴特的后结构主义文论、德里达的解构主义文论；在历史学科中，怀特不仅继承了维柯、克罗齐、柯林伍德的人本主义历史哲学传统，还吸收了福柯的历史观和话语理论，使其历史诗学更加深刻、坚实、富于洞见。怀特将科学主义与人本主义的研究范式相结合，打通了文学和史学的界限，更新了人们对历史的认识。怀特的历史诗学既提高了人的实践在历史中的价值，又为文学研究和史学研究提供了相互借鉴的良好范例。

### 结　语

中国的怀特研究在以下几个方面发生了转变：第一，在接受态度上，由带有感性先见的"误读"转向具备理性认识和语境理解的"正读"；第二，在认识论上，由带有焦虑性质的"热讨论"转向辩证的"冷思考"，基本摆脱了内容与形式、结构与解构、现代与后现代、"进步"与"反动"的二元对立模式；第三，在研究方法上，由单一地分析个人理论转向综合地探寻学术史脉络；第四，在学科上，由文史分途转向文史融通，共同探究怀特的思想史谱系；第五，在材料上，中国学者的怀特研究从 20 世纪 80 年代到现在积累了越来越完备的二手资料，但是许多评论怀特的文章和怀特的作品还没有引起重视和译介。

到目前为止，怀特的代表著作已被引进国内，然而仍缺少相当数量著作和论文的引介。引进的著作主要分为两类：一类是怀特早期治欧洲文化史的著作、编著、译著，如《希腊罗马传统》（*The Greco-Roman Tradition*）、《自由人文主义的兴起》（*The Emergence of Liberal Humanism*）、《从历史学到社会学》（*From History to Sociology*）等；另一类则是怀特晚近的学术论文集，如《比喻现实主义》（*Figural Realism*）、《实践的过去》（*The Practical Past*）、《叙事的伦理》（*The Ethics of Narrative*）等。《元史学》的译者陈新把怀特的思想概括为四个时期：欧洲思想史时期、叙事主义时期、历史编纂学时期、实践历史学时期；以及四个核心主题：结构主义、历史主义、思想史研究方法论、表现理论（或历史与文学的关系）。中国学界对怀特的叙事主义和历史编纂学较为熟悉，但对怀特欧洲思想史和实践历史学方面的关注尚有不足。由此可见，中国学界对"早期怀特"和"晚期怀特"的重视有待加强，深入研究这两个时期的怀特著作有利于进一步厘清怀特生平思想的来龙去脉，减少"误读"。

总体来说，国内外对怀特的研究热度一直在平稳上升，也对怀特思想中的一些关键概念进行了阐述，但目前史学领域研究多于文学，怀特关于文艺的重要论述还没有被进一步阐发。相较于国外，国内对怀特的系统性研究不少，但内容的创新性有待提升。文学与历史的关系是一个说不尽的话题，阐发怀特的文论思想对正确认识文史关系具有重要意义。除史学家、文学理论家、思想史家外，怀特也被称作历史哲学家，怀特严密理论体系的过人之处也正是来源于他深入的哲学思考。中国古代有"六经皆史"的说法和"杂文学"的传统，刘知几的《史通》、章学诚的《文史通义》都是文史融通的研究著作。在中国传统中，文学与历史、审美与现实从来就不是割裂的而是统一的。怀特作为深耕欧洲思想史的学者，尚且具有反思和挑战西方学术传统的自觉意识，中国学界更应摆脱西方学术思维的定式，以中国视角重新认识文史关系。杨周翰先生其实早就提出了他的构想："在后现代主义的文学里，严肃文学和通俗文学的界限日趋模糊，是否可以依此类推，历史和文学也不应该有明确的界限呢？"[①] 在这个连后现代主义也已成为过时话题的年代，这段话依然对认识文史关系具有启示意义。

---

① 杨周翰：《攻玉集·镜子和七巧板》，上海人民出版社 2016 年版，第 227 页。

# 文艺美学

# 齐泽克论死亡驱力与安提戈涅式反抗

肖炜静*

（浙江师范大学人文学院　浙江金华　321004）

**摘要**：弗洛伊德的死亡驱力有涅槃原则、超越快乐原则、强迫性重复等内涵，晚期弗洛伊德将其与生命驱力相对。在拉康论述的基础上，齐泽克忽略了死亡驱力的保守特质，反而以安提戈涅为典型阐释了激进反抗的特征。安提戈涅的行为偏执彻底，拒绝任何妥协。真正的反抗行动对未来没有任何规划，是与进化论相对的创化论，只能通过"回溯性"获得意义。相比于布洛赫、马尔库塞等人对精神分析反抗性的探索，死亡驱力的特征在于毫不妥协、永不满足、不计代价。

**关键词**：死亡驱力；齐泽克；安提戈涅；弗洛伊德

死亡驱力是精神分析中最复杂、矛盾、含混的概念之一，首先源于弗洛伊德论述的非条理性与"诗意玄想"性，导致理论源头的模糊性与广延性；其次，在共时维度看，它与爱欲、涅槃原则、破坏欲力等其他概念的纠缠十分复杂；从历时维度看，从弗洛伊德、拉康到齐泽克，都对其进行不同程度的重写；最后，从翻译角度看，中文有死亡驱力、死亡欲力、死亡本能、死欲等多种说法，大大加深了混乱性。这与德语 Todestriebe 的英文翻译有关，德语词 instinkt（本能）与 striebe（推力）明显具有不同的意义，前者趋向于"先天具有、同物种共有"，而后者则有"不可抑制的推动力"的内涵，即英文中 drive、urge、pulsion 等词的含义，但弗洛伊德英文全集标准版的翻译者用 death instincts 翻译德语 Todestriebe，导致了英译中时"死亡本能"的提法。[①] 我们需要厘清的是，从弗洛伊德到齐泽克的理论发展中，这个概念的内涵有何变化？为何齐泽克会将其作为极端反抗性的代表？相比于马尔库塞、弗洛姆等西方马克思主义者，齐泽克借助该概念所提出的反抗方案有何独特之处？

---

\* 肖炜静（1990—　），福建漳州人，浙江师范大学人文学院讲师，文学博士。本文为国家社科基金后期资助项目"西方马克思主义文论的精神分析向度"（项目编号：22FZWB080）的阶段性成果。

① 已有不少学者发现了该问题，有的学者认为翻译成"冲动"更合适，例如马元龙《论升华：从弗洛伊德到拉康》，《中国人民大学学报》2012 年第 6 期。

## 一 弗洛伊德的死亡驱力：回归无机物与破坏欲望

"死亡驱力"在弗洛伊德的《超越快乐原则》中被提出。对它的定义十分简单："似乎在有机生命中存在这样一种固有的倾向，即恢复到早期的状态，这是一种在外部力量的压力下它必须抛弃的倾向——这也是一种机体的灵活性，或者换一种说法，是有机体内部惰性的展现。"① 它的主要行为表现是"强迫性重复"（compulsion to repeat），例如鱼总是回到出生地产卵，候鸟总是选择固定的地点栖息，这种重复类似于生物为了避免危险而形成的"路径依赖"。重复的极端，就是回到最原始的无机物状态，也就是死亡。

回归到无机物和主动趋于静止与死亡无疑与日常经验和物种进化的现实相矛盾。对此，弗洛伊德的解释是将各种进化的最终目的都归于死亡驱力，它们是为了寻求对死亡的主动性与控制力，因为"有机体只希望以它自己的方式死亡。因此，这些生命的看守人最终也是死亡的忠实追随者"。② 也就是说，在层层进化的表象下，是为了保持那种惰性又保守的力量："当这些本能实际上只想借助于新、旧两条道路达到一个古老的目标时，它们表现的假象却必定是一些努力追求进步与变化的力量。"③ 此时的死亡驱力与早期弗洛伊德对"快乐原则"的定义相一致，那就是生物体总是趋近于降低紧张或维持单一状态。这种快乐与日常生活因"刺激"带来的快感截然相反，也与本我遵循的直接满足欲望的快乐有一定差距，它更倾向于恒定的"安全感"。而死亡驱力对这种"低能量波动"的追逐如果走到极致，将刺激物归零，就处于"涅槃"状态。因此，齐泽克曾指出："涅槃原则并不是对立于快乐原则的，而是快乐原则的最高和最激进的表达形式。"④

需要注意的是，弗洛伊德所举的案例还有第二次世界大战后的士兵总会在梦中返回到战场的痛苦情境中。这与"快乐原则"的低能量状态截然相反，因而它是"超越快乐原则"的。被压抑的创伤也通过梦中的爆发得以释放和缓解，甚至给主体带来"因为重复而可以掌控"的快感。这种从被动到主动的转换与重复性动作，就如同小孩将母亲没来由的出现和消失，转化为对手中玩具的控制。也就是说，这里其实隐含着死亡驱力除了"刺激减少"的一面外，还包括最为残酷的破坏、控制、侵略、毁灭与

---

① Sigmund Freud, *The Standard Edition of the Complete Psychological Works of Sigmund Freud* Vol. XVIII (1920–1922): *Beyond the Pleasure Principle*, *Group Psychology and Other Works*, London: The Hogarth Press, 1955, p. 36.
② [奥] 西格蒙德·弗洛伊德：《超越快乐原则》，车文博主编《弗洛伊德文集（第9卷）》，九州出版社2014年版，第41页。
③ [奥] 西格蒙德·弗洛伊德：《超越快乐原则》，车文博主编《弗洛伊德文集（第9卷）》，九州出版社2014年版，第40页。
④ [斯洛文尼亚] 齐泽克：《从弗洛伊德到拉康》，https://www.douban.com/note/344342273，2018年10月25日访问。

暴力，这又与弗洛伊德对驱力分类的调整有关。弗洛伊德后期用死亡驱力与生命驱力（life instincts）的对立代替了早期自我保存驱力（instincts of self-preservation）与性驱力（sexual instincts）之间的对立。生命驱力具有扩大生命共同体的倾向，是早期自我保存驱力和性驱力的综合，此时性驱力导向的是生殖，即共同体成员的再生产。但在性驱力里又有施虐与受虐的层面，弗洛伊德认为它们不应该归结到以扩大共同体为目标的生命驱力，而应该归之于死亡驱力："一个人是怎样获得这旨在损害对象的施虐本能呢？是从维持生命的爱的本能中获得的吗？这种施虐行为实际上是一种死的本能，它是在自恋的力比多影响下被迫离开自我的，这样，它就只能在与对象的关系中来表现。"① 也就是说，死亡驱力的自我毁灭倾向如果指向自身，就表现为受虐性，而指向外部与他人时，则具有施虐性。二者都具有破坏性，因此死亡驱力也包含破坏欲力。不仅如此，施虐又带有"控制、主动"的内涵，因此死亡驱力又包括侵略欲力。

可以发现，弗洛伊德对死亡驱力的论述既含混又丰富，它包含诸多完全对立的要素。首先，从与快乐原则的关系上看，它对死亡的追求其实符合快乐原则"将紧张降低到最小"的指导思想，甚至是将能量趋于无。但由于反复回到某些痛苦的情境中，它又是"超越快乐原则"的，此刻是激烈能量的过剩与爆发。其次，从与其他驱力的关系上看，虽然生命驱力与死亡驱力相对，但前者也隐含了死亡驱力的"回归早期状态"的内涵。弗洛伊德借助柏拉图《会饮篇》中阿里斯托芬的观点，认为最初的人都是两性合一的，生命驱力中的繁殖行为其实也是对雌雄同体状态的返回。同时，弗洛伊德又认为在人类发展史上，死亡驱力往往不得不服务于生命驱力，群体才能发展，就如同快乐原则对现实原则的妥协："这个本能本身就将会被迫为爱欲服务，因为有机体破坏了其他一些生命或无生命的东西，而不是毁灭其自身。"② 此时，二元对立被转化为二者一定比例的互相混合，例如施虐狂既有对某个对象的爱的趋向，同时也有死亡驱力破坏性的一面。

富有意味的是，死亡驱力的提出也改变了性驱力的地位。当弗洛伊德将性驱力与自我保存驱力相对立时，前者处于反抗的地位。但当死亡驱力与生命驱力相对时，性驱力反而因为要扩大共同体，因而是保守性力量。正如《精神分析辞汇》作者拉普朗虚所言："随着新欲力二元论的提出，死亡欲力变成这个'原初'的、恶魔般的、欲力所特有的力量，反之，性（sexuality）吊诡地转变为是连接（binding process）过程的这一边。"③ 这里的"连接"就是指通过个体生殖，扩大为群体之意。但其实也并不矛

---

① [奥] 西格蒙德·弗洛伊德：《超越快乐原则》，车文博主编《弗洛伊德文集（第9卷）》，九州出版社 2014 年版，第 56—57 页。
② [奥] 弗洛伊德：《一种幻想的未来文明及其不满》，严志军、张沫译，河北教育出版社 2003 年版，第 105 页。
③ Jean Laplanche, J-B. Potalis, *The Language of Psycho-Analysis*, trans., Donald Nicholson-Smith, London: The Hogarth Press and the Institute of Psycho-Analysis, 1973, p. 242.

盾，因为符合生命驱力的性，只以繁殖为目的。而具有反抗意味的性活动，往往与所谓健康的性关系相悖，如同性恋、乱伦、施虐等，这些非常规的欲力此时都被归结到死亡驱力里了。

综合来说，死亡驱力的矛盾性集中体现为既有"回到无机物"的涅槃与平静，又有破坏性、侵略性的暴力勇猛，这也是"快乐原则"与"超越快乐原则"的对立。那也可以理解为主体追求的理想死亡状态是平静安详的，但为达到目标所进行的反抗过程却是激烈勇猛，甚至是暴力残酷的。由于这两个维度都与一般的生存妥协相对立，它也成为绝对反抗的代表，内部的激进品格被齐泽克进一步拓展。

## 二 齐泽克论死亡驱力："暴力决裂"与"不死性"

齐泽克对死亡驱力的改写建立在拉康的基础上，据狄伦·伊凡斯的考察，拉康对死亡驱力的理解大致有三个阶段，潜在地符合"三界"理论。在1938年，拉康认为死亡驱力所追寻的平静安详状态其实是对与母亲完美贴合情境的怀念，这与前俄狄浦斯时期的自恋倾向有关，其状态趋近"想象界"（the Imaginary order）。在20世纪50年代，拉康又将其与"符号界"（the Symbolic order）联系起来，因为死亡驱力的重复现象，正如符号界的能指链条一般反复滑动。在60年代，拉康将死亡驱力从特定驱力扩大为每一驱力的特征，即任何驱力都有重复性和超越单纯快感的痛快，即原乐（jouissance）。[①] 此刻拉康的关注点在于那永不可及，但能指链条又围绕其旋转的"真实界"（the Real order）及其带来的"原质快感"（Thing-jouissance）上，这种快感中隐含着无法符号化的创伤，主体将其压制与掩盖，但它会一次次返回，重新引起欲望。

同时，拉康发挥了萨德对"第二次死亡"的阐释。在萨德的邪恶与利己的哲学中，毁灭一个对象，将之作为自我享乐的工具并不是罪恶，因为大自然本身就有流动、更新、残酷等特质，施虐主体对受虐客体的折磨，最多只能在生理上将其毁灭，客体最终还是会分解在大自然之中——无疑，将自然的循环与施虐行为相互联系，近似于诡辩。但萨德也通过哲学上的伪装展示了永无止境的享乐诱惑，即主体永远无法彻底毁灭客体，而客体也在反复折磨中体现出不可毁灭和楚楚动人的美感。越是不可能，越要毁灭，而越要毁灭，就又一次陷入不可能中，那是永无终点的循环与重复。拉康写道："人类传统从未停止想象第二种痛苦，一种超越死亡的痛苦，这种痛苦由于无法跨越第二次死亡的界限而无限持续。这就是不同形式的地狱传统一直存在的原因，它仍然存在于萨德的思想中，他让受害者遭受的痛苦无限地持续下去。"[②] 也就是说，施虐主体的快感施加永不满足、无法停止，受虐客体也仿佛坠入了无间地狱，承受永远不

---

① [英]迪伦·伊凡斯：《拉康精神分析辞汇》，刘纪蕙等译，台北巨流图书公司2009年版，第53—54页。
② Jacques Lacan, *The Seminar of Jacques Lacan* (Book Ⅶ), *The Ethics of Psychoanalysis 1959 - 1960*, ed., Jacques-Alain Miller, trans., Dennis Porter, New York and London: W. W. Norton Company, 1992, p. 295.

死的苦难折磨。这种状态就是香港电影《无间道1》结尾引用的佛语:"佛曰:受身无间者永远不死,寿长乃无间地狱中之大劫。"

拉康的观点在齐泽克那里进一步被发挥。齐泽克更看重死亡驱力的破坏性对现实秩序的挣脱:"弗洛伊德对这个'无法无天'的命名,对这个标志着与自然本能的本质决裂的有自我破坏力的自由的命名,当然就是死亡驱力了。"① 只不过,作为父法的外在秩序,既阉割了主体,又给了主体身份和保护。如若从中排除,很可能沦为阿甘本所说的"赤裸生命"(bare life),变成处在生理性死亡和符号性死亡之间的生物。正如集中营里的"活死人",他们肉身仍在,但失去了人之为人的尊严,哪怕已过去数十年,依然会如同哈姆雷特父亲的幽灵一般,萦绕在活人耳边,试图寻得符号性归置:"他们的死难者会对我们如影随形、穷追不舍,直到我们给他们一次体面的安葬,直到我们将他们死亡的创伤整合到我们的历史记忆之中。"② 但获得"符号性归置"的主体,本质上又是被"第二次谋杀"的主体,他的位置已被凝固,如同词语是对事物的归类和确认。但他们也有可能因符号定格而成为不朽的个体,并被世代铭记。因此,在真实的死亡与符号性的死亡之间,"既可以容纳崇高美,也可以容纳可怕的怪物"。③

"暴力决裂"是齐泽克阐明的第一个特征,第二个特征"不死性"则强调"符号性归置"并不那么容易,被系统排除的人会以非符号化身份一次次地颠覆和冲击着现实秩序。如同那被压抑在真实界的创伤会一次次地返回符号界,主体会一次次地陷入能指链条中,只为捕获部分欲望客体。此时,弗洛伊德死亡驱力所强调的安宁、保守与退行被刻意忽略,而内在创伤的"强迫性重复"则被激进化为永不妥协、永不放弃和永不满足的力量。本质上,齐泽克的死亡驱力是拉康的能指主体和欲望主体,以及弗洛伊德的自我毁灭冲动的结合。齐泽克举了一个形象的例子:"死亡驱力和部分客体之间的关联在安徒生的童话故事'红鞋子'('The Red Shoes')里得到了清晰的描述:一个女孩因为穿上了一双有魔力的、能够自行移动的鞋子而被迫不停地跳舞。鞋子就代表了女孩的绝对驱力,这驱力持存着,无视人类的一切局限,所以,可怜的女孩摆脱它们的唯一办法就是砍下双腿。"④ 正是在这个意义上,死亡驱力反而是"不死":"是一种不可思议的生命之过渡,一种在生与死,生成与毁灭的(生理)循环之外持续存在的'不死'冲动。"⑤

无疑,齐泽克对死亡的阐释颇为创新。在弗洛伊德前期的理论中,死亡是生命体必须尽量避免的存在,因此才有现实原则对快乐原则的压抑和取代。即便在西方哲学

---

① Slavoj Žižek, *For They Know Not What They Do: Enjoyment as a Political Factor*, London and New York: Verso, 2008, p. 206.
② Slavoj Žižek, *Looking Awry: An Introduction to Jacques Lacan through Popular Culture*, Cambridge and London: The Mit Press, 1991, p. 23.
③ Slavoj Žižek, *The Sublime Object of Ideology*, London and New York: Verso, 2008, p. 161.
④ Slavoj Žižek, *How to Read Lacan*, New York and London: W. W. Norton Company, 2006, p. 63.
⑤ Slavoj Žižek, *How to Read Lacan*, New York and London: W. W. Norton Company, 2006, pp. 62-63.

史上，死亡最突出的特质也不是激进的反抗性，而是主体的沉思与忧患意识，正如鲍德里亚所言："从基督教到马克思主义，再到存在主义：死亡或者被果断地否定并升华，或者被辩证化。在马克思主义的理论和实践中，死亡或者已经在阶级的存在中被征服，或者作为历史否定性被整合［……］甚至那些'为死亡而存在'的现代哲学也没能让这种倾向逆转：在这些哲学中，死亡被当作主体的悲剧性振兴，它巩固了主体的荒诞自由。"① 但经过齐泽克的"第二次死亡""不死性"等诸要素改造后，死亡驱力与文明相对立的破坏性被激进化为将现实符号秩序彻底废除的力量。不仅如此，它还是一种"无中生有"的创造，那是对"欲望是他者的欲望"的颠覆，是一种为了"空无"而进行的反抗，这集中体现在齐泽克对安提戈涅的评价上。

### 三 安提戈涅：拒绝调和的"被排除者"

索福克勒斯笔下安提戈涅的勇敢无畏、绝不妥协、赤诚情感、被当权者迫害等特质，使她成为反抗性的典型人物。在黑格尔那里，她代表着永恒、平等、理想、神圣的神的法律，以对抗世俗世界敌我区分的"人的法律"。这也是家庭伦理和公共城邦的对立，是赤诚情感与实用理性的对立，是个人诉求与集体利益，甚至是女性与男性的对立。在朱迪斯·巴特勒那里，安提戈涅无惧地表达了自我诉求，公然承认对城邦秩序的违反，是"以言行事"的典型。而拉康则强调安提戈涅对传统善行、克制欲望的伦理法则的突破。安提戈涅表面上的诉求是安葬哥哥，但那不过是她根本欲望的导火线和面具。唯有"我的哥哥就是我的哥哥"式无理由的同义反复，才显示了欲望追寻的固执不悔。她的行为趋近于死亡驱力，遵循的是"不要放弃你的欲望"的法则。这种欲望不顾性命，甚至主动寻求死亡，短暂满足后也会继续匮乏，突破禁忌带来的是僭越性快感，因为"驱力执着于某一特定的要求，这是一种不会在辩证的欺骗中被捕获的'机械的'坚持：我要求某物，我就一直坚持到底"。② 这种"纯粹的死亡欲望"③反而成就了一种夺目的美，那不是古典的和谐周正、充满道德光辉的美，而是混杂着欲望与激情、危险与黑暗、越轨与邪恶、恐怖与快感，它超越善，是禁止触摸的。④

在拉康阐释的基础上，齐泽克主要有以下突破。首先，从与外在符号秩序的关系上看，安提戈涅因激进的行为成为"系统的排除者"，也因之更具反抗潜能。此刻，安

---

① ［法］让·鲍德里亚：《象征交换与死亡》，车槿山译，译林出版社 2009 年版，第 207 页。
② Slavoj Žižek, *Looking Awry: An Introduction to Jacques Lacan through Popular Culture*, Cambridge and London: The Mit Press, 1991, p. 21.
③ Jacques Lacan, *The Seminar of Jacques Lacan* (Book Ⅶ), *The Ethics of Psychoanalysis 1959–1960*, ed., Jacques-Alain Miller, trans., Dennis Porter, New York and London: W. W. Norton Company, 1992, p. 282.
④ Jacques Lacan, *The Seminar of Jacques Lacan* (Book Ⅶ), *The Ethics of Psychoanalysis 1959–1960*, ed., Jacques-Alain Miller, trans., Dennis Porter, New York and London: W. W. Norton Company, 1992, p. 239.

提戈涅和第二次世界大战时期的犹太人、美国社会的黑人、移民、贫民甚至单亲妈妈等人一样，都是社会的"例外"。这体现了齐泽克对政治主体的探寻，即从经济秩序中处于底层的无产阶级拓展至更多"无根存在的主体，那些被剥夺了一切实体联系的人"。[①] 这些人是系统稳定必须被掩盖的症候与例外，但又是现实秩序的裂缝、爆破点和真实本质，就如某些口误、笑话，才真正彰显主体欲望，不符合"等价交换"的剩余价值才构成资本社会的关键特征。真正的反抗不是将例外排除或合法化收编，而是喊出"我们都是犹太人、单亲妈妈、黑人以及那被剥削的百分之99"[②]的口号。这是对症候的认同，它使得例外反而具有了普遍的内涵，这与传统意识形态祛弊机制恰好相反。意识形态批判是从抽象普遍话语中辨认出特殊利益，而"认同症候是我们标举并认同具体真实秩序中的内在例外、排除之处，亦即那厌恶抛弃之物，并将之视为真正普遍性的唯一所在"。[③]

也正是因"被排除"带来的反抗典型性，安提戈涅既是被剥离出符号系统的卑俗之物，也是拥有崇高符号意义的女英雄。更重要的是，与被动被剥夺权利的底层者不同，安提戈涅的处境是她主动寻求的，甚至她还拥有毫不妥协的坚执，没有任何对话与商谈的余地。齐泽克称之为"反哈贝马斯分子"，即对统治者提出的合理安置不同诉求的方案并不满足，因为"当主体的优先权得到了满足，并在这些相互冲突的义务之间建立起一个清晰的等级体系时，这种冲突就解决了。安提戈涅的非暴力反抗态度的'述行性'要激进得多：通过坚持为她亡故的哥哥举行体面的葬礼，她蔑视了占主导地位的'善'"。[④]

只不过，齐泽克既窥见了安提戈涅的执着，也敏锐地感受到了背后的"他者"维度，即安提戈涅的欲望是否也不过是"他者"的欲望？毕竟安提戈涅的行为确实和某些将自我完全等同于某个"大他者"（the big other）工具的人物有一定相似性。所谓"大他者"就是特定的意识形态或理念，对安提戈涅而言，那就是"神圣的法律"。安提戈涅确实有集权主义分子的色彩，他们愿意牺牲一切，只是为了遵循某条律令。他们认为自己无须为自我犯下的罪恶负责，因为自己不过是执行命令罢了。但与此同时，他们在贯彻大他者的行为时，却也共同分享了其中的快感，只是发号施令之人是施虐快感，而遵循命令的人则是受虐快感："通过主观地假定这种'客观必然性'——通过从强加给他的东西中获得乐趣。"[⑤] 但安提戈涅所认同的"他者律令"与集权主义者对

---

[①] Slavoj Žižek, *Did Somebody Say Totalitarianism? Five Interventions in the Use of a Notion*, London and New York: Verso, 2002, p. 140.
[②] ［斯］斯拉沃热·齐泽克：《神经质主体》，万毓泽译，桂冠图书股份有限公司2004年版，第245、318页。
[③] Slavoj Žižek, *The Ticklish Subject: The Absent Centre of Political Ontology*, London and New York: Verso, 2000, p. 224.
[④] Slavoj Žižek, *Did Somebody Say Totalitarianism? Five Interventions in the Use of a Notion*, London and New York: Verso, 2002, pp. 167-168.
[⑤] Slavoj Žižek, *Did Somebody Say Totalitarianism? Five Interventions in the Use of a Notion*, London and New York: Verso, 2002, p. 112.

政党的效忠又恰好相反，前者遵循的是看不见的家法，后者是切实的国政。

富有意味的是，拉康和巴特勒都曾指出安提戈涅作为神法守护者的非法性。首先，作为乱伦之女，安提戈涅并不适合做伦理的代言人。其次，作为一个为了维护兄妹情而放弃未来家庭的未婚未育女子，安提戈涅又不适合作为"女性"的代言人——不止一位思想家提及，Antigone这个名字，隐含着"反生育"的意义。但这个具有"乱伦"与"反生育"特质、对自己的诉求毫不妥协，并因为与克利翁的对峙而增加了"男性气质"的安提戈涅，却在临死前表达了对未经历正常女性生命历程的惋惜与悲痛："我还没有听过婚歌，没有上过新床，没有享受过婚姻的幸福和养育儿女的快乐，我就这样孤孤单单，无亲无友，多么不幸呀，人还活着就到死者的石窟中去。"① 此刻，作为歇斯底里的反抗者的安提戈涅，第一次展现出她的遗憾与脆弱，这也肯定了安提戈涅虽然是不完美的伦理守护者，但对家庭的婚姻与幸福确实心怀念想。

但为了守护这个神法最边缘的体现，即兄妹情，或"人人都有权得到安葬"的律令，安提戈涅不得不牺牲这个神法最重要的部分，即自己未来的家庭和子女。也就是说，为了守护某个神圣之物的残存影像，它不得不牺牲未来获得该神圣之物的可能性。这是一种悲壮的现实，就如同为了避免一个珍贵之物遭受污浊，不得不亲自毁坏这个物品，即为了维护它，被迫牺牲它。齐泽克认为，这种牺牲逻辑属于现代悲剧的领域："传统的英雄为了理想而牺牲自己。他拒绝暴君的压力，尽自己的本分，不论代价为何，正因为如此，他被人们激赏，而他的牺牲赋予了他一种崇高的氛围，他的行动被铭刻进传统，成为人们遵从的典范。当为某物牺牲的逻辑本身迫使我们将这个物给牺牲掉，我们便进入了现代悲剧的领域。"② 因此，安提戈涅所捍卫、遗憾、牺牲的，虽然表现为一些世俗欢乐的清单，但对真实世界的普通人来说，那又是无法理解的，她所效忠的既存在于同时又超越了俗世的幸福："安提戈涅在悲痛地列举她所牺牲的事情时是崇高的——这个包含无数内容的清单表明了她无条件地为之献出忠诚的实体超越了物质世界的范畴。"③

总而言之，齐泽克对安提戈涅的态度是矛盾的，当他强调安提戈涅对神法的捍卫时，其反抗背后有特定律令。但当强调安提戈涅是"神法捍卫者"的非法性、拒绝调和的"反哈贝马斯分子"时，她又无任何立足点，无法为人所理解。无疑，后者才是反抗的极致，是一种"无中生有"的反抗："她坚持为她哥哥举行体面葬礼的行为，不仅在神秘的大他者的意志中找不到依据，而且在某种意义上甚至比简单的任性更加狂暴：任性往往假设主体用任性的方式对待的现实世界是存在的，但是安提戈涅的这种

---

① ［古希腊］埃斯库罗斯：《安提戈涅》，《罗念生全集（第二卷）：埃斯库罗斯悲剧三种、索福克勒斯悲剧四种》，上海人民出版社 2007 年版，第 319 页。
② ［斯洛文尼亚］斯拉维·纪杰克：《神经质主体》，万毓泽译，台北：桂冠出版社 2004 年版，第 447 页。
③ Slavoj Žižek, *Did Somebody Say Totalitarianism? Five Interventions in the Use of a Notion*, London and New York: Verso, 2002, p. 96.

拉康式的行为将她置身于一个无中生有的现实的空隙中,一时悬置了定义(社会)现实的规则。"①

## 四 "创世主义":无中生有的行动

在齐泽克2016年改写的戏剧《安提戈涅》中,他安排了三种结局,第一种符合原著,即安提戈涅因毫不妥协而被处死,但克瑞翁也失去了儿子。第二种是克瑞翁幡然醒悟,允许适当埋葬波吕涅克斯,这是统治阶级的一种实用主义妥协。而在第三种结局中,"合唱团不再是愚蠢的普通智慧的传播者,而是成为一个积极的媒介。在安提戈涅和克瑞翁激烈辩论的高潮时刻,合唱团走上前去,严厉斥责他们两个愚蠢的约定威胁着整个城市的生存。合唱团就像一个救国委员会,作为一个集体机构接管并强加新的法治,在底比斯建立人民民主。克瑞翁被废黜,他和安提戈涅都被逮捕,接受审判,迅速被判死刑并被清算"。② 齐泽克表示,他最喜欢的是第三种结局,因为它不是在现存制度下的抉择,而是开启了一个新的模式。齐泽克在不同的著作中举了古希腊戏剧中的美狄亚、莫里森小说《宠儿》(Beloved)中的杀子行为,以及《非常嫌疑犯》(The Usual Suspects)、《生死时速》(Speed)、《赎金》(Ransom)等电影为例,反派都挟持了主人公的亲人或同伴,以此为要挟,但主人公不仅不屈服于恐吓,反而开枪打死了或主动放弃了自己的家人——这和前文所提及的现代悲剧类似。在这些叙事中,激进行为是主动放弃自我珍惜之物的疯狂选择,它会彻底改变被牵制的局面:"在某种程度上,用打击对他来说最心爱的东西来打击他自己。这种行为,远不是对他自己的无力挑衅,而毋宁说是主体在改变他在情境中的坐标:通过摆脱他自己心爱的对象而获得了一种自由行动的空间,因为敌人往往通过控制这些人而支配着他本人。"③

齐泽克将这种不顾一切、彻底改变现实的选择称为"创世主义"行动(creationist act):"革命严格说来是一种创世主义行动,是'死亡驱力'的严重入侵;它抹除了处于统治地位的大文本,无中生有地创造了新文本,被窒息了的过去借此终将实现自己。"④ 这种行动有以下特点:首先,它不需要切实的盘算和计划,更无须仰赖现实条件的成熟,行动主体同样不知行动的结果和目标,其次,从实施过程看,行动伴随巨大的暴力、恐怖与疯狂。既可以是安提戈涅危害城邦利益的选择或美狄亚杀子的疯狂,更表现为不得不以流血的形式保持自身的纯正,铲除那些曾经有利于革命,但如今是革命障碍物的团体,这是一种吞噬自己孩子的可怕时刻。齐泽克将列宁在1917年领导

---

① Slavoj Žižek, *Did Somebody Say Totalitarianism? Five Interventions in the Use of a Notion*, London and New York: Verso, 2002, p.176.
② Slavoj Žižek, *Antigone*, London and New York: Bloomsbury Publishing Plc, 2016, p. xxiv.
③ Judith Butler, Ernesto Laclau and Slavoj Žižek, *Contingency, Hegemony, Universality: Contemporary Dialogues on the Left*, London and New York: Verso, 2000, p.122.
④ Slavoj Žižek, *The Sublime Object of Ideology*, London and New York: Verso, 2008, p.161.

的二月革命到十月革命阶段的一系列措施视为典范，那是抓住关键瞬间的再创造，既勇于承担革命后的任何现实，也不惧怕用无情的手段捍卫革命成果，甚至清理和再造革命者自身。

除此之外，齐泽克还借用本雅明在《历史哲学论纲》中的时间观，将其称为"创造论的唯物主义"（creationist materialism）。它与进化论相对，不是有目的朝向的运动，而是对现存历史的断裂与挣脱，行动主体唯有在事件完成后，才有可能"回溯"性地阐释意义："最终的目标并没有在一开始就记录下来；事物总是后来才获得了意义。大秩序的突然创造将回过头来把含义赋予先前的大混沌。"① 落实到安提戈涅身上，就是如今沦为活死人并不被理解的安提戈涅，最终有可能在新秩序形成之后，"回溯性"地获得符号性意义。但齐泽克又发现，这种"回溯性"定义的方式，在斯大林主义"进化论历史观"中也有体现。它预设了一条直线延伸的路径，任何事件都朝着固定的"至善"运动，它不是忽视每一次失败，而是试图将失败整合到"必然胜利"的语境中，并为残酷的政治清洗做辩护："尽管这些审判的受害者无疑是无辜的，但通过这些审判可能带来的随后的社会进步将证明这些审判是正当的。在这里，我们有了这个'最后审判的视角'的基本概念：没有行动，没有事件是空的；历史上没有纯粹的花费，没有纯粹的损失；我们所做的每一件事都被记录下来，在某个地方记录下来，作为一种踪迹（trace），它暂时是毫无意义的，但在最后解决的那一刻，它将得到它应有的位置。"②

初看起来，这种借未来的成功为当下辩护的"回溯性"操作，与前文提及的不可预计的革命事件唯有在未来才能被定位的"回溯性"特质具有相似性。但齐泽克强调，二者的区别在于，斯大林主义采取的是先验胜利者的视野，以之鞭挞、忽略或收编无辜者。与此相反，真正的回溯性关注那些被抹除了踪迹的边缘群体，试图命名夭折了的行动并赋予其意义。那是两种不同的"第二次死亡"式的书写，前者是让糟粕更加卑俗，后者是赋予糟粕以意义。借用本雅明的观点，齐泽克将前者称为天启（apocalypse），那是以共同体最高利益为准则的俯视，也是克瑞翁的视角。而后者则是救赎（redemption），是被系统排除的安提戈涅的视角："由革命开辟的选择，是在救赎与天启之中二选一。救赎将会回溯性地把意义赋予'历史的糟粕'，赋予被从大进步的连续体中排除出去的事物；而在天启那里，即使死去了的也将再次遭受损失，将遭受第二次死亡：'如果他获胜，即使死人也不得安宁。'"③

只不过，齐泽克并没有说明，在真实的历史中，"英勇探索者"与"糟粕"的归类是否只能由当权者决定？又或者，二者其实不是绝对的，坚持为空无而牺牲的"糟粕"，在未来同样有可能成为"勇于探索者"？正如伊格尔顿所言，安提戈涅会经历

---

① Slavoj Žižek, *The Sublime Object of Ideology*, London and New York: Verso, 2008, p. 16.
② Slavoj Žižek, *The Sublime Object of Ideology*, London and New York: Verso, 2008, p. 159.
③ Slavoj Žižek, *The Sublime Object of Ideology*, London and New York: Verso, 2008, p. 161.

"一种从弱势无为到掌控权力,从软弱无能到超然卓越,从被抛弃的、作为被污染污渍的替罪羊到新人类秩序奠基石的运动——所有这些描绘在传统悲剧中我们称之为牺牲,就像不洁的谩骂变成新的政治秩序的语言"。[1]

### 五 精神分析反抗谱系的激进化:性欲—爱欲—死欲

综上所述,通过对弗洛伊德和拉康思想的改造,齐泽克突出了死亡驱力不计代价、永不妥协的反抗性。而试图将精神分析理论激进化也与该理论本身的矛盾有关。一方面,作为"怀疑性思想家"的弗洛伊德的最大贡献在于发现了意识背后的无意识,破除了"我思"主体的自明性。并且超我和本我的矛盾是不可彻底调和的,总会有"被压抑物的回返",即欲望会通过口误、玩笑、梦境等渠道凸显。这意味着主体永远处于被压抑的状态,社会也始终是不完善的。因此,弗洛伊德的反叛性也在于:"他把社会的'总的不幸'(general unhappiness)看作绝对不可治愈的非正常状态。精神分析是一种彻底的批判理论。"[2] 但另一方面,无意识的提出也意味着它被纳入了实证分析与科学知识的体系中。这是理性对非理性的发现与规训,临床精神分析师的日常工作也是让病人逐步祛除"反常"的心理和行为,进入"正常"的社会生活。

齐泽克对死亡驱力的阐释需要放在精神分析与马克思主义相互融合的学术史脉络中考察。在探讨精神分析反抗性的可能性时,最先被考虑的往往是时刻处于压抑状态的性驱力。诸多流派将从身体到心灵的欲望表达视为精神解放的表现之一,例如女权主义。只不过,从欲望的释放到对社会的真正变革之间总是具有一定距离。更重要的是,性驱力既可能被无害化治疗,也可能以消费之名被资本逻辑利用。阿多诺就指出,在发达资本主义社会中,大众文化产品会刻意激发人的欲望,超我以激发本我的方式实施统治。正因为如此,法兰克福学派的布洛赫将关注重点由性驱力转移为自我保存驱力。他认为对性驱力的重视本身就有历史和阶级取向,主要针对的是中产阶级。对广大的人民群众来说,代表温饱的自我生存才是关键。因此,布洛赫将自我保存驱力与马克思对经济基础的重视相关联,并与"尚未"(not yet)式哲学相互结合,在其中注入改造现实世界的动力。这其实彻底改变了各驱力要素的结构,在弗洛伊德早期思想中,自我保存驱力的地位就如超我一般,起的是压抑和规范的作用。而布洛赫将自我保存驱力由对基本温饱的需求转变为永不满足地变革的动力,反而具有了反抗现状的否定性。

弗洛姆也试图从社会现实角度改造弗洛伊德理论,他选择将原本私密的性驱力社

---

[1] Terry Eagleton, "Lacan's Antigone", *Interrogating Antigone in Postmodern Philosophy and Criticism*, ed., S. E. Willmer and Audrone Žukauskaite, New York: Oxford University Press Inc., 2010, p. 106.
[2] Herbert Marcuse, *Eros and Civilization: Philosophical Inquiry into Freud*, Boston: Beacon Press, 1955, p. 238.

会化与公共化。这让精神分析理论可以直指社会现实问题，但也容易变为实证主义或社会学。例如，他将俄狄浦斯情结理解为一种"人际关系"，即试图重新作为孩子，得到母亲庇佑和保护的渴望。此刻，欲求对象由"作为女人的母亲"转变为"作为母亲的女人"，本能与代表原初欲望的母亲的两性关系就转化为两代人的关系。本能与代表压抑文明的父亲之间的敌对关系，也被转化为教育问题，即孩童如何顺利脱离对母亲的依恋，塑造完整的人格。本我与超我之间不可阻碍的矛盾也转化成对现有社会的教育、医疗、人际等关系适当更改就可能改变的社会问题。这是前文提及的精神分析保守性的拓展，极大地清洗了原本不可调和的反抗之维。正如阿多诺所言："弗洛伊德和所有激进的资产阶级思想家一样，他的伟大之处在于，他没有解决这些矛盾，他蔑视那种表面上的系统的和谐，它让事物本身被撕裂。"[1] 但需要注意的是，阿多诺对弗洛伊德的推崇一方面因其"不可调和"性思想与"非同一性"思想相近；另一方面也与阿多诺对现实的失望和忧郁气质有关，正如马丁·杰伊所言："对革命可能性不断增长的悲观主义，很自然地伴随着对弗洛伊德强烈的欣赏。"[2] 所以从这个角度来说，单纯强调本我和超我的不可调和也有一定的保守性，它容易导致对现实的悲观失望，失去改变的动力。

可以发现，弗洛伊德驱力理论中的每一项都有反抗因子，但同样也容易导向自身的反面。那么，如何使某项驱力既有真正的现实革命性，又无压抑性，更不会对现实文明造成损害呢？马尔库塞和齐泽克一样，将关注点转移到了晚期弗洛伊德，只不过他的选择与齐泽克恰恰相反，他关注的是与死亡驱力相对的生命驱力。马尔库塞发现混合了自我保存驱力和性驱力的生命驱力，不就正好调节了性驱力和外在现实的对立吗？生命驱力不就正好既释放本能，又有利于共同体扩张吗？马尔库塞认为从性欲到生命驱力的转变不是量的喷发，而是质的扩大，它最终将达到柏拉图在《会饮篇》中赞美爱神时所说的灵肉合一、完整永恒的爱："在爱欲的实现中，从对一个人的肉体的爱到对其他人的肉体的爱，再到对美的作品和消遣的爱，最后到美的知识的爱，乃是一个完整的上升路线。"[3] 此刻，马尔库塞已把原本具有肉欲解放意味的性驱力泛化、无害化、崇高化，推向了对美、道德、知识的精神之爱。

与马尔库塞的美好展望相比，齐泽克选择死亡驱力无疑是独辟蹊径，正如鲍德里亚所言："死亡冲动令人尴尬，因为它不再允许重建任何辩证法。这就是他的彻底性。"[4] 齐泽克认为应该放弃符号秩序的快感与安全感才能实现完全断裂的反抗。他稀

---

[1] Theodor Adorno, "The Revisionist Psychoanalysis", trans., Nan-Nan Lee, *Philosophy and Social Criticism*, 2014, Vol. 40 (3), p. 337.

[2] Martin Jay, *The Dialectical Imagination: A History of the Frankfurt School and the Institute of Social Research 1923–1950*, London: Heinemann Educational Books Ltd., 1973, p. 105.

[3] [美] 赫伯特·马尔库塞：《爱欲与文明——对弗洛伊德思想的哲学探讨》，黄勇、薛民译，上海译文出版社1987年版，第154—155页。

[4] [法] 让·鲍德里亚：《象征交换与死亡》，车槿山译，译林出版社2009年版，第207页。

释了弗洛伊德死亡驱力中的涅槃、平静的维度，激化了死亡驱力的强迫性、破坏性、永不知足、永不妥协、歇斯底里的特质，这也意味着当下资本主义的"收编能力"已经无孔不入。法兰克福学派寄希望于启蒙过后的理性主体和非异化的感性主体，而拉康-齐泽克的主体是分裂和不完整的，那是既受"大他者"切割同时又总是不会被完全收编的主体。思想基础是拉康对索绪尔理论的激进化，拉康将索绪尔所说的将能指与所指相互联结的横杠转变为相互抵制，能指永远无法捕获固定的所指，只能在能指链条中无止境滑行。就如同欲望永远无法被满足，只能被迫在欲望链条中不断往前，主体也无法在固定的特性中限定自身，永远有无法捕获的剩余从中滑落。但正是那剩余，将成为系统的爆破点与动力点，催促着主体如安提戈涅般实施死亡驱力式的毁灭性反抗。

# 被遮蔽的二重性：重审康德美学的"兴趣"(Interesse)概念

夏兴才[*]

(华东师范大学中文系　上海　200062)

**摘要**："兴趣"(Interesse)在康德美学中，因理性之范导性原则的作用，表现出被遮蔽的"二重性"。兴趣在自然领域一方面有其经验性运用；另一方面根据自然独自就让人喜欢的特性，在理性范导性原则的作用下，人对自然的兴趣又是先天的，兴趣的先天性得以凸显。根据范导性原则，可用兴趣的先天性对鉴赏判断的二律背反进行"改写"，从而明晰经验性兴趣与先天兴趣的关系以及理性理念的作用；因范导性原则的统摄地位，兴趣的二重性在审美理念中得以显现，使得由审美走向自由拥有两种途径，一种是对自然直接的兴趣促成了纯然鉴赏判断及其审美自由的实现，另一种是理性对理念客观实在性的先天兴趣，使得审美经由道德走向自由。

**关键词**：兴趣；范导性原则；自然；自由

康德意义上自然与自由的统一，既需要演绎上的合理性，又需要可供把握的审美实在性，由此，须率先回答更为直接的问题，即作为有限理性存在者的人，为何会对自然产生直接的"兴趣"(Interesse)[①]？换言之，人与"自然"为什么会发生关系又为什么会必然发生"审美"的关系？这不禁引人回望与自然初遇时，诸种偶然中的必然。关乎人与自然双方的"兴趣"是康德美学的重要概念，对"兴趣"一词的考察既需要一种宏观的视野，揭示其之于第三批判的结构性意义；又要从微观上揭示其与康德美学诸核心原则与命题的关系，进而回答人与自然的关系问题。汉语康德学界目前对"兴趣"的微观研究已较为可观[②]，但在宏观上，即"兴趣"与康德第三批判的结构之

---

[*] 夏兴才（1994— ），安徽太和人，华东师范大学中文系文艺学专业博士生。本文为国家哲学社会科学基金后期资助项目"康德批判哲学发生学研究"（项目编号：19FZXB040）的成果之一。

[①] Interesse在汉语康德学界被宗白华、李秋零、杨祖陶、邓晓芒等学者译为"兴趣"或"利害"，鉴于中文语义及译本的使用习惯，本文采用"兴趣"这一译法。

[②] 近年来对"兴趣"(Interesse)的微观研究已拓展到词义的重新厘定及其与鉴赏判断的内在联系上，主要有徐贤樑的《康德的"Interesse"概念新探：对审美判断力第一要素的重新阐释》，《文艺理论研究》2018年第5期；卢春红的《鉴赏一定与Interesse（兴趣）无关？——论康德〈判断力批判〉中的"兴趣"概念》，《哲学研究》2019年第10期；王维嘉所著《优美与崇高：康德的感性判断力批判》（上海三联书店2020年版）的第一章以及夏兴才《康德"审美无利害"命题的结构论析》，《海峡人文学刊》2022年第2期。

关系方面略显不足。直接提出对于康德美学要在宏观上进行把握的是劳承万先生，他试图从范导性原则着手，把握康德"美是道德的象征"在其先验哲学体系中的架构性作用。① 关于范导性原则，学界积累了一定的研究成果。② 国外较早关注范导性原则问题的是斯坦利·弗朗茨（Stanley French），他于1967年的一篇文章中认为，范导性命题无法被证实（unverifiable），其原则之谜在于如何理解由其促成的一系列"无法证实的断言，进而规定（prescribe）思维与行为的规范"。③ 弗朗茨的问题恰恰在于忽略了范导性原则借"兴趣"而实现自身功能的一条经验性运用，从而导致未在康德二向度的逻辑之内反思"兴趣"与自然的先验关系。法国分析哲学先驱朱尔·维耶曼（Jules Vuillemin）认为对象化的活动在康德哥白尼式的主体性之中才会发生，从而，就自然领域而言，认识的自发运动所构成的一系列规定的"理想整体"，便是范导性的理念。④ 然而，认识的自发运动又是难以自明的。综上所述，本文拟从范导性原则与"兴趣"的内在联系入手，探求审美实在性在自然领域的逐步展开，析出"兴趣"被遮蔽的二重性及与之相关的审美—自由路径。

## 一 兴趣的先天性：范导性原则在自然领域中的一种效果

建构性原则与范导性原则在康德哲学中是成对出现的，简单来说，建构原则是属于知性运用的方法，知性利用其先天知性概念即范畴，以建构起关于对象的经验认识；范导性原则是属于理性的方法，理性运用理念引导认识不断趋向于整体性的统一。康德在第一批判中对它的一个说明，应引起注意：

> 它作为规则要求我们在回溯中应当做什么，而不是预知在客体中于一切回溯之先什么就自身而言被给予。因此，我把它称为理性的一条范导性原则。⑤

---

① 参阅劳承万《康德"美是道德的象征"在先验体系中的架构性意义——兼论美学学科的道德形上形态》，《学术研究》2008年第7期。

② 除劳承万先生外，罗中枢先生在1989年对范导性原则作了基本梳理（参见罗中枢《作为方法的形而上学——康德的范导理论述评》，《外国哲学》编委会《外国哲学》第十辑，商务印书馆1989年版）。此后，陈嘉明先生专著《建构与范导——康德哲学的方法论》（社会科学文献出版社1992年版），对范导性原则在康德三大批判之内的功能展开详细讨论，陈著虽未涉及有关"兴趣"的方面，但此书目前仍是研究康德范导性原则的代表性著作；叶秀山先生在《论康德"自然的目的论"之意义》[《南京大学学报》（哲学·人文科学·社会科学）2011年第5期]中认为范导性原则是理论理性与实践理性得以沟通的关键，叶秀山先生实则揭橥了范导性原则在康德哲学中的体系性作用。

③ Stanley G. French, "Kant's Constituive Regulative Distinction", The Monist, Vol. 51, No. 4, 1967, pp. 623 - 639.

④ [法]朱尔·维耶曼：《康德的遗产与哥白尼式革命：费希特、柯恩、海德格尔》，安靖译，中国人民大学出版社2020年版，第12—13页。

⑤ [德]康德：《纯粹理性批判（第2版）》，《康德著作全集》（第3卷），李秋零译，中国人民大学出版社2004年版，第339页。

它不能说客体是什么,而是说应当如何着手进行经验性的回溯,以便达到客体的完备概念。①

单单就上述康德对范导性原则的两个阐述而言,很难对其有一个清楚的理解或者说经验的实例。若注意到康德在这里所说的"回溯",那就不得不让人联想到第三批判中的一系列"回溯",在第三批判中,康德总是有意识地从感性的审美经验,向某种高于它的东西(比如理念、道德)进行回溯,甚至有时候是生硬的。

在第三批判的第41节(§41对美者的经验性的兴趣),康德首先声明,宣布某种东西是美的鉴赏(Geschmack)判断不以任何兴趣为规定根据,这是毫无疑问的,进而康德又说在鉴赏判断给出之后,可以有一种"别的东西",对其兴趣能保证鉴赏首先被表现出来,并且能保证鉴赏纯然反思的愉悦与对象的实存相联结,康德认为这种"别的东西",可以是经验性的也可以是理智的,"这二者能够包含对一个客体的存在的愉悦,这样就能够给对于无须考虑任何兴趣独自就已经让人喜欢的那种东西的一种兴趣提供根据了"。② 这里就出现了一次回溯,即这句话中两个"兴趣"之间的一种沟通。前一个"兴趣"("无须考虑任何兴趣"),显然指人对对象实存的兴趣,可以是欲求的,也可以是偏好的,关涉一个对象的实存与概念;第二个"兴趣"("独自就已经让人喜欢的那种东西的一种兴趣")关涉的对象则很模糊(如果不从第三批判的全局着眼的话),只知道它是独自就让人喜欢的,而且可以对它有一种"兴趣"。就这个"兴趣"的"诞生"来看,康德的表述略显生硬,仿佛是他刻意将鉴赏之后引起的兴趣,导向那个独自就让人喜欢的东西,却又不把它的全貌抛出来。而且,这个"兴趣"是站在鉴赏判断之外才能被理解的,仿佛是对鉴赏判断整体性的一次静观。其背后的逻辑,是自下而上的一次回溯,以至于可知目前在鉴赏判断之上还有一种东西,它要求鉴赏之后必须向它做一次眺望才是完备的。

直到康德完全摆出自然美与艺术美的一个本质区别时,才得见"那种东西"究竟是何。在第42节(§42对美者的理智的兴趣),康德认为"自然美对艺术美的这种优势,即前者虽然在形式上甚至会被后者胜过,却独自就唤起一种直接的兴趣,是与一切培养过自己的道德情感的人那净化了的和彻底的思维方式协调一致的"。③ 在此之前,通过展示经验中鉴赏的行家们对道德的败坏,康德又进行了一次短暂的回溯,其结果则是把一个"善的灵魂"作为"对自然的美拥有一种直接的兴趣(不仅仅为了评判它而有鉴赏)"④

---

① [德]康德:《纯粹理性批判(第2版)》,《康德著作全集》(第3卷),李秋零译,中国人民大学出版社2004年版,第339页。
② [德]康德:《判断力批判》,《康德著作全集》(第5卷),李秋零译,中国人民大学出版社2007年版,第309页。
③ [德]康德:《判断力批判》,《康德著作全集》(第5卷),李秋零译,中国人民大学出版社2007年版,第312页。
④ [德]康德:《判断力批判》,《康德著作全集》(第5卷),李秋零译,中国人民大学出版社2007年版,第311页。

的前提条件,这就使得"那种东西"的面貌越来越清晰,之后,康德又进行了一次回溯,以展示自然本身中包含某种根据,使得前文所述的第二个"兴趣"成为可能,并且将它与自然的关系规定为与道德的亲缘关系:

> 自然至少会显示某种痕迹或者提供某种暗示,表明它在自身中包含有某种根据,来假定它的产品与我们不依赖于任何兴趣的愉悦(我们先天地认识这种愉悦对每个人都是法则,却不能把这建立在证明之上)有一种合法则的协调一致,所以理性必然会对自然与这样一种协调一致类似的协调一致的任何表现都怀有兴趣。①

所以,根据"理性必然会对自然与这样一种协调一致类似的协调一致的任何表现都怀有兴趣"可知,被康德一开始暂不言明的"那种东西"其实就是自然,对它的那种"兴趣"则是就理性及其理念而言的。但上述这段话的作用,不仅是为了将前文所述的第二种"兴趣"回溯至理性理念的范导作用,康德的目的是进一步把自然美与道德善直接关联起来,因为鉴赏判断并不保证一个人的道德善,"即无法准确地反映鉴赏力运用者的道德状态及其所信奉的道德原则"②,这是可理解的③,但康德的这种回溯,却又是十分生硬的。原因就在于这个过程是范导性的,一直以来康德都想完成自然向道德的引导、过渡。但此处的范导性原则,结合前文所述的第二个"兴趣",其目的不是通过理性为知性的运用立法,而是有一种将理性向实践引导的意味,即"以理性必然会对自然与这样一种协调一致类似的协调一致的任何表现都怀有兴趣","这必须是自然,或者被我们认为是自然,以便我们能够对美者怀有一种直接的兴趣"④,换句话说,康德在这时其实是想让理性在实践上做点什么,也就是说就自然而言,理性要在实践的意义上与自然建立先天的关系。因为理性理念的范导性原则要求理性"给知性规定朝向某种统一性的方向,知性对这种统一性毫无概念"⑤,这个"方向",邓安庆教授认为它"任何时候都是'超验的',不是'先验的',不再谋求知识的可能性,而只谋求实践的可能性。它也不追求经验的实在有效性,而追求先天的理想性"⑥,果然如此,那第二个"兴趣",即"对于无须考虑任何兴趣独自就已经让人喜欢的那种东西的

---

① [德]康德:《判断力批判》,《康德著作全集》(第5卷),李秋零译,中国人民大学出版社2007年版,第313页。
② 程相占:《康德的审美感受与道德感受关系论探微》,《复旦学报》(社会科学版)2021年第4期。
③ 程相占教授认为,鉴赏判断无法保证它的使用者具有道德善,因此这是鉴赏力的一种缺陷。"缺陷"一词似乎有待进一步商榷,鉴赏判断(力)并没有义务提供道德善的保证。参阅程相占《康德的审美感受与道德感受关系论探微》,《复旦学报》(社会科学版)2021年第4期。
④ [德]康德:《判断力批判》,《康德著作全集》(第5卷),李秋零译,中国人民大学出版社2007年版,第315页。
⑤ [德]康德:《纯粹理性批判(第2版)》,《康德著作全集》(第3卷),李秋零译,中国人民大学出版社2004年版,第248页。
⑥ 邓安庆:《从"形而上学"到"行而上学":康德哲学哥白尼式革命的实质》,《复旦学报》(社会科学版)2009年第4期。

一种兴趣",不仅是对自然直接的兴趣,更重要的是,它恰恰使得理性在自然方面谋求实践的可能性得以可能,所以,这种"兴趣"伴随所谓理性追求先天的理想性,而是先天的,即对一个人初次与自然猝然相遇而言,这个人对自然的"兴趣"是先天的,虽然在此之前他没有关于自然的任何认识。

然而,"兴趣"在经验领域,或者说在知性那里,它必然要考虑对象之实存与概念,于是,有学者认为"对客体之实存的表象"与"概念"是构成兴趣的核心要素[①],但先天"兴趣"不需要关于一个对象的概念,因为它是理性的先天性带来的,"先天之所以为先天,正是它不以感觉经验为转移"[②],理性不与经验直接发生关系,而是通过知性。康德规定,"被称为兴趣的那种愉悦,我们是把它与一个对象的实存的表象结合在一起的"[③],在此处,康德也只是说"实存的表象",并未再向前多规定一步,所以,就范导性原则之下人对自然的先天"兴趣"而言,它只要求对象实存的表象,以保证自然在整体上能被观察到,仅此而已,故而,康德仍然将其称为"兴趣"也是合乎情理的。至于对象的"概念",一方面,它是知性的事;另一方面,人对自然直接的"先天"兴趣,恰恰是有意避开对象的"概念"而言的,如果"概念"成为先天兴趣的一个条件,那么理性理念就不是康德三大批判意义中所说的"无条件"[④]者。

就先天兴趣的作用而言,首先,它保证了理性理念其后对自然领域的范导得以可能。如若没有这种先天兴趣,理性理念与自然的直接关系,则无法解释。其次,先天兴趣还引导知性的运用朝着整体性、系统性的方向前行。因为先天兴趣在理性的范导性原则未开始起作用的情况下,已经先在整体上对自然作了初次的观察,之后才在理性运用范导性原则、知性运用建构性原则的基础上,形成对自然统一的系统性的认识,故而,知性对自然的认识必须不能是无系统性的和碎片的,对于自然的认识必须尽可能地实现其整体性与系统性,以便能将自己作为种种有条件者的总和,在无条件者的理性理念那里找到可能。

## 二 先天性的展演:兴趣与鉴赏判断二律背反的解决

在《判断力批判》的第56节与第57节,康德摆出了鉴赏判断的二律背反,并展示了对它的解决。据康德所言,鉴赏有两句套话,第一句是"每一个人都有他自己的鉴赏"[⑤],

---

① 王维嘉:《优美与崇高:康德的感性判断力批判》,上海三联书店2020年版,第13页。
② 叶秀山:《论康德"自然的目的论"之意义》,《南京大学学报》(哲学·人文科学·社会科学)2011年第5期。
③ [德]康德:《判断力批判》,《康德著作全集》(第5卷),李秋零译,中国人民大学出版社2007年版,第211页。
④ [德]康德:《纯粹理性批判(第2版)》,《康德著作全集》(第3卷),李秋零译,中国人民大学出版社2004年版,第246页。
⑤ [德]康德:《判断力批判》,《康德著作全集》(第5卷),李秋零译,中国人民大学出版社2007年版,第352页。

第二句话是"关于鉴赏不能争辩"①,与之相对应的是鉴赏的正论与反论。正论即"鉴赏判断不是建立在概念之上的;因为若不然,对此就可以争辩(通过证明来裁定)了"②,反论即"鉴赏判断是建立在概念之上的;因为若不然,尽管这种判断有差异,对此也根本不可以争执(要求别人必然赞同这个判断)"③。换句话说,鉴赏判断如何保证它的普遍有效性的基础上还能是一个"鉴赏判断",亦即它如何能从一个私人的单称判断,实现其普遍有效性的扩展。而且,根据康德在第三批判第40节所预设的"共通感",若鉴赏判断的二律背反无法解决,那么就不能"避开那会从主观的私人条件出发对判断产生不利影响的幻觉"④,甚至连第三批判都会沦为一部仅仅涉及审美经验的总结性著作。

康德认为二律背反的出现,对于人来说是不可避免的,人既是自然的,也是理性的,所以,鉴赏二律背反的出现,可能就是看待鉴赏的角度出了问题。康德给出的解决办法是找到了一个根本不能通过直观来规定的、非知性概念的、非鉴赏判断序列的"超感性的东西","超感性东西是作为感官客体,因而作为显象的对象(而且还有作判断的主体)的基础"⑤。这即是说,一个超感性的纯粹理性概念,保证了在自然状态下人是可以作出私人化的鉴赏判断的,但同时在每一个主体那里都有感知超感性的理性概念的能力,所以,私人的鉴赏判断是可以具有普遍有效性的。但这个超感性基底的概念,却不能再进行任何解释了。至此,超感性的纯粹理性概念,使得原本两种看似矛盾的鉴赏判断结论,获得了统一。

然而,康德并不是直到鉴赏判断二律背反的解决部分,才将那不可进一步解释的超感性的纯粹理性概念呈现出来,它已经在此前出现过。据前文的论述可知,那第二个"兴趣",即"理性必然会对自然与这样一种协调一致类似的协调一致的任何表现都怀有兴趣",所以,这第二个"兴趣",它的主体其实就是超感性的纯粹理性概念,尽管不能对它作进一步的解释,但可以感受到,那第一个"兴趣",即与对象实存之表象紧密结合的愉悦带来的"兴趣",其实就是第二个"兴趣"在经验领域中的现身,为了方便,还是称呼它为先天兴趣。这样,也可以说,"兴趣"的先天性隐藏在其经验性的运用中,这种隐藏,其实康德在此前已经有所暗示。在第37节,康德讲:

---

① [德]康德:《判断力批判》,《康德著作全集》(第5卷),李秋零译,中国人民大学出版社2007年版,第352页。
② [德]康德:《判断力批判》,《康德著作全集》(第5卷),李秋零译,中国人民大学出版社2007年版,第353页。
③ [德]康德:《判断力批判》,《康德著作全集》(第5卷),李秋零译,中国人民大学出版社2007年版,第353页。
④ [德]康德:《判断力批判》,《康德著作全集》(第5卷),李秋零译,中国人民大学出版社2007年版,第396页。
⑤ [德]康德:《判断力批判》,《康德著作全集》(第5卷),李秋零译,中国人民大学出版社2007年版,第354页。

因此，不是愉快，而是被知觉到与心灵中对一个对象的纯然评判相结合的这种愉快的普遍有效性，在一个鉴赏判断中被先天地表现为对判断力、对每个人都有效的普遍规则……我认为它是美的，也就是说我可以要求那种愉悦对每个人来说都是必然的，这却是一个先天判断。[①]

就此来看，一个鉴赏判断得以可能，确实要从主体愉悦的情感那里找到唯一的根据，但另一个不能忽视的前提是，对除自身以外的每个主体而言都愉快的普遍有效性，这种要求是先天的，正如先天的兴趣要求的一样。正是因为兴趣中包含着先天性，才使得一个原本私人的、单称的鉴赏判断拥有在每个人那里的普遍有效性，从这个角度也可以解释为什么在鉴赏判断中，必须依靠的是反思性的判断力，因为唯有反思判断力才能走出个人经验的局限，使其判断得到扩展性的检验。

再回到鉴赏判断二律背反的解决，似乎又得到了一种新的视角，即把鉴赏的二律背反与"兴趣"结合来看，甚至，不妨说，鉴赏的二律背反，即是"兴趣"的二律背反。因为康德对愉悦与兴趣之关系的厘定，始终与一个对象及其实存的表象相关的愉悦情感联系在一起，这种愉悦的情感是鉴赏判断的唯一根据，为我们进行"兴趣"二律背反的尝试提供了保证，故而，就可以将原本鉴赏判断的二律背反，改写为：

正论：兴趣不是建立在概念之上的；因为若不然，对此就可以争辩（通过证明来裁定）了。

反论：兴趣是建立在概念之上的；因为若不然，尽管这种兴趣有差异，对此也根本不可以争执（要求别人必然赞同这个兴趣）。

甚至关于鉴赏的那两句套话，也可以用"兴趣"改写为：一、每一个人都有他自己的兴趣；二、关于兴趣不能争辩。这种尝试性的改写，并不是说康德原来的文本有问题，而是衍生出另外一种理解的视角。

曹俊峰先生认为"鉴赏判断既有概念又无概念"[②]，就改写后的正论来看，"兴趣不是建立在概念之上的"，这里的"概念"指的是形成对象知识的知性概念。这个正论没有问题，因为鉴赏判断中，兴趣必须基于对象之实存的表象带来的那种愉悦；就改写后的反论来看，先天兴趣以及超感性的理性概念就显而易见了，"兴趣是建立在概念之上的"，其中的"兴趣"即是先天兴趣，其中的"概念"即是超感性的理性概念。所以，从以上改写来看，鉴赏判断在经历二律背反之时，"兴趣"也是如此，更易看出的是，"兴趣"仍是一个"兴趣"，却在经验性与先天性在使用上表现出不同，同理，鉴赏判断亦是如此。

---

① [德] 康德：《判断力批判》，《康德著作全集》（第5卷），李秋零译，中国人民大学出版社2007年版，第301页。
② 曹俊峰：《试析康德美学中的若干矛盾》，《复旦学报》（社会科学版）1981年第6期。

因此，可以说"兴趣"对于鉴赏判断的二律背反及其解决而言，起到了一种辅助性作用，它提供的是另一种角度，是从"先天性"出发的。而且，人们对"兴趣"一词本身具有经验性的常识，或者说一种日常经验的运用，这也从侧面使得对其先天性的一面有更为彻底的理解。

如果承认超感性的理性概念是先天兴趣得以可能的前提，那么，即是承认了范导性原则在其中的作用，以及它在鉴赏判断二律背反解决中的作用。我们已经知道，范导性原则是属于理性理念的原则，理性理念并不直接作用于自然，必须依靠知性的建构原则。因此，这就牵扯到一个问题，即范导性原则在鉴赏判断或者说兴趣及其二律背反的解决中，主要起到什么作用？简言之，即是"统一性"与"整体性"的导向作用。

不必过多回顾鉴赏判断的演绎，只需抓住反思性判断力即可。康德认为，普遍的自然法则的根据在知性中，"而特殊的经验性法则，就其中通过那些普遍的自然法则依然未得到规定的东西而言，必须按照这样一种统一性来考察，就好像同样有一个知性（即便不是我们的知性）为了我们的认识能力而给予了这种统一性，以便使一个按照特殊的自然法则的经验体系成为可能似的"①，据此可以看出康德说这段话的目的，旨在说明对于那些未被规定的特殊经验性法则，必须给它们找到一个统一性的原则，不然的话，反思判断力之"反思"仍然不能达到"普遍"。紧跟这段话之后，康德立马指明判断力的原则就是"自然在其杂多性中的合目的性"②，进而又立马点明自然的合目的性原则是判断力的一个先验原则，同时又进一步将它上升为先天原则，目的还是说明即"特殊的（经验性的）法则中对人的见识来说偶然的东西，在把它们的杂多结合成为一个就自身而言可能的经验时，仍然包含着一种对我们来说虽然无法探究、但毕竟可以思维的合法则的统一性"③，所谓"无法探究、但毕竟可以思维的合法则的统一性"已经十分明确地指向超感性的理性理念，这样，也就可以理解康德为什么一直强调"形式的合目的性"，因为表象的形式是先天的，所以，归根结底，还是超感性的理性理念在范导着知性在经验中朝着统一性的方向前进，就鉴赏而言，则是反思判断力由特殊指向"普遍"，因为唯有先天的原则才能保证反思判断力与鉴赏判断要求的普遍与纯粹，与之相对应，则是超感性的理性理念对形式与统一性的先天诉求。④

---

① ［德］康德：《判断力批判》，《康德著作全集》（第5卷），李秋零译，中国人民大学出版社2007年版，第190页。
② ［德］康德：《判断力批判》，《康德著作全集》（第5卷），李秋零译，中国人民大学出版社2007年版，第190页。
③ ［德］康德：《判断力批判》，《康德著作全集》（第5卷），李秋零译，中国人民大学出版社2007年版，第193页。
④ 曹俊峰先生认为，康德对鉴赏判断二律背反的解决策略，即给两个"概念"以不同的规定，因而，鉴赏判断的二律背反就成了"'鉴赏判断不基于某物，鉴赏判断却基于另一物。'这当然毫不矛盾，但因此也就不成其为二律背反了"［曹俊峰：《试析康德美学中的若干矛盾》，《复旦学报》（社会科学版）1981年第6期］。这种观点有其合理性，窃以为，就曹先生的思路来说，正、反论中的"鉴赏判断"的性质也不相同，反论中的鉴赏判断更多的是指向某种能给其普遍有效性提供保证的先天原则，故而，就"兴趣"在自然的经验领域与其先天性的运用来看，鉴赏判断二律背反的产生，有其经验性与先天性运用方面的原因，进而在超感性的理性理念那里得到统一也不是不可以。

## 三 兴趣的"二重性":两种建基于范导性原则上的审美自由

在第三批判中提及"自由",立马就会让人联想到第三批判下半部分的"目的论判断力",以及康德利用判断力,在"自然"与"自由"之间实现过渡的举措。然而,二者之间的审美实在性何以可能?康德在第三批判第42节中有一个举例值得注意:

> 一个人孤独地(而且没有想把自己的觉察传达给别人的意图)观赏着一朵野花、一只鸟、一只昆虫等美的形体,以便惊赞它、喜爱它,不愿意在自然中根本看不到它,哪怕这样做会对他造成一些伤害,更不用说从中看出对他有什么好处了,这个人就对自然的美拥有一种直接的、虽然是理智的兴趣。①

暂不联系康德其后的意图,仅就这个举例来看,可以说这完全称得上是一个审美愉悦—自由状态的描述,它是无关利害的,不考虑"造成的一些伤害",不考虑"对他有什么好处";它也是无关任何目的的,甚至连想传达给别人的意图都没有,以至于康德只能说,它就只是对自然美的直接的、理智的兴趣。

那么,这难道不是具有客观实在性的一种审美自由图景吗?但康德在主观上是不待见这种审美自由的,因为它与道德、与善没有联系。康德认为上述这种对自然美的直接兴趣,一方面有可能会因为被欺骗而突然中止,就是说把人造的花、鸟等假扮成自然物摆放在那里;另一方面,这种直接的兴趣也会被某些别的兴趣取代,比如"虚荣"。所以,康德强调"自然所产生的是前一种美,这个思想必须伴随着直观和反思;唯有在这一点上,才建立起人们对此怀有的直接的兴趣。否则的话,所剩下的要么是一个没有任何兴趣的纯然鉴赏判断,要么只是一个与一种间接的,亦即与社会相关的兴趣相结合的鉴赏判断;后者对道德上善的思想方式不提供任何可靠的指示"②,因而,可以看出康德承认上述这种审美状态是一个"纯然鉴赏判断",但强调关于自然美,人们必须对其有直观和反思,而在上述那个审美状态中,直观与愉悦都是存在的,但毫无"反思",由此可知,康德并不待见这种纯然鉴赏判断有其考虑。在此应注意的是,康德的这个举例,显然是承认这种"纯然鉴赏判断"是一种审美自由的,但康德主要论述的是带有"反思"的审美—自由,以至于我们在关注第三批判的时候往往只关注后一种。

康德对上述"纯然鉴赏判断"及其审美自由的承认是有依据的。首先,康德承认

---

① [德]康德:《判断力批判》,《康德著作全集》(第5卷),李秋零译,中国人民大学出版社2007年版,第311页。

② [德]康德:《判断力批判》,《康德著作全集》(第5卷),李秋零译,中国人民大学出版社2007年版,第312页。

这是形式上的且无目的的，即康德所言"他不仅在形式上喜欢自然的产品，而且也喜欢这产品的存在，而没有一种感性魅力参与其中，或者说他也没有把某种目的与之结合"①。其次，康德也承认它是一种"自由的兴趣，同时先天地把这种愉悦表现为适合一般人性的"②，即对自然美的纯然鉴赏判断"不依赖于某种兴趣而使人感到愉悦"。与前文的情况一样，所谓"不依赖于某种兴趣"，就是经验性的兴趣，而康德说它是"自由的兴趣"，显然指的是对一般人性而言先天地对自然具有直接兴趣，所以，结合上述几点，可知对于自然的纯然鉴赏判断，在康德那里是一种先天的审美自由，对自然的先天兴趣保证了它对一般人性的普遍有效性，故而，这也是一种审美自由。

然而，康德说上述对自然美的先天的直接的兴趣，"虽然是理智的兴趣"③，这里的"理智的兴趣"就十分耐人寻味了，应有两层意思：第一，理智的兴趣给关于自然的直接的先天兴趣提供了根据和保障，使得对自然的纯然鉴赏判断成立；第二，理智的兴趣不止于保障自然的纯然鉴赏判断成立，它还想"为实践准则的纯然形式（如果它们自行获得普遍立法的资格的话）规定一种先天的愉悦"④。同时也成为对每个人都有效的法则，还不会把经验的兴趣牵扯进来成为干扰，这就是康德所说的理性对理念的客观实在性保有一种先天的直接的兴趣，所依据的是道德情感的愉快或者不快。然后，由此开始，康德走上一条如今已被人熟知的由审美通向"人的自由"的道路，即审美—道德—自由。康德摆出了"天才""审美理念""美是道德的象征""自然目的论""道德目的""人是目的"等环节，在整个过程中，康德有意识地将理性与目的相结合，因为理性是自由的，可以自己设定目的，所以，康德的"人是目的"，"为的是将目的落实于人自身，与人身上的理性相关联"⑤，以获得自身的诸种可能性，并在理性的道德法则之下实践出来。总之，这是康德提倡的由审美历经道德走向自由的路径。

在上述这个过程中，需要引起注意的是"审美理念"。康德给它的规定有：1."一个审美的理念不能成为任何知识，因为它是一个永远不能适当地为之找到一个概念的（想象力的）直观"；2."人们可以把审美理念称为想象力的一个不能阐明的表象"；3."审美理念就可以被称为想象力（在其自由游戏中）的一个不可阐明的表象"。⑥ 根据康德的规定，可知审美理念一方面连着感性的自然领域，却无直接的感性直观；另一方

---

① ［德］康德：《判断力批判》，《康德著作全集》（第5卷），李秋零译，中国人民大学出版社 2007 年版，第 311 页。
② ［德］康德：《判断力批判》，《康德著作全集》（第5卷），李秋零译，中国人民大学出版社 2007 年版，第 313 页。
③ ［德］康德：《判断力批判》，《康德著作全集》（第5卷），李秋零译，中国人民大学出版社 2007 年版，第 311 页。
④ ［德］康德：《判断力批判》，《康德著作全集》（第5卷），李秋零译，中国人民大学出版社 2007 年版，第 312 页。
⑤ 卢春红：《目的论何以与判断力相关联?》，《杭州师范大学学报》（社会科学版）2014 年第 4 期。
⑥ ［德］康德：《判断力批判》，《康德著作全集》（第5卷），李秋零译，中国人民大学出版社 2007 年版，第 356—358 页。

面它又在统摄其表象的基础上，在超越着经验，却无法真正达到理性理念。所以，这个"审美理念"就具有了康德极为看重的"鉴赏在根本上是道德理念的感性化（凭借对二者的反思的某种类比）的能力"①，恰恰是道德理念的感性化，使得目的这一理性的概念，由目的转为在自然领域中的合目的性。因为自然与自由要想获得真正的沟通，就必须要做到"（一）自由概念所设定的目的要在感官世界中成为现实；（二）自然界有其形式的合规律性，而这一合规律性必须和自由概念颁布给它的目的之间相协调"②，而这背后的过渡，便要追溯到审美理念，它的出现，打通了自然与自由不可逾越的界限。而这一沟通，则是在范导性原则之下实现的，在理性的范导性意义上，理性理念那不可进一步说明的超感性特质，在自然领域有了自然的可在整体上把握的感性基础，而审美理念那种对理念所进行的无限接近的趋势，则是在范导性原则之下对理念要求的统一性进行的眺望。

着重强调审美理念的另一个原因，即审美理念在康德提倡的审美—自由中，起到了对"纯然鉴赏判断"的那种审美自由的一种引领，前者是理性对理念的客观实在性保有一种先天的直接的兴趣，后者是对自然美的先天的直接的兴趣，且康德承认了它的自由。而在审美理念中，后者可以说是前者的超越阶段，即康德所谓的"上升"与"高贵化"，所以，虽然这两种由兴趣造成的审美自由都存在，但康德更倾向于第二种。由其中"兴趣"的不同性质来看，前者是经验的，超越性的；后者是理性的，却具有下降的可能。因此，不妨将此称为"兴趣"的二重性，此二重性在范导性原则之下，借由审美理念建立联系，相辅相成。

## 结　语

回到一开始的问题，即人为何会对自然产生"兴趣"，又为何会对自然产生审美的兴趣？在康德第三批判的语境内，可以回答的是，以"兴趣"为中心向两端延伸，一端联结着人，一端联结着自然。在自然那里，它有独自就让人喜欢的特性，但却不能保证人与自然必然会发生客观实在性的经验性活动，即单凭自然本身，无法保证它必然成为人的对象。理性的范导性原则，因理念对其经验性的现象表现，有实现的必然需求，导引着人对自然的客观现实性活动，具有审美的抑或是道德的可能。在自然那里，人对其兴趣是经验性的，但又必然导向其可能性的来源，即先天的兴趣，正是在范导性原则下，先天的兴趣保证了理性理念在经验中表现成为现实。范导性原则的统摄性作用，成为解开整个谜团的锁钥。

陈嘉明先生注意到，康德想用新的方法改造旧形而上学，以建立真正的形而上学方法，故而他认为"康德在《纯粹理性批判》中制定的'先验哲学'，从本质上说

---

① 康德：《判断力批判》，《康德著作全集》（第5卷），李秋零译，中国人民大学出版社2007年版，第371页。
② 刘旭光：《论"审美理念"在康德美学中的作用——重构康德美学的一种可能》，《学术月刊》2017年第8期。

是一种哲学方法论"①，视野与对象不同，方法自然不同，照此来看，对"范导性原则""兴趣""自然"与第三批判在先验与经验的意义上作综观考察，特别是抓住涉及"人"与"自然"以及诸原则首次运行于其中的初次经验，不失为一种尝试，俟望方家教正。

---

① 陈嘉明：《建构与范导——康德哲学的方法论》，上海人民出版社2013年版，第10页。

# 语言还是艺术:生命政治的两条进路

郁安楠[*]

(南京师范大学文学院 江苏南京 210029)

**摘要:**"生命政治"是贯穿福柯晚期哲学的关键概念,这一概念激发了一大批意大利哲学家对权力如何介入生命进行思考。在这些受启于福柯"生命政治"的意大利哲学家中,阿甘本和奈格里堪称当代思想家中最为活跃的两位。并且,二者在对福柯生命政治思想继承的同时,都发展出了具有自身独特气质的哲学进路。在这个意义上,厘清阿甘本与奈格里对"生命政治"具体接受进路,这对于我们理解意大利马克思主义乃至欧洲左翼激进思想都具有非常重要的意义。

**关键词:** 生命政治;语言;艺术;阿甘本;奈格里

"生命政治"(biopolitique)一词最早出现在福柯于法兰西学院开设的课堂上,这个概念被福柯用来指代一种伴随当代新自由主义而出现的权力运作机制。福柯去世之后,生命政治研究一度中断,直到意大利思想界兴起对政治和生命的关注,福柯生命政治研究未竟的工作才被重新提起。此时,一大批意大利哲学家如阿甘本、奈格里、埃斯波西托等人,都基于自身视角对生命政治研究进行了创造性阐释。为了更加准确地理解意大利哲学家对于生命政治问题的不同回应,本文选取了阿甘本与奈格里来作为我们理解意大利生命政治思潮的关键人物。通过对阿甘本与奈格里诸多文本的阅读,我们不难发现二者分别从语言与艺术的角度对福柯的生命政治进行了推进。阿甘本通过语言来区分"赤裸生命"(zoē)与"政治生命"(bios),以一种去历史化的方式使生命政治通向了一条充满否定性的道路;而奈格里则凭借诸众与艺术将生命政治的本质理解为更富肯定性与生产性的哲学路径。

## 一 生命政治的缘起

关于为什么意大利思想界对生命政治保有着持久的兴趣,意大利哲学家罗伯托·

---

[*] 郁安楠(1997— ),江苏沭阳人,南京师范大学文艺学硕士研究生,主要从事文艺美学研究。

埃斯波西托曾解释道:"对我们而言,生命政治的研究都起始于福柯当年的中止之处,因为我们的研究都是对福柯未竟工作所隐含问题的回应;这个隐含的问题与生命政治的特征和意义相关。"① 如此看来,要想理解意大利生命政治思潮诞生的机缘,我们必须要将目光再度转回到福柯的生命政治研究之上。从目前已出版的文献来看,福柯关于生命政治的工作最早开始于1976年3月17日教授的课程中。福柯在课堂上提出了一种关于生命权力的理论假说,即个体生命及人口在18世纪下半叶逐渐成为政治的对象。换言之,"生命政治"意味着将个体生命以及作为群体的人口都纳入资本主义全新的治理技术框架之中。正如美国学者凯特·吉拉尔认为的那样,"对福柯而言,生命权力的假说清晰地包含着一种对权力的重新界定。然而更重要的是,它也包含着对人们把握权力的方式的重新界定"。②

长期以来,生杀大权一直是最高权力的典型特征之一。与封建君主使人死或让人活的传统权力运作相比,现代资本主义社会(或自由主义体制)已经形成了一种更为精密的权力运作:"使人活和让人死的权力。""在这个新的权力技术中接触的不完全是社会(或者说,不是最终像法学家那样定义的社会实体);也不是个人—肉体。这是新的实体;复杂的实体,按人头数算的实体,如果不是无限的,至少也不一定是可数的。这就是'人口'的概念。"③ 至此,人的生命正式被纳入权力运作的领域内,生命的方方面面突然变成了公共政策的主要内容。并且,这种新型的治理术不仅能够从人群中分离出需要被规训的个体生命,还能使诸多个体生命被整合成作为整体存在的人口。"规训表现为身体的解剖—政治,并主要运用于个体,生命政治则代表了这一巨大的'社会医学',它运用于人口,以便治理生命。"④ 这就是"生命政治"的真实意图:它试图建立一系列能发挥协调和集中化作用的复杂机构,进而通过将"诸众"(multitude)整合为"人民"(people)的方式来控制偶然事件发生的概率、实现总体的平衡,最终使国家的人口现象更符合资本发展的现实需要。

于是乎,自由主义体制下的权力运作呈现出了一种新的局面,"规范,既能运用于需要纪律化的肉体,又能运用于需要调节的人口"。⑤ 也就是说,针对肉体的惩戒机制与针对人口的调节机制并非水火不容的对立关系,而是能够发挥各自优势、相互联结的互补关系,使肉体被自由主义有控制地纳入生产机器。例如,性就处于肉体与人口的交汇处,它既能够揭示惩戒,又能够揭示调节。福柯在《性史》第一卷"死亡的权利和管理生命的权力"一章中写道:"性处于两条轴线的交叉点上,一切政治技术都是

---

① 汪民安、郭晓彦主编:《生产(第7辑):生命政治:福柯、阿甘本与埃斯波西托》,江苏人民出版社2011年版,第235页。
② 汪民安、郭晓彦主编:《生产(第7辑):生命政治:福柯、阿甘本与埃斯波西托》,江苏人民出版社2011年版,第66页。
③ [法]米歇尔·福柯:《必须保卫社会》,钱翰译,上海人民出版社2010年版,第187—188页。
④ [法]朱迪特·勒薇尔:《福柯思想辞典》,潘培庆译,重庆大学出版社2015年版,第24页。
⑤ [法]米歇尔·福柯:《必须保卫社会》,钱翰译,上海人民出版社2010年版,第193页。

沿着这两条轴线发展出来的。一方面，性属于身体的规训：各种力量的建立、强化和分布，各种能量的调整和节制。另一方面，它属于人口的调节，它引起的所有后果都是关乎全局的，于是同时被整合到这两个方面之中。"[1] 正是上述原因，自由主义体制才选取"性"来作为规训之基础与调节之原则，此时的"性"俨然成为权力机制分析个体、规训个体的绝佳工具。因此，福柯断定每个人都生活在"性"之中。在他看来，性在当代社会非但没有被压抑，反而一直处于被激发的持续状态，如今的权力运作机制早就从古典时代的"血缘象征"过渡到了"性经验分析"。对于自由主义体制而言，性的重要性从不因为其稀缺或转瞬即逝，而是因为其随处可见且普遍存在。自由主义使性本身成为一个值得欲望的对象，进而将人们纳入性经验的权力运作机制中。"性于是能够作为唯一的能指和普遍的所指发挥作用。"[2]

与福柯过度强调"性"不同的是，阿甘本与奈格里分别从语言与艺术出发将生命政治延展至本体论的维度。就此而言，阿甘本的"神圣人"系列显示了他对于福柯生命政治的继承，即他们二人都通过批判现行法律模式的合理性来实现对权力关系进行沉思；而奈格里有关诸众的构想则不仅思考了当今的权力运作形式，还试图去构建一个远超福柯生命政治的解放概念。因此，就二者分别对福柯的发展来看，奈格里显然更重视"生命政治"借助艺术与诸众来实现政治主体的生产性可能，而阿甘本则倾向于通过律法与语言来探明生命权力与城邦之间存在的隐秘关联。在某种意义上，奈格里"生命政治生产"（biopolitical production）的思路实则延续了福柯晚年对艺术的关注：福柯晚年的文章试图使生命变成一件艺术品，以此来创造出一种全新的生命形式，进而在艺术文化中建立起我们对自我身份的肯定。而阿甘本则更倾向于从律法与规训的角度来思考生命权力：早在《性史》中，福柯就认为规训作用的日益增强会使司法体系不断衰退，这将导致成文宪法与各类法典必须不断进行重编与修改，阿甘本显然推进了这一思路并逐渐地发展出了自己对生命权力及生命政治的理解。

## 二 语言之否定与伦理之潜能

对阿甘本而言，生命政治的诞生不过是意味着西方政治传统中所依赖的隐性基础被显现了。换句话说，阿甘本认为现代生命政治的特殊之处并不在于自然生命被纳入了政治领域，而在于它通过延伸主权、将例外状态纳入法则的方式确保了宪法的政治地位。正如澳大利亚学者尼古拉斯·赫仑（Nicholas Heron）的观点，"事实上，阿甘本生命政治研究的主要成就之一恰恰是证明了司法和生命政治权力模式之间存在着基

---

[1] [法] 米歇尔·福柯：《性经验史（第一卷）：认知的意志》，佘碧平译，上海人民出版社2010年版，第121页。
[2] [法] 米歇尔·福柯：《性经验史（第一卷）：认知的意志》，佘碧平译，上海人民出版社2010年版，第128页。

本联系"。① 当例外状态被纳入法则之后，法律以制造"赤裸生命"或"神圣人"的方式成功地将其外部转换为自身内部。于是，在阿甘本的著作中，生命权力不再像福柯那里作为一种假说存在，而是将生命政治转换为一种能够追溯至罗马法的政治问题。相比于福柯关注自由主义机制如何实现权力运作的问题，阿甘本则将研究重心放在了城邦政治如何不断地对人进行界定及再界定之上。在阿甘本看来，构成人的决定性因素并非生命，而是语言。人与动物的区别就在于"人是拥有语言的生命存在"，即人能通过言说来分离自身的动物性。"将人与动物区分开来的是语言，但语言不是内在于人的心理和生理结构被自然给定的东西，相反，语言是历史的产物，这样，语言既不能归于人，也不能归于动物。"② 人类发音指的是能被字母书写和把握的声音，"换句话说，人类语言是通过对动物声音的操作来建构的，即用字母来把语言记录为要素"。③ 这一操作同样适用于生命政治，因为奠定了城邦的语言总是通过对"赤裸声音"的"包含性排斥"来实现将 zoē 变为 bios 的。

语言并不是人类的声音，它总是产生于声音消逝之地。语言遮蔽了人类发出的直接声音，随后将其转换为另一种沉默的声音，所谓思想就是在语言中对声音进行悬置。换句话说，语言并非活着的人的声音，我们无法在语言中捕捉声音，故而人类总是居于声音缺席的语言之寓所。这种声音与语言的矛盾正是语言自身所携带的"否定性"，"就人的经验的所有方面都源于这一事实——人的存在是为人有又没有的那个东西所定义的——而言，这个否定性是根本的"。④ 人和语言的分离是现代主体性问题的核心所在，它意味着人必须在声音中思考无，这导致所有对存在的研究都基于一种无法逃避的否定性。思想在面对不可言说之物时，它实际上把握的只是语言预先设定的结构。在这里，语言预先设定了一种非关系原则，即非语言之物唯有通过名称方能进入言谈。对于动物来说，不可言说之物并不存在，而这恰恰是人类语言的关键所在——不可言说之物的存在奠定了人与非语言之物的特殊关系。"唯有通过一个与存在完全无关的语言，我们才能思考一个与语言完全无关的存在。"⑤

国内学者蓝江认为阿甘本的语言之思回应了晚期海德格尔的关键问题，"即问题的核心并不在于是否需要语言的问题，而是在我们面对绝对的无法言说的状态下，我们自己的创生是否能赋予语言新的生命"。⑥ 众所周知，海德格尔认为，语言本身乃是庇护人类栖居之寓所，人类通过对事物的命名建立起了自身存在同世界之间的关系。"阿甘本和海德格尔都把哲学看作一条'通往语言之路'或一条能够把我们引向'人的生

---

① Nicholas Heron, biopolitics, *The Agamben Dictionary*, ed., Alex Murray, Jessica Whyte, Edinburgh: Edinburgh University Press, 2011, p. 38.
② [意] 吉奥乔·阿甘本：《敞开：人与动物》，蓝江译，南京大学出版社2019年版，第43页。
③ [意] 吉奥乔·阿甘本：《什么是哲学?》，蓝江译，重庆大学出版社2019年版，第34页。
④ [英] 亚历克斯·默里：《为什么是阿甘本?》，王立秋译，南京大学出版社2020年版，第13页。
⑤ [意] 吉奥乔·阿甘本：《什么是哲学?》，蓝江译，重庆大学出版社2019年版，第9页。
⑥ 蓝江：《语言哲学下的生命政治——当代马克思主义哲学与语言转向》，《哲学动态》2013年第12期。

命的居所'的'路'。把握语言的抽象结构尚不足以理解它；相反，我们必须在思想中把握语言。"① 对语言来说，尽管言说之结果无非每次言说都无法道尽，但是不可言喻之物正是其所试图言明之物。"这种无法言明本身便是一种否定和一种普遍性，它在自身的真理中被辨识，语言为了言明它而述说从而'把握了它的真理'。"② 人是语言向言说、话语运动的场所，语言的意义会随着时间而发生变化，语言中绝不存在不随着时间而变化的词。

因而，阿甘本认为，人类共同体在本质上是缺乏根据的，它必须通过各种仪式和实践来为其自身赋予一种坚实性。至此，世俗律法同作为律法之例外的神圣或主权以排除的方式构建起了一个特权场域，虚假的例外状态掩盖了现代社会直接建立于"赤裸生命"上的悲惨现实。于是乎，阿甘本主张开启一种名为"潜能"（pontenza）的伦理学，以一种"真正的例外状态"来克服从古至今的生命政治结构。正是在这个意义上，阿甘本借鉴了本雅明《历史哲学论纲》中的思路，即通过与语言决裂来打破历史，创建新语言来实现真正潜能式革命。在本雅明那里，语言是人自身拥有的纯粹潜能，一种不存在形式的"纯粹语言"能够在诗学和政治方面解放人类。这种"纯粹语言"能够不通过意指来表达自身，它通过一系列意义的缺失来实现语言的表达。潜能中不存在静态或固定，它会保持流动的状态一直生成下去。正如麦尔维尔笔下的抄写员巴特比那样，个体对于"非作"的偏好致使法律结构无法正常运行，他通过对权力的拒绝实现了生命政治的中断。巴特比的形象非常符合阿甘本心目中的"新弥赛亚"，"新弥赛亚"要救赎的从来不是过去的某个时刻，而是要拯救从未发生过的、"在不可拯救中拯救"。这种"做与不做的潜能"正是阿甘本"来临中的共同体"（The coming community）所要传达的意图：终极目标是不存在的，存在的只是潜能的可能性条件，它将永远作为手段之形式，但不会成为真正的现实。对阿甘本而言，这个共同体永远处于来的过程中，它指出了一种作为集体潜能形式存在的人类归属，一种不涉及本质及任何形式的另类团结。"个别事物各就其位的发生，它们在广延属性中的联系，没有把它们统一于本质，反而是让它们在实存中散解开来。"③ 因此，来临中的共同体的语言绝不会传达意义与价值，而是会只表达传达性本身，一种关于语言的"纯粹经验"将会是新共同体的基础所在。因为真理总是内在于语言，而不是作为语言表达出来。

由此可见，阿甘本由生命政治及语言问题最终上升到了伦理学的高度，因而阿甘本的伦理学总是一个关乎语言、政治、共同体的问题场域。就此来看，阿甘本显然认为"伦理学要做的，不是彻底全面地思考与他者的关系，而是通过转向人的异言的潜能，遭遇'人类的家园'"。④ 这种所谓的"异言"就是新的伦理学语言，或者将其称为

---

① [英] 亚历克斯·默里：《为什么是阿甘本？》，王立秋译，南京大学出版社2020年版，第13页。
② [意] 吉奥乔·阿甘本：《语言与死亡：否定之地》，张羽佳译，南京大学出版社2019年版，第28—29页。
③ [意] 吉奥乔·阿甘本：《来临中的共同体》，相明、赵文、王立秋译，西北大学出版社2019年版，第26页。
④ [英] 亚历克斯·默里：《为什么是阿甘本？》，王立秋译，南京大学出版社2020年版，第141页。

一种沉默的语言,在那里我们能够发现人类真正的家园。这种沉默同时包含了主体化与去主体化的双重运动,它不但向我们揭示了言说存在的否定性基础,还通过语言对权力机制的拆解让我们看到了中断这个否定性的可能时刻。正因如此,"来临中的共同体"便是阿甘本伦理学的全部教诲,它教导人们使用语言本身的非潜能,进而使潜能变得可能。

### 三 艺术与诸众:超越帝国的潜能

相较于阿甘本用"异言"创造共同体的设想,奈格里则更倾向于以艺术来实现主体性的再生产。《帝国——全球化的政治秩序》是奈格里与哈特于20世纪末完成的一部著作,他们在书中以"帝国"来称呼当今以全球资本利益为中心的全新主权统治形式。这本书的写作意图是为了克服资本全球化带来的意义危机,奈格里与哈特试图提出一种全新的哲学构想来应对当今的世界境况,进而以创造新的制度的方式来实现对现行制度的全面超越。在他们看来,资本在席卷全球的同时,也为工人阶级带来了另一种生命的可能。这种思路显然延续了意大利自治主义对马克思的解读,即将工人阶级所拥有的劳动力视为摆脱了资本控制的重要环节。国内学者刘怀玉、陈培永认为意大利自治主义的最大创见就在于注重工人阶级相对于资本的独立性地位,它"所力图打造的是一种符合时代革命要求的主动的、积极的、自治的政治主体"。[①] 此外,奈格里还刻意区分了"生命权力"与"生命政治",并使其成为两个互相对立的概念——"生命权力"依旧代表着资本主义对个体生命的剥削与压迫,而"生命政治"则意味着工人们能凭借自治协作形成不受资本控制的"一般智力"(general intellect)。因此,"生命政治"在福柯与奈格里语境下呈现为两个意思,前者仅关注了自由主义体制对个体生命的规训与掌控,而后者则通过更积极的"生命政治生产"来实现对资本的反抗。

由上可见,奈格里试图结合当下时代状况对马克思原有的资本批判进行改写,"即用福柯的生命权力概念来改写马克思的政治经济学批判,尤其是他对于劳动的分析"。[②] 为此,他借用了拉扎拉托"非物质劳动"概念来理解当下生产力与生产关系的最新发展:工业革命时期,工业劳动取代农业劳动并创造出了工人阶级;而今天的"非物质劳动"同样在逐渐替代工业劳动,并形成了全新的政治主体。"生命政治的劳动是一个诸众的事件……诸众的事件是一种向共同性敞开的超脱。"[③] 很显然,他们用生命政治劳动框架替换了马克思的政治经济学框架,把当代资本主义的一切现象统统放入了

---

[①] 刘怀玉、陈培永:《从非物质劳动到生命政治——自治主义马克思主义大众政治主体的建构》,《马克思主义与现实》2009年第2期。

[②] 关山彤、王金林:《"多样性能不被统一而展开政治行动吗?"——与M.哈特教授对谈》,《世界哲学》2021年第5期。

[③] [意]安东尼奥·奈格里:《艺术与诸众:论艺术的九封信》,尉光吉译,重庆大学出版社2016年版,第111—112页。

"非物质劳动"的范式内。在奈格里看来，当代劳动显然呈现出了与马克思所处时代截然不同的新面貌：它已然成为"智力的、非物质的、情感的劳动，一种生产语言和关系的劳动"。当代的主导劳动形式不再单纯指向物质对象的劳动而是指向情感劳动、语言劳动、关系劳动等，一种名为"非物质生产"的劳动形式在今天日益壮大并带来了一个新的政治主体——"诸众"。

在接受安妮·杜弗曼特勒的采访时，奈格里简要地解释过"诸众"概念。对奈格里而言，诸众拥有着三重含义：一个由多样性构成的主体、一个从事着"非物质劳动"的新阶级以及一种本体论意义上的潜能。首先，诸众绝不能被理解为民族或人民，它并不是一个属性完全被同一化了的统一体。与之相反，"诸众是一个不可约分的多样性，一个拥有着无限数量的点，一个绝对微分的复合体"。① 其次，诸众所代表的阶级并不是传统劳资矛盾中的阶级，而是代表着"非物质劳动"背景下整体的、劳动者的创造性力量而存在着。最后，诸众的本体论潜能体现在其试图再现欲望并改变世界的方面。"更准确地说，诸众希望以自身形象与外表来重建这个世界。也就是说，它要在体格更广阔的视域内自由地表达自身的主体性，并构建起一个属于自由人的共同体。"②

诸众是由各类充满着差异的个体所构成的多样性集合。诸众不需要同一性结果，因为它们总处于开放的关系中。诸众的出现打破了传统政治领域的公共与私人之分，它以一种既非集体又非个体的登场方式同时占据着二者的位置。不在家的状态已然成了当今世界的普遍性问题。诸众并不在家，但是艺术作为一般智力的生命政治生产能够向人提供在家的感觉，因为一般智力是一种没有公共领域的公共性，它能够将劳动者联合起来通过出走策略颠覆资本主义。此时的诸众不再生产一个乌托邦，而是生产出了一个反乌托邦。正如奈格里在慕尼黑艺术学院发表演说时表达的观点，艺术就是构建诸众、建立新世界的最好方式。③ 在艺术中，抵抗成为生命政治的构成性潜能，它包含着一种另类的可能，即拒绝资本对生产活动的支配。艺术作品作为一种反市场、反唯一性的存在，以奇异性的方式建构出了一种伦理的经验。"艺术作为诸众：伴随革命，超越市场，以便规定存在之超脱。"④ 艺术家必须同崇高决裂，唯有这样才能在自身内部构建出一个新世界。想象力唯有在认识到崇高背后的事件本质之时，艺术才能真正解放自身。

针对共产主义理想在今天何以实现的问题，奈格里的答案是通过艺术来实现诸众的生成共同（le devenir-commun）。奈格里否认用后现代（post-modern）来描述当下社会，他坚持用当代性（contemporary）来乐观地看待变化。当今社会已经不再是社会

---

① Antonio Negri, Anne Duformantelle, *Negri on Negri*, trans., M. B. Debevoise, New York：Routledge, 2004，p.113.

② Antonio Negri, Anne Duformantelle, *Negri on Negri*, trans., M. B. Debevoise, New York：Routledge, 2004，p.114.

③ ［意］安东尼奥·内格里：《超越帝国》，李琨、陆汉臻译，北京大学出版社2016年版，第56页。

④ ［意］安东尼奥·奈格里：《艺术与诸众：论艺术的九封信》，尉光吉译，重庆大学出版社2016年版，第73页。

化工人的构成时期,而是成为认知型劳动力的构成时期,而艺术则是认知型劳动时代的个体更新认知及采取行动的能力。他认为艺术能够帮助我们建构出一个多样性范式,在这个范式之中的"为他之存在"与"共同之存在"能够实现生命形式的和谐共生。并且,这一从艺术中发展起来的共同性将会化身为一个集体的决断、一个共同的政府。共同性作为伦理与审美之崇高,将表达出自由且丰富的生命形式,共产主义理想的实现离不开作为艺术之生产者的诸众。

至此,我们不难看出,艺术就是奈格里为当下开出的药方:以潜能克服市场,以伦理学克服后现代,"而艺术既是潜能,也是伦理"。因而,艺术活动总是一种内部的生产,艺术活动的重要性等同于创造性视角下考察的一切劳动形式的重要性。艺术作为一种非物质的集体劳动,它能使人们摆脱市场、意识到欲望的独立性,艺术的发展能够将社会关系的抽象化变为肉身化的形象。美是集体劳动所构建出的一种超脱,它产生于劳动的创造性潜能,能够作为存在之剩余建构潜能,进而解构抽象装置、产生出存在之超越。"美不是想象的行动,而是一种成为行动的想象。艺术,在这个意义上,就是诸众。"[①] 艺术先于一切价值化的规定,它是一种不需要具体存在的本体论经验,它的存在使得诸众内部的奇异性与共同性实现了统一——艺术使诸众从自身内部建构出了一个新的政治主体。而这一新的政治主体的唯一原则就是:拒绝中心化组织,坚持内在的多样性。正是在这个意义上,奈格里断定艺术中蕴含着一种实现本体论建构的潜能,而超越帝国的关键就在于以艺术的方式联合诸众。到那时,联合起来的诸众会成为新的"公众",进而彻底摆脱资本的控制并使自身的主体性重获新生。

## 四 诗学或艺术:阿甘本与奈格里论争

奈格里在 1988 年回复阿甘本的信《论崇高:致吉奥乔》中表示,阿甘本与海德格尔一样使存在的意义转向了空虚,他与后现代艺术家将美学消解为一种身体的普遍诗学。然而,真正的艺术总是美学而非诗学,后现代诗学总是反自然的,其目的无非活得更长并征服死亡。在奈格里看来,海德格尔与维特根斯坦代表的后现代性从未为思想与哲学奠基,他们仅仅奠定了感性的基础,奠定了一种生存诗学。在写给阿甘本的信中,奈格里甚至用反动派与革命派来形容诗学与艺术。"反动派与革命派之间的区别就在于:前者否认世界的厚重的本体论空虚,后者则加以肯定。所以前者致力于修辞学,而后者致力于本体论。面对空虚,前者默不作声,而后者承受容忍。前者把世界舞台还原为一个审美小装饰品,后者则从实践上加以理解。"[②] 任何对后现代诗学的执

---

[①] [意]安东尼奥·奈格里:《艺术与诸众:论艺术的九封信》,尉光吉译,重庆大学出版社 2016 年版,第 XVIII 页。

[②] [意]安东尼奥·奈格里:《艺术与诸众:论艺术的九封信》,尉光吉译,重庆大学出版社 2016 年版,第 21 页。

迷只会产生出否定性的哲学道路,这导致其不可避免地跑向空虚、宣布市场的永恒,后现代诗学从未将生命政治的出路理解为通过伦理来建构出一个充盈着潜能的意义世界。真正的解放需要超越崇高、打破市场,摆脱后现代诗学无意义的循环,进而将崭新的真理放到真实的物质性上。相较于阿甘本将存在的概念理解为语言之中的"空无",奈格里则坚信存在的概念能通过想象力之潜能拓展自身。这是一种能够将情感转化为行动的"决断的伦理学",艺术能够以一种与伦理学完全一样的方式生成诸众。到那时,"潜能克服了市场;伦理学克服了后现代——而艺术既是潜能,也是伦理"。①

关于阿甘本后来是否再度回信与奈格里论争,我们不得而知,但是阿甘本本人则在《绝对的内在性》一文中倒是给出了他关于内在性哲学的一些看法。在文章中,阿甘本首先按照"超越性"与"内在性"来对关于"生命"的哲学进行了谱系学划分,前者指的是康德、胡塞尔到列维纳斯、德里达的思想脉络,而后者则意味着从斯宾诺莎、尼采到德勒兹、福柯的哲学进路。阿甘本认为,德勒兹显然化用了新柏拉图主义的"流溢"概念,因而"内在性与一个生命之间存在一种既没有距离也没有同一化的交叉,类似于无空间运动的过渡"。②"一个生命"在德勒兹的文本中标记的是一种先验的、内在的限定性,一种前个体且非人的先验场域构成了内在性哲学的思想基底。不过,这种前个体、非人的内在性哲学所追求的无形式生命只能是无可归属的"赤裸生命",这种对生命政治过于乐观的设想在现实中绝无创造出潜能性生命的可能。至此,我们不难发现阿甘本与内在性哲学的重要差别,即他认为对于实现潜能性生命的途径并不在于向"赤裸生命"回归,而是以一种超越律法的方式来创造出一种全新的生命形式。这种超越当下律法的新形式实际上就是新的伦理学语言,阿甘本坚信人类通过它能够发现真正的家园。唯有在这种以语言之非潜能所构成的共同体中,我们的生命才会呈现出一种真正的生存姿态,才能将主体从当下律法中解放出来,实现生命的潜能。

总而言之,阿甘本与奈格里关于生命政治思考的最大差异就在于他们在构建共同体的具体路径选择上始终是不同的,即人类究竟应该通过语言本体论还是艺术本体论来建立起自身同他人及世界的关系。当然,产生如此差异的原因归根结底还是因为二者哲学体系背后所运用的思想史资源是截然不同的。正如埃斯波西托在一次访谈中曾指出的那样,阿甘本与奈格里对生命政治的立场实际上分别对应着西方思想史上不同的发展脉络:前者对生命政治的理解是对海德格尔、施密特及本雅明等人思想的继承与发展,而后者则清晰地显示出了从斯宾诺莎、马克思再到德勒兹的发展脉络。③

---

① [意]安东尼奥·奈格里:《艺术与诸众:论艺术的九封信》,尉光吉译,重庆大学出版社 2016 年版,第 28 页。
② [意]乔吉奥·阿甘本:《潜能》,王立秋、严和来等译,漓江出版社 2014 年版,第 409 页。
③ 汪民安、郭晓彦主编:《生产(第 7 辑):生命政治:福柯、阿甘本与埃斯波西托》,江苏人民出版社 2011 年版,第 235 页。

## 结　语

　　尽管阿甘本与奈格里在政治主体的探索方面具有一定的贡献，但是二人的哲学观点里依旧存在着诸多值得商榷的地方。于是，国内外学者针对二人思想中存在的疏忽提出了不少批评。在国外学者方面，德里达曾在 2002 年的授课中直接批评了"赤裸生命"概念，他认为阿甘本试图证明"在属性和种差之间有一种站得住脚的区别"，这种观点无疑忽视了 zoē 与 bios 之间的界限并非泾渭分明的[①]；而齐泽克则在《哈特和奈格里为 21 世纪重写了〈共产党宣言〉吗?》一文中批评奈格里过于相信诸众中蕴含着革命性潜能，以至于忽视了马克思政治经济学对分析当今全球形势的重要性。在国内学者方面，学界主要对奈格里与哈特的"非物质劳动"概念进行了批判。例如，南京大学张一兵指出，奈格里与哈特对"抽象劳动"的错误认识显示出他们对马克思科学方法论的无知，这导致他们并没有认识到计算机产业中亦存在着具体劳动[②]；而南京大学唐正东则认为二人由于误解了马克思基于劳动价值论的剥削与危机理论，故而得出了"非物质劳动成果"处于商品交换关系之外的谬论，以至于完全忽视了"对政治斗争之社会历史基础的思考"[③]。由此可见，尽管阿甘本与奈格里分别基于独特视角推进了福柯的生命政治研究，但是他们二人的哲学观点已经背离了马克思主义理论的基本立场，走向了西方激进左翼所持有的反马克思主义的立场。这也要求我们在研究西方马克思主义哲学时，不仅要对其思想文本进行细致深入的解读，还要有勇气站在马克思主义立场上对其展开深入的辨析与批判。唯有这样才能以国外马克思主义研究为参照，自觉推进我国马克思主义理论学科的学术话语创新。

---

　　① ［法］雅克·德里达：《野兽与主权》（第一卷），王钦译，西北大学出版社 2021 年版，第 520 页。
　　② 张一兵：《非物质劳动与创造性剩余价值——奈格里和哈特的〈帝国〉解读》，《国外理论动态》2017 年第 7 期。
　　③ 唐正东：《非物质劳动条件下剥削及危机的新形式——基于马克思的立场对哈特和奈格里观点的解读》，《哲学研究》2013 年第 8 期。

# 西方叙事学

# 罗兰·巴尔特之"真实效果"透视下的历史叙事之真实

刘亚楠[*]

（北京大学外国语学院 北京 100871）

**摘要**：法国 20 世纪文学批评家罗兰·巴尔特曾于 1966—1967 年在高等研究实践学校开设《历史话语研究》课程，基于历史叙事文本提出了"真实效果"（effet de réel）这一概念。巴尔特尽管此后几次将其运用于小说叙事的文本分析，但最初是从历史话语入手来阐释这一概念，并借此提出了历史叙事的真实性问题。本文将从历史事实、真实情感和文学虚构三方面着手，阐述批评家如何通过"真实效果"重构了历史文本的真实，进而透视历史叙事与符号学之间的关系。

**关键词**：米什莱；事实；历史人物；虚构；语言

## 引 言

巴尔特在《历史话语研究》课程总结中首次提出"真实效果"，并于 1967 年《历史话语》一文中进一步阐释。他后于 1968 年《真实效果》一文中详述此概念，并分别以福楼拜的《一颗简单的心》和米什莱的《法国史》作为小说叙事和历史叙事的文本范例，探究描写与真实在不同叙事中所起的作用。同年，他在《对于事件的书写》一文中批判了五月风暴事件的相关报道所包含的各种话语。此外，巴尔特的好友兼哲学家弗朗索瓦·瓦尔于 1984 年选编了巴尔特文艺批评文集《语言的轻声细语》，并将《历史话语》(1967)、《真实效果》(1968)、《对于事件的书写》(1968) 三篇文章共同归于"从历史到真实"一章。这从侧面印证了它们均为巴尔特最初关于历史叙事之"真实效果"的探讨。此后，批评家分别于 1970 年对巴尔扎克小说《萨拉辛》、1973 年对爱伦坡小说《瓦尔德马先生病例之真相》进行文本分析，并指出其中多处细节描写的意义在于呈现一种"真实效果"。而在 1979 年法兰西学院开设的《小说的准备》课程中，巴尔特

---

[*] 刘亚楠（1989— ），河北石家庄人，北京大学外国语学院在读博士研究生。

仅在分析俳句时提及"真实效果"。至此，我们按时间顺序勾勒出"真实效果"在巴尔特思想脉络中的踪迹，并发现其经历了从历史叙事向小说叙事或诗歌这一转变。

在国外研究中，托多罗夫在《文学与现实》一书"前言"里指出，巴尔特通过无用的细节描写揭示了现实主义话语掩饰其再现意图的方法。安托万·孔帕尼翁在《理论与幽灵》中将巴尔特的"真实效果"视作对文学与世界关系的微妙阐释。1986年《真实效果、真实效应：维庸〈遗言集〉中的再现和指涉》一文对两术语作了辨析，"真实效果"指向文本内部的再现过程，而"真实效应"（effet du réel）指向历史事件对于文本的影响，旨在说明"真实效果"比"真实效应"更能诠释维庸诗歌的价值。[1] 保罗·弗利托将英国作家安吉拉·卡特1981年短篇小说《秋河利斧杀人案》（The Fall River Axe Murders）视作小说家在现实主义层面上与巴尔特之"真实效果"的对话。[2] 弗朗索瓦·阿尔托在《意料之中与意料之外：巴尔特、历史、时间》一文中提及"真实效果"影响了所谓的"语言学转向"，以及对历史与虚构产生的误解。[3] 阿斯特莉特·埃尔于2009年基于"真实效果"派生出"记忆效果"（effet de mémoire），并将其用于分析小说中记忆与现实的关系。[4] 而在国内研究中，曹丹红在《法国现实主义诗学中的"真实效应"论》一文中将此概念译作"真实效应"，还将其与"指涉幻象"共同归于现实主义范畴，但差别在于前者偏表象，而后者重本质。[5] 徐蕾的《重拾欧班夫人的晴雨表——"真实效应"与现实主义细节批判话语》一文则从当代美学角度审视了文学的细节描写。[6] 尤其要指出的是，国外学者在接受此概念时试图辨析"真实效果"与"真实效应"，而国内学者倾向于将其译作"真实效应"。但就法语本身而言，"真实效应"中的"真实"（réel）前加了定冠词，旨在强调与"真实"的所属关系；而无限定词的"真实效果"则强调文本再现的"真实"，且更贴近巴尔特的用意。

目前来看，关于"真实效果"的研究大多集中于小说叙事，而较少关注历史叙事。然而，通过前文对此概念的爬梳可发现，"真实效果"植根于历史叙事，那么回归历史文本来探讨这一概念则尤为重要。进一步观察可知，巴尔特在《历史话语》中将历史叙事的"真实"问题推向极致，称大写历史之符号此后不再关乎"真实"（réel），而是"智力"（intelligible），并在此意义上宣称"历史叙事死亡"。[7] 但事实上，他在1954年

---

[1] Nancy Freeman Regalado, *Effet de réel, Effet du réel: Representation and Reference in Villon's Testament*, Yale French Studies, No. 70, Images of Power Medieval History/Discourse/Literature, 1986, pp. 63–77.

[2] Paul Vlitos, "See! The angel of death!": Lizzie Borden, Angela Carter and *l'effet de réel*, Textual Practice, 31: 7, 2017, pp. 1399–1416.

[3] François Hartog, "Temps et contretemps: Barthes, l'Histoire, le Temps", *MLN*, Vol. 132, No. 4, 2017, p. 882.

[4] Astrid Erll, "Narratology and Cultural Memory Studies", in Sandra Heinen, Roy Sommer eds., *Narratology in the Age of Cross-Disciplinary Narrative Research*, Berlin/New York, Walter de Gruyter, 2009, pp. 212–227.

[5] 曹丹红：《法国现实主义诗学中的"真实效应"论》，《文艺争鸣》2018年第9期。

[6] 徐蕾：《重拾欧班夫人的晴雨表——"真实效应"与现实主义细节批判话语》，《文艺研究》2022年第1期。

[7] Roland Barthes, *Le discours de l'histoire*, in *Œuvres complètes*, tome II, Paris: éd. du Seuil, 2002, p. 1262.

出版的《米什莱》中对19世纪法国历史学家米什莱的大革命书写表示赞赏,甚至称其为"小说家式的历史学家"①,并坦言一直深受其影响。那么,巴尔特在十余年后提出的"历史叙事之死"在何种意义上宣布了历史叙事的死亡？米什莱的历史话语作为个案幸免于此,抑或被卷入整个历史话语而一网打尽？巴尔特的历史叙事观点则成为值得探究的问题。本文将从疏离历史之事实、真实情感之重现和回归文学之真实三方面着手,试图剖析巴尔特如何通过"真实效果"思考了历史话语的真实问题,以及他赋予了历史话语何种真实。

## 一 疏离历史之事实

亚里士多德在《诗学》中区分了"诗的真实"和"历史的真实",前者"描述可能发生的事",所描述的是"普遍性的事实",而后者"叙述已经发生的事",所讲述的是"个别事件"。② 那么,在先哲看来,"发生"与否似乎成为"诗的真实"和"历史的真实"的差别之一,而后者讲述的是"发生"过的事实。狄德罗则指出:"在自然中我们往往不能发觉事件之间的联系,……而诗人却要在他的作品的整个结构中贯穿一个明显而容易觉察的联系,所以比起历史学家来,他的真实性虽少些,而逼真性却多些。"③ 虽然他在此突出的是诗人比历史学家更可能赋予作品某种联系,但从侧面证实了历史学家赋予其作品更多"真实性",较少"逼真性"。由此可见,历史叙事自古以来与事实、真实性密切相关。尽管19世纪以来历史学家力图以科学之名拉开与文学的距离,但他们似乎并未占有稳固立场,乃至20世纪40年代发生了一场历史编纂学和新实证主义的认识论之间的关于"叙事的衰落"的论争。巴尔特对于历史话语关乎的真实问题所作的思考则发生于这一背景之下,又与80年代兴起于英美学界的新历史主义相关。

(一) 事件的书写

巴尔特对于历史话语的观察始于正在发生的社会事件,即他所亲历的历史。他在《对于事件的书写》中审视了五月风暴这一较近的历史书写。无线广播最先介入事件报道,大众则以倾听而非阅读的方式进入事件。"危机不仅获取其语言,而且成为语言(有些许安德烈·格鲁克斯曼谈论战争语言的意味):某种程度而言,是语言在耕种历史,使其如条条沟壑般存在,成为一种操作的、迁移的写作。"④ 此处"语言在耕种历史"隐喻的是语言对历史的操控。他意在说明,对于事件的报道将成为事件本身,历

---

① Roland Barthes, *Le discours de l'histoire*, in *Œuvres complètes*, tome II, Paris: éd. du Seuil, 2002, p.1256.
② [古希腊]亚里士多德、[古罗马]贺拉斯:《诗学·诗艺》,郝久新译,中国社会科学出版社2009年版,第25页。
③ [法]狄德罗:《狄德罗美学论文选》,张冠尧、桂裕芳等译,人民文学出版社1984年版,第10页。
④ Roland Barthes, *L'écriture de l'événement*, in *Œuvres complètes*, tome III, Paris: éd. du Seuil, 2002, p.47.

史事件实则语言事件。在历史书写中,事实被语言裹挟,这一具有包裹性的语言顺势成为事实、事件,甚至历史本身。简言之,事件是一种可写的、语言的历史。

那么,在巴尔特看来,语言塑造历史的一个具体表现就是大学生的话语。"大学生开始将语言视作一种活动,一项自由劳作,而非一种如其外观所示的简单工具。这项活动形式各异,或许对应了危机期间学生运动的各个阶段。"[1] 事件经由语言而被演化成各种形式的话语,"形式各异"的话语本身也再现了事件。此外,巴尔特列举了诸多象征性事物,如纪念性建筑、游行、服饰等,并称这一事件中几乎所有人都在操作一场相同的象征游戏。他尤其指出事件中的"街道"象征了暴力,并称"在暴力写作(出色的集体写作)中,甚至不缺少一种编码;凭借某种策略或精神分析的方式,暴力关乎一种暴力的言语活动,即重复的、具有形象(行动或情结)的符号(操作或冲动),简言之,一种体系"[2]。他还援引德里达指出,暴力产生的原因在于对此事件的书写与旧象征体系保持了一种紧密联系。因此,巴尔特认为这一历史话语是一种暴力写作。他通过评论较近历史的书写,否定了历史叙事中的事实,原因在于历史叙事是一种把事件变成语言的写作。

(二)历史学家的在场

一旦将历史视作被书写的事实,随之而来的就是事实与真实的分界,以及作者的介入。在通识性阅读中,我们能够接受历史文本讲述的是事实,因此是真实的。但若考虑到历史学家作为写作主体而介入文本,它所还原的事实则受到质疑。巴尔特为《历史话语研究》课程选择了一系列经典历史作品进行叙事分析,它们来自历史学家希罗多德(Hérodote)、马基雅维利(Machiavel)、波舒哀(Bossuet)、梯耶里(Thierry)和米什莱(Michelet)。他通过研究历史学家的叙事,发现历史叙事讲述的事实值得怀疑,因为历史学家的角色是一个看似客观、实则主观的叙述者。

为了揭示历史学家在叙事中的主观性,巴尔特试图说明看似演绎历史的平滑文本实际上杂糅了两种时间,即陈述时间和故事时间。具体而言,他指出了由于两种时间交织而产生的三种话语事实(faits de discours)。其一,叙述者通过陈述时间不同程度地加快故事时间。如马基雅维利在《佛罗伦萨史》八卷本中,以平均每卷五十页的篇幅分别丈量了短则5年、长达1044年的历史。其二,叙述者通过陈述时间使故事时间呈锯齿形。如希罗多德在《历史》中讲述波斯人入侵埃及这段历史时,先在第二卷开篇指出约公元前525年冈比西斯远征埃及,但接着在本卷中回顾了普萨麦提库斯约公元前664年成为埃及国王之前及其后人直至阿玛西斯统治埃及期间的历史,直至第三卷卷首指出这位阿玛西斯就是与冈比西斯对抗的埃及国王,并开始详述二者的对抗,

---

[1] Roland Barthes, *L'écriture de l'événement*, in *Œuvres complètes*, tome Ⅲ, Paris: éd. du Seuil, 2002, p. 48.

[2] Roland Barthes, *L'écriture de l'événement*, in *Œuvres complètes*, tome Ⅲ, Paris: éd. du Seuil, 2002, p. 50.

这一叙述时间的折返体现了锯齿形的故事时间。其三，叙述者通过陈述时间切割故事时间。例如米什莱在1868年的序言中称"只从1789年开始讲述大革命，那就是在只求果、不问因"①，于是他的《法国大革命史》包含几十页涵盖了"中世纪宗教""旧君主制"的导言。而埃德蒙·齐姆博夫斯基的《革命的世纪》(Le Siècle des Révolutions)则划定了1660—1789年这一时段，从百余年前开始讲述法国大革命。可见，历史学家会以不同的方式讲述同一段历史。如保罗·利科所言，"当时间以叙事的方式被说出，它就变成人类的时间，当叙事成为一种时间存在的条件，它便获得了其全部的意义"。② 历史学家在开始讲述历史时，就通过文本把控了时间，把历史变成了属于他的时间，即利科所谓的"叙事"成就的"人类的时间"，这显示了历史学家对于话语的操控性。

历史学家除了对于陈述时间的操控，他的表述方式也融入了看待人物的态度。例如博絮埃惯用名词，如在《关于普遍历史的话语》中形容年轻的约瑟夫时使用"天真""智慧""神秘的梦""嫉妒""复仇""忠于主人""洁身自好""迫害""囚禁""坚定"等一系列具有主观判断意味的词语。而米什莱笔下"五颜六色的服饰""伪造的纹章""混杂的建筑风格"均有意体现"中世纪末期的道德分化"。若对观中国，《三国志》是西晋史学家陈寿对于三国时期的记述。作为三足鼎立之势的见证者，陈寿书写他的时代，弊端在于史料的尚未充分显露和时局人事关系的错综复杂，因此他的历史叙事显示出一种模糊性。这造成了后世对他的评价之一是，在西晋继魏的背景下，陈寿虽心怀蜀国，但行文难免替统治者隐恶溢美。再如，成书晚于《三国志》的《后汉书》和《南史》都有关于曹操"挟天子以令诸侯"的记载，而陈寿提及此事时仅微言带过，称"徙大驾至许"，意为董昭建议将天子迁移到曹操此前平定黄巾军的许县。可见，不同时期的历史学家在评判同一历史事件时会产生分歧。鲁迅曾绝妙指出："在历史上的记载和论断有时也是极靠不住的，不能相信的地方很多，因为通常我们晓得，某朝的年代长一点，其中必定好人多，某朝的年代短一点，其中差不多没有好人。为什么呢？因为年代长了，做史的是本朝人，当然恭维本朝的人物，年代短了，做史的是别朝人，便很自由地贬斥其异朝的人物，所以在秦朝，差不多在史的记载上半个好人也没有。曹操在史上年代也是颇短的，自然也逃不了被后一朝人说坏话的公例。"③

（三）事实非真实

在巴尔特看来，历史学家所做之事就是"汇集多于事实的能指，并使之相关联，意即通过组织能指来建立一种实际意义，填补纯粹系列的空缺"，但"无人为被言说者负责"。④ 可见，历史学家可以为其言说的事实负责，却无法为事实本身负责。这里的

---

① ［法］儒勒·米什莱：《法国大革命史》，李筱希译，吉林出版集团股份有限公司2020年版，第36页。
② ［法］保罗·利科：《情节与历史叙事：时间与叙事（卷一）》，崔伟锋译，上海人民出版社2023年版，第72页。
③ 鲁迅：《魏晋风度及文章与药及酒之关系》，陈漱渝、王锡荣、肖振鸣编《鲁迅著作分类全编》，广东人民出版社2019年版，第73页。
④ Roland Barthes, Le discours de l'histoire, op. cit., p. 1257.

关键在于他对事实作了双重裹挟。其一是在"汇集"之前挑选事实，如鲁迅在评价文选和全集时称："倘有取舍，即非全人，再加抑扬，更离真实。"① 其二是"组织"之后赋予其选定的事实"一种实际意义"，意即建构话语的人推动了历史从真实向语言的转化。巴尔特还援引尼采："没有自在的事实，总需引入一种意义，进而从中产生一种事实。"② 由此可知，事实不是自在之物，而是被"意义"裹挟。因此，在巴尔特看来，无论在叙事时间上，抑或在表述方式上，历史学家的主体性在某种程度上都遮盖了文本中的事实。

既然历史叙事的事实受到批评家的质疑，那么它在何种意义上与"真实"勾连？巴尔特凭借"真实效果"作出解答。如其在《历史话语》中对此概念的定义："在'客观'历史中，'真实'（réel）从来只是一个未言明的所指，隐藏于明显具有全能性的所指对象之后。这一情形定义了我们所称的'真实效果'。"③ 他在《真实效果》中补充道："所指本身的空缺成全了唯一的所指对象，这一空缺则成为现实主义本身的能指：一种'真实效果'由此产生，它是未言明的似真性的根基，而似真性则构成了现行的所有现代作品的审美。"④ 可见，巴尔特认为，历史文本凭借"真实效果"与"真实"建立了关联。事实上，他否定了历史叙事的事实，却赋予其一种空缺的"真实"，这一"真实"是不可见的，或者说它的可见形式就是真实效果。综上所述，巴尔特揭示了历史叙事与真实之间保持着一种存而不见的关系。

## 二 真实情感之重现

### （一）"暖流"与"新生"

巴尔特在《米什莱》中指出，米什莱认为历史工作的关键不在于从"小"处或"大"处还原过去，"整个历史并非一个有待重建的谜团，而是一个可以拥入怀中的身体。历史学家的存在，仅仅是为了认出那股暖流"。⑤ 他在此将历史视作一股有温度的"暖流"，强调了当下存有历史的气息，历史在当下充分显示，此刻与过去并未割裂。再者，这一感官体验诠释的是历史学家通过"幻想"感受历史时的身心合一。"这正是米什莱所理解的：历史终究是绝妙的幻想之域的故事，即人的身体；正是基于这一幻想——它切身关乎于已逝之身充满激情的复生——，米什莱才能将历史塑造为一门宏

---

① 鲁迅：《"题未定"草（六至九）》，陈漱渝、王锡荣、肖振鸣编《鲁迅著作分类全编》，广东人民出版社2019年版，第356页。

② 鲁迅：《"题未定"草（六至九）》，陈漱渝、王锡荣、肖振鸣编《鲁迅著作分类全编》，广东人民出版社2019年版，第1260页。

③ 鲁迅：《"题未定"草（六至九）》，陈漱渝、王锡荣、肖振鸣编《鲁迅著作分类全编》，广东人民出版社2019年版，第1261页。

④ Roland Barthes, *Effet de réel*, in *Œuvres complètes*, tome Ⅲ, Paris: éd. du Seuil, 2002, p. 32.

⑤ Roland Barthes, *Michelet*, in *Œuvres complètes*, tome Ⅰ, Paris: éd. du Seuil, 2002, p. 349.

阔的人类学。科学因而可以自幻想中诞生。"① 他在此实现了"科学"与"幻想"的结合，写史是为了让历史在此时的幻想中重生。这就是巴尔特赋予米什莱之历史书写的审美意义。

通过米什莱的亲身经历，我们也能领悟到这一审美趣味。他在 1868 年为《法国大革命史》所作的序言中讲述了该书在南特的寒冷冬日完稿时的情形："我带着自己的探索，陷入黑暗和冬日里。南特山谷刮来的疾风，两个月以来一直在执着地拍打着我的窗棂，声音时而萧肃、时而凄厉，陪伴我写完了 1793 年最后审判日。多么和谐，多么应景！我要感谢这股东风。在它的怒号中，在它尖厉的嘶叫中，在如刀的疾风拍打窗棂时发出的哗啦啦的响声中，是它在不断告诉我一个强大而正确的事实：所有看上去似乎已经死去的东西绝不是死亡；相反，是生命，是未来的新生。"② 米什莱在完稿之际慨叹历史的生生不息，是因为他深切地感受到逝去的历史在他笔下重获"新生"，这一"新生"彰显了历史的生命力。

而巴尔特更将历史的"新生"比作摄影的"显影"，"一连串肉身之躯保存着历史上偶然事件留下的暗痕，直到有一天，历史学家像摄影师一样，以一种近乎化学式的操作，使曾经发生的事'显影'。所以，历史学家丝毫不追求回溯往事的结构；他看向一种生命奥秘的涌现"。③ 批评家甚至将"新生"视作"一种生命奥秘的涌现"。"新生"并不指向"往事的结构"，而是"曾经发生的事'显影'"，这似乎说明了，历史叙事锚定的并非精准的事实，而是事实的"显影"。可见，通过关注米什莱的历史书写，巴尔特已认定历史文本的重心并非忠于事实，而是历史学家拥抱历史时的情怀。

（二）逝者的重现

巴尔特在 1973 年的访谈中称《米什莱》是他写过的"最喜爱之书""欢愉之书"。批评家从历史学家身上获得的最大启发或许是如何面对历史的死亡和亲人的逝去。米什莱对于历史饱含深情，他书写历史，试图让死亡重现，让逝者重生。他青睐于口头材料，因为"这是一种声音，而声音是属于人体的，属于他希望令其复活的那些人的身体"④，而他不苛求声音来源的准确性，无论来自一个牧童抑或一个圣安托万区的人。面对历史人物，"我渴望挖掘出真实的性格和人物，渴望展现出每个演员独一无二的生命。这里面的每一个人，我都绝不只停留在他的某些理念、某些体系、某些政治剪影上，我不断挖掘，一直触碰到他最深处的内心世界方才罢休"。⑤

巴尔特在接触米什莱的历史思想时，令其感触最深的是历史学家对于人物的用心，

---

① Roland Barthes, *Leçon*, in *Œuvres complètes*, tome Ⅴ, Paris: éd. du Seuil, 2002, p. 445.
② [法] 儒勒·米什莱：《法国大革命史》，李筱希译，吉林出版集团股份有限公司 2020 年版，第 34 页。
③ Roland Barthes, *Michelet, l'Histoire et la Mort*, in *Œuvres complètes*, tome Ⅰ, Paris: éd. du Seuil, 2002, pp. 120–121.
④ [意] 帕特里齐亚·隆巴多：《罗兰·巴特的三个悖论》，田建国、刘洁译，华东师范大学出版社 2017 年版，第 59 页。
⑤ [法] 儒勒·米什莱：《法国大革命史》，李筱希译，吉林出版集团股份有限公司 2020 年版，第 43—44 页。

或者说他通过米什莱对于人物的体认领会了今人对于故人的缅怀，并由此激发了自己对于离世之人的怀念。"母亲'在我之前'经历的时光"才是"历史"，而且是"历史上最令我感兴趣的时期"。[①] 由此我们可以解读出巴尔特对于历史的两层理解：首先，历史独立于自己之外，囊括了叙述者之前的全部时间，即"我"作为历史见证者是一个伪命题；其次，历史最诱人之处在于毗邻当下，我们甚至可以说，巴尔特关切的不是全部历史，而是逝去的亲人亲历的历史。他在感怀久远的历史人物和逝去的亲人时具有不同的情感浓度，确切来说，他渴望感受已故母亲的重生。对他来说，与己相关的个体所亲历的历史的显现才有意义。这就好比在观察博物馆陈列的古人旧物与目睹已故亲人的遗物二者之间，后者更能引发观者的感怀。而这一对母亲的怀念又如何不令人联想到在失去亲人的悲痛中为大革命撰史的米什莱对父亲的悼念。正是基于这种情感，巴尔特更觉与米什莱惺惺相惜。

至此，我们对巴尔特的思想发展稍作整理。如前文所述，1967年教授《历史话语研究》课程的巴尔特否定了历史叙事呈现的事实，而赋予其一种"真实效果"，认定历史叙事与真实之间具有一种隐性关联。但其实，在1954年写下《米什莱》的巴尔特已持相似观点，他对于"新生"的解读已经显示其对于历史话语的事实心生疑窦，反而强调历史书写的情感浓度。由此看出，历史在此刻激发的真实情感，或许就是巴尔特评判历史叙事价值的砝码。无论如何，这一情感关联与后来被提出的"真实效果"具有相通之处。巴尔特在《真实效果》中指出，"真实效果"是一种突破传统再现的"未言明的似真性"的根基，其目的是"将记录变为一个客体与其表达的纯粹相遇"。若将历史的真实视作"客体"，历史叙事则是其"表达"，那么真实情感或"真实效果"则成全了它们的"相遇"，而"相遇"则突出了历史叙事的"叙"而非"事"，这在一定意义上削弱了历史叙事对于事实的苛求，反而强调了讲述这一行为本身及其引发的个体体验，即米什莱对于人物的情感或巴尔特对于至亲的感怀。概括而言，巴尔特对于历史文本中的事实一贯否定，但看待其真实性的方式则经历了从情感到"真实效果"的演变。

## 三 回归文学之真实

至此，我们分别回顾了写作《历史话语》和《米什莱》时期的巴尔特对历史叙事所持的态度。如果说他在欣赏米什莱的历史书写中的情感浓度之余，认可了一种作者的情感所反映的主体性的真实，而在《历史话语》中则强调了历史文本与真实之间的隐形关联，从而具有"真实效果"。那么，我们似乎捕捉到批评家对于真实的阐释发生了从情感向隐匿的转变。这一被称作"真实效果"的隐藏的真实究竟在谈论什么？

---

① Roland Barthes, *La chambre claire*, in *Œuvres complètes*, tome Ⅴ, Paris: éd. du Seuil, 2002, p. 842.

(一) 同是虚构

当我们回顾不同时代的人对于米什莱的评价时发现，其书写历史的传奇文笔纵使曾受到圣勃夫等人的否定，但雨果、于斯曼、贝基、让·杜维尼奥、乔治·巴塔耶等纷纷予以赞赏。弗朗索瓦·孚雷也曾在《法国大革命批判辞典》(*Dictionnaire critique de la Révolution Française*) 中称赞米什莱流畅的行文风格和诗意的讲述方式，这肯定了米什莱的历史书写的文学价值，亦如巴尔特将其称作"小说家式的历史学家"。这为我们提供了审视历史叙事的文学视角。

那么，除了修辞所彰显的文学性，文学的本质在于虚构。王安忆在评价《史记》之《刺客列传》中连接起五个刺客的四处时间表述，即"其后百六十有七年""其后七十余年""其后四十余年""其后二百二十余年"时称："这就是从非虚构到了虚构。在特别漫长的时间里，规模特别大的空间，确实有一个全局的产生。但这个全局太辽阔了，我们的眼睛太局限了，我们的时间也太局限了，我们只可能看到只鳞片爪，而司马迁将这一个浩大的全局从历史推进文本，成为目力可及的戏剧。我想，这就是虚构，也是我们需要虚构的理由。"① 此处，作家从虚构角度审视历史叙事之于我们的意义，其价值在于以有限的文字窥视无限的历史。此外，历史文本中也会出现对于时间标志的虚构。徐广依照《六国年表》对《史记》作了注解："聂政去荆轲一百七十年，则谓此传率略而言二百馀年，亦当时为不能细也。"② 此处造成"一百七十年"和"二百二十余年"的出入的原因，或许如徐广所指摘的乏于细致，抑或是作者通过夸大时长来烘托荆轲的重要性。"而无论如何，'一百七十年'符合巴尔特所言的'真实效果'③，亦如他在《S/Z》中指出宴会老人'百岁'这一时间标志能产生'真实效果'，使人相信老人确有'百岁'。"④ 总而言之，历史著作不乏虚构之笔，它的虚构性显示了藏匿于历史叙事的非虚构表象下的虚构内核。

然而，历史叙事与小说叙事在虚构技巧上存在不同。巴尔特在分析巴尔扎克小说《萨拉辛》时，其中一段涉及历史人物在小说叙事中的作用。我们可基于两种叙事对于历史人物的塑造，进而体会两种叙事的虚构之别。巴尔特除了指出年龄、颜色、历史人物、年份、专有名词均可通过给读者带来一种真实的感觉而产生"真实效果"之外，他还在"历史人物"一节总结道："恰是这一微不足道赋予历史人物以'准确'的现实作用：'微小'用以衡量真实性；狄德罗、德·蓬巴杜夫人，还有下文的索菲·阿尔努、卢梭、霍尔巴赫被从侧面斜插入虚构，从中'经过'，刻画于布景中却未固定于舞台上……如果它们只是混淆于虚构人物之中，在某一社交场合被引用，它们的普通就

---

① 王安忆：《虚构与非虚构》，《天涯》2007 年第 5 期。
② （汉）司马迁撰，（宋）裴骃集解，（唐）司马贞索隐，（唐）张守节正义，吴树平校注：《史记》，中国社会科学出版社 2020 年版，第 5691 页。
③ 巴尔特认为"余年""百余岁"之类不确切表述并不产生"真实效果"，因此若严格按照他对此概念的阐释，"二百二十余年"并不具有"真实效果"。
④ Roland Barthes, *S/Z*, in *Œuvres complètes*, tome III, Paris: Éd. du Seuil, 2002, p. 159.

平衡了小说和历史,就像水闸调节着两个水平面:于是他们在小说中找到归属,这些既有名又微不足道而看似矛盾的先人赋予小说真实的光晕,而非荣耀的光晕:这就是最高级的真实效果。"[1] 其中狄德罗、德·蓬巴杜夫人、索菲·阿尔努、卢梭、霍尔巴赫在历史中是真实的,但进入小说后被巴尔扎克一笔带过,这就是巴尔特所谓的历史人物的"微小""经过"。历史人物由真变假,反而使小说由假变真。真实的历史若想进入虚假的小说,原本赫然屹立于历史中的真实必须与虚构的小说等大且不显突兀,这一缩小化的处理乃是巴尔特所谓的"最高级的真实效果"。可见,当历史学家尽力还原真实的同时,小说家则是在最体现真实的地方缩减了真实,此为二者之间的根本差异,但无法掩饰历史叙事与文学叙事同属虚构这一事实。

(二) 俄耳甫斯的回眸

由此引发的思考是,尽管历史学家努力呈现一个还原真相的叙述,可一再被质疑其真实性;而小说家竭力虚构一个想象的世界,却不断被苛责其真实性。换言之,历史叙事预设了真,却遭受假的质疑;而小说叙事预设了假,却经受真的检验。但这也说明了叙事中的真和假绝非泾渭分明。

然而,真假纠缠的根源在于语言。本维尼斯特在《普通语言学问题》中指出,话语就是一种主体性,"语言总是包含适合表达的语言学形式,因此语言就是主体性的可能性。而话语引发了主体性的出现,因为它关切的就是谨慎的主体"。[2] 当历史学家提笔之际,历史话语就包含了一个或隐或显的"我",历史的真实则陷入了俄耳甫斯的窘境。巴尔特在《历史话语》一文中写道:"从语言介入(何时不介入?)之时起,事实就只能以一种同义反复的方式被定义⋯⋯由此产生一种统摄整个历史话语(相较于其他话语)贴切性的悖论;事实只是一种语言学的存在(作为一种话语术语),但发生的一切似乎说明这一存在只是另一存在的纯粹而简单的'复制',这后一种存在即位于一种结构外场域的'真实。'"[3] 若将"语言学的存在"视作一种形式,根据拉康对"真实"的定义,即"真实只能位于一种形式化的绝境"[4],这一"绝境"则形象地再现了历史被语言裹挟而无法纯然现身的处境。历史就这样走入了语言的"绝境"。在此意义上,历史叙事是且只能是虚构的。因此,在巴尔特看来,"真实效果"表达的是一种囿于语言的虚构的真实,而历史叙事中的真实终究是文学的真实。

## 结 语

通观全文,我们分别在历史事实、真实情感和文学虚构三个层面上,梳理了巴尔

---

[1] Roland Barthes, *S/Z*, in *Œuvres complètes*, tome Ⅲ, Paris: éd. du Seuil, 2002, p. 203.
[2] Emile Benveniste, *Problèmes de linguistique générale Ⅰ*, Paris: éditions Gallimard, 1966, p. 263.
[3] Roland Barthes, *Le discours de l'histoire*, op. cit., p. 1260.
[4] Jacques Lacan, *Le Savoir et la Vérité*, in *Le Séminaire*, Livre XX: *Encore*, Paris: éd. du Seuil, 1975, p. 85.

特历时十余年而思考的历史叙事问题。我们不仅发现巴尔特对于历史叙事中的真实的理解经历了从情感真实到文学真实的演变,而且深切理解了他所宣称的"历史叙事之死"。这一历史话语的死亡绝非否定他曾欣赏的米什莱的历史书写,而是重新审视历史话语所再现的事实,并以"真实效果"揭示出历史话语中的真实是隐而不显的。

正因如此,我们要清醒地认知巴尔特的宣言。作为其所处时代的先锋派,他对待问题的态度不乏激进和极端。除此之外,"历史叙事之死"更彰显了一种"取法其上,得乎其中"的策略意识。这一断言即便不能动摇历史学科的根基,也至少激发了人们对于这一学科的反思,而且揭示了历史叙事作为非虚构叙事所具有的文学性。批评家只是在符号学框架下宣布了以再现大写的历史为目标的历史叙事死亡,但从未否定历史叙事的文学价值,否则就不会有米什莱对他的深远影响。因此,巴尔特的贡献在于以"真实效果"回应了何为历史叙事之真实这一问题。

若重回 20 世纪 60 年代的语境,巴尔特在《历史话语》中以极端的方式将历史叙事判处死刑,其原因在于"历史符号"不再指向"真实",尤其需指出作者在此处使用了大写的历史。他视历史叙事为符号,并将其纳入了符号学体系,亦如他在《历史话语》开篇便将"话语语言学"称作"符号学的初期任务之一"[①],以及次年在《真实效果》中从符号学角度对"真实效果"作出解释。这些都在某种程度上体现出巴尔特将历史话语符号化的意图,也开启了关于批评家如何在真实与符号之间把握历史叙事的探索。

---

[①] Roland Barthes, *Le discours de l'histoire*, op. cit., p.1250.

# 从"文学自由"向"政治自由"的三重转化
## ——萨特《什么是文学》的叙述策略

陈洪珏[*]

（北京大学中文系　北京市　100080）

**摘要：** 萨特在《什么是文学？》中系统阐明自己的文学观，但核心观点"文学自由即政治自由"的论述一直备受争议。由读者思考和想象的自由反证作者思考自由的存在，这是"读者自由"到"作者自由"的第一重转化。意识自由的根源是人的本质的自由，文学要揭示人的本质就必须书写自由，这是从"思考的自由"向"题材的自由"的第二重转化。时代语境下具体的自由就是政治自由，文学应诉诸全社会的政治自由，从而实现"抽象自由"向"具体自由"的第三重转化。萨特在三重转化中依次使用了上位概念笼括下位概念、替换传统文论模型、将抽象概念具体化的叙述方法，在逻辑上不乏错漏之处，根源在萨特本身哲学观中"个体自由"到"集体自由"的张力。文学自身的感性成分消解了部分矛盾，使"自由"的转化成为可能。

**关键词：** 自由；萨特；存在主义文学观；文学与政治

从1947年2月开始连载于《现代》杂志上的《什么是文学？》系列文章，是萨特文论较为集中系统的论述，而他还没有想好就写，絮絮叨叨地写，而且绝不修改的写作风格，导致文章在论述文学的抽象本质与现实作用时稍显含混，自发表以来就不乏争议。除了从根本上质疑"介入"的可行性外，如阿多诺在他的文学批评论文集《文学笔记》中，就鲜明提出"反对介入"，拒绝"政治艺术"，更多情况下是从逻辑论述的角度着眼，认为这是萨特把政治诉求强硬加诸文学所造成的必然断裂，萨特的文学观不过是把文学当作政治或哲学的附庸。[①] 综观全书，萨特是以"自由"赋予写作和介入的合法性，统筹了文学自由和政治自由，"萨特关于美和艺术的考察，总是和占据他全部思想核心的'自由'相联系着的，或者说是围绕着自由进行的"。[②] 他是如何具体展开论证的？是通过语词的替换、偷天换日般缝合了两个相异的范畴，抑或是文学自

---

[*] 陈洪珏（2001— ），女，福建厦门人，北京大学中文系文艺学方向硕士研究生，研究方向为文艺理论。
[①] 赵天舒：《从文学的介入之用到文学的无用之用：试论巴塔耶的文学观》，《文艺理论研究》2021年第4期。
[②] [日]今道友信等：《存在主义美学》，崔相录、王生平译，辽宁人民出版社1987年版，第207页。

由与政治自由背后有一以贯之的价值支撑？作为文学家的萨特，又是运用了什么叙述策略，实现了两个概念的过渡转换呢？这一切都有必要通过对全书的文本细读重新予以梳理。

## 一 从读者自由到作者自由

萨特最早在书中明确阐明"自由"理念，是针对读者在阅读行为中的自由提出的。萨特认为"没有为自己写作这一回事"，写作和阅读是一体两面的，一部作品之所以成为作品，不仅仅只有作家单方面的产出，还需要读者的阅读和承认，没有读者的写作不过是作者情感"软弱无力的延伸"，是流水账式的文字，并不是真正意义上的"文学作品"。"精神产品这个既是具体的又是想象出来的客体只有在作者和读者的联合努力之下才能出现"[1]，而读者参与作品生成的方式正是运用他的自由。

读者在阅读中的自由，是指读者通过自己的想象力、阅历、阅读能力获取作者笔下字句的综合含义。而综合含义，就是作品的"主题""题材"或"意义"，是统摄所有文句的线索和作者的写作目的，它无法通过字句直白地表明，而是扩散在所有文段周围的光晕，萨特称其为作者的"沉默"。这并不是说作者有意留下的叙述空白，由于作者想要表达的东西是主观的、先于语言的、与灵感混沌一体的，他只是借助语言为媒介把它尽可能还原出来，但这个过程势必发生某种程度的损耗或变形；读者的任务就是在作者写下的字句的引导下，不断超越写出来的东西，直至达到与作者共享的"沉默"。这里可以看出萨特与后来的"接受美学"有所不同，萨特仍保留一定的"作者中心论"，认为作者仍有主导作品的自主性。萨特把抵达的"沉默"过程比作一场朝圣，作者的文字是一个个路标，路标之间都是虚空，读者必须自己抵达这些路标[2]，并不断超越它们，而支撑读者抵达并超越路标的正是他的自由。萨特对此作出如下表述：

> 阅读是豪情的一种运用；作家要求于读者的不是让他去应用一种抽象的自由，而是让他把整个身心都奉献出来，带着他的情欲，他的成见，他的同情心，他的性欲禀赋，以及他的价值体系。不过这个人是满怀豪情奉献出他自己的，自由贯穿他的全身，从而改变他的感情里面最黑暗的成分。[3]

读者的自由不是随心所欲的自由，而是在作者引导下积极发挥主动性的自由。要实现这种自由必须有两个条件：其一要求读者心甘情愿地相信，这与文学的内容是否虚

---

[1] [法] 让-保罗·萨特：《萨特文学论文集》，施康强等译，安徽文艺出版社1998年版，第98页。
[2] [法] 让-保罗·萨特：《萨特文学论文集》，施康强等译，安徽文艺出版社1998年版，第100页。
[3] [法] 让-保罗·萨特：《萨特文学论文集》，施康强等译，安徽文艺出版社1998年版，第104页。

构无关，而是指相信作品具有现象的符合因果性和深层结构的符合目的性[①]，"阅读是一场自由的梦"；其二要求作者不能简单地传递情绪，而是应当提供情绪的引子或价值的召唤，因为读者的感情本质上是纯粹自发的、不受对象控制的，而作者也无法一味地通过情感宣泄达到影响读者的目的，"在激情里面，自由是被异化的"。在萨特这里，自由和意识具有同构性[②]，理解自由的同时也就实现了自由，即主张意识活动的自由而非具体行动的自由，"自由不是在对主观性的自由运行的享用中，而是在为一项命令所要求的创造性行为中被感知的"[③]，因此某种程度上这种自由滞后于行动，而且是在事后被感知的，萨特称之为对自由的"非位置意识"。"自由辨认出自身便是喜悦"，读者正是通过意识到自己行使了自由而获得审美喜悦，而审美喜悦的出现正是作品成功的标志。[④]

由于文学的评判标准是读者自由，萨特便顺理成章地将目光转移至作者的自由：

> 作家为诉诸读者的自由而写作，他只有得到这个自由才能使他的作品存在。但是他不能局限于此，他还要求读者们把他给予他们的信任再归还给他，要求他们承认他的创造自由，要求他们通过一项对称的、方向相反的召唤来吁请他的自由。[⑤]

缔结两者之间关联的是思考的自由。读者行使思想自由的对象是作者提供信息的留白部分，而作者思想自由的对象则是纯粹客观的现实世界。自然界没有天然固定的秩序，艺术家搬上画布、写成文字的不过是他的遐想，他把"没有明确目的的符合目的性"定格成艺术品传递给读者，这个转换的过程便是作者的创造自由。面对社会亦然，作家的思考自由意味着他不受制于任何利益集团，不会不假思索地接受任何社会提供的联系，即意识形态，除非作家本人也臣服于该意识形态。作家在写作过程中体现的创造自由，实际就是自主缔结联系的自由。

萨特从"读者自由"到"作者自由"的第一重转换，其合理性在于"写作—阅读"的天然延续性，以及"作者—读者"同处的相同语境。他没有从传统的文学观点入手，关注作者的独创性，以及作者在整个文学产生和反应链条中的首要地位，相反率先标举读者的思考自由，作者反而屈居被动地位，只有读者阅读思考的自由得以充分实现，才能反过来推断作者在写作时已经行使了自己的创作自由，作者是不能光凭写作自证自由的，因为"没有为自己写作这一回事"，必须通过读者得以承认。读者的自由在显示自身的同时也就揭示了作者的自由，两者相互要求、相互依存，作者为了使自己作

---

① [法] 让-保罗·萨特：《萨特文学论文集》，施康强等译，安徽文艺出版社1998年版，第108页。
② [法] 让-保罗·萨特：《萨特思想小品》，黄忠晶、黄巍编译，上海社会科学院出版社1999年版，第83页。
③ [法] 让-保罗·萨特：《萨特文学论文集》，施康强等译，安徽文艺出版社1998年版，第102页。
④ [法] 让-保罗·萨特：《萨特文学论文集》，施康强等译，安徽文艺出版社1998年版，第110页。
⑤ [法] 让-保罗·萨特：《萨特文学论文集》，施康强等译，安徽文艺出版社1998年版，第105页。

品得以存在,就必须唤起读者的自由,双方自由地存在,共同支撑了作品真实的物质和精神存在。此外,作者能自由发挥想象缔造联系传递给读者,读者能自由思考并辨认作家的意图,前提在两者处于相同或相似的世界体系,萨特称之为"存在的整体",只有共享类似的生活经验和知识体系,作者才能相信读者能获取语言所能表达之外的信息,读者也才能思考得出作者的"沉默"所在。

由此,萨特在全书中对文学作出第一个界定,在这里,自由是作为思考的动力和理解整个世界的前提而存在的:

> 每幅画,每本书都是对存在的整体的一种挽回,它们都把这一整体提供给观众的自由。因为这是艺术的最终目的:在依照其本来面目把这个世界展示给人家看的时候挽回这个世界,但是要做得好像世界的根源便是人的自由。[①]

但第一重转换存在的问题也很明显,首先读者的思考自由和作者的思想自由并不能等同,两者从思考对象和思考方式都完全不同,读者面对的是虚拟的文学世界,运用的是逻辑推理、信息整合的能力,萨特自己有过精准的总结:"阅读是归纳、为原文增补文字和推论。"[②] 而作者面对的是现实世界,依靠的是想象联想、譬喻转换的能力。而萨特是通过上位概念的笼括,把两者都统一为从"现象的符合因果性"到"客体深层结构的符合目的性"的能力,把支撑这一进程的是归结为"人的深不可测的自由",实现读者自由和作者自由表面上的同构。其次,一部作品的存在与否并不取决于作者或读者任意一方的思考自由,萨特提出作品必须通过读者阅读才能被客体化的观点是合理的,没有读者的作品是不在社会意义上存在的,但萨特进一步缩小范围,将作品存在的依据限定为双方自由同时在场,这便忽视了作品自身的物质存在以及非思辨性作品的存在。萨特虽然最先提出的是读者的自由,但他的最终着眼点依然是作者,提出读者自由是为第二重转换——作者写作题材的自由——做准备。因此,以读者自由作为跳板,萨特运用上下级概念的含混,过渡至作者的自由,进而开始对作者的自由提出要求。

## 二 从思考的自由到题材的自由

在第一重转换中,萨特基于读者和作者的关系,指出文学作品的产生以及阅读过程都需要自由思考的能力,自由在这里是一种抽象的、思维意义上的能力。但是随即,萨特就提出了另一层含义的自由:

---

① [法] 让-保罗·萨特:《萨特文学论文集》,施康强等译,安徽文艺出版社1998年版,第110页。
② [法] 让-保罗·萨特:《萨特文学论文集》,施康强等译,安徽文艺出版社1998年版,第107页。

正因为这个世界由我们俩的自由合力支撑，因为作者企图通过我的媒介把这个世界归入人间，那么这个世界就必须真正以它自己的本来面目，以它最深部的原型状态出现，它就必须受到一个自由的贯穿与支持，而这个自由要以人的自由为目的。①

读者和作者通过思考的自由达到一个共同的世界，即上文所述"存在的整体"，这个世界可能是比现实世界更好的世界，也可能是更坏的世界，但描绘后者的目的也是凸显自由的可贵。由此，萨特提出一个极具争议性的观点：没有黑色文学，只有阿谀奉承的小说和呼吁自由的小说，作家只有"自由"一种写作题材。在这里，自由就不再是一种自主思考的能力，而是特指不受压迫的生存状态。萨特举出种族压迫的例子，认为不可能存在一部蓄意为压迫服务的好小说，因为每个读者在阅读时都无法容忍自己也遭受被压迫或压迫人的状态，作家只有可能为追求所有人的解放而写作，自由就成了文学的题材和主要表现内容。

自由的第二重转换的枢纽是"责任"。对萨特来说，自由不仅仅是通往任意妄为的人生的通行证，它也意味着责任，这是萨特在20世纪40年代发生的转变。② 人是自由的，但是同时必须完全为自己的自由负责。萨特将自由与责任联合的观点植根于他的存在主义本体论，由于取消了上帝，也取消了超验决定论，所谓"存在先于本质"，即人用自己的自由意志和自由选择来创造自己的本质，来决定自己成为一个什么样的人，而不取决于上帝或外在的任何价值。③ 在这个意义上，自由是人自降生起就被赋予的状态，是生而为人的基本结构，人所有的抉择行动都以"非位置意识"体现了他的自由。在同一时期发表的演讲《存在主义是一种人道主义》中，萨特更进一步指出自由与责任的关联，因为人生活在与他人的联系中，人在自我选择的同时，也向社会提供了一种选择的方式，因此人不仅要对自己的自由选择的后果负责，也要为他人的自由选择负责，自由也就替代了上帝的作用拯救了人生在世的虚无感。

具体在文学方面，作者自由写下的题材和内容就是为读者提供了一种价值和选择，读者自由决定开始阅读时也就对作品提供的价值负有责任。萨特无限放大了个人选择对于社会形成的作用，认为每个人的行为都有极强的示范作用，对他人而言都是重要的。既然人都是意欲向好的，那么无论作者和读者，都会极力号召一个不受压迫、平等自由的社会的来临。因此，无论是写作还是阅读，都是一种介入现实的行动，"因为说出名字就是揭示，而揭示就是改变"④，都为创造或改变价值提供了示范和导向。在

---

① ［法］让-保罗·萨特：《萨特文学论文集》，施康强等译，安徽文艺出版社1998年版，第113页。
② ［加］克里斯汀·达伊格尔：《导读萨特》，傅俊宁译，重庆大学出版社2015年版，第68—69页。
③ 卢云昆：《自由与责任的深层悖论——浅析萨特"存在主义的人道主义"概念》，《复旦学报》（社会科学版）2010年第3期。
④ ［法］让-保罗·萨特：《萨特文学论文集》，施康强等译，安徽文艺出版社1998年版，第128页。

这里，文学自由第一次和政治自由产生联系，审美命令的深处隐含着道德命令，写作就是某种要求自由的方式。①

相比萨特在1945年《现代》杂志发刊词上首次倡导"介入文学"，萨特将"写作即介入"的定义更本质化了。在发刊词中，萨特只是把"介入"当作文学写作的一种方式或选择题材，"介入在任何情况下都不能忘记文学""通过给文字输入新鲜血液为文学服务"②；而在《什么是文学？》中，萨特直接将写作等同于介入，"一旦你开始写作，不管你愿意不愿意，你已经介入了"③，视为文学的本质属性。任何作品都是一种揭露，揭露就是向他人展示他们的行为，因而也就是介入。

从思考的自由到题材的自由，萨特的第二重转换始终从作家的立场出发，是对作家写作的动机和内容提出要求。由于在第一重转换中，萨特已经铺垫了"读者—作者"的紧密联系，因此在第二重转换就不再执着于概念的替换，而是直接将自由提升至本体论地位，也跳脱出纯粹"读者—作者"的关系，思考自由只是人自由的其中一个方面，人就其本质而言就是自由，自由是人的本质，作者书写自由实质也就在书写人的本质。萨特的这种文学观点其实延续了传统人性论的文学观，认为文学应当描绘永恒的人性，萨特虽然明确反对这种观点，在《存在主义是一种人道主义》中指出"人是自由的，因而不能信赖任何人性"④，认为不存在永恒的人性，但依然套用了这种论证模式，用"自由"替代"人性"作为人的本质，便产生"作家以自由为唯一题材"这般令人不解的结论。

第二重转换中，"自由"悄然从能力变成要求，从文学创作阅读的方式方法转变为对题材内容的要求，是萨特从"文学自由"过渡到"政治自由"的惊险一跃。萨特为避免自由陷入肆意妄为的虚无，将个人的自由与他人的自由联系在一起，自由意味着"承担一种选择的责任，因为这个选择既关系到我个人，也关系到全人类"⑤；要想彼此之间都能行使自由而不被干涉，就需要寻求一个普遍自由的社会，"个体自由的理想就是建立他为之战斗的自由社会"⑥，自由的任意性受到集体和他人责任的限制，不得不指向单一、向善的方向了。萨特为增强这一说法的说服力，格外标举了美国黑人作家赖特，选取种族压迫的例子为"文学自由"即"政治自由"的观念背书，尽管这一选取对象仅仅是文学作品中极为特定的某一类型。

尽管萨特大费周章从个人与他者关系的角度极尽铺垫，但也使得论述越来越远离文学，萨特对"自由"的第二重转换从论述逻辑上看是不尽如人意的。萨特将阅读文学作品的审美喜悦视作思考自由的发挥，用读者快感反证作品的存在，读

---

① [法]让-保罗·萨特：《萨特文学论文集》，施康强等译，安徽文艺出版社1998年版，第114—116页。
② 何林编著：《萨特：存在给自由带上镣铐》，辽海出版社1999年版，第196页。
③ [法]让-保罗·萨特：《萨特文学论文集》，施康强等译，安徽文艺出版社1998年版，第116页。
④ [法]让-保罗·萨特：《什么是文学？》，施康强译，人民文学出版社2018年版，第169页。
⑤ [法]让-保罗·萨特：《什么是文学？》，施康强译，人民文学出版社2018年版，第177页。
⑥ [法]让-保罗·萨特：《萨特思想小品》，黄忠晶、黄巍译，上海社会科学院出版社1999年版，第88页。

者和作者共同构成作品意义上的整体世界；问题出现在当他试图用责任去限制意志的绝对自由时，不仅在道德上混淆了普通人与道德高尚者的界限，也脱离了文学的范围。从学理上看，人意识到自由并对行为负完全的道德责任只是具有高尚道德者对自身的要求，在理论上并不能成立，在实际中也不可能完全做到。尽管萨特试图统一自由和责任，但两个概念仍存在不可克服的深层矛盾，从根本上说是由于萨特在康德主义和黑格尔主义之间的进退失据。① 在萨特这里，文学不再有语言文字表达的特殊地位，作品也只不过是传递信息的媒介，"文学就其本质而言是表明立场"②，形式服务于思想，将文学同化为一种思想的载体。此外，如果严格从思想自由的理路出发，文学的题材应当是更丰富多元的，而不能直接推导出作品的题材也是自由。萨特也意识到他试图衔接的两个概念之间仍存在裂隙，因此他不惜对自由作出第三重转换。

## 三 从抽象的自由到具体的自由

经由上述两重转换，萨特已经将文学的两端——作者与读者，内容题材——限定为自由，即文学"是一个完整的自由诉诸一些充盈的自由的结果"③，但这两端的自由显然是不对等的，前者是绝对的意愿上的自由，属于形而上的抽象层面，即思考自由，后者却是具体的现实层面的压迫，即人身心不受任何阶级利益的压迫，即马恩意义上"人的全面发展"。萨特从不屑于讨论永恒、抽象的概念，自由亦然：

> 忙不迭地谈论永恒价值诚然容易，却也危险：永恒价值是干瘪的。自由本身，如果人们考察其永恒的形式，也像一根干枯的树枝；因为它和大海一样涨潮落潮周而复始，它无非是人们持续不断地借以自我挣脱、自我解放的运动……重要的是有待铲除的障碍和有待克服的阻力的特殊面貌，是这一特殊面貌在每一场合把自身的形象赋予自由。④

读者和作者都是处于历史中的，作品呼吁召唤的"存在的整体"也是处于历史中的，因而作家和读者对自由的定义也只能在他们所处的时代环境才能被理解。在萨特看来，现实世界充满异化、处境、历史，而每本书都"从一个特殊的异化出发建议一种具体的解放途径"，"写作计划是对某种人的和整体的处境的自由超越"⑤。自由的第

---

① 卢云昆：《自由与责任的深层悖论——浅析萨特"存在主义的人道主义"概念》，《复旦学报》（社会科学版）2010年第3期。
② ［法］让-保罗·萨特：《萨特文学论文集》，施康强等译，安徽文艺出版社1998年版，第266页。
③ ［法］让-保罗·萨特：《萨特文学论文集》，施康强等译，安徽文艺出版社1998年版，第266页。
④ ［法］让-保罗·萨特：《萨特文学论文集》，施康强等译，安徽文艺出版社1998年版，第117页。
⑤ ［法］让-保罗·萨特：《萨特文学论文集》，施康强等译，安徽文艺出版社1998年版，第122页。

二重转换中,萨特运用的叙述策略就是套用传统的人性论文学观框架,用自由替换永恒的人性,但这种替换方式很容易造成"自由也具有永恒性"的假象。因此萨特拒绝了抽象的、稳定不变的自由,而是将自由纳入具体情境之中:

> 自由的本质性的和必然的特点是它位于处境之中,描写处境不可能损害自由。①

作为本质的、本体论意义上的自由也不是永恒的,而是在历史中并随之变化的。作家和读者呼吁的自由也是具体处境中的自由,这样双方才能彼此理解和沟通。"文学的本质确实是自由发现了自身并且愿意自己完全变成对其他人的自由发出的召唤",文学作品产生时期所能召唤的读者类型,其实也就是当下所处的社会类型②,因为作家呼唤的自由以及人类的整体,都不过是"向他同时代所有的人发出的有关完整的人的个别的、注明时间的呼唤"③。由此,作为人的本质和作为文学本质的自由,就不再是一个抽象永恒的自由的"价值",而成了现实中可感受、可描述的具体的自由,作家揭露、读者改变它就成为可能。

以处境中的自由为题材,产生了历史发展进程中不同类型的文学作品,萨特据此勾勒出近百年来欧洲社会的文学发展史。12—17世纪,文学与统治者的意识形态一致,阅读和写作都是教会或贵族内部的事,"不能设想,人们可以同时行使自己的思想自由,为一个超出专家团体的狭隘范围的读者群写作,却又局限于以永恒价值和先验思想为写作内容。中世纪教士的心安理得是以文学的死亡为代价的"④,作家依附于意识形态,读者也属于寄生的精英集团,此时的文学就是异化、僵化的,诉诸在萨特看来属于欺骗性话语的永恒价值,无法实现"自由"本质。萨特本人的存在主义立场,让他拒绝依附于任何官方机构或利益集团,拒绝接受任何外在的意识形态,"文学作品不是任何一个阶级的具体表现",而应当超越一切既成事实,表现为否定性、怀疑和批判。⑤ 18世纪以后的文学作品由于对自己的历史处境有反思、批判的认识,文学得以解放,"人得以每时每刻从历史中解放出来;总之文学就是行使自由"。⑥

尽管萨特标榜自由应当是变动的、在处境中的,但他在分析不同阶段的文学作品时仍套用了他心目中对自由的定义,某种程度上违背了他的初衷,将自由永恒化、真理化了。他所理解的文学自由就应保持纯粹否定性,批判现存的典章制度、迷信、传统和一个传统政府的各种措施,作家也应真心实意地拒绝服从某一读者群或某一特定题材,而应当站在绝对自由的高度,反观并揭露尘世,因此文学自由和政治自由就通

---

① [法] 让-保罗·萨特:《萨特文学论文集》,施康强等译,安徽文艺出版社1998年版,第176页。
② [法] 让-保罗·萨特:《萨特文学论文集》,施康强等译,安徽文艺出版社1998年版,第177页。
③ [法] 让-保罗·萨特:《萨特文学论文集》,施康强等译,安徽文艺出版社1998年版,第156页。
④ [法] 让-保罗·萨特:《萨特文学论文集》,施康强等译,安徽文艺出版社1998年版,第130页。
⑤ [法] 让-保罗·萨特:《萨特文学论文集》,施康强等译,安徽文艺出版社1998年版,第143页。
⑥ [法] 让-保罗·萨特:《萨特文学论文集》,施康强等译,安徽文艺出版社1998年版,第144页。

过对"现实的永恒不满"而被勾连起来,"作家只要探索他的艺术的带随意性的本质,并且成为这一艺术在形式上的要求的代言人,他就是革命的"。① 只要作家拒绝服从世俗权力或意识形态,他就站在利益集团的对立面,作品就是为潜在读者群写作,写作艺术的要求与具体的历史现象不谋而合,作家也就无意识地已然介入现实政治,为被压迫的阶级发声。萨特实际上是用"文学是否为利益集团服务"作为评判文学是否自由的标准,只要是持批判、否定态度的文学,就是介入的、自由的、独立的。看似是随时代变动的、不断发展的,实则仍保持抽象否定性的内核。

在要求文学诉诸政治自由时,萨特还不忘再度将论证自由的最初出发点——思想自由——纳入进来:

> 作家在为他自己并为作为作家要求思想自由及表达思想的自由的同时,他必定在为资产阶级的利益服务……在别的时代,我们将看到作家可能在要求写作自由时心里并不踏实,他可能意识到被压迫阶级渴望的是这一自由之外的别的东西……但是在法国大革命前夕作家遇到异乎寻常的良机,他只要捍卫自己的职业就能同时为上升阶级的愿望充当向导。②

由于时代造就了两个对立阶级张力,无论是 18 世纪贵族阶级与资产阶级,还是 19 世纪资产阶级与工人阶级,思想的形式自由与政治民主是重合的,选择人作为永久思考主题的物质义务与社会民主也是重合的。③ 而在一个无阶级、无独裁、无稳定性的社会里,文学的主体性就体现在最深刻表达集体要求中,"它的目的是呼唤人们的自由,以便他们实现并维持人的自由的统治"④,越是文学的也就越是集体的、自由的。由此,萨特圆满完成了从"文学自由"到"政治自由"的逻辑闭环,用具体的政治自由作为抽象自由在处境中的表现形式,最后将作为逻辑起点的"思想自由"与"政治自由"在无阶级社会中统一起来。

至此,萨特展现了他"偷梁换柱"般的能力,通过三重转换成功将"文学自由"过渡至"政治自由"。因此到了文中更具时政性质的第四部分"1947 年作家的处境",萨特便不再纠缠于"自由"的概念,对"自由"的使用更加随性,绝大部分时候可以等同为最字面意义上"随心所欲"的自由。有学者据此认为这是萨特使用概念的混乱,但在萨特看来,他对"自由"概念所做的工作,恰恰是他所寄予厚望的语词的重建工作。语言是作家的材料与工具,文学之所以失去否定性功能,原因在于统治阶级沿用或改造了旧有的观念,概念的含义与统治者建立的各种体制、意图和行使的压迫之间存

---

① [法] 让-保罗·萨特:《萨特文学论文集》,施康强等译,安徽文艺出版社 1998 年版,第 156 页。
② [法] 让-保罗·萨特:《萨特文学论文集》,施康强等译,安徽文艺出版社 1998 年版,第 146 页。
③ [法] 让-保罗·萨特:《萨特文学论文集》,施康强等译,安徽文艺出版社 1998 年版,第 174 页。
④ [法] 让-保罗·萨特:《萨特文学论文集》,施康强等译,安徽文艺出版社 1998 年版,第 183 页。

在共谋。① 萨特提出当前作家的任务就是恢复语言的尊严性,"一方面是分析性的扫除,以便清楚词语的蔓生意义,另一方面是综合性的扩展,以便它们适应于历史形势"②。他对"自由"概念实施的"手术"便是如此,他明白"自由"最早是作为作家向当时仍处于弱势的资产阶级提供的革命性概念,也知道"自由"到了19世纪仅指政治自由,甚至引用勃里斯·帕兰的话暗示当前人们在不同程度上使用"自由"这个词,他想做的就是赋予"自由"新的语义。不过,"自由"作为西方世界恒久讨论的话题,旧有的定义业已深入人心,大致可分为政治自由和意志自由两种,前者既有以古典共和主义为代表的自治权的积极自由,又有哈耶克等当代政治家强调的个体争取政治权力的消极自由,后者主要是康德提倡的意志自由条件下的理性自律③,萨特试图嫁接的就是这两种传统脉络上的自由。与此同时,萨特在20世纪40年代又经历从主张"个体层次的绝对自由"到"群体论层次的境遇自由"的转变④,因此他的自由观本身就存在双重的张力,在哲学领域属于逻辑上的缺陷。许多学者对此已经作出有益的探索:朱首献认为萨特难以自圆其说的尴尬源于"他在哲学理论中对人的自由的理解缺乏一种宏观的历史眼光"⑤;阎伟认为作为文学家的萨特和作为哲学家的萨特之间存在矛盾⑥;卢云昆则从学术脉络的立场认为是由于萨特在康德主义和黑格尔主义之间进退失据⑦。不过,这种略带瑕疵的自由观应用至文学领域,却产生了意想不到的结果,某种程度上恰好解释了部分理性所不能解释的感性领域。

## 四 余论:自由背后的文学"逻辑"

萨特对文学的关注,不仅仅是由于他作家的身份以及自小对写作的兴趣,还因为他所主张的哲学理念产生的必然导向。萨特的存在主义哲学关注的是"人的真正存在",而"文学的主题始终是处在世界之中的人",研究对象的共同性使得萨特的文学观和哲学产生内在关联。理性逻辑难以解释的问题,恰好能在文学的场域中得到自洽。

"言意之辨"是文学史上恒久的难题,文学以想象的方式介绍世界,这种独特的表达方式往往使作者所想与所表达的及读者阅读的含义之间存在差别。尽管萨特认为并不存在"言不尽意"的问题,认为"每个东西都是可表达的,只要能发现正确的表达

---

① [法]让-保罗·萨特:《萨特文学论文集》,施康强等译,安徽文艺出版社1998年版,第267页。
② [法]让-保罗·萨特:《萨特文学论文集》,施康强等译,安徽文艺出版社1998年版,第270页。
③ 张霄:《当代英美马克思主义伦理学研究》,重庆出版社2020年版,第101页。
④ 朱首献:《论萨特的哲学自由观及对其文学观的效应》,《杭州大学学报》(哲学社会科学版)1998年第4期。
⑤ 朱首献:《论萨特的哲学自由观及对其文学观的效应》,《杭州大学学报》(哲学社会科学版)1998年第4期。
⑥ 阎伟:《萨特的叙事之旅——从伦理叙事到意识形态叙事》,博士学位论文,华中师范大学,2009年,第90页。
⑦ 卢云昆:《自由与责任的深层悖论——浅析萨特"存在主义的人道主义"概念》,《复旦学报》(社会科学版)2010年第3期。

法"。① 20世纪读者群的扩大和世俗化,也让他看到读者阅读对作品含义的强烈影响。但身为作家的责任感又让他无法放弃作家的定义之功,因此他并未如后来的接受美学一味放大读者的作用,而是把读者阅读出来的衍生意义解释为读者想象的自由发挥,又把作家写作的原初含义视为作者想象的自由发挥,读者在作者的引导下进行阅读和思考,作者又是在读者所能理解的世界中构建联系,这样就通过读者的自由和作者的自由,共同解释了文学作品意义的主客观统一。

"他者"问题在以二元论为根基的西方哲学思想中处于至关重要的地位,涉及如何认识主体及所处世界的关系,不仅有黑格尔"主奴互生论"的辩证之思,还有马克思"人性即关系"的社会透视;既有霍布斯的"相遇即战争"的斗争哲学,也有詹姆逊"自我中心论"的心理体验。战前的萨特秉持绝对自由的理念,个体自由可能与他者产生冲突,战后的他承认情境对人的塑造作用,转向一种集体的、伦理道德意义上的自由,个体与他者的关系必须作出调和。萨特对"个人自由即一切人的自由"在哲学上的阐释是拧巴的,他借用"手段—目的"的二律背反来完成这个论述。但在文学领域,一部作品意义的生成必须经由作者创作和读者阅读两个环节,作者和读者共同支撑一个文学世界,作品社会意义上的"存在"必须由读者承认,这就意味着读者必须认可作者的价值观,个人自由和集体自由便在这里达成一致了,因为只有作者在作品中诉诸集体自由而不是纯粹个人自由,读者也才能在作品中满足自己的需求从而将此种价值传承下去。萨特也正是在这个意义上把集体自由替换成了具体情境中的政治自由,因为无阶级的政治自由必然是集体共享的。作者与读者组成的"文学共同体"满足了萨特对集体利益的追求,个人与他者的利益便在共同的文学信仰下得到统一。

总体而言,尽管本书很大程度上是论争的产物,萨特的文学观也的确有很强的功利主义色彩,但他的文学主张也并非只是哲学理念的全盘挪用,在具体的论述中遵从并揭示出作品所处的多元场域,为后来文论逐步打开文本内部、纳入更广阔的社会图景,具有启示意义。萨特对"自由"概念的三重转换,并没有使用多么高明的叙述策略,主要是通过概念的上下级混用或替代,实现话题的转化;但读者在阅读过程中并不会直接感到不合情理,原因就在于它暗合了我们心中对文学的想象。某种意义上,萨特在《什么是文学?》中并没有直接定义文学,他写下的文字只是照亮了能够被语言表述的文学的理性世界,而文字难以描绘的感性世界,正从光亮反衬出的无声的黑暗中,逐渐显现。

---

① [法] 让-保罗·萨特:《萨特思想小品》,黄忠晶、黄巍译,上海社会科学院出版社1999年版,第158页。

# 性别的虚构
## ——苏珊·兰瑟酷儿化的叙述声音类别辨析

于嘉琦[*]

（南京师范大学文学院　江苏南京　210000）

**摘要**：苏珊·兰瑟继承热奈特的叙述行为理论，将处于女性主义观念和叙事学观念交界处的叙述声音作为联结二者的桥梁，并借此进一步探寻酷儿叙事的可能性，在《叙述声音酷儿化》中将叙述声音酷儿化的途径划分为三类：具有酷儿身份认同或酷儿观点的叙述声音、模糊性别的叙述声音和任何解构二元主体的叙述声音，同时对此前的自我理论进行了反思与革新。

**关键词**：女性主义；酷儿；叙述声音

女性主义叙事学是经典叙事学为应对自身的封闭困境，与外部社会历史批评和解构主义潮流共同孕育的硕果，因而具有相当的自我革命性和开放性。作为创始人的苏珊·兰瑟也正在先后吸收朱迪斯·巴特勒的性别理论与金伯勒·克伦肖的"交叉性"理论后，有迹可循地展现出对酷儿叙事的浓厚兴趣，并延续其此前对于"叙述声音"的关注，将结果呈现于其2018年所发表的论著《叙述声音酷儿化》中。兰瑟就叙述声音何以可能被"酷儿化"（queered）进行讨论，分别从"to queer"词组的词典义、日常语用义和学术语用义出发，提出有关叙述声音酷儿化的三种理解，进一步将叙述声音酷儿化的途径划分为三类：具有酷儿身份认同或酷儿观点的叙述声音、模糊性别的叙述声音和任何解构二元主体的叙述声音。其中展现对于具有明显性别特征的叙事声音的偏爱，同时在处理为数更多的性别特征不明显的叙事声音时流露疲态。在此基础上，兰瑟有意识地反思了自己此前所提出的女性主义叙事学相关理论，并呼吁对叙事进行酷儿化理解。本文将就此论著内容，厘清兰瑟视域下的酷儿化的叙述声音的具体意涵，并就其部分研究分类的可行性进行探讨和辨析。

---

[*] 于嘉琦（2002— ），河南省驻马店市西平县人，南京师范大学文学院中国语言文学专业文艺学方向2023级在读研究生。

## 一 苏珊·兰瑟关注叙述声音的原因及其理论来源

苏珊·兰瑟对于叙事声音的理解与热奈特理论密切相关。在《叙事话语 新叙事话语》中,热奈特将叙述现实的三个侧面分别命名为故事、叙事和叙述。故事指"所指"或叙述内容,叙事指"能指"、陈述、话语或叙述文本,叙述指生产性叙述行为及其所处的或真或假的总情境。① 兰瑟所关注的"叙述声音"脱胎于上述划分产生的"叙述",亦即产生话语或行为的过程,并赋予它性别化的意识形态解读方式。在经典叙事学中,"它指故事中的讲述者(teller),以区别于叙事中的作者和非叙述性人物"②,在中文翻译的更多时候也就是"叙述者"。但相对于位格化的"叙述者",叙述声音不仅能与上述女性主义批评中的声音概念产生对应关系,同样也暗示出兰瑟在赋予该概念的动态意义和受述者指向,表现为一种蓄势待发的指向性和强烈的倾诉欲望。对于叙述声音兼及文本和社会权力关系的特殊性质的挖掘,为她进行女性主义叙事学研究开辟了良好视野,这也同时是她后来对于酷儿叙事研究的切入点。

苏珊·兰瑟在《叙述声音酷儿化》中延续了此前研究对于叙述声音的关注,并将其作为对酷儿叙事的切入点,这与经典叙事学和女性主义批评自我发展的外部客观要求和叙述声音的内部特质密不可分。

苏珊·兰瑟所创立的女性主义叙事学立足对经典叙事学和女性主义批评客观发展要求的回应之上。结构主义经典叙事学在面对20世纪末盛行的解构主义和历史文化批评的挑战时显出疲态,后二者反对小说的形式研究,认为这是"为维护和加强占统治地位的意识形态服务"③。同时,女性主义批评重视社会历史研究的英美学派与重视语言研究的法国学派亦有合流趋势,迫切需要一种更行之有效的批判工具。兰瑟在早期理论中已经表现出对经典叙事学中具有意识形态性的概念的关注,又同时受到20世纪后期解构主义社会思潮影响,尝试使两类此前并行不悖的批评方法合流,并最终创立了女性主义叙事学。这也预示着该理论本身的跨学科性质,表现出对读者与文本的交互作用和偏离规约文学现象的关注,暗蕴自我变革的张力。

而要使经典叙事学与女性主义批评获得合流合法性,就需要具有联结作用的桥梁,苏珊·兰瑟经过不断遴选,最终将目光锁定在两类批评中均有重要意义的"声音"概念,这与后者自身内部特质关系重大。事实上,早在1981年出版的专著《叙事行为》中,经典叙事学出身的兰瑟就十分关注社会历史批评与经典叙事学涉及意识形态的概念,并通过对"视角"的研究展现"叙述技巧的选择很有可能能够揭示和体现意识形

---

① [法]热拉尔·热奈特:《叙事话语 新叙事话语》,王文融译,中国社会科学出版社1990年版,第7页。
② [美]苏珊·S. 兰瑟:《虚构的权威:女性作家与叙述声音》,黄必康译,北京大学出版社2002年版,第3页。
③ 潘丽:《叙事的性别化——论苏珊·S·兰瑟的女性主义叙事学》,《中国民航飞行学院学报》2010年第4期。

态"①。此后，她将目光更精确地着眼于鲜明体现意识形态的"性别"概念上，进一步在女性主义批评中找到了与经典叙事学双关的"声音"，并在著作《虚构的权威：女性作家与叙述声音》中予以论述。这其中由"谁看"到"谁说"的转变，已经呈现出鲜明的动态意义和叙述者指向。兰瑟通过对具体文本形式的研究，区分作者型叙述声音、个人型叙述声音和集体性叙述声音（单言、共言、轮言），希望借此将女性主义批评中具有宏观思辨、模仿再现和政治化特点的"声音"与经典叙事学中对"声音"具体化、符号学化和强技术性的强调并举，目的在于"通过研究具体的文本形式来探讨社会身份地位与文本形式之间的交叉作用，把叙述声音的一些问题作为意识形态关键的表达形式来加以解读"，"试图用叙事学的结构分析模式丰富女性主义文学批评，又从女性主义的立场出发，加入社会历史语境的内涵，使得叙事诗学性别化"。② 由此产生的话语权威问题，是兰瑟书写本书的关键。在兰瑟视角下，叙述声音处于"社会地位和文学实践的交界处"③，亦即女性主义观念和叙事学观念的交界处，"叙事声音"对回应上述两类批评需求，赋予二者合流合法性起到了关键性的桥梁作用。

此外，"叙述声音"本身所具有的隐喻性，也使其获得了在酷儿研究中获得工具合理性的可能。在后期研究中，兰瑟进一步拓展叙事声音的运用场域，并以此分析叙事声音酷儿化的可能表现，"我特别关注热奈特所谓的叙述人（'谁说'），因为叙述对此的摹仿值得以酷儿术语进行考察"。声音的使用很少单纯表示其字面含义，尤其在涉及印刷品时，其更常见用以进行态度或立场的表达（"理性的声音""进步的声音"）；群体身份或意志（"人民的声音"）；风格的同义词（"抒情的声音"）；文本叙述者的类别（亦即热奈特所谓"叙述话语的生成实例"）；等等。④

## 二 苏珊·兰瑟所提出的三种可能的叙述声音酷儿化方式

在《叙述声音酷儿化》中，兰瑟进一步拓展早前在《叙事学酷儿化》中所运用的朱迪斯·巴特勒的性别理论，依据《我们到了没？——"交叉路口"的女性主义叙事学的未来》中吸收金伯勒·克伦肖的"交叉性"理论所提出的女性主义叙事学未来，尝试探索叙事声音酷儿化的可能性所在。作者在此文中首先分别考察了"to queer"的词典义、日常语用义和学术尤其是叙事研究的语用义。通过分析之前针对叙事现象的酷儿可能所运用的含义，兰瑟也指出自己对动词"queer"的理解，包括逾越规范的性欲标准、消解性别固有观念标准和消解所有固有观念标准。其研究目的在于探究将其中任何一种可能性赋予虚拟叙述者的结果，以及对女性主义批评和自己此前提出的假

---

① 转引自胡全生《苏珊·兰瑟的女性主义叙事学构想述论》，《学术论坛》2019年第1期。
② [美] 苏珊·S. 兰瑟：《虚构的权威：女性作家与叙述声音》，黄必康译，北京大学出版社2002年版，第3页。
③ [美] 苏珊·S. 兰瑟：《虚构的权威：女性作家与叙述声音》，黄必康译，北京大学出版社2002年版，第3页。
④ Susan S. Lanser, Queerin, Narrative Voice, *Textual Practice*, Vol. 6, 2018: 1-13.

设——"性别二元性必然会在作家和读者参与叙述声音时产生影响"①进行质疑和考量。

兰瑟将自己对于酷儿叙事学的研究追溯到 1995 年就杰拉德·普林斯批评其《建构女性主义叙事学》的回应文章《叙事的性别化：适当性、欲望和叙事学的产生》。吊诡之处在于，文中被援引兰瑟以介绍女性主义叙事学的《写在身体上》却事实上巧妙隐藏了第一人称叙述者兼主角的性别，以酷儿身份样态进行呈现，这充分暗示出女性主义走向性别理论开放后无可避免与酷儿合流的未来。兰瑟在此选择将酷儿和女性主义结合，并不否认"二者的关联只是两种活动的假定的异质性聚合"②。正如后来这篇文章被改名为《叙事学酷儿化》，"这两个标题间未被承认的紧张关系标志着文章本身中女性主义和酷儿模式间未被承认的紧张关系"③，兰瑟在《建构（更酷儿和）更加兼容的（女性主义）叙事学》仍未能消解这张力所在，酷儿叙事本身并不发达，其与女性主义叙事学的关系也有待发掘。但她同时指出，自己对于叙述声音酷儿化可能性的研究，本质内核在于对"queer"所具有的探索之意的接受，是对《叙事学酷儿化》中将性问题作为望远镜做法的进一步拓展，以获得审视叙事问题乃至文学本身的新视角。而且如前所述，"声音"本身在兰瑟看来也具有酷儿性质。

就此，兰瑟"想在叙事逻辑框架内质询什么情况下的叙事声音可能被认为是'酷儿'的；符合酷儿定义的文本是否可能倾向于特定的叙述声音类别；研究酷儿化的叙述声音能得出的结果"④，依据热奈特意义上的叙述者分类，将叙述声音被"酷儿化"（queered）的可能性分为三类，包括具有酷儿身份认同或酷儿观点的叙述声音、模糊性别的叙述声音和任何解构二元主体的叙述声音。

具有酷儿身份认同或酷儿观点的叙述声音又可以以叙述者是否表明个人酷儿身份为标准，划分为公开的酷儿叙述者与隐含的酷儿叙述者，他们一般在热奈特意义上是同故事叙述者，少数是异故事的。公开的酷儿叙述声音出现时间较晚近，兰瑟用以举例的是斯蒂芬·麦考利（Stephen Maceuley）的小说《无足轻重的其他人》（*Insignificant Others*），文中名叫理查德的男性叙述者在故事开端就称呼另一名男性角色康拉德为"我的伴侣（partner）"。兰瑟认为此处的"伴侣"具有相当的暗示性，结合后文述及的男同性恋主题演讲，可以确定叙述者的酷儿身份。兰瑟就此进一步指出研究者应重点关注叙述者将自己刻画为酷儿，以构建自我权威和获得同理心的方法。同时也应注意此时叙事者面对的公开情境，亦即此人的展示对象是故事中个别人物还是读者，这涉及公共和私人叙述情境区别的问题。

---

① Susan S. Lanser, Queerin, Narrative Voice, *Textual Practice*, Vol. 6, 2018: 1-13.
② Susan S. Lanser, Queerin, Narrative Voice, *Textual Practice*, Vol. 6, 2018: 1-13.
③ Susan S. Lanser, Queerin, Narrative Voice, *Textual Practice*, Vol. 6, 2018: 1-13.
④ Susan S. Lanser, Queerin, Narrative Voice, *Textual Practice*, Vol. 6, 2018: 1-13.

隐含的酷儿叙述声音常"表现为对同性身体的特别欣赏或对同性欲望的特殊理解"。[1] 虽然并未宣明自己的身份，酷儿叙述者同样可以在或明显或隐匿的两个极端之间借由叙述暗示出个人身份。较为明显的展示可见于萨拉·奥恩·朱厄特（Sarah Orne Jewett）的小说《深港》（*Deephaven*，该词本身被解读为女同性恋密码），其中叙述者海伦常将自己与女性朋友凯特称为"我们"，"在叙述层面实施情节层面上无法揭示的耦合"[2]。她们一起在房中待过六周，沙发"足够宽，可以让凯特（和海伦）一起躺着"，并且她们很多次早餐吃得很晚。尽管从未揭示原因，我们在这过度细致和明显缺失的叙述张力之间，也可见得对于两人关系呼之欲出的答案。而在更加隐匿的叙述则可能难以鉴别，兰瑟在此以劳伦斯·格罗斯（Lawrence Gross）对拜伦《唐璜》叙述者酷儿身份的解读等为例，说明"异质性符号与彰显男性气质幻惑女性气质的符号一样，是文化变量而非固定规范"[3]。显而易见，在此意义上我们的研究毫无疑问被拓展到更广阔的时空范围，也涉足更危险的判断情境——在对隐匿的酷儿叙述者性别进行赋名时，叙述者无心插柳与刻意为之的界限是极度模糊的，甚至很大程度上依赖于受述者见仁见智的批评解读，也许这也正是该分类标准的缝隙所在。

模糊性别的叙述声音以叙述者与故事的同异关系为标准，划分为模糊性别的同故事叙述声音和模糊性别的异故事叙述声音，其中前者又可分为模糊性别的同故事个体叙述声音和模糊性别的同故事集体叙述声音。兰瑟认为模糊性别的同故事个体叙述声音少见且易识别，因为不同于西方诗歌常采用性别模糊的第一人称声音，在强调虚构与模仿的小说中"几乎所有文化都采用性别二元划分"，正如此前提到珍妮特·温特森的小说《写在身体上》，第一人称的同故事叙述者"我"曾经分别与男性和女性交往，外表和行为都"不能被固定在任何性取向上"。如此特殊不显示性别的个体同故事叙述打破了笛卡儿二元论，后者"允许思想或灵魂保持不分性别（抒情声音），但坚持社会行动的实践性（叙述声音）"[4]。模糊性别的同故事集体叙述声音与兰瑟早期在《虚构的权威：女性作家与叙述声音》提出"集体性叙述声音"相关——"在其叙述过程中某个具有一定规模的群体被赋予叙事权威；这种叙事权威通过多方位、交互赋权的叙述声音，也通过某个获得群体明显授权的个人的声音在文本中以文字的形式固定下来"[5]。它消解传统社会分类的标识意义，增强团结的可能性，也提供了一种"原始乌托邦式实践，其中性别、种族、性取向和其他传统的社会分类无法表达周全准确的特征"[6]。但正如之前谭菲等学者对于女性主义叙事学中集体性叙述声音的质疑，此处模糊性别的同故事集体叙述声音同样存在难以区分具体文本中叙述声音

---

[1] Susan S. Lanser, Queerin, Narrative Voice, *Textual Practice*, Vol. 6, 2018: 1-13.
[2] Susan S. Lanser, Queerin, Narrative Voice, *Textual Practice*, Vol. 6, 2018: 1-13.
[3] Susan S. Lanser, Queerin, Narrative Voice, *Textual Practice*, Vol. 6, 2018: 1-13.
[4] Susan S. Lanser, Queerin, Narrative Voice, *Textual Practice*, Vol. 6, 2018: 1-13.
[5] [美] 苏珊·S. 兰瑟：《虚构的权威：女性作家与叙述声音》，黄必康译，北京大学出版社2002年版，第3页。
[6] Susan S. Lanser, Queerin, Narrative Voice, *Textual Practice*, Vol. 6, 2018: 1-13.

究竟是个体所发，还是个体代表集体所发等问题[①]，且相关的文学具体实践稀少。

相比模糊性别的同故事叙述声音频率，在兰瑟意义上获得区分的模糊性别的异故事叙述声音非常普遍，乃至构成了某种大众化的传统叙事规范。众多文学作品尤其年代较为久远的传统文学，并未在叙述者的叙事过程中展现个人性别因素。这毫无疑问与苏珊·兰瑟在早期研究中，习惯于通过关注读者接受体验而在叙述者性别与作者性别间建立联系相抵牾。大卫·里希特（David Richter）和曼福雷德·雅恩（Manfred Jahn）将这个理论概括为"兰瑟规则"，说明"在没有关于叙述者性别的内在线索的情况下，读者默认作者的性别为叙述者的性别"[②]。兰瑟发现，"我们必须承认异故事叙述者的性别通常不是文本属性，而是社会条件推理"，"（如'兰瑟规则'赋予该类叙述者性别）是历史上偶然的做法"[③]，正如尽管现今通常将《傲慢与偏见》的叙述者赋名为女性，但此前研究仍有将其作为男性的案例。而且因为有众多内具模糊性别的异故事叙述声音的文学作品并没有明确的作者流传于世，我们根本无法根据"兰瑟规则"给予叙述者性别身份。兰瑟意识到要关注直接或间接透露叙事者性别的文本标记的同时，更"要承认小说中普遍存在的无性别异故事叙事并对其进行理论化"，"虚构叙事是一种符号学奇迹，并不总是可以还原为规范约束历史中的作者与虚构中的人物的实体存在"[④]。叙事本身潜在具有酷儿属性，在挣脱"兰瑟规则"的枷锁后，我们完全可以质疑此前单纯因为作者是酷儿而断定其故事叙述者为酷儿的推理，更获得了质疑所谓男性叙事传统的可能性。

苏珊·兰瑟所提出的第三种酷儿化的叙述声音是任何解构二元主体的叙事声音。在此意义上的叙述声音已经脱离了性别规范的框架，此处广义上"酷儿"的叙事指向非常态叙事，"指代所有的解构实践"[⑤]。由此可以说任何打破文学传统规范的叙事行为都是"酷儿叙事"，这些叙述声音都是"酷儿化的叙述声音"，譬如诸多现代主义创新者——亨利·詹姆斯、弗吉尼亚·伍尔夫、多萝西·理查森、马塞尔·普鲁斯特等。在此基础上，罗兰·巴尔特在《S/Z》所解读的巴尔扎克小说《萨拉辛》和热奈特在《叙事话语》所解读的普鲁斯特《追忆似水年华》，都是可以追认的酷儿文本，但二者显然并未着眼于此。兰瑟则倾向于狭义地、确定地在叙事者声音的性别基础上来理解"酷儿"，也就是本文上述呈现的前两种方式，并在文章最后呼吁对酷儿叙事可能性的进一步考察，以此回应诸多理论家翘首以盼的叙述形式问题。

---

① 谭菲：《性别化的叙述声音——苏珊·S·兰瑟女性主义叙事学理论》，《海南大学学报》（人文社会科学版）2018 年第 3 期。
② Susan S. Lanser, Queerin, Narrative Voice, *Textual Practice*, Vol. 6, 2018: 1-13.
③ Susan S. Lanser, Queerin, Narrative Voice, *Textual Practice*, Vol. 6, 2018: 1-13.
④ Susan S. Lanser, Queerin, Narrative Voice, *Textual Practice*, Vol. 6, 2018: 1-13.
⑤ Susan S. Lanser, Queerin, Narrative Voice, *Textual Practice*, Vol. 6, 2018: 1-13.

### 三 苏珊·兰瑟所提出的理论问题及其学术贡献

正是在考察兰瑟区别的三种叙述声音酷儿化可能性的基础上,我们能明显觉察出她对于展现明显性别特征的叙事声音的偏爱,不论是公开的酷儿叙述者、隐匿的酷儿叙述者中较为明显的部分,还是模糊性别的同故事个体叙述声音,都赋予进一步对叙述声音形式进行社会历史批评以合法性;但这又无疑暴露出该理论在处理为数更多的性别特征不明显的叙事声音时流露的疲态,如隐匿的酷儿叙述者中不明显的部分和模糊性别的异故事叙述声音等。我们正应对产生如此困境的原因和解决方式进行探讨。

事实上早在兰瑟的女性主义叙事学最初传入我国时,以申丹为代表的国内学者已经就其理论中对叙事语法和阐释与语境的不同关系进行质疑,"在建构叙事语法时,哪怕进一步考虑性别,性别也只会成为一个脱离语境的结构特征",意识到"其实有很多叙述结构(如倒叙、预叙或从中间开始叙述)是根本无法进行进一步的性别区分的"[1]。这个问题在我们当下讨论的兰瑟酷儿化叙述声音中仍存在,将性别上升为叙述结构的必要标准,将不只面临对无性别或弱性别文本的阐释实践问题,同样也需要回应与性别较之社会地位、国籍、种族,乃至性格、资历、天赋等标准的特殊性所在。

对此讨论可以追溯至古希腊时期。柏拉图和亚里士多德有关艺术模仿的分歧就已经暗示出艺术与现实的截然不同,小说叙事的模仿亦然。不论是比完满的理念世界更低级还是较现实更高格,艺术模仿必然呈现出对现实某方面的变形。隐含作者的写作目的与兴趣取向毫无疑问在一定程度上决定了相关作品呈现的特殊效果所在,在此基础上,文本得以有所取舍地进行自我彰显,进一步获得多重解读与接受可能性的合法前提。正如美国政治哲学家约翰·罗尔斯在《正义论》所提出的"原初状态"[2],在制定普遍的规范时,制定者应当是一个排除社会地位、关系、国籍、种族、性格、性别、财产、资历、天赋等因素的,纯粹、普遍、平均意义上的"人"。而文学的"原初状态"则依赖于隐含作者在选择视角、构造叙述者时必然要遵循的某种根本遵循和普遍基础,亦即从"人"出发的语言规范与心理机制。失却前者,被创造的文本便无法被理解;缺失后者,作品将陷入缺失逻辑的泥沼,且与作者的本体性存在相违和。在此基础上,隐含作者根据意识或潜意识的写作目的与兴趣取向添加叙述者所需的身份特质,包括社会地位与关系、国籍、种族、性格、性别、财产、资历、天赋等,甚至是物质层面的身体(这在同故事叙述中尤其重要)。这也正说明作为加项的后者是可选择而非必要的,这加项是小说虚构的一部分,隐含作者基于对此合理的选择与消解来达

---

[1] 申丹:《叙事形式与性别政治——女性主义叙事学评析》,《北京大学学报》(哲学社会科学版)2004年第1期。
[2] [美]约翰·罗尔斯:《正义论》,何怀宏、何包钢、廖申白译,中国社会科学出版社1988年版,第113页。

成更具普遍性、规律性的创作。在苏珊·兰瑟所关注的视域下，它主要体现为"性别"属性的彰显问题。基于上文论述，我们可以再次考察兰瑟对于叙述声音酷儿化可能性的分类，尤其是模糊性别的叙述声音中为其理论带来麻烦的模糊性别的异故事叙述声音，后者显然是隐含作者并未选择"性别"加项以构造叙述者的结果，因而也不必强行纳入性别化的叙述声音形式来考量和批评。

但我们也应关注在具有酷儿认同或酷儿观点的叙述声音类别中所划分的第二类隐含的酷儿叙述声音，兰瑟强调了其中过于隐匿的酷儿叙事为归类带来的困难，于此的讨论应该回到有关"酷儿"概念定义的讨论。"酷儿"一词毫无疑问与"女性""男性"等在广泛且悠久的社会惯例中已然自明的概念并不相同，而是社会政治文化运动中所诞生的必然性思想变革的产物，其本身即具有鲜明的政治色彩与社会心理认同需要。在西方语境中，使用"酷儿"一词已然是某种身份认同和政治宣誓，更无须说在其他文化语境中使用这个非本土词语不言自彰的目的。在此语域中，借用福柯的主张，话语即是权力，语词的使用天生就意味着某种意识形态的角力和社会话语、政治地位的争夺。"酷儿"需要大声呐喊，这也正是兰瑟为什么说，"酷儿，尤其在其复杂的历史性中，可能是所有叙事声音中最不可能采用未宣明个体身份形式的（群体）"[1]。苏珊·兰瑟所建立的女性主义叙事学，是在不改变叙事学科学化理解文学前提的同时，女性主义叙事学更深层次揭露文学传统中男性话语根深蒂固的刻板权威，从而为女性主义开拓更开阔也更深入批评的场域，根本地给予男女平等乃至人类更完满的发展前景以可能性，其目的在于揭示并敦促改变现实女性的困境。而在接受解构主义视域下的性别理念后，兰瑟对于酷儿叙事学的开拓同样回应了内部理论需要和外部现实关切，其根本目的仍在于推动现实"酷儿"——更准确地说是"人"的自由发展需要。

所以，为了争取相应的政治话语权力，文学中所展现的酷儿叙事声音应该是清晰的，这也是兰瑟发现公开的酷儿叙述声音基本位于晚近作品中的原因，含蓄的酷儿叙述声音中具有明显酷儿表现的也同样属于此类。至于更含蓄的那一类，我们没有必要一个萝卜一个坑地将他们安在酷儿叙述声音的分类之下，与其削足适履，不如肯定其中对于同性之美和同性欲望暗示性书写，透露出人性本身复杂的一面中包蕴的对于美与自由的向往。在此种意义上，一切文学都或多或少是"酷儿"的，或曰彰显人的本真存在的。

通过梳理苏珊·兰瑟女性主义叙事学的理论发展脉络和酷儿理论诞生的历史场域与意义构建，我们可以看到，在融合了克伦肖的交叉性理论和巴特勒的性别理论之后，兰瑟理论在酷儿叙述研究中产生的新变，尤其是《叙述声音酷儿化》进行了叙述声音酷儿化可能的初步划分，并由此产生的对自我早期理论的批评，推动了相关理论与批评实践的可能，也为相关文学创作开辟了理论道路。

---

[1] Susan S. Lanser, Queerin, Narrative Voice, *Textual Practice*, Vol. 6, 2018: 1-13.

当然，我们也同样应该注意到国内对相关问题的关注度似乎并不高，有关兰瑟作品尤其20世纪后的译注更是罕见。事实上，作为著名叙事学者的苏珊·兰瑟在叙事学领域不断与时俱进地博采众长，为女性乃至酷儿群体发声，我们也应对相应研究有所拓展。

# 沃纳·索洛斯的种族文学理论探析

狄晨旭[*]

(暨南大学文学院 广东广州 510000)

**摘要**：沃纳·索洛斯（Werner Sollors）作为种族文学研究的代表学者，以种族身份具有建构性、流动性的论点挑战了当时理论界种族归属具有先在性的主流观点。他审视了"种族"的起源与演变，以"血统"和"认同"两个关键词为线索探讨了美国社会文化中血统带来的种族认同与美国人身份认同之间的复杂关系。由此围绕移民、种族与多元文化的碰撞融合也提出了一些文学理论。随着对种族身份的深入研究，索洛斯又转而关注到了被边缘化的跨种族文学，以主题学、意象学的理论视角分析了跨种族群体在文学叙事中的经验表达特征。他主张重写一部（跨）种族文学史，梳理其文学传统，促进（跨）种族文学经典化。观照沃纳·索洛斯的种族研究理论有利于我们对美国种族文学研究有更全面深入的认识。

**关键词**：沃纳·索洛斯（Werner Sollors）；种族研究；跨种族文学理论

沃纳·索洛斯（Werner Sollors，1943— ），柏林自由大学博士，美国艺术与科学院院士，1983年进入哈佛大学英语系任教，现任哈佛大学 Henry B. and Anne M. Cabot 名誉教授，曾任哈佛大学非裔美国人研究系主任、美国文明史系主任、种族研究系主任。曾任教于柏林自由大学、哥伦比亚大学等，并在阿布扎比纽约大学担任全球文学教授。主要研究领域为种族文学研究，在跨种族文学理论与文本批评上有所建树。曾获《美国季刊》最佳论文 Constance Rourke 奖、哈佛大学 Everett Mendelsohn 优秀指导奖等。

## 一 种族建构论与种族身份流动性

种族研究中关于种族的形成一直存在两种相反的观点，一些学者认为种族是由肤色、运动能力、大脑活动等先天特征决定的，而另一些学者则认为不同种族并不必然

---

[*] 狄晨旭（1999— ），河北邯郸人，暨南大学文学院文艺学在读硕士研究生。

有生物学差异，种族是由后天社会环境和文化结构建构而成的。沃纳·索洛斯就是后者种族建构论的坚定拥趸，他多次论述，"种族"是一种发明，作为移民的黑人及其后代是从非洲来到美国之后才发现并构建了自己的种族，黑人通过差异化的他者世界认识自我，在他者的歧视与偏见和自身的抗争与追求中逐步形成自我民族意识。他对"种族"从词义概念上进行了解构，将种族和民族作为分析范畴进行讨论，通过对种族术语的溯源指出了其含混性，也指出了不同学者在使用过程中为了政治正确等原因而对种族界定的歧义和模糊性，这些都为他的种族建构论提供了支持。按照索洛斯的观点，族裔不仅仅是指生物学意义上的种族归属，更是指一个人在文化上的心理归属，且这一身份归属是流动的，它是文化互动（cultural interaction）的结果，社会中的同一性或身份本身，向来是以文化作为界定的标准。

由此种种族身份建构论立场，索洛斯反对将种族文学理论与文本批评建立在静态、原始甚至是生物的种族身份上，批判了种族相对主义理论立场和"经验首先是种族的"理论假设，认为不能看到作品描写黑人或作者为黑人就先入为主地、简单地以黑人文学理论进行解读，这样无疑遮蔽了黑人文学的多样性和丰富性，会导致文本批评的粗暴和专制。

为了解决这一问题，索洛斯拈出了相对中性的血统（consent）与认同（descent）两个术语作为观照美国种族问题的关键，也以此提出了自己的理论。血统与认同在美国文化中代表着相反的含义，"血统"指生物学上的物质关系，即通过血液或自然建立的天然联系，"认同"指后天通过法律或婚姻等建构的关系。"血统话语强调我们作为继承人的地位，我们的遗传品质、责任和权利；认同话语强调我们作为成熟的自由代理人和'我们命运的建筑师'选择我们的配偶、我们的命运和我们的政治制度的能力。"[①] 正如索洛斯所指出的那样，"拒绝世袭旧世界等级（以欧洲贵族为代表）和拥有不同出身的新民族团结起来公平追求幸福的愿景之间的张力标志着美国意识形态在血统与认同之间摇摆"。[②] 美国黑人一方面想继承自身的黑人传统，另一方面又想认同美国以白人为主导的社会文化，追逐"美国梦"，这两种想法不停摇摆晃动。血统与认同的矛盾交织是美国少数族裔群体深层意识形态的概括与体现，这种冲突也成为美国种族身份问题复杂性、模糊性的根源。

索洛斯"血统"与"认同"交织的理论观点实际上是对著名黑人历史学家和社会学家杜波依斯（W. E. B. Du Bois）早在19世纪末期就提出的黑人"双重意识"（double consciousness）命题的发展。杜波依斯从比喻和社会心理学角度指出黑人在种族与身份认同上存在双重意识，"这种双重意识。一个是美国人，另一个是黑人，两个灵魂，两

---

[①] Werner Sollors, *Beyond Ethnicity：Consent and Descent in American Culture*, New York：Oxford University Press, 1986, p. 6.

[②] Werner Sollors, *Beyond Ethnicity：Consent and Descent in American Culture*, New York：Oxford University Press, 1986, pp. 4 - 5.

种思想，两种无法调和的抗争。"① 黑人既想融入美国（白人）社会又想保有黑人种族的独特性，由此产生矛盾心理。这一精准的种族文化身份理论深刻影响了后来的种族理论。索洛斯的"血统"即偏向黑人意识，"认同"偏向美国人意识。他借"血统"与"认同"将现代种族研究中令人眼花缭乱又难以捉摸的、模糊的术语转化成契约性（contractual）与世袭性（hereditary）、白手起家的（self-made）与继承的（ancestral）之间的冲突，并且认为在"血统"与"认同"之间关于美国身份的定义就是美国文化中的核心戏剧性事件，血统与认同的混杂就是身份建构性、流动性的表征。

在许多美国文学文本中存在着血统与认同之间的张力，例如许多作品描绘的房间通常有一面种族墙和一面美国墙，以墙上的图画等来区分，这就是象征种族和美国对立的一种符号表征。文本中人们一方面追求自由的新世界，另一方面又努力寻找一种自然的、基于本能的"爱"和世代传承的家庭凝聚力。这种张力体现着身份认同的流动性，这是美国种族文化的独特性，同时也建构着多元的美国文化，索洛斯认为这样的种族文学就是典型的美国文学。作品包含"双重意识"，同时也有着"双重受众"，体现了美国的种族多样性和由此带来的独特的、"大熔炉式的"美国心理文化结构和文化范式。在对这些文本进行批评时，我们可以通过血统与认同两个角度审视不同身份的新来者和外来者如何融入美国文化以及美国性是如何建立起来的。对血统与认同两个方面的关注使索洛斯能在"清教类型学和移民、关于重生的布道和关于大熔炉的讨论或者是教会成员的婚礼意象和美国公民身份"之间发现新的联系，他从血统与认同出发关注"边界建构的对立、从圣经中狄得的被选中的人性结构、大熔炉的混合修辞，作为纽带的爱的归化、作为养父母的祖先的诅咒和祝福、父母和配偶形象的象征性紧张关系、地区主义道德体系和代际思维"等因素在文本中相互作用的复杂关系，从而在文学理论与文本批评上提供了新角度。

索洛斯在 20 世纪 80 年代种族文学研究还集中在文本解读与单一种族、血统决定论时就已关注到种族身份的建构性与流动性，并从理论层面进行了深入研究，这或许与他的德国白人身份有关，他在研究种族问题时跳出血统差异决定论，拥有了别具一格的理论视野；同时他也跳出美国黑人—白人的狭小领域，看到了种族问题的普遍性。种族问题并不是美国专属，索洛斯的种族研究由美国扩展到整个世界，他不局限于美国种族融合的模式，而是期待一种人类共同发展的宏大愿景。

## 二 移民、认同与多元文化

沃纳·索洛斯非常关注文化认同与身份建构问题，关于移民与美国文化认同有深入的理论论述。任何文化都不是绝对封闭的，不同族裔群体的人们大多以移民的形式

---

① W. E. B. Du Bois, *The Souls of Black Folk*, New Haven: Yale University Press, 2015, p. 5.

来到美国，也将不同的文化带到美国。这些文化进行了不可避免的交流与融合，种族复兴主义和排外主义恰恰说明了"认同"这一心理文化机制的强大作用，不同种族在美国社会已有广泛的同化。社会文化认同是事实，索洛斯思考的是在多样文化交融之中美国公民认同是如何建立起来的，即在美国文本和符号中探讨不同种族的移民是如何融为一体的。

经过对大量文献的细致考察，索洛斯认为在建构社会认同的过程中美国修辞（American rhetoric）起了重要作用。美国修辞作为一种表达亲属关系的象征性意象建构成为一种联结纽带，"将不同血统的美国人融合为一个民族"。他所论及的修辞类型可归纳为三种：第一，按照英国模式或盎格鲁一致性进行强制同化，"它使英语成为占主导地位的语言，并把美国变成了除英语以外的其他语言的坟场"[1]，这种借助语言的修辞话语试图以共同的英国血统作为美国"不同元素"之间的"联结纽带"；第二，利用宗教类型学，以神圣的《圣经》故事作为世俗美国故事的原型，形成美国的"公民宗教"，从而"有助于将宗教情感转移到政治情感上"，"不是新世界清教徒、清教徒和弗吉尼亚人的后裔却援引这些群体的起源，以此作为一种想象文化联系的方式"[2]，这种类似于宗教的精神联系为融合提供了心理文化支撑；第三，营造一种话语环境使移民们"感觉自己是乔治·华盛顿（George Washington）的同胞，或者背诵开国元勋们尊崇的政治文件，可以创造一种民族凝聚力"[3]，同为移民、到达点都是美国，可以提供某种形式的家庭相似性和美国的包容性，实现以到达点替代追寻种族起源的目的。正如索洛斯在《国家认同和种族多样性》中所表明的那样，"一个人只需要回到一个异构的在普利茅斯岩的五月花号到达点，詹姆斯敦的一艘奴隶船，在城堡花园、埃利斯岛或天使岛担任轮船的舵手，而不是在地球上的不同地方追溯自己的根"[4]，美国确立了许多类似的修辞符号，使来到美国的移民切断过去，把带有"外国倾向"的多样性反而变成"共性"，又由共同的到达点与未来想象激发出另一种团结的源泉。这种文化修辞上的成功使人们的观点可能已经从跟随父母的榜样微妙地转变为为孩子想象一个更美好的未来，相应的文学文本中向上流动的成功故事对于这种重新定位的重要性也是不可忽视的。

在文化认同之后索洛斯又追溯了与同化相对的多元主义的兴起与发展。早期多元主义思想与种族主义思想不相信同化，两者都对种族起源不变性抱有信念。"慢慢地出

---

[1] Werner Sollors, *Challenge of Diversity*: *Essays on America*, New Brunswick: Rutgers University Press, 2017, p. 7.

[2] Werner Sollors, *Challenge of Diversity*: *Essays on America*, New Brunswick: Rutgers University Press, 2017, p. 8.

[3] Werner Sollors, *Challenge of Diversity*: *Essays on America*, New Brunswick: Rutgers University Press, 2017, p. 8.

[4] Werner Sollors, *Challenge of Diversity*: *Essays on America*, New Brunswick: Rutgers University Press, 2017, p. 10.

现了一种新的美国意识,这种意识越来越强调种族多样性的各个方面,认为这是国家的基本特征,并有希望实现统一。"[1] 如今由多元主义倡导的多样性不仅不会产生焦虑,反而可能成为民族自豪感的源泉,通过形成多种族的"异质化合物"来寻求民族团结。

索洛斯进一步描绘了多元话语下的种族现代主义。20世纪之后美国逐渐走向全球文化生产的中心,与此同时,随着传播技术的迅速发展,现代主义的各种版本成为主流艺术形式。索洛斯在《种族现代主义》中试图以国际政治发展、现代主义在视觉艺术中的兴起以及海明威作为散文作家楷模的崛起为背景,以手推车(现在看来是一种可爱的怀旧物品)作为现代性的核心主题标志探讨格特鲁德·斯坦(Gertrude Stein)、玛丽·安廷(Mary Antin)、吉恩·图默(Jean Toomer)、罗尔瓦格(O. E. Rölvaag)、纳森·艾什(Nathan Asch)、亨利·罗思(Henry Roth)、理查德·赖特(Richard Wright)、佐拉·尼尔·赫斯顿(Zora Neale Hurston)、彼得罗·迪·多纳托(Pietro di Donato)、曼奇欧尼(Jerre Mangione)、约翰·赫西(John Hersey)等人的主要作品。他的一系列新颖而引人入胜的精读说明了非裔美国人、欧洲移民和其他少数族裔作家在参与现代文学的同时也改变了美国的发展,这些作家作品的现代性表达使美国日益具有多元文化的自我意识。

当然索洛斯的理论研究还包括对多元文化的反思,他对多元主义保有警惕,他引用夸梅·安东尼·阿皮亚(Kwame Anthony Appiah)的话怀疑多元主义者只是"用多种种族中心主义取代一种"而不是真正的和谐共存。索洛斯还指出不论是在国家认同形成的过程中还是在多元文化融合的过程中,都没有过多地关注非裔美国人和印第安人,"这个城市移民的身份转变从未跨越肤色界限"[2],黑人的处境仍然堪忧。另外,随着现代资本主义的发展,经济上的不平等使"多元文化主义对群体权利的关注可能使较贫穷的一半美国人更难形成群体间联盟"[3],只会加深阶级鸿沟,加速形成看似多元文化风格的富豪统治。面对日益严重的阶级不平等,多元文化主义可能不再是"美国不同元素"之间的"联结纽带",拥有相同文化的不同阶级享有不同的社会资源,反而存在潜在的爆炸性群体分裂的可能,形成具有"有害倾向"的"不和谐的混合"。

索洛斯关于移民与美国认同、多元文化的相关论述实际上还是其早年所提出的"血统"与"认同"理论的延续。寻求一种公民认同与凝聚力就是对"认同"的追求,而多元文化发展体现出一种对"血统"的自我体认,这种交织也是身份建构、身份流动性的表现之一,只不过索洛斯不局限于黑人而将其放在了更广阔的移民语

---

[1] Werner Sollors, *Challenge of Diversity*: *Essays on America*, New Brunswick: Rutgers University Press, 2017, p. 12.

[2] Werner Sollors, *Challenge of Diversity*: *Essays on America*, New Brunswick: Rutgers University Press, 2017, p. 10.

[3] Werner Sollors, *Challenge of Diversity*: *Essays on America*, New Brunswick: Rutgers University Press, 2017, p. 13.

境下进行探讨。

## 三 跨种族文学的主题学观照

沃纳·索洛斯在种族身份建构论、流动论方向上持续探索，对跨种族文学这种种族身份复杂模糊、更具流动性的文学类型产生了批评兴趣和理论热情。在种族文学研究中，学者们往往对黑人、白人等单一种族的文学较为关注，跨种族文学［interracial literature，或被称为混血族文学（mixed-race literature）］长期以来没有被给予足够的重视。20世纪90年代以来，受跨种族运动的影响，文学市场（尤其以种族问题最突出的美国为代表）上涌现出大量跨种族题材文学作品，许多跨种族作家书写自身经验，与此相应，跨种族文学逐渐受到学界的关注并形成了一个专业的研究领域。索洛斯以其研究成果成为这一领域中的代表学者，他认为被边缘化的美国（黑—白）跨种族文学是"一个经常被黑人—白人二元论所牺牲的位置"，而他要发现这个位置并恢复这个位置的地位和重要性，他在前人的种族理论基础上以主题学视角提出了一些跨种族文学理论并进行了一系列的跨种族文本批评实践。这些研究许多是具有开创性意义的学术探索，为我们观照跨种族文学这一领域提供了窗口。

索洛斯为跨种族文学所下的定义为"表现爱情和家庭关系的所有类型的作品，涉及黑人—白人夫妇、混血儿、他们的后代和他们的大家庭"。[①] 跨种族文学作为一种德勒兹和加塔利所说的"小众文学"（minority literature）代表了后种族时代的身份政治话语，索洛斯以主题理论建构与文本分析相结合的方法阐明了其特征。跨种族作家的尴尬处境使他们既用优势语言写作，又与优势语言立场不同，与黑人文学立场也不同，这种疏离让他们得以表达独特的经验主题。索洛斯指出次血统种族论使黑白混血儿只能以黑人身份生活，他从种族差异概念的起源，从美国人将黑人视为"异类"的观点，到种族的谱系结构，再到"颜色的演算"，再到种族和种族主义的伪科学概念，追溯了美国社会对黑人的排斥制度，而黑人内部的单一血统种族论使混血儿同样受到排斥。这种双重困境使跨种族作家隐含了复杂的身份意识，他们在两种身份中摇摆，具有不安的联系感，在作品中采取不同的策略表达此种主题。"跨种族文学表现出了大量的自我意识和一些情节线在哪里以及如何结束的矛盾心理"[②]，作品中跨种族人物普遍不知如何自处，甚至走向不可避免的死亡结局，这些作品主题体现出跨种族群体对身份的焦虑和迷茫，也体现出他们的自我意识和独特经验。

跨种族作家表达的生存经验主题寻求政治性、主体性和权力，他们抵制了一种规

---

[①] Werner Sollors, *Neither Black Nor White Yet Both: Thematic Explorations of Interracial Literature*, New York: Oxford University Press, 1997, p. 3.

[②] Werner Sollors, *Neither Black Nor White Yet Both: Thematic Explorations of Interracial Literature*, New York: Oxford University Press, 1997, p. 337.

范的美学观念，广泛利用了各种可用的美学资源。索洛斯通过文本细读发现，有的作家（如查尔斯·W. 切斯纳特）在作品中较为明显地表达跨种族群体的自我意识、呼吁主体性和权力，有的作家则将跨种族意识隐藏在文本细节中含蓄地表达。索洛斯还指出这些主题不是单一作者的心声，而是表达一种集体意识，具有集体价值，同时内部又具有丰富性，表现了跨种族作家对内化的白人和黑人等级制度的批判，对公民身份、异化和剥夺公民权等问题的思考。

索洛斯还重点关注了跨种族文学中异族通婚的主题①，异族通婚是跨种族人群产生的原因，描写异族通婚"一直是美国文学的一个显著特征，也是非裔美国人写作中普遍存在的元素"②，尤其是 1967 年"洛文夫妇诉弗吉尼亚州"法案之后美国异族通婚逐渐增多，跨种族人群、跨种族文学也随之增多。索洛斯将异族通婚追溯到奠基神话，通过解读一些画报、封面等涉及种族隐喻的图案，以新视角重新发现和阐释文本中异族通婚叙事的修辞模式，例如当年围绕《兔子的婚礼》这幅图画引发的种族主题风波说明了跨种族主题的"危险性"，对乱伦的痴迷似乎反映了对异族通婚的恐惧等。

在主题学研究中，索洛斯认为"确定主题的过程是通过辩论来协商的……结果必须在文本中显得可信，而不仅仅是在公共语境生成的话语中显得可信，无论这种公共语境是由政府、理论家还是评论家推动的"③，所以索洛斯的主题研究多从文本细读出发，对多种阐释背后的权力运作话语进行了分析。并且警惕随意地根据种族立场的阐释，因为"在任何情况下，作品的主体在这里都是由一个共同的主题取向来定义的，而不是由作者的民族和种族出身或性别来定义的"。④

索洛斯主张主题应有一个合适的大小，不能太过抽象也不能太过细节，更重要的是应当关注主题的历史演变和互文性。像小亨利·路易斯·盖茨等种族文学理论家一样，索洛斯也关注单一文本与其他文本之间的异同，但他以主题学作为理论切入口，文本范围、意象选择也更加广泛。一些微小的细节作为意象与主题密切联系在了一起，如黑人的指甲等不但可以围绕在主题周围强化小说主题，还可以作为普遍意象引领我们联想其他文本话语，"这种主题的重复和它们的聚类可能有助于在小说中创造一种现实感的幻觉，而且……它们在文本中出现的频率很高"⑤，这让我们得以观照主题的互

---

① 此外，索洛斯在 2000 年又专门编辑出版了《异族通婚：美国历史、文学和法律中的黑白通婚》（*Interracialism Black-White Intermarriage in American History, Literature, and Law*, New York: Oxford University Press）一书，收录了查尔斯·W. 切斯纳特、W. E. B. 杜波依斯等人的文章，从"混血"的历史和种族法律建构、文学、社会理论与分析三个部分梳理了异族通婚与文学的学术脉络。

② Werner Sollors, *Neither Black Nor White Yet Both: Thematic Explorations of Interracial Literature*, New York: Oxford University Press, 1997, p. 8.

③ Werner Sollors, *Neither Black Nor White Yet Both: Thematic Explorations of Interracial Literature*, New York: Oxford University Press, 1997, p. 24.

④ Werner Sollors, *Neither Black Nor White Yet Both: Thematic Explorations of Interracial Literature*, New York: Oxford University Press, 1997, p. 26.

⑤ Werner Sollors, *Neither Black Nor White Yet Both: Thematic Explorations of Interracial Literature*, New York: Oxford University Press, 1997, p. 25.

文性，通过多重主题的重叠和杂交辩证地理解跨种族文学。

索洛斯对属于"边缘中的边缘"的跨种族文学研究实现了双重目的。其一，证实了那些未被"中心"认可的或遭到忽略的跨种族边缘写作，同时突出了这些写作中所涉及的文学文化价值；其二，在此基础上建立了一套针对性的批评话语和理论体系，对具有自身特点的跨种族文学文本进行了有效的阐释。

### 四 重写文学史与种族文学经典化

沃纳·索洛斯主张重构一种新的种族文学史以满足其种族文学理论的诉求，促进种族文学的经典化历程。索洛斯的这一主张是针对旧有种族文学史而言的，他不满之前的文学史以种族身份区分作家群体，即使这些作品没有什么相同之处也将同一种族的作家作品汇编在一起的编纂方式。他指出了其缺陷——"按这一程序出版的结果是由关于少数族裔作家群体的随机文章组成的读本和汇编，这些作家除了所谓的民族根源之外几乎没有什么共同之处；同时，明显而重要的文学和文化联系也被混淆了"。[①] 这种文学史书写原则使文学与种族之间丰富多样的互动关系被忽视，我们将难以看到不同种族文学艺术之间的借鉴与融合，如具有跨种族重要性的"垮掉的一代"（the Beat Generation）就绝不能只以单一种族视角进行解读。在这种背景下，索洛斯认为理想中的种族文学史应以恰当的主题、类型为线索，尤其是像跨种族文学史更应该以新的类型化的编纂方式单独区分，全面地描述其文学传统以及多种文本之间的互文性关系，新的文学史"应该增加我们对不同背景的作家之间的文化相互作用和联系的理解，以及发生在美国的文化合并和分裂"。[②] 这种新的种族文学史将发展"一种超越根源的有机意象的术语，可以与融合的无限性和创造性达成协议"。[③] 索洛斯期待这样一种文学史可以让人看到长期以来（跨）种族的融合交流与多元文化的创造性表达。

依据这种重视边缘、发现联系的理论思路，近年来索洛斯进行了一系列文学史编纂实践，如在 2009 年与 Greil Marcus 合作编著了《新美国文学史》（*A New Literature History of America*），按年份与主题相结合的方式书写了一部种族特色突出的美国文学史，书中重新发现了许多被边缘化的作家作品。这些作品作为移民和种族融合的表征之一，参与了广泛的文学传统，让我们看到了美国文学在不同文化轨迹之间复杂多样的互动。此外，他对多种族、跨种族、黑人知识分子的文学与历史一直格外关注，

---

① Werner Sollors, *Beyond Ethnicity: Consent and Descent in American Culture*, New York: Oxford University Press, 1986, p. 14.

② Werner Sollors, *Beyond Ethnicity: Consent and Descent in American Culture*, New York: Oxford University Press, 1986, pp. 14 – 15.

③ Werner Sollors, *Beyond Ethnicity: Consent and Descent in American Culture*, New York: Oxford University Press, 1986, p. 15.

也编纂了一些相关书籍。[①]

当然索洛斯等人的这种文学史主张也遭到了一些学者的反对，如大卫·帕伦博-刘（David Palumbo-Liu）就反对建构单独的跨种族文学史。他认为强调跨种族文学的独特性，特别是有意为其单独书写文学史，会从历时与共时两方面形成遮蔽，既会遮蔽这些文本长期以来参与世界文学实践的历史进程，又会遮蔽种族文学与其他文学文本之间的互动与关联，单独分离出来书写的文学史反而使不同种族之间产生区分和割裂。而且要将非欧裔（African-European）、印欧裔（Native-European）、欧亚裔（Eurasian）、非亚裔（African-Asian）和印非裔（Native-African）等进行严格区分也非常困难，所以以大卫·帕伦博-刘为代表的学者主张只在文学史内部对（跨）种族文学给予重视而不是单独为其重写文学史。他们主张关注"形成少数种族文学'经典'的历史……种族'声音'是如何在主流美学、意识形态和少数话语的间隙中构成的……种族文本如何在跨越国家文化空间的过程中被规范化和重新配置"等。[②] 这种从整体上考察种族文学经典的形成与权力话语运作的观点与索洛斯对种族文学经典化的设想形成了鲜明对照。

不论哪种观点其实都关注到了黑人等种族文学文本日益增长的重要性，也突出了种族文学经典化问题的紧迫性。种族研究的学者们对重写文学史这一理论思考有利于我们重新审视文学经典化的问题，也会给我们多民族的文学史编纂提供有益借鉴。

沃纳·索洛斯的种族文学理论研究总体上围绕种族建构论和种族身份的弹性流动展开，以种族意识与美国人认同的交织为主线，保持了内在一致性，他从理论高度对黑人文学、跨种族文学进行了美学新阐释和经典化设想。此外还做了大量理论实践，如对种族文学经典作家作品进行再解读[③]、编纂种族文学选集和文学史等，在研究方法上他擅长从意象和单句的精读入手做出敏锐的解读，也有一些跨学科的研究方法。而且他不只是关注狭义的文学文本，还将视觉图像等视为一种广义的文学性文本，引用丰富的材料佐证观点，关注其中传达出的种族权力话语。他关于种族文学的大量理论成果还值得我们继续深入探索和挖掘，其理论思想也将为边缘文学研究、多民族文学史书写、多元文化与现代主义等问题提供借鉴。

---

[①] 2000年索洛斯与M. Shell合编《多语种美国文学选集》（*The Multilingual Anthology of American Literature*，New York：New York University Press），2004年出版了《跨种族文学选集》（*An Anthology of Interracial Literature*，New York：New York University Press）；参与编写了《黑人在哈佛：非裔美国人在哈佛和拉德克利夫的经历纪实史》（*Blacks at Harvard：A Documentary History of the African-American Experience at Harvard and Radcliffe*，New York：New York University Press，1993）。

[②] David Palumbo-Liu, ed., *The Ethnic Canon：Histories, Institutions, and Interventions*, Minneapolis：University of Minnesota Press, 1995, p. 19.

[③] 如 *African American Writing：A Literary Approach*, Philadelphia：Temple University Press, 2016。

# 附　录

# 附录一　中国中外文艺理论学会历届会议

| 时间 | 会议主题 | 主办单位 | 地点 |
| --- | --- | --- | --- |
| 1994年6月 | 钱中文宣读民政部批准文件，宣布中国中外文艺理论学会正式成立 | 文学研究所和外国文学研究所联合开会 | 北京 |
| 1995年8月 | "走向21世纪：中外文化与中外文论国际学术研讨会暨中国中外文艺理论学会成立大会"，第一届年会 | 学会和山东师范大学联合主办 | 山东济南 |
| 1996年10月 | "中国古代文论的现代转换"学术研讨会 | 学会与陕西师范大学中文系联合举办 | 陕西西安 |
| 1998年5月 | "巴赫金学术思想国际学术研讨会" | 学会与北京外语学院俄语系（现北京外国语大学）、河北教育出版社联合举办 | 北京 |
| 1998年10月 | "西方文论与中国文论建设"全国学术研讨会 | 学会联合四川大学中文系举办 | 四川成都 |
| 1999年5月 | "1999年世纪之交：文论、文化与社会暨中国中外文艺理论学会第二届年会" | 学会联合南京师范大学中文系举办 | 江苏南京 |
| 1999年10月 | "新中国文学理论50年"学术研讨会 | 学会与安徽大学中文系联合举办 | 安徽合肥 |
| 2000年8月 | 与法国、英国、德国、澳大利亚等多国学者合作，成立"国际文学理论学会"，并召开"21世纪中国文论建设国际学术讨论会" | 学会与清华大学、北京师范大学等联合举办 | 北京 |
| 2001年4月 | "全球化语境中的文学理论研究与教学研讨会" | 学会与扬州大学文学院联合举办 | 江苏扬州 |
| 2001年7月 | "创造的多样性：21世纪中国文论建设国际学术讨论会" | 学会与辽宁大学文学院联合召开 | 辽宁沈阳 |
| 2001年10月 | "新理性精神与文学研究方法论研讨会" | 学会与厦门大学文学院联合举办 | 福建厦门 |
| 2002年5月 | "文艺学与文化研究"学术研讨会 | 学会与云南大学文学院联合举办 | 云南昆明 |
| 2003年12月 | "全国美学、文学理论前沿问题学术研讨会" | 学会、中华美学学会与台州学院联合举办 | 浙江台州 |

续表

| 时间 | 会议主题 | 主办单位 | 地点 |
|---|---|---|---|
| 2004 年 5 月 | "中国文学理论的边界"研讨会 | 学会与北京师范大学文艺学研究中心联合举办 | 北京 |
| 2004 年 6 月 | 全国第二次巴赫金国际学术研讨会 | 学会与湘潭大学文学院联合召开 | 湖南湘潭 |
| 2004 年 6 月 | "多元对话语境中的文学理论建构国际研讨会暨中国中外文艺理论学会第 3 届年会" | 学会与中国人民大学、北京师范大学文学院等联合举办 | 北京 |
| 2005 年 10 月 | "2005：新时期文学理论的回顾与展望全国学术研讨会" | 学会与湖南师范大学文学院、北京师范大学文艺学研究中心联合召开 | 湖南长沙 |
| 2006 年 9 月 | "当前文艺学热点与教育改革"学术研讨会 | 学会与北京师范大学文艺学研究中心联合召开 | 河北北戴河 |
| 2007 年 6 月 | "文学理论 30 年——从新时期到新世纪国际学术研讨会暨中国中外文艺理论学会第 4 届年会" | 学会与北京师范大学、华中师范大学文学院联合召开 | 湖北武昌 |
| 2007 年 10 月 | "跨文化视界中的巴赫金"国际学术研讨会 | 学会与北京师范大学外语学院联合召开 | 北京 |
| 2008 年 4 月 | "中国现代美学、文论与梁启超全国学术研讨会" | 学会与中华美学学会、杭州师范大学中文系联合召开 | 浙江杭州 |
| 从 2008 年开始，学会每年主办的学术会议称为"年会"，并定期出版学会"年刊" ||||
| 2008 年 7 月 | "理论创新时代：中国当代文论改革与审美文化转型研讨会暨中国中外文艺理论学会第 5 届年会" | 学会与北京师范大学、陕西师范大学、兰州大学、西北大学、青海民族学院中文系联合召开 | 青海西宁 |
| 2009 年 7 月 | "新中国文论 60 年国际学术研讨会暨中国中外文艺理论学会第 6 届年会"（换届） | 学会与贵州大学、贵州师范大学、贵州民族学院联合召开 | 贵州贵阳 |
| 2010 年 4 月 | "文学理论前沿问题研究学术研讨会暨中国中外文艺理论学会第 7 届年会" | 学会与扬州大学文学院联合召开 | 江苏扬州 |
| 2011 年 6 月 | "国外马克思主义文论与中国当代文论建构国际会议暨中国中外文艺理论学会第 8 届年会" | 学会与四川大学文学院联合主办 | 四川成都 |
| 2012 年 8 月 | "21 世纪的文艺理论：国际视域与中国问题"国际学术研讨会暨中国中外文艺理论学会第九届年会 | 学会与山东师范大学联合举办 | 山东济南 |
| 2013 年 8 月 | 中国中外文艺理论学会第十年会暨"文学理论研究与中国文化发展"学术研讨会 | 学会与湖南师范大学联合主办 | 湖南长沙 |
| 2014 年 8 月 | 中国中外文艺理论学会第十一届年会暨"面向时代的文学理论与批评"国际学术研讨会 | 学会与河南大学联合主办 | 河南开封 |

续表

| 时间 | 会议主题 | 主办单位 | 地点 |
| --- | --- | --- | --- |
| 2015年10月 | 中国中外文艺理论学会第十二届年会暨"当代中国文论的话语体系建构"学术研讨会 | 学会与湖北大学联合主办 | 湖北武汉 |
| 2016年8月 | 中国中外文艺理论学会第十三届年会暨"文艺理论：传统与现代"学术研讨会 | 学会与江苏师范大学联合主办 | 江苏徐州 |
| 2017年8月 | 中国中外文艺理论学会第十四届年会暨"新时期以来我国文论发展的理论成就"学术研讨会 | 学会与辽宁大学联合主办 | 辽宁沈阳 |
| 2018年11月 | 中国中外文艺理论学会第十五届年会暨"新时代文艺理论的创新"学术研讨会 | 学会与中国文学批评研究会、深圳大学联合主办 | 广东深圳 |
| 2019年10月 | 中国中外文艺理论学会第十六届年会暨"中国文论70年经验总结与反思"学术研讨会 | 学会与湘潭大学联合主办 | 湖南湘潭 |
| 2020年12月 | 中国中外文艺理论学会第十七届年会暨"文艺理论：新语境·新起点·新话语"学术研讨会 | 学会与广州大学联合主办 | 线上会议（疫情期间） |
| 2021年11月 | 中国中外文艺理论学会第18届年会暨"跨文化视野下文艺理论批评前沿问题"学术研讨会 | 学会与广西师范大学联合主办 | 广西桂林/线上会议（疫情期间） |
| 2022年7月 | "中国当代文艺发展与文论话语构建"国际学术研讨会暨中国中外文艺理论学会第19届年会 | 学会与杭州师范大学联合主办 | 浙江杭州/线上会议（疫情期间） |
| 2023年10月 | 中国中外文艺理论学会第20届年会暨"中国式现代化与中国文艺的现代化发展"学术研讨会 | 学会与江西师范大学联合主办 | 江西南昌 |

# 附录二 《中外文论》来稿须知及稿件体例

## 一 来稿须知

1. 《中外文论》主要收录学会年会参会学者所提交的会议交流论文，也接受会员及从事文艺理论研究的国内外学者的平时投稿，学术论文、译文、评述、书评及有价值的研究资料等均可。

2. 本刊已被《中国学术期刊网络出版总库》及 CNKI 系列数据库收录。与会学者或会员投稿必须是首发论文；论文要求完整，不能是提要、提纲。

3. 来稿字数最长一般不要超过 1 万字，特殊稿件可略长一些，但最好控制在 1.5 万字以内。凡不同意编辑修改稿件者，请在来稿中注明。

4. 由于编校人员有限，所提交论文务请符合年刊稿件体例格式。稿件请在文末注明作者详细联系地址、电话号码、电子邮箱等，以便联系。

5. 《中外文论》辑刊出版时间为 6 月下旬出版第 1 期，12 月下旬出版第 2 期。全年征稿，来稿请发至本刊专用邮箱：zgwenyililun@126.com。稿件入选后，将以邮件方式通知论文作者。

6. 本刊出版后，我们将免费为作者提供样书一本；凡按时交纳学会会费的学会会员，可在学会年会召开期间免费领取样书一本。

7. 《中外文论》期待专家学者惠赐稿件，也欢迎对本刊工作提出宝贵意见。

## 二 稿件体例

1. 论文请用 A4 纸版式，文章标题为三号黑体，二级标题为小四号宋体加粗，正文一律用五号宋体，正文中以段落形式出现的引文内容为五号字仿宋体，并整体内缩 2 字符。注释一律采用自动脚注形式，每页重新编号。

2. 论文请以标题名、作者名（标题下空一行，多位作者请用空格隔开）、作者单位（包括单位名称、所在省市名、邮政编码，各项内容用空格隔开，内容置于圆括号内，位于作者名下一行）、摘要内容（约 200 字，位置在作者单位下空一行）、关键词、正文（关键词下空两行）、参考文献（正文下空一行）顺序编排。

3. 文章请附作者简介与课题项目（若为课题项目成果），作者简介一般应包括姓名（含出生年份，出生年份请置于小括号内，后用连接号并后空一格，如：1970—　）、籍贯、工作单位、职称、学位等内容；课题项目请标明项目名称与编号。作者简介与课题项目两项内容，请以自动脚注形式，脚注序号位于作者名右上角。

4. 标题文字应简明扼要，文中二级标题序号一般用"一、二、三……"形式标出，文中出现数字顺序符号，要以"一""（一）""1.""（1）"级别顺序排列。阿拉伯数字表示序号时，数字后使用下圆点。

5. 数字用法请严格执行《出版物上数字用法的规定》这一国家标准。数字作为名词、形容词或成语的组成部分时，一律用汉字，不用阿拉伯数字。整数一至十，如果不是出现在具体统计意义的一组数字中，可以用汉字，但要照顾到上下文，以保持局部体例上的一致。

6. 标点符号一律按国家公布的《标点符号使用方法》的规定准确地使用，外文字母符号应采用国际通用标准，必须用印刷体，分清正斜体、大小写和上下角码。连接线一般使用"—"字线，占一个汉字的位置。

7. 稿件所引资料、数据应准确、权威，应以原始文献和第一手资料为原则。凡引用他人观点、数据、资料、数据等，无论是否发表，无论纸质、电子版、网络资源或转引文献，均应详细注释。对已有学术成果的介绍、评论、引用，应力求客观、公允、准确。

8. 注释格式要求。

（1）所有经典著作引文必须使用最新版本。一般中文著作的标识次序是：著者姓名（多名著者间用顿号隔开，编者姓名应附"编"字）、篇名、出版物名、卷册序号（放入圆括号内）、出版单位、出版年、页码，顺序标出。

例如：孙中山：《三民主义》，《孙中山选集》（下卷），人民出版社 1956 年版，第 597、599 页。

（2）古籍的标识方式：可以先出书名、卷次，后出篇名；常用古籍可不注编撰者和版本，其他应标明编撰者和版本；卷次和页码应使用阿拉伯数字。

例如：例如：《史记》卷 25《李斯列传》。

《后汉书·董仲舒传》。

《温国文正司马公集》卷 32，四部丛刊本。

（3）期刊报纸的标识方式如下：

例如：朱光潜：《研究美学史的观点和方法》，《文学评论》1978 年第 4 期。

周扬：《三次伟大的思想解放运动》，《人民日报》1979 年 5 月 7 日。

（4）译著的标识方式：应在著者前用方括弧标明原著者国别，在著者后标明译者姓名。

例如：［匈］卢卡奇：《历史与阶级意识》，杜章智、任立、燕宏远译，商务印书馆1992年版，第100—102页。

（5）外文书刊的标识方式，请遵循国际通行标注格式。

编辑部地址：北京市建国门内大街5号中国社会科学院文学研究所739室

邮政编码：100732

E-mail：zgwenyililun@126.com